Daniela Schenk

Wir 4ever

Roman

Ulrike **HELMER** Verlag

Bibliografische Information Der Deutschen Bibliothek

Die Deutsche Bibliothek verzeichnet diese Publikation in der Deutschen Nationalbibliografie; detaillierte bibliografische Daten sind im Internet über http://dnb.ddb.de abrufbar.

Umschlaggestaltung: Atelier KatarinaS | NL
Umschlagfoto: © Getty Images, Photodisc Art. 118076
Druck: Wilfried Niederland Verlagsservice, Königstein/Taunus
Printed in Germany
ISBN 978-3-89741-258-3

Ulrike Helmer Verlag
Altkönigstraße 6a, D-61462 Königstein/Taunus
E-Mail: info@ulrike-helmer-verlag.de

www.ulrike-helmer-verlag.de

In Gedenken an

- Stephan Sahli (1963-1993)

  Den Cousin und besten Freund der Autorin.

- Jacqueline Du Pré (1945-1987)

  Mit ihrem Cello holte sie den Himmel auf die Erde.

- Den heiligen Gral (~12. Jahrh.)

  Unauffindbar geblieben.

- John Montagu, 4. Earl of Sandwich (1718-1792)

  Der Mann wusste mit Brotscheiben und dem dazwischen umzugehen!

Der Geheimbund

1. Der erste Schultag

Das Leben ist entweder
ein Kletterseil
oder ein Federbett.
Gib mir das Kletterseil.
Edith Wharton

Mal angenommen, man könnte fliegen, so ganz ohne Kerosin, Flugangst, enge Sitze und pappiges Essen, und mal angenommen, man wäre an jenem Aprilmorgen über Bern geflogen. Mal angenommen, man wäre wie ein Pfeil übers Bundeshaus geschossen, haarscharf an den Kuppeln vorbei, die einen an Brüste denken lassen – rrumms! Oh, das war wohl mehr als haarscharf! – und über den Zytgloggenturm, aus Jux einmal unter der Kornhausbrücke durch, knapp über die Aare hinweg – pflatsch! Oh, das war wohl allzu knapp! – Richtung Breitenrainquartier. Dort hätte man in der Luft Kreise gezogen, um vier Mädchen an ihrem ersten Schultag zu beobachten.

Man hätte Amber entdeckt, die in Begleitung ihrer Mutter ein Mehrfamilienhaus verließ. Man hätte ihren Rotschopf leuchten sehen können, die neuen, weißen Lackschuhe, die so wunderbar glänzten, und vielleicht hätte man über die britisch gewagte Zusammenstellung ihrer Kleider geschmunzelt. Amber blieb regelmäßig stehen, um stolz ihre Schuhe zu beäugen. Manchmal hielt sie an, um mit offenem Mund sonst etwas Interessantes anzugaffen. Die Mutter zog sie dann lächelnd mit sich und sagte: »*Come on, sweetheart!*«

Ein paar Straßen weiter durchquerte Frau Seligmann mit

Nora den Garten ihrer Villa. Mit ihrem gepunkteten Rock und den schwarzen Haaren sah die Kleine von oben aus wie ein Marienkäfer. Wenn man sich in einen der Bäume dieses gediegenen Parks gesetzt hätte und ganz still gewesen wäre, hätte man gehört, wie Nora ihre Mutter aufgeregt mit Fragen bombardierte: »Warum hat unsere Nase zwei Löcher?«, fragte sie, und »Warum kann ich Napoleon nicht mit in die Schule nehmen?« (Gemeint war ihr Meerschweinchen.) »Wieso ist die Milch weiß, wo Kühe doch grünes Gras fressen?«, »Parkieren Vögel rückwärts ins Nest?«, etc. Bei der dritten Kreuzung verlor die Mama die Nerven (sie verlor sie wegen ihrer Tochter öfters mal) und stampfte wütend auf den Asphalt. Der linke Schuhabsatz brach ab, was Frau Seligmanns Laune keinen Millimeter hob. Sie machte rechtsumkehrt und humpelte – ihre ungerührt weiterfragende Tochter mit sich ziehend (»Mit einem solchen Absatz könnte man bestimmt jemanden k.o. schlagen, oder?«) – zurück zur Villa, wo sie ihre Schuhe wechselte.

Auf der anderen Seite des Quartiers hüpfte Colette die Treppen eines schmucken Jugendstilmehrfamilienhauses hinunter. Sie steckte in einem rosa Kleidchen, und auf ihrem Kopf wippte eine große rosa Schleife. Aus der Luft hätte man sie glatt mit einem Bonbon verwechseln können. Ihre Mama präsentierte sie den Passanten wie einen dressierten Pudel und küsste sie in Anfällen großen Entzückens ab. Colette rieb sich im Versteckten die Küsse von der Wange.

Dolores öffnete die Haustür des Betonblocks, in dem sie wohnte, und schaute wachsam um sich, ob nicht der Junge zu sehen war, der sie gerne piesackte. Die Luft war rein. Schnell rannte sie zur Hauptstraße, ohne Begleitung und mit einer Angst vor der unbekannten Schule, so groß wie ihr Magen. Mutter lag zu Hause auf dem Sofa, erschöpft von der Nachtarbeit, und Vater schlief seinen Rausch aus.

Wir befinden uns im Jahr 1971. *Pippi Langstrumpf* ist zum ersten Mal im Fernsehen zu sehen, die Rockband *Queen* wird gegründet, und *McDonald's* eröffnet die erste Filiale in Deutschland, was uns dem Weltuntergang ein Stück näher rückt, wie einzelne Stimmen behaupten. Nixon treibt dubiose Geschäfte im Weißen Haus, Franco macht den Spaniern weiterhin das Leben zur Hölle und Tito hält ein Jugoslawien zusammen, das knapp dreißig Jahre später auf grauenhafte Weise auseinanderfallen sollte. *Love Story* bekommt den Oscar für das beste Drama. Anna Netrebko erblickt das Licht der Welt, man munkelt, dass ihr erster Schrei wie der Anfang einer Arie getönt habe. Eddy Merckx gewinnt zum dritten Mal die *Tour de France.*

Mikroprozessoren kommen auf den Markt, ein Kilo schwere Taschenrechner, die Computertomografie und der *Stabilo Boss.* Das erste E-Mail wird verschickt und die Computersprache *Pascal* entwickelt. In Japan gehen die ersten Karaoke-Geräte über den Ladentisch, was das Land in ein unheilbares Fieber stürzen wird. Und nicht zuletzt ereignet sich in der Schweiz das, was man vor dem Weltuntergang nicht mehr erwartet hätte: Das Frauenstimmrecht wird eingeführt.

Unsere vier Mädchen interessierten diese Ereignisse gänzlich wenig (außer Pippi Langstrumpf, die fanden sie klasse). Für sie gab es an diesem ersten Schultag andere Probleme zu lösen: Wie zum Beispiel schaffte man es, auf dem bohnenwächsernen Schulboden nicht auszurutschen? Wie brachte man den dummen Verschluss der neuen Schultasche auf? Wo waren die Klassenzimmer 1a und 1b? Warum lächelte die Frau neben der Wandtafel einen so doof an? An welches Pult sollte man sich setzen? Und sowieso, was hatte man hier überhaupt verloren?

2. Amber Greenaway

Das Wichtigste bei der Musik ist:
zusammen anfangen und
zusammen aufhören.
Thomas Beecham

Damals, in der Nacht vor dem ersten Schultag schlüpfte ich viele Male zu meinen Eltern ins Bett. Vater merkte nicht viel davon, Mutter hingegen schon. Sie erzählte mir Geschichten von Winnie the Pooh und Peter Rabbit, dann trug sie mich, kaum war ich eingeschlafen, in mein Bett zurück. Dort erwachte ich kurze Zeit später und schlich wieder hinüber. Um sechs Uhr gab Mom auf und machte mir Porridge mit viel Zimt und Honig. Ich durfte die neuen Lackschuhe anziehen, dann wartete ich, wie mir schien, eine ewig lange Stunde darauf, dass es endlich losging. Winnie the Pooh und Peter Rabbit waren so nett und begleiteten mich. Sie streiften durch die Gärten, damit niemand sie entdeckte, der behaupten konnte, dass es sie gar nicht gibt.

Als wir ankamen, war das Schulzimmer 1a noch leer, nur eine Frau stand da, drückte mir die Hand und sagte, sie sei diese und jene, was mich nicht sonderlich interessierte; außerdem war ich viel zu aufgeregt, um ihren Namen zu behalten. Ihre Stimme tönte, als wäre sie im Stimmbruch stecken geblieben. Es kiekste, wenn sie sprach, da musste ich ein bisschen lachen. Weil ich die erste war, konnte ich auswählen, wo ich sitzen wollte. Ich steuerte auf die Fensterreihe zu, doch meine Mom sagte rasch: »*Not at the windows!*« Woher Mom wusste, dass ich mich wegen der Aussicht dort hinsetzen wollte, blieb mir schleierhaft. Es war einmal mehr eine Bestätigung dafür, dass Mütter übersinnliche Kräfte hatten. Zu nahe bei der Lehrerin wollte ich nicht sitzen und ganz zuhinterst auch nicht, da hätte ich nur auf Hinterköpfe geschaut, und das sah nicht schön aus. Also schob ich mich mitten in die mittlere Reihe.

Nach und nach erschienen die Mitschüler mit ihren Müttern, und je nachdem, ob sie mir gefielen oder nicht, sah ich sie auffordernd an oder ignorierte sie. Doch alle glotzten bloß meine roten Haare an und setzten sich woanders hin.

Drei freie Sitzplätze blieben übrig: einer neben dem blonden Jungen, der sich dauernd in der Nase bohrte, einer neben dem blassen Mädchen mit dem großen Mund und der neben mir. Tränen wollten mir in die Augen schießen, als ein Mädchen mit einem langen Zopf und runder Brille zu meinem Pult kam. Die Gläser waren enorm dick und machten ihre Augen größer als ihr Gesicht, ehrlich. Aber ich dachte mir: besser als gar nichts und schaute das Mädchen freundlich an.

Mittlerweile war das Stimmengewirr so angeschwollen, dass ich das meiste, was das Zopfenmädchen zu mir sagte, nicht verstand – sie hieß entweder Tina, Gina oder Sina. Durch den Lärm hindurch konnte ich aber vom Korridor her harte Schritte und die helle Stimme eines Mädchens vernehmen. Heute weiß ich, dass sich mein Leben in diesen Minuten für immer veränderte. Damals dachte ich bloß: Ach, da kommt noch eine. Ich hörte das Mädchen rufen: »Mama, nun zieh mich doch über den Boden, der ist so schön rutschig!« Eine elegante Frau erschien in der Tür, sichtlich außer Atem, mit ihrer fröhlichen Tochter an der Hand.

Das Mädchen sah ganz normal aus: Es hatte schwarzes, halblanges Haar, das mit einer roten Spange zurückgehalten wurde, und ein hübsches rotes Röckchen mit weißen Punkten. Auffallend waren ihre strahlenden Augen, die neugierig und aufmerksam den Raum taxierten, und das kleine, amüsierte Lächeln in den Mundwinkeln. Sie machte den Eindruck, als könnte man mit ihr zusammen alles Mögliche unternehmen, als würden gar unzählige Abenteuer auf einen warten. Ich sollte noch erfahren, dass ich mit diesem Gefühl so ziemlich ins Schwarze getroffen hatte.

Nachdem sich das Mädchen in einer Weise im Schulzimmer umgesehen hatte, als würde ihr der Raum gehören, kam sie zu meinem Pult und sagte mit heller, klarer Stimme zu meiner Banknachbarin: »Also erstens sitzt du auf meinem Platz und zweitens jäte ich deinen Zopf, wenn du dich nicht sofort verziehst.« Das Zopfenmädchen wusste bestimmt nicht, was einen *Zopf jäten* bedeutete (ich übrigens auch nicht), aber es machte ihm Angst. Seine Augen weiteten sich, was hinter diesen Gläsern geradezu furchterregend aussah. Hilfesuchend schaute es sich nach seiner Mutter um, doch die war mit der Lehrerin und anderen Müttern in ein Gespräch vertieft. Da packte es mit Tränen in den Augen seine Schultasche und setzte sich zu dem blassen Mädchen mit dem großen Mund.

Sichtlich zufrieden ließ sich das freche Mädchen neben mir nieder. »Hoi, ich bin Nora«, stellte es sich vor, »und ab jetzt bin ich deine Banknachbarin, okay?« Beim Wort »okay« plusterte sie sich richtiggehend auf.

Ich betrachtete Nora. Eigentlich hätte ich empört über ihr Verhalten sein müssen, und deshalb runzelte ich die Stirn, so wie das Daddy zu tun pflegte. »Du warst nicht *nice* zum anderen *girl*«, sagte ich, »und *my name is Amber.*«

Nora sah mich verwundert an. »Du sprichst aber komisch, und dann dein Name, hast du einen Sprachfehler oder was? Übrigens, wenn man immer nur nett ist, kommt man nirgends hin, sagt Onkel Jakob. Der wird es wohl wissen, er hat eine Vitrine voller Schießabzeichen.«

Seltsamerweise aber war ich nicht empört, sondern aufgeregt und stolz, dass Nora mich ausgesucht hatte. Trotzdem versuchte ich ein gleichgültiges Gesicht zu machen und starrte die Namen an der Wandtafel an. »Weißt du, *which one* ist dein Name?«, fragte ich.

»Na klar – meiner ist der dort unten neben dem gelben Blümchen, wo der zweite Buchstabe eine Null ist.«

»*But* da sind noch zwei *other names* mit einem solchen *thingy. Look*«, ich zeigte auf die Namen *Sonja* und *Konrad.*

»Die Lehrerin hat meinen Namen eben dreimal hingeschrieben!«

»Die aussehen aber nicht gleich!«

»Dann hat die Lehrerin ihn zweimal falsch geschrieben.«

»*But why* sie hat die falschen nicht wieder weggetan?«

»Diese Kreide kann man nicht löschen.«

Ich starrte sie mit offenen Mund an. »*What?!*«

»Wenn die Wandtafel voll ist, kommt der Schulwart, ersetzt sie durch eine neue und überstreicht die alte mit schwarzer Farbe.«

Ich schüttelte verwundert den Kopf.

»Das ist meine Mutter.« Nora deutete auf die elegante Frau mit dem strengen Gesichtsausdruck. »Sie will, dass ich eine Primabarellina oder so werde. Ich möchte lieber Indianerin werden und im Wald leben.«

»Ganz auf deinem eigenen?«

»Hä?«

»*On your own*, allein.«

»Nein, ich hätte natürlich mein Pferd mit mir und ein Tomahawk.«

»Ist Tomahawk *your friend*?«

Nora kicherte nur, dann fragte sie: »Wie heißen deine Geschwister?«

»Ich habe keines.«

»Sei froh, ich habe erstens einen Bruder, zweitens heißt er Alex, drittens ist er drei Jahre jünger als ich und viertens sooo lästig.«

Wir unterhielten uns eben über unsere Lieblingsspielzeuge, als eine Hand in unserem Gesichtsfeld auftauchte, auf dem Pult landete und Finger auf die Tischplatte trommelten. Wir schauten auf.

»Können wir beginnen?«, fragte Frau Stimmbruch, die übrigens Schellenberger hieß.

Ich schaute mich um. Die Mütter hatten sich an der

Wand entlang aufgereiht, und die Mitschüler saßen ordentlich und aufmerksam an ihren Pulten.

»Womit denn?«, fragte Nora verwundert.

»Mit der Schulstunde.«

»Ich dachte, die hat schon lange angefangen. Wir wissen übrigens, dass Sie meinen Namen zweimal falsch hingeschrieben haben, aber wir verpetzen Sie nicht, Ehrenwort.« An die Klasse gewandt, sagte sie: »Ich heiße *Nora*, das bedeutet *Gott ist mein Licht*, deshalb bin ich eine Leuchte.«

Frau Schellenberger lächelte leicht, Noras Mutter hingegen schnappte nach Luft. Die Lehrerin sagte: »Liebe Nora, als erstes musst du lernen, während der Schulstunde still zu sein und nur dann zu sprechen, wenn ich es dir erlaube.«

»Aber ich rede fürs Leben gern, nicht wahr, Mama?«, Nora drehte sich zu ihrer Mutter um, die schier platzte, aber gewiss nicht vor Stolz.

In der großen Pause standen Nora und ich am Rand des Pausenplatzes. Nora tat so, als hätte sie ihr ganzes Leben nichts anderes getan als hier zu stehen, aber ich sah, dass sie ihre feuchten Hände am Rock abwischte. Wir schauten den Jungs zu, die mit einem Tennisball Fußball spielten. Als einmal der Ball in unsere Richtung geflogen kam, fing Nora ihn auf und warf ihn grinsend in eine ganz andere Richtung. Ich glaube, es war von Vorteil, dass der Lehrer, der Pausenaufsicht hatte, in der Nähe stand, denn die Jungs funkelten Nora fuchsteufelswild an.

Nora schubste mich in die Seite und deutete auf zwei Mädchen, die unter dem Kastanienbaum standen. »Schau mal, da steht ein Altkleidersack neben einer Geschenkschachtel. Schön komisch.« Ich blickte zu den zwei Mädchen, die eine rosa adrett gekleidet und die andere – groß und etwas mollig – in abgetragenen, zu weiten Kleidern. Da musste ich kichern, obschon ich wusste, dass das nicht nett von mir war. Winnie the Pooh, der neben den Mädchen am Baumstamm lehnte, schüttelte missbilligend den Kopf, während Peter Rabbit mit den Jungen Fußball spielte. Sogar heute, da ich weiß, dass ich mir das alles nur eingebildet hatte, sehe ich dieses Bild gestochen scharf vor mir.

Nora packte ein Brötchen mit Schokoladeriegel aus und schaute mich fragend an. »Willst du?«

»Morgens *no chocolate*«, entgegnete ich mit sehnsüchtigem Blick auf den Stängel.

»Woher will deine Mama wissen, dass du Schokolade gegessen hast?«

Ich überlegte kurz und kam zu dem Schluss, dass Nora Recht hatte und dass sie auch sonst ein duftes Mädchen war. Ich nahm die Hälfte der Schokolade und des Brötchens entgegen. Als wir alles aufgegessen hatten, machten wir uns über mein Birnenbrot her.

»Das ist sehr schlau von uns«, erklärte Nora mampfend, »weil wir unsere Pausenbrote geteilt haben, können wir jetzt doppelt so viel essen.«

Ich runzelte die Stirn. Ich kam nicht von dem Gefühl los, dass etwas an dieser Rechnung falsch war, aber da ich nicht genau wusste was, schwieg ich. Schon bald würde ich erfahren, dass Noras Rechenkünste allgemein katastrophal waren. In der ersten Nachmittagsstunde stand Nora auf und verkündete, sie ginge nach Hause, sie habe für heute genug Schule gehabt und außerdem warte Napoleon auf sie. Das verärgerte Frau Schellenberger. Man könne nicht einfach heimgehen, erklärte sie, und sowieso sei Napoleon schon lange tot und warte garantiert nicht auf sie. Daraufhin entbrannte eine Diskussion über Napoleon, an welcher sich die ganze Klasse beteiligte. Alle gaben ihren Senf dazu und ein paar legten sich die Hand auf den Brustkorb, als hätten sie Brustschmerzen.

Dieser erste Schultag war ein schöner Tag, jedenfalls habe ich es so in Erinnerung. Er war voller Sonne, denn Nora hatte sich neben mich gesetzt und mein Leben zu einem wundersamen Abenteuer erweitert. Ja, es war ein Prachttag, und in der folgenden Nacht konnte ich wieder nicht schlafen, so sehr freute ich mich auf Nora.

3. Colette Glauser

Wahrlich, keiner ist weise,
der nicht das Dunkel kennt,
das unentrinnbar und leise
von allen ihn trennt.
Hermann Hesse

Der Sinn von Puppen ist, dass man sie den ganzen Tag an- und ausziehen kann. Man kann ihnen die schrillsten Kleider aussuchen, sie abküssen, am Bein zerren, in die Waschmaschine stecken oder verärgert in die Ecke werfen. Dass Kinder nicht ganz dasselbe wie Puppen sind, hat meine Mutter aus unerfindlichen Gründen nie wirklich verstanden. Sie wechselte meine Kleider mindestens sechsmal pro Tag, ließ mich desinteressiert liegen oder verstaute mich, wenn sie wütend auf ihr Püppchen war, im Schrank. In Schränken ist es nicht nur schwarz, sondern die Luft wird knapp, man gerät in einen seltsam schwindligen Zustand, und die Angst hockt grinsend daneben. Hier war meine persönliche Hölle.

Mutter verwechselte mich nicht nur mit einer Puppe, sondern sie schleppte mich auch auf Schönheitswettbewerbe und bekam Tobsuchtsanfälle, wenn ich nicht den ersten Platz belegte. Ich gewann ihn nie. Wenn ich herausgeputzt, geschminkt und frisiert über die Bühne tänzelte, dachte ich mir nicht viel dabei – so war eben mein Leben, ich hätte sowieso nicht gewusst, was sonst mit mir anzufangen. Ich hoffte bloß, dass ich Erste würde, damit mich Mama nicht wieder in den Schrank schloss, und wünschte mir, dass sie meine Haare nicht immer so derb kämmte.

Mein Zimmer war ein rosa Traum, und das Fahrrad, das

Pult, die Spielzeuge – alles passte dazu. Ob mir Rosa gefiel oder nicht, überlegte ich mir nie. Es war eben so, diese Farbe und ich gehörten zusammen. Ich machte mir allgemein nicht viel aus Farben, sie taten irgendwie meinen Augen weh. Schwarz und Weiss jedoch mochte ich, sie hatten etwas Unaufdringliches. Meine Patin Hannah schenkte mir zum fünften Geburtstag ein schwarzbraun-weiß geflecktes Pferd. Ich liebte es über alles, und da Gotte Hannah die Lieblingsschwester meines Vaters war, konnte Mutter das Viech (wie sie es bezeichnete) nicht verschwinden lassen.

Am ersten Schultag waren wir die Letzten, weil Mama ewig brauchte, um mich auszustaffieren, und weil sie mir auf dem Schulweg dauernd nasse Schmatzer verpasste. Als wir endlich im Türrahmen der Klasse 1b standen, hatten sich die Mütter schon im hinteren Teil des Zimmers versammelt. Ich wäre bestimmt davongerannt, aber Mutters Hand hielt die meine in einem Schraubstock. Die Lehrerin, Frau Schmied, sah für meine Begriffe uralt aus. Sie hatte regengraue Haare und eine Hornbrille. Sie packte meine Hand und schüttelte sie so heftig, dass ich mir vorkam, als würde ich erst an die Decke und dann ins Zimmer unter uns krachen. Danach nahm sie mich an den Schultern und schob mich zum letzten freien Platz am zweitletzten Pult der Fensterreihe. Dort parkte sie mich neben einem hässlichen Mädchen und erklärte, dass das Dolores sei. Wir würden bestimmt eine tolle Zeit miteinander verbringen.

Dolores schaute mich an, als wollte sie mich erst mal tüchtig vermöbeln, was nicht sehr einladend wirkte. Ich nahm all meinen Mut zusammen, wirklich allen, denn ich bin nicht sehr mutig, und lächelte das dicke, schäbig gekleidete Miststück an. Dolores blähte nur ihre Nüstern. So was hatte ich noch nie gesehen! Erleichtert hörte ich, dass meine Mutter mit der Lehrerin darüber verhandelte, mich an einen anderen Platz zu versetzen. Ihre Stimme tönte schrill, ich war gespannt, wie lange es noch dauerte, bis sie die Lehrerin in den Schrank sperrte. Aber Frau Schmied konnte nicht nur mächtig Hände schütteln, sie hatte auch die Mütter gut im Griff. Das heißt, sie kam nicht in den Schrank, und ich musste neben Dolores sitzen bleiben.

Dolores beobachtete mich aus dem Augenwinkel, und ich schwor, nie mehr in meinem Leben zu spät zu kommen. Ein Versprechen, das ich übrigens nicht einhalten konnte. Ich kam so spät, dass ich letztendlich das Leben selber verpasst habe.

In der großen Pause verzog ich mich unter einen Kastanienbaum und verfolgte das wilde Treiben auf dem Hof. In den Händen hielt ich das Sandwich, das mir meine Mutter mit viel Sorgfalt zubereitet hatte. Während ich es auspackte, erschien plötzlich Dolores, guckte mein Sandwich an, blähte die Nüstern und sagte, dass sie mich durch den Kakao ziehe, wenn ich es ihr nicht gebe. Was sollte ich tun? Ich war, wie gesagt, nicht sehr mutig und stark schon gar nicht. Ich reichte ihr das Pausenbrot. Sie biss gierig hinein und schloss während des Kauens genießerisch die Augen. Als sie fertig war, musterte sie mich von oben bis unten: »Bist 'ne richtig aufgeputzte Schießbudenpuppe, willst wohl an einer Hochzeit Blümchen streuen gehen oder was?« Grinsend verzog sie sich.

Ich schaute ihr hinterher. Verwundert nahm ich den Pausenbrotdiebstahl zur Kenntnis, ohne mich allzu sehr aufzuregen. Es war eben so. In meiner ganzen rosa Pracht trippelte ich über den Pausenplatz, und das einzige, was mich beschäftigte, war die Frage, ob Dolores' Diebstahl als freundschaftliches Zeichen zu werten war oder eher nicht. Ich hatte wenig Ahnung von anderen Kindern.

Am Nachmittag nickte Dolores ein, das Kinn fiel ihr auf den Brustkorb. Jahre später würde ich erfahren, dass sie am Morgen ihres ersten Schultages um sechs Uhr hatte aufstehen müssen, um Wäsche aufzuhängen. Die kam von ihrem Vater, von seiner Kotzerei, weil er wieder zu viel gesoffen hatte. Ihre Mutter rollte ihn zur Seite, holte ein frisches Leintuch, zog ihm ein neues Pyjama an und weckte Dolores.

Bevor die Lehrerin Dolores' Schläfchen entdeckte, weckte ich sie mit einem gezielten Seitenhieb.

Ich war froh, als der erste Schultag vorbei war. Gott sei Dank musste ich da nie wieder hin!, dachte ich. Ich freute mich so lange, bis mir Vater klar machte, dass ich nun für unendlich viele Jahre täglich in die Schule musste. Das bedeutete jeden Tag Dolores. Wie würde ich das überstehen? Ich ging in mein Zimmer, zu meinen Puppen, Stofftieren und meinem Pferd und spielte mein Lieblingsspiel *Rette-Rette*: Ein schlimmer Sturm war ausgebrochen, und meine Aufgabe bestand darin, die Puppen und Tiere vor den bösen Wellen auf das Schiff (mein Bett) zu retten. Bei jedem Wesen, das ich in die Hände kriegte (am Schluss kriegte ich sie immer alle!), hatte ich dieses tolle Gefühl im Brustkorb, schmerzlich und süß zugleich – dieses Glück, meine Lieben bei mir zu haben. Einmal fragte mich Mutter, ob ich sie auch retten würde. Ich schüttelte den Kopf. Mutter steckte mich in den Schrank. So lernte ich: Es war schon sehr dumm, ehrlich zu sein.

4. Nora Seligmann

Wie kommt ein Schneepflugfahrer morgens zur Arbeit?
Nora Seligmann

Die Schule fand ich supertoll – mal abgesehen von gewissen störenden Details: erstens den Lehrern, zweitens den Aufgaben, drittens dem Rechnen, viertens dem Turnen und fünftens dem Handarbeiten. Warum es diese idiotischen Handarbeiten gab, war mir ein Rätsel – mittlerweile gab es ja Maschinen, die das Stricken, Nähen und Häkeln erledigen konnten! Und bestimmt hatte niemand auf eine aus Schnur geknotete Einkaufstasche gewartet, meine Mutter zuletzt. Sie nahm mein unförmiges Werk gequält lächelnd und mit gespreizten Fingern entgegen – und wenn ich es mir genau überlege, habe ich es seither nie mehr gesehen.

Wie viel Unsinn doch die Lehrer erzählen! Die Religionslehrerin wollte uns doch tatsächlich weismachen, dass Moses das Meer zweiteilen konnte, dass alle Tiersorten auf der Arche Platz fanden und dass ein brennender Strauch reden kann – also bitte! Als ich die Religionslehrerin fragte, ob Adam und Eva einen Bauchnabel hatten oder nicht, wusste sie auf einmal nichts zu sagen, außer dass ich nicht solche dummen Fragen stellen solle. Den Vogel schoss aber der Rechenlehrer ab, als er behauptete, dass nicht nur eins und fünf, sondern auch drei und drei und sogar zwei und vier sechs ergibt. Soll dies eine exakte Wissenschaft sein, fragte ich mich und entschied, mich mit so etwas Wirrem auf Kriegsfuß zu stellen. Ich mochte sechstens den Hauswart nicht, der ständig motzend hinter uns her war, und siebtens verabscheute ich die Arbeiten, die wir schreiben mussten, außer ich fand Gelegenheit abzuschreiben.

Kurzum, die Pausen, Landschul- und Skiwochen hätten mir vollauf gereicht.

Ich saß öfters vor und nicht im Klassenzimmer, weil ich vergaß, dass meine Ansichten und Einsichten nicht gefragt waren. Warum die Lehrer das Recht hatten, dauernd zu quasseln, und wir nicht, war mir schleierhaft. Wir lebten doch in einer Demokratie!

Draußen vor der Tür war mir nicht langweilig. Weil ich jedoch öfters rausgeschickt wurde, musste ich von Zeit zu Zeit einen Brief nach Hause bringen, in dem Lügen über mich verbreitet wurden. Ich ließ die Briefe als Papierflugzeuge über die Kornhausbrücke fliegen, aber dummerweise hob eines Tages ein Kinderhasser ein Flugzeug auf und ließ es meinen Eltern zukommen. Als Strafe durfte ich zwei Wochen lang nichts mit Amber unternehmen. Sie wussten, wie sie mich tödlich treffen konnten.

So viel zur Elternliebe.

Draußen vor der Tür machte ich Verschiedenes, zum Beispiel Modeschauen mit den Jacken meiner Mitschülerinnen. Einmal versuchte ich so viele Jacken als möglich überzuziehen und war noch bei diesem Unternehmen, als Lehrer Walther aus dem Klassenzimmer trat. Natürlich musste ich nachsitzen. Dabei hätte er mich für mein strategisch-planerisches Denken loben sollen – es ist gewiss nicht einfach, elf Jacken übereinander anzuziehen!

Das Tollste an der Schule waren erstens Amber, zweitens Amber, drittens die Pausen, viertens die Bibliothek und fünftens Amber. Schon nur ihre Sommersprossen waren eine Liga für sich. Man konnte auf ihre Haut schauen, und es wurde einem bei den vielen Punkten nie langweilig. Dann ihr rotes Haar – wer hatte schon solch rote Haare, mal abgesehen von der *Roten Zora*, die ich kolossal fand! Mit wem konnte ich endlos lachen, Pausenbrote teilen und Unsinn machen? Mit Amber! Sie war ein wenig zerstreut, spielte wunderbar Cello, konnte Gestalten sehen, die niemand sonst sah und sprach extrem gut Englisch. Bald nannte uns die ganze Klasse *Norامber*, aber das störte mich nicht.

Warum ich Pausen mochte, muss ich kaum genauer erklären, das mit der Bibliothek schon. Ich fand Lesen und Schreiben famos, irgendwie magisch. Kaum konnte ich alle Buchstaben entziffern, wurde ich eine Bücherfresserin. Noch heute läuft mir das Wasser im Mund zusammen, wenn ich Buchseiten rascheln höre. Klappe ich ein Buch auf, stecke ich als erstes die Nase zwischen die Seiten und atme tief ein. Wie das duftet!

Oh, ich liebte es, in Bücherwelten abzutauchen, Abenteuer mitzuerleben, mitzufiebern, mitzuhoffen, mitzuleiden! Ich las mich in vollem Karacho durch die kleine Bibliothek, die im Klassenzimmer im Schrank untergebracht war. Unzählige Nächte verbrachte ich unter der Bettdecke, mit einem Buch, einem Lämpchen und ohne Sauerstoff. Mit der Nachttischlampe unter der Decke wurde es heiß, einmal begann es sogar zu rauchen; da annektierte ich die Militärtaschenlampe meines Vaters. Mutter fragte mich, woher meine dunklen Ringe unter den Augen kämen, und nörgelte, dass das hässlich aussehe, so als wäre ich vernachlässigt. Eine Bankierstochter sei aber nicht vernachlässigt. Sie nörgelte halt, damit genörgelt war. Ich sah ihr in solchen Momenten ganz ruhig und ohne zu blinzeln in die Augen (das hatte ich Winnetou abgeguckt), bis sie irritiert verstummte und sich abwandte. Es war klasse, was man mit Blicken anstellen konnte.

In der fünften Klasse las ich *König Artus und die Ritter der Tafelrunde* sowie Enid Blytons Reihe *Die schwarzen Sieben. Die schwarzen Sieben* handeln von sieben Kindern, die einen Geheimbund gründen, allerlei Fälle lösen und tausend Abenteuer erleben. In *König Artus* wird eine Menge gekämpft, viel fremdgegangen und an einem runden Tisch gesessen. Das Interessanteste an der Geschichte war aber, dass die Ritter den *Heiligen Gral* suchten. Der Heilige Gral ist ein Kelch oder eine Schale, und wenn man die fände, hätte man gefunden, was man schon immer finden wollte. Sie spendet Glückseligkeit, ewige Lebenskraft und Speisen in unendlicher Fülle. Ich wusste: Ich würde auch einen Geheimbund gründen und außerdem den Heiligen Gral finden, auch wenn ich nicht genau verstand, was letzterer eigentlich war.

Ich war riesig aufgeregt und inspiriert! Beflügelt von meiner Idee, schrieb ich Amber während einer Geographiestunde ein Briefchen: *Ich gründe einen Geheimbund! Hilfst du mit?*

Amber machte eine Grimasse und schrieb zurück: *Hä?*

Es weiß niemand davon, wir machen gute Sachen und finden den Gral.

Was für Sachen, was für ein Gral??? Die Sommersprossen in ihrem Gesicht hüpften fragend auf und ab.

Bevor ich antworten konnte, packte uns Lehrer Walther an den Ohren und führte uns nach draußen, was formidabel war, denn so konnten wir in Ruhe über mein Projekt sprechen. Noch bevor die Pausenglocke läutete, hatte ich Amber davon überzeugt, dass ein Geheimbund genau das war, was ihr noch zu ihrem Glück gefehlt hatte. Aber vermutlich hätte ich sie auch dazu überreden können, zum Mond zu segeln oder eine Tube Senf zu essen. Amber hätte alles mitgemacht. Sie war einfach grandios.

Ich rieb mir vergnügt die Hände. »Jetzt suchen wir zwei Komplizinnen, denn irgendwer muss ja Schmiere stehen und die Taschen tragen«, erklärte ich.

Doch wer sollte das sein? Amber schlug verschiedene langweilige Hühner vor und am Ende sogar Nina, das Zopfenmädchen. Ich hielt dagegen. Wir wurden uns lange nicht einig. Während einer Turnstunde kam mir schließlich die zündende Idee. Das Turnen fand mit den Schülerinnen der Parallelklasse statt, vierundzwanzig Mädchen reckten und streckten sich unter der Anleitung von Fräulein Müller zweimal die Woche an Sprossen, Seilen, Ringen und anderen

Foltergeräten. An diesem Freitag hatte die Turnlehrerin einen Geräteturnen-Rundgang aufstellen lassen: Ringe, Barren, Trampolin, Pferd, etc., einfach alles, was ich mir weit weg wünschte. Ich stöhnte beim Anblick des Maschinenparks, Amber jedoch machte sich vergnügt ans Werk. Sie schwang, schwenkte, drehte und sprang. Ihr roter Pferdeschwanz und die unzähligen Sommersprossen machten alles mit, ich fand das einen umwerfenden Anblick. Als Amber alle Stationen erfolgreich absolviert und ich mich ebenso erfolgreich daran vorbeigedrückt hatte, zog ich sie in den Geräteraum, um ihr meine geniale Idee mitzuteilen.

»Hör mal, wir lassen das Schicksal spielen – beziehungsweise wir lassen den Gral walten! Der will, dass wir ihn bald finden, darum schickt er uns einen Wink. Wir sollen die ersten beiden nehmen, die in den Geräteraum kommen.«

Amber stellte den Kopf schräg, überlegte eine Weile, indem sie die Nase kräuselte, dann nickte sie aufgeregt. Gespannt legten wir uns auf den Schwedenkasten, der allein im Geräteraum stand, und fixierten den Eingang.

Warteten.

Nach einiger Zeit schälten sich aus dem hallenden Schwatzen, Quietschen, Stampfen und Klatschen zwei streitende Stimmen, die näher kamen. Ich hörte Amber neben mir nach Luft ringen und einen Namen zischen, den ich nicht verstand. Colette tauchte als erste auf, im rosa Glitzerdress, rückwärts und in ein hitziges Gespräch mit ihrem Gegenüber vertieft. Dann erschien dieses Gegenüber – es war Dolores, die soeben wetterte: »Du treulose Tomate hast beim Rechnen die Hand über dein Blatt gehalten, nur damit ich nicht abschreiben konnte!«

»Es hätte dir ja gar nichts genützt, wir hatten verschiedene Tests. Nicht gemerkt?«

»Du darfst trotzdem nicht abdecken«, maulte Dolores und näherte sich Colette mit bedrohlichem Gesichtsausdruck.

Colette nahm ein Springseil von der Wand und streckte es

Dolores auf Augenhöhe entgegen, als wollte sie Dracula mit dem Kreuz in Schach halten.

Mit diesen beiden war das so eine Sache: Sie saßen jahrein und jahraus im Unterricht nebeneinander, obschon sie sich nicht ausstehen konnten. Am Beginn jedes Schulhalbjahres, wenn man einen neuen Sitzplatz wählen kann, nahmen sie sich vor, früh zur Schule zu kommen, damit sie endlich neben jemand anderem sitzen könnten, und jedes Mal waren sie wieder die Letzten und mussten miteinander Vorlieb nehmen. Einmal aber schaffte es Dolores früh da zu sein, nur wollte sich niemand neben sie setzen. Colette kam wie üblich als Letzte; so blieb alles beim Alten.

Amber und ich hatten atemlos den Streit mitverfolgt. Nun räusperte ich mich laut. Dolores und Colette drehten überrascht den Kopf.

»Sieh mal an. Gratuliere – ihr habt gewonnen, ihr dürft bei unserem Geheimbund mitmachen!«

Dolores stemmte die Hände in die Hüfte. »Spionierst du uns nach?«

Ich winkte ab. »Ein Geheimbund ist, wenn man erstens nichts davon weiß, zweitens gute Sachen tut und drittens den Heiligen Gral findet, damit viertens das Glück auf unserer Seite ist.«

»Leck mich am Auspuff!«, schnauzte Dolores. Aber ich sah ihr an, dass sie interessiert war. Normalerweise nahm niemand sie freiwillig in eine Gruppe auf, und auch mir wäre jede andere als Dolores und Colette lieber gewesen. Ich konnte vor Amber jedoch keinen Rückzieher machen.

»Wir bilden einen Geheimbund, finden den Gral und alle unsere Probleme sind gelöst«, wiederholte ich.

Colette starrte uns an, man konnte schier die Fragezeichen sehen, die wie Motten um ihren Kopf schwirrten. »Wie soll denn das gehen?«

Ich zuckte mit den Schultern. »Niemand weiß genau, was der Heilige Gral ist. Man weiß nur, dass mit dem Gral alles möglich ist. Das wäre doch super! Und niemand wüsste von unserem Bund, und wir täten gute Sachen, und ich wäre die Anführerin, und ihr würdet mir bedingungslos gehorchen, und falls es eine Beute gäbe, würden wir teilen, jede bekäme ein Viertel, also vierzig Prozent.«

Amber schüttelte lachend den Kopf. »*Oh dear*, ein Viertel ist doch nicht vierzig Prozent.«

»Na bitte, Amber! Ein *Vier*-tel ist logischerweise *vier*-zig Prozent!«

»Bist nicht du die, welche in Mathe eine Niete ist?«, fragte Dolores.

»Diskutieren wir jetzt hier über den Geheimbund oder über meine Noten?«, fauchte ich und sprang vom Schwedenkasten. »Nächsten Mittwoch um zwei Uhr erwarten wir euch im Rosengarten. Macht mit und euch öffnet sich das Paradies. Oder kneift und fahrt zur Hölle.«

In diesem Moment platzte Fräulein Müller in den Geräteschuppen und fragte entnervt, ob das hier ein Geheimzirkel sei, oder was. Colette nickte, Dolores stieß sie ruppig in die Seite, Amber zählte die Sommersprossen auf ihrem Arm, und ich lächelte mein unschuldigstes Lächeln. Ich konnte verdammt gut unschuldig lächeln!

Strafaufgaben kriegten wir trotzdem.

5. Dolores Franzen

*Die **Mayr-Kur**: alte Brötchen gründlich kauen und einspeicheln. Getrunken werden vor allem Milch, Kräutertee, stilles Wasser, Karlsbader Salz oder Bittersalz.*

Bei uns hätte der Hammer in die Brotkiste gehört. Das Brot war nämlich meistens hart wie Granit. Mutter brachte es aus der Kantine der Berner Kantonalbank, wo sie nachts den Dreck der properen Geschäftsheinis wegputzte. Sie nahm wirklich nur das harte Brot, alles andere hätte sie als Diebstahl empfunden.

Da der Alte dauernd besoffen war und es bei ihm manchmal gehörig aussetzte, wäre ein Hammer in der Küche jedoch gefährlich gewesen – wer weiß, was er damit angestellt hätte! Also blieb der Hammer im Keller. Einmal ging ich mit dem Brot runter und schlug mit dem Hammer darauf ein. Am Ende hatte ich Entenfutter und Paniermehl. Doch was sollte ich damit? Leute, die Enten füttern, sind Dünnbrettbohrer, und außerdem: Bei uns gab es kaum mal Fleisch, das man in Paniermehl hätte wenden können.

So tunkten wir das harte Brot in Kaffee, Milch oder Bouillon. Aber oftmals konnten wir nicht mal das, weil der Herr Papa noch halb besoffen herumnölte und Mutter mit Ringen unter den Augen auf dem Sofa lag und uns wegen Kleinigkeiten beschimpfte. In solchen Momenten dachte ich an den Hammer und dass ich ihn dem Alten gerne über die Rübe geschlagen hätte.

Das erübrigte sich, als ich in der vierten Klasse war. Es machte klatsch! und alles wurde anders. Mutter hatte beim Putzen *Annabelle* im Papierkorb gefunden und mit nach Hause genommen. Sie las einen Artikel über Alkoholiker und Co-Alkoholiker und wie man aufhören konnte, Mitalkoholiker zu sein. Das interessierte Mutter, denn sie hatte das Leben mit Vater satter als satt. Als der das nächste Mal sturzbesoffen das Bett vollkotzte, ließ sie ihn darin liegen. Er erwachte am Morgen mit dem Kopf in der eigenen Straßenpizza und sprang wie eine gesengte Sau aus dem Bett. Er war so schockiert über seine Reiherei, dass er nie mehr Alkohol anfasste. Es war ungewöhnlich, dass er jetzt am Abend zu Hause war und deprimiert in die Röhre gaffte, aber nicht unangenehm. Ein halbes Jahr später erlitt er einen Herzinfarkt (als er den Mülleimer rausstellen wollte), und das erledigte ihn. Ich wusste nicht, ob ich froh oder traurig darüber sein sollte, aber da sich sowieso niemand darum kümmerte, was ich fühlte, war das schnurzegal.

In dieser Zeit fand ich Colettes Pausenbrote noch köstlicher als sonst. Ich wusste nicht, ob das Einbildung, Tatsache oder Zufall war. Meistens legte Colette sie mir jetzt kommentarlos aufs Pult.

Am Mittwoch, an dem der Geheimbund gegründet werden sollte, saßen die *Norambers* um vierzehn Uhr im Rosengarten auf der Mauer und baumelten ungeduldig mit den Beinen. Genau genommen saßen sie schon seit einer halben Stunde da. Sie hatten ein *Bounty*, ein *Snickers* sowie mehrere saure Zungen gegessen und kauten jetzt *Hollywood*-Kaugummis, Geschmacksrichtung Erdbeere.

Das alles wusste ich so genau, weil ich sie beobachtete. Ich hatte mich in einen der Büsche geschlagen und das Schnuppern von fünf Kötern über mich ergehen lassen müssen; fehlte nur noch, dass mich die Stinkviecher angepinkelt hätten. Es war auch sonst kein gemütlicher Busch, denn er befand sich in dem steilen Hang, der vom Rosengarten abfällt. Das finde ich das Lästige an Bern, dauernd geht es hinauf oder hinunter. Wenigstens hat man von hier aus eine tolle Aussicht auf die Altstadt. Bern ist übrigens die Hauptstadt der Schweiz, das weiß ja außer den Schweizern kein Aas. Sie schnarcht in einer Flussschlaufe der Aare vor sich hin und weist die pulsierende Lebendigkeit einer Schnecke auf. Wenn Sie nicht aufpassen, sind Sie aus dieser Stadt hinausgefahren, noch bevor Sie gemerkt haben, dass Sie überhaupt drin waren. Eine wahnsinnsmickrige Metropole also. Einst war Bern mächtig, besaß Teile des Aargau, Jura und der Waadt mit ihren vielen Rebbergen. Nicht von ungefähr wurde Bern zu dieser Zeit als *Venedig des Nordens* bezeichnet: In über zweihundert Kneipen in den Kellergewölben der Altstadt konnte man sich mit Waadtländer Wein vollaufen lassen. (Das weiß ich von Vater, er kannte sich in Alkohol- und Kneipengeschichte super aus). Von hier aus sieht man auch den Bärengraben, das Wahrzeichen Berns – das traurigste Wahrzeichen überhaupt: Die Bären schlafen in Kerkern, und tagsüber trotten sie im Graben herum und werden von kreischenden Kindern mit Karotten beworfen. Man hätte die Stadtratsfritzen dorthin verfrachten sollen, da hätten sie gesehen, wie das so ist.

Wenn man sich auf einen Geheimbund einlässt, muss man seine Komplizen erst mal kennenlernen. Deshalb stand ich hinter dem Busch. Bisher hatte ich jedoch nur herausgefunden, dass Nora und Amber Süßigkeiten fraßen und immer wieder verstohlen in die Richtung schauten, aus der sie unser Kommen erwarteten.

Zwanzig nach zwei. Nora und Amber glotzten enttäuscht Löcher in die Luft. »Sie hätten das Paradies haben können und haben die Hölle gewählt, diese Dummkühe«, brummte Nora.

»Jetzt hör doch auf mit diesem blöden Himmel-und-Hölle-Gequatsche!«, warf Amber ein.

Nora funkelte ihre Freundin böse an. Das war bemerkenswert, denn sonst betrachtete sie Amber nur liebevoll, verzückt oder verschmitzt. Bevor sie hätten weiterdiskutieren können, fuhr Colette auf ihrem rosa Fahrrad um die Ecke. Das nahm ich als Gelegenheit, mich davonzuschleichen und kurz darauf ebenfalls anzusausen. Ich setzte mich neben die anderen auf die Mauer. Mein Herz pochte bis zum Hals, so aufgeregt war ich.

»Also«, Nora stellte sich auf die Mauer und guckte zu uns herunter. »Erste Regel: Wer nicht pünktlich kommt, fliegt raus. Heute machen wir eine Ausnahme, weil ihr ja noch gar nicht im Geheimbund seid.«

Sie sagte das grottenstreng, aber Colette gähnte nur und ich schnürte demonstrativ meinen Schuh neu. Man muss von Anfang an klarstellen, dass man nicht einfach den Schwanz einzieht.

Colette wollte wissen, wie unser Club heiße. Nora raunzte sie genervt an: »Also, erstens ist das kein Club, sondern ein Geheimbund, und zweitens müssen wir genau das jetzt herausfinden.«

»Super, wir taufen unseren Geheimbund!«, rief Colette.

Ich gab ihr einen Schubs. »Spinnst du, das so laut hinauszuposaunen. Wir sind geheim, hörst du?! *Ge-heim!*«

Colette, die wegen meines leichten Schubses von der Mauer gefallen war, suchte besorgt ihr lila T-Shirt und die weiße Hose nach Flecken ab, dann streckte sie mir die Zunge raus.

Wir hirnten über einen Namen.

»*Die schwarzen Vier.*«

»*Die vier Geheimen.*«

»*Die Rosen von Bern.*«

»*Die vier Bärinnen.*«

»*Die vier Gigi l'ameroso.*«

Das ging so lange, bis es bei Nora aushängte. Sie kniete auf der Mauer nieder und machte ein verschwörerisches Gesicht. »Da ihr nicht fähig seid, etwas Brauchbares zu liefern, entscheide ich. Unser Geheimbund heißt: *Wir vier*. Abgekürzt W4! Was meint ihr?« Sie blickte triumphierend in die Runde.

»*Wir vier*? Also, ich weiß nicht recht«, sagte ich.

»*W4* tönt irgendwie geheimnisvoll«, meinte Amber. Colette drehte eine ihrer blonden Strähnen um den Finger und ließ aus ihrem Kaugummi eine große Blase wachsen. Nachdem der Ballon geplatzt war, schabte sie die Reste des Kaugummis in den Mund zurück. Und sagte: »Gar nicht schlecht, ich bin damit einverstanden. Und was ist jetzt mit dir, Kloß?«

»Nenn mich nicht Kloß! Ich heiße Dolores!«, maulte ich. »Ich nenne dich ja auch nicht Zuckerpüppchen! Also, wenn es unbedingt sein muss, ich bin einverstanden.«

»*Wir vier*«, schrie Nora voller Freude, schaute sich dann aber ängstlich um, ob jemand sie gehört hatte. »*Wir vier*, los, schlagt ein«, sagte sie mit leiserer Stimme, »wir heißen *Wir vier*, kurz *W4*.«

Wir schlugen ein, und der Geheimbund war besiegelt. Wir spürten, dass dies ein besonderer Moment war, doch erst viel später würden wir realisieren, wie verdammt besonders er wirklich gewesen war.

6. Amber

Jacqueline Du Pré neigte sich vor und ließ den Bogen über die Saiten donnern. Vor Anspannung warf sie den Kopf zurück, und wieder und wieder brach der Klang ihres Cellos mit Urgewalt hervor.

New York Times

Ich muss knapp sechs Jahre alt gewesen sein, als ich im Radio den *Schwan* aus dem *Karneval der Tiere* von Saint-Saëns hörte. Mutter erzählte mir, dass ich während dieser drei Minuten andächtig und mit offenem Mund gelauscht hätte. Ich erinnere mich, dass ich einen stolzen weißen Schwan im Mondlicht über den See gleiten sah, das Wasser glitzerte silbern, es war unirdisch schön. Glückseligkeit und eine tiefe Traurigkeit überkamen mich, was ich nicht verstand. Ich wusste nur eines: Ich wollte das Instrument spielen, das mir solch seltsame und wundersame Gefühle im Herzen verursachte. Mom erklärte mir, dass Jacqueline Du Pré gespielt habe, eine junge britische Cellistin, die beste überhaupt.

Mom dachte (und hoffte), dass mein Wunsch ein vorübergehender wäre, aber ich blieb hartnäckig. Ich quengelte so lange, bis sie mir wenigstens eine Platte der Jacqueline Du Pré kaufte. Ich hörte sie mir tagelang, wochenlang, monatelang an. Da gaben meine Eltern auf: Zum siebten Geburtstag bekam ich mein erstes Cello. Ich war zuerst selig, bald aber maßlos enttäuscht darüber, wie schrecklich das Instrument tönte, *hell's bells*! Ich wollte eines, das so gut klang wie dasjenige der Jacqueline! Lange Zeit wollte ich nicht wahrhaben, dass *ich* für die schrecklichen Töne verantwortlich war und nicht das Cello.

Wenn ich Cello übte, entfernten sich die Menschen aus meinem Umkreis; eine einzige blieb, setzte sich erwartungsvoll auf mein Bett und lauschte mit entzücktem Gesichtsausdruck – Nora. Vielleicht war sie taub oder unmusikalischer als eine rostige Säge, jedenfalls war sie von meinen falschen Tönen hingerissen und spornte mich an weiterzufahren.

In der dritten Klasse erfuhr ich, dass die Du Pré an MS erkrankt war und nie mehr vor Publikum würde spielen können. Sie war erst achtundzwanzig Jahre alt. Ich war so schockiert, dass ich das Cello aus Solidarität (und vielleicht auch, weil es immer noch nicht wahnsinnig gut tönte) niederlegen wollte. Das hätte ich wohl auch getan, aber wenn man Nora zur Freundin hat, ist das unmöglich. Sie fand, dass ich jetzt erst recht spielen müsse, um die Jacqueline vor dem Vergessen zu bewahren. Wie ich das mit meinem quietschenden Saitenspiel schaffen sollte, blieb mir ein Rätsel.

Jeden Morgen wartete Nora beim Breitenrainplatz auf mich oder manchmal wartete ich auf sie, aber das kam selten vor, Nora war pünktlicher. Und fast jedes Mal wollte sie wissen, wie es mit dem Cellospiel gehe und wann sie wieder zuhören dürfe. Wir gingen gemeinsam den restlichen Schulweg, Nora hüpfte und erzählte mir aufgeregt von ihren Ideen, Vorhaben und Erkenntnissen, und ich ließ mich mitreißen.

Ja, und dann hatten wir einen Geheimbund. Die erste Aufgabe, die wir als Mitglieder des Geheimbundes ausführen sollten, war verhältnismäßig einfach: Wir mussten zur Besiegelung unseres Bundes ein Eis essen, das Nora bzw. ihre Mutter gespendet hatte. (Nora hatte ihr gesagt, dass sie sich mit ihren Ballettkolleginnen treffen würde, und da Mutter Seligmann immer noch die Hoffnung hegte, dass aus ihrer Tochter eine Balletttänzerin würde, zeigte sie sich großzügig.) Die Schale, in der die Riesenportion Eis mit Schlagsahne serviert wurde, erinnerte Nora an den Gral, aber wir interessierten uns mehr für den Inhalt. Da das Eis nicht in vier Territorien eingeteilt war, kamen Unstimmigkeiten auf. Dolores graste nämlich auf Colettes' Wiese, da schlug Colette mit ihrem Löffel auf Dolores Hand. Nora appellierte an die Schwesterlichkeit innerhalb des Geheimbundes. Colettes und Dolores' Blickwechsel blieb jedoch entschieden unschwesterlich.

In den folgenden Wochen entwickelten wir – angetrieben durch Nora – eine Geheimsprache. Kaum hatten wir sie gelernt, veränderte Nora sie wieder, damit – wie sie erklärte – kein Fremder sie dechiffrieren konnte. So kam es, dass auch wir Geheimbündlerinnen die Schrift nicht lesen konnten, was gewissen Unmut weckte. Schließlich einigten wir uns darauf, die Botschaften mit Zitronenwasser zu schreiben und dann über dem Feuerzeug sichtbar zu machen. Leider war Colette nicht so geschickt darin, sie verbrannte jede zweite oder dritte Nachricht. Am Informationsfluss würde man noch arbeiten müssen.

In einer Turnstunde flüsterte mir Nora die erste richtige Aufgabe zu mit der Aufforderung, sie an Colette und Dolores weiterzugeben. Sie raunte in mein Ohr: »*Wir heften Großwanze.*«

Ich kicherte verwirrt. Nora wedelte mich ungeduldig weg, also ging ich zu Colette und flüsterte ihr ins Ohr: »*Wir heften Großwanze.*« Colette gab diese Information ähnlich verwirrt an Dolores weiter. Diese ging zu Nora und fragte sie, ob sie einen Affen sitzen habe, was denn das überhaupt sei, eine *Großwanze heften.* Nun guckte Nora dumm aus der Wäsche, sie hatte gesagt: »Wir helfen Großtante.« Und natürlich sollte ich an allem Schuld sein, was nicht stimmte: Nora war selber Schuld! Als sie mir die Botschaft ins Ohr flüsterte, hatten mich ihre Lippen am Ohr gekitzelt, so dass ich mich nicht konzentrieren konnte.

Die Aufgabe bestand darin, in der Wohnung von Noras

Großtante Gutes zu tun. Großtante Klärli war anscheinend etwas unordentlich.

An einem Mittwochnachmittag machten wir uns auf. Großtante Klärli traf sich wie jede Woche mit ein paar Freundinnen im Tea Room *Domino*. Nora wusste, wo ihre Tante den Wohnungsschlüssel versteckte (unter dem Rock des Schneewittchens vor dem Haus). Es stand unserer guten Tat nichts im Weg.

In der Wohnung fiel uns der Kinnladen runter: Wo irgendwas sein konnte, war auch was, aber bestimmt nicht das, was dort hingehörte! Wir fanden Kleider in Bücherregalen, in Kartonschachteln und im Küchenschrank, Bücher in Schubladen und auf dem Klo, die Zeitungen stapelten sich bis zur Decke, den Schneebesen entdeckten wir im Nähkasten. Kurz, das Chaos pur!

»Denkt an die gute Tat und den Heiligen Gral, dann geht's wie von alleine«, versicherte Nora.

Der Nachmittag verflog tatsächlich im Nu, wir waren so konzentriert am Werk, dass wir Großtante Klärli nicht vor der Tür wettern hörten, als sie den Schlüssel suchte und nicht gleich fand. Wir merkten auch nicht, dass sie hereinkam und gleich wieder hinausging (sie dachte wohl, dass sie sich in der Wohnungstür geirrt hatte). Als sie dann erneut eintrat und einen Schrei ausstieß, bemerkten wir sie endlich doch noch und strahlten sie an.

Nora wedelte stolz mit ihrem Staublappen. »Hallo Großtanti! Du, wir haben ein bisschen aufgeräumt.«

Da kamen wir zum ersten Mal in Kontakt mit einer wichtigen Lebensregel: *Manchmal bewirkt das Gute, das wir vorhaben, eine Katastrophe.*

Großtante Kläri humpelte nämlich mit wachsendem Entsetzen durch ihre Räumlichkeiten. »Wie soll ich da jemals etwas wiederfinden?«, klagte sie. »Was macht der Schneebesen in der Küchenschublade? Mein Schirm, mein Schirm, wo ist er hin?« (Er hing vorher am Lüster.)

Wir verstanden die Welt nicht mehr! Während Großtante

weiterklagte, versuchten wir uns auf ein Zeichen Noras aus dem Staub zu machen. Da hatten wir die Rechnung aber ohne Tante gemacht. Sie setzte sich auf einen Stuhl und dirigierte von dort aus die Wiederherstellung ihrer Ordnung. Wir mussten unsere Eltern anrufen und ausrichten, dass wir Großtante Klärli etwas zur Hand gingen und erst später nach Hause kämen.

Als wir erschöpft um halb zehn die Wohnung verließen, entging Nora nur deswegen einem Racheakt, weil wir schlicht zu entkräftet waren, um ihr noch eine Szene zu machen.

In den Frühlingsferien machte Nora die Großtantenmisere wieder gut, indem sie die Erlaubnis erhielt, einen Kellerraum für sich benutzen zu dürfen. Mutter war dagegen, aber Vater gab ihr den Schlüssel mit den Worten: »Langsam wirst du eine Dame, da braucht man ein *Chambre Separée.*«

Wir wussten zwar nicht, was ein *Chambre Separée* war, aber Hauptsache wir hatten es. Wir waren hingerissen – *a room of one's one*! Wir begannen, es zu schmücken, klebten Alupapier an die Wände, bis uns von all dem Glitzern schier schwindlig wurde. Alte und aktuelle *Bravos* wurden hergeschleppt, ein kleiner Transistorradio, Kerzen, ein grässlicher schwarzer Drachenkerzenhalter von Dolores. Kissen verschwanden aus vier Haushalten und lagen jetzt auf der Schaumstoffmatratze, die Vater Seligmann uns spendiert hatte. An die Außenseite der Tür befestigte Nora ein Bild der Rockband *Kiss* – zur Abschreckung der Mutter. Ich hängte natürlich ein Bild der Jacqueline Du Pré auf. Colette hingegen versah ihren Platz mit schwarzen Tüchern. Sie hatte ein halbes Jahr vorher eine markante Veränderung durchgemacht: Fast von einem Tag auf den anderen weigerte sie sich, an Schönheitswettbewerben teilzunehmen, und ersetzte ihre Barbie-Bekleidung kontinuierlich durch nachtschwarze Klamotten. Ihre Mutter entging nur knapp einem Nervenzusammenbruch, doch Colette blieb stur. Sie ließ nichts anderes mehr als schwarze Kleider an ihren Körper, und ihr Verschleiß an Kajal-Stiften war beeindruckend. Wir hatten ein rosa Bonbon in unserem Geheimbund aufgenommen, und aus dem war nun ein Gruftie geschlüpft. Das war gewöhnungsbedürftig. Nun ja so gewöhnungsbedürftig auch wieder nicht – schwarz passte ganz gut zu ihrem Charakter.

Jeden Mittwochnachmittag lagen wir auch beim schönsten Wetter in unserer Glitzerhöhle, lasen Dr. Sommer-Rubriken, schwärmten von Jungs (vor allem Colette und Dolores), von Abenteuern (Nora) und von Musik (ich). Meistens lagen über den Boden verteilt Papiertüten mit Köstlichkeiten, die Dolores von der Bäckerei mitgebracht hatte. Zu ihrer unbändigen Freude hatte sie einen Nebenjob als Mädchen für alles im Backhaus *Bohnenblust* erhalten. Dolores liebte ihren Job über alles – endlich kam sie zu anständigem Brot und Taschengeld, aber darüber hinaus hatte sie Ideen für Sandwichkreationen, welche die Bäckerleute teilweise aufnahmen und umsetzten.

Wir lagen also mit vollen Bäuchen auf den Kissen, hörten Kassetten und stritten über die Musik. Colette wollte *Queen* oder *The Cure* hören, Dolores Schlager, Nora *Kiss* oder *Sweet* und ich natürlich Klassisches. Wir planten unsere nächsten Geheimbund-Aktionen. Colette schlug vor, die Turnlehrerin Fräulein Müller zu kidnappen und als Lösegeld für immer turnfrei zu verlangen. Aber obschon Dolores und Nora das verlockend fanden (ich nicht, ich liebe Turnen!), sah glücklicherweise niemand ein, was dieses Kidnapping mit dem Heiligen Gral zu tun haben sollte.

Ich erzählte, dass Sandro aus der sechsten Klasse ein paar Erstklässler schikanierte. Da müssten wir als echte Ritterinnen etwas dagegen tun. Die anderen stimmten begeistert zu.

Am nächsten Tag, nach Schulschluss, rasten wir aus der Schule und versteckten uns hinter einer Telefonkabine. Als Sandro vorbeiging, sprang Dolores mit einem Hammer in der Hand hervor und schrie: »Wenn du noch einmal die Kleinen schikanierst, mache ich Paniermehl aus dir.«

Aufgeregt beobachteten wir die Szene – ich flüsterte leise: »*Yeah, eat him alive!*« – und vergaßen die Abmachung, auch hervorzuspringen und irgendetwas Furchterregendes zu sagen. Dolores schielte böse zu uns, den Hammer wie ein Wikinger über ihrem Kopf schwingend. Aber offensichtlich reichte das aus: Sandro lief bleich an und suchte das Weite. Von da an ließ er die Kleinen in Ruhe.

Eines Nachmittags pafften wir uns durch ein Päckchen Zigaretten und sahen einander in dem Qualm nur noch undeutlich, als Nora bedächtig in die Runde schaute. »Ich finde, wir sollten das Niveau unserer Geheimaktionen anheben und uns echten Herausforderungen stellen«, sagte sie zwischen zwei Zügen. Sie fixierte Colette, was durch den Qualm nicht so autoritär wirkte, wie es wohl hätte sollen, und drückte die Zigarette am Rand von Dolores' Drachenkerzenständer aus. »Colette, du hast bisher noch kein einziges Mal einen Vorschlag gemacht – außer dem Kidnapping von Fräulein Müller, das wir sehr gern ausgeführt hätten, aber Kidnapping führt nun wirklich nicht zum Gral.«

»Wer sagt das«, fragte Colette stirnrunzelnd und klimperte mit ihren Ketten.

»Ich.«

Dolores schüttelte den Kopf. »Sapperlot, Nora, du bist der eingebildetste Pfauenkopfsalat, den ich kenne.«

»Was soll denn das sein, ein Pfauenkopfsalat?«, fragte ich.

»Na, eben Nora! Nora ist ein Pfauenkopfsalat, eingebildet bis in die Stockdrüsen!«

»Und was bitte sind Stockdrüsen?«

»Schau mal in den Spiegel, dann weißt du es!«

»Ich dachte, Nora habe Stockdrüsen, nicht ich.«

»Ihr habt sie beide, stellt euch doch nicht so taubentänzig an.«

»Taubentänzig?«, fragte Nora grinsend.

»Tut doch nicht so, als würdet ihr mich nicht verstehen!«, erwiderte Dolores beleidigt, dann schubste sie Colette neben sich. »Also, was ist mit der Geheimbundaktion?«

Colette starrte auf ihre Zigarette. Sie tat es so lange, bis die Glut beim Stummel erlosch. »Als Ritterinnen«, begann sie zögerlich, »müssen wir dem Gral zeigen, dass wir keine Angst vor dem Tod haben.«

Nora, ich und Dolores verdrehten unsere Augen, nicht synchron, aber rasant.

»Und deshalb werden wir auf den Friedhof gehen.«

»– Gute Idee, wir bringen die Beete auf den Gräbern in Ordnung«, sagte ich leicht erregt.

Nun verdrehte auch Colette ihre Augen. »So weit kommt's noch! Nein, wir gehen nachts – helfen den Seelen, die immer noch im Friedhof herumirren, von da wegzukommen.«

»Wohin denn?«, fragte Nora gespannt. Eine solche Idee gefiel ihr natürlich wieder!

»Woher soll ich das wissen?!«, erwiderte Colette. »Friedhöfe sind etwas für die Lebenden. Die Toten sollen fliegen, das können sie ja nun endlich, so ohne stofflichen Körper, und alles ist leicht und friedlich. Ich würde jedenfalls keine Sekunde zuviel auf dem Friedhof verbringen. Schnell noch meiner Abdankung zuschauen, dann ab durch die Mitte, über den Horizont hinaus und weg.«

Wir schwiegen, der Qualm waberte um uns. Mir war es leicht übel, aber zwei Zigaretten mussten noch gepafft werden, ich durfte kein Weichei sein. Ich konnte spüren, wie Nora neben mir Feuer gefangen hatte, und das bedeutete für den Rest von uns, dass es wohl kein Zurück mehr gab.

So gingen wir auf den Friedhof. Es war im Spätherbst, wir trafen uns um acht Uhr abends vor dem schmiedeisernen Tor. Da es zu allem Übel noch neblig war, sah man kaum etwas. Die Straßenlampen auf dem Parkplatz gaben nur sich selber Licht. Nora hatte mich an der Hand gepackt, damit ich nicht davonrennen konnte, Colette sah in ihrem langen, schwarzen Mantel des Guten zuviel aus. Ich begann unkontrolliert mit den Zähnen zu klappern, bis Nora mein Gesicht in ihre Fäustlinge nahm und mir gut zuredete. Dolores trug den Hammer in der Rechten – für den Fall, dass die Geister doch stofflicher als erwartet seien, erklärte sie. Ihre Augen waren weit aufgerissen – kein Wunder, irgendwo lagen da die Reste ihres Vaters.

Colette nahm etwas unter ihrem Mantel hervor. »Hier sind die Staubwedel«, hatte sie erklärt, »mit denen entstauben wir jedes Grab und vertreiben damit die Geister.«

Dolores fuchtelte erregt mit dem Hammer herum. »Willst du mich für blöd verkaufen? Kein beknackter Geist lässt sich von einem Staubwedel vertreiben. Das ist wieder mal Kackescheiß, Madame Colette!«

Colette ging nicht darauf ein, sie gab jeder von uns neben dem Wedel eine Tüte mit Rechaud-Kerzen. »Habt ihr ein Grab freigewedelt, zündet ihr darauf eine Kerze an. Und Dolores – das ist meine Aktion, und die machen wir so, wie ich es sage, verstanden?!« Sie marschierte los.

So wedelten wir, ich kam mir dabei unendlich bescheuert vor. Am Anfang standen wir Höllenängste aus, aber mit jeder Kerze, die wir anzündeten, wirkte die Szenerie freundlicher, und mit der Zeit waren die Grabsteine gar nicht mehr so gruselig. Ein Glück, hatte Colette den alten Friedhof bei der Kirche gewählt und nicht den neuen, weitläufigen auf der anderen Seite der Hauptstraße – wir wären nie fertig geworden. Zum Schluss schritt Colette mit wehendem Mantel die Wege durch das Flammenmeer ab, um nachzuschauen, ob irgendwo noch eine Seele herumhing. Sie wedelte hier und dort, endlich kam sie dann zurück. Ich hatte keinen Schimmer, wie sie merken wollte, ob ein Wesen zurückgeblieben war oder nicht. Colette war in ihrem Element, ihre Wangen waren gerötet, die Haare flogen um ihren Kopf. Sie schien glücklich, und das war das Absurdeste von allem.

7. Colette

Ich weiß, das Leben ist gar und gut.
Und die Welt ein voller Topf,
aber mir geht es nicht ins Blut,
mir steigt es nur zu Kopf.
Rainer Maria Rilke

Warum ich damals dem Geheimbund beitrat? Keine Ahnung. Wahrscheinlich aus Langeweile, vielleicht weil ich Nora bewunderte. Sie war nicht so lethargisch wie ich, sondern fröhlich und mitreißend. Es war wirklich nicht schlecht, mit ihr zusammen zu sein.

Doch auch Nora war nicht über alle Zweifel erhaben, das sage ich rückblickend, nun, da ich gescheiter bin, da ich oft darüber nachgedacht habe, was wir hätten tun müssen, damit es nicht so desolat herausgekommen wäre. Ja, danach ist man immer weiser, aber das ist nicht von Belang, weil *danach* zu spät ist. Man kann sich mit der Vergangenheit nicht für die Zukunft wappnen. Denn die Zukunft ist ja letztendlich immer der Tod, da gibt es kein Pardon.

Die verhängnisvolle Idee teilte Nora uns auch diesmal während einer Turnstunde mit. Das war in der achten Klasse. Es sollte unser letztes großes Unternehmen sein, denn Nora würde am Ende des Schuljahres unsere Klasse verlassen, weil ihre Familie nach Zürich zog. Bei Nora und Amber verursachte das über Monate hinweg eine Staatstrauer.

Wir waren uns einig, dass die letzte Aktion des Geheimbundes die wichtigste sein müsste. Es sollte diejenige welche werden. Die große Tat.

Als gäbe es große Taten.

Wir waren also am Turnen. Ich beobachtete, wie Nora Amber ins Ohr wisperte, da wusste ich, dass es so weit war. Als Nora Amber die Botschaft zugeflüstert hatte, schaute Amber sie erstaunt an und ging wortlos zu Dolores. Dolores schaute ebenfalls ungläubig aus der Wäsche, das Trampel hatte wohl mal wieder nichts begriffen. Sie kam kopfschüttelnd zur Matte, wo ich auf dem Trampolin eben einen lahmen Sprung gezeigt hatte und mich davon erholen musste. »Jetzt geht's aber los!«, tuschelte sie. »Unsere nächste Aufgabe ist: *Wir brettern und kleben.*«

Ich musste kichern, so blöd war die Botschaft, dann kicherten auch Dolores und Amber.

Nora eilte zu uns und fragte verärgert, was es zu lachen gäbe.

»*Wir brettern und kleben*, was soll denn das sein? Ein Werkkurs?«, gluckste ich.

Nora schüttelte genervt den Kopf und fragte Amber, was nur mit ihren Ohren los sei, sie sei doch Musikerin. Sie habe gesagt – und senkte dabei die Stimme –: »Wir retten ein Leben!«

Das machte mehr Sinn. Doch was für ein Leben?

Nora winkte uns zu den Kletterstangen. Unauffällig schlichen wir hinüber. Kaum waren wir dort, hörten wir von hinten die Stimme von Fräulein Müller, die uns fragte, was wir vier bei den Stangen suchen würden. Sie sagte das in einem Ton, dass es einen nicht wundern muss, wenn Teenager beim Turnen unmotiviert sind. Nora sagte etwas von hochklettern, was aus ihrem Mund mehr als lächerlich tönte – im Sport konnte sie es höchstens mit einem Waschlappen aufnehmen. Da mussten wir als Strafe die Matten und Geräte in den Geräteraum tragen.

Als wir die erste Matte verstaut hatten, warfen wir uns erschöpft darauf. Ich kontrollierte, ob ich auch keinen Schmuck verloren hatte. Ich trug ziemlich viel davon, was beim Turnen eigentlich verboten war. Als mir die Lehrerin in hysterischem Ton befahl, das hässliche Gehänge auszuziehen, weigerte ich mich. Ich wäre dann wie nackt gewesen, und das hätte ich nicht ertragen. Dolores sah mein Gesicht und baute sich vor der Lehrerin auf. Sie blähte ihre berühmten Nüstern und sagte ein paar Dinge zu ihr, die ich nicht verstand. So durfte ich den Schmuck anbehalten, den Nüstern sei Dank. Ab und zu erhängte ich mich fast an den Kombinationen von Reckstangen, Turnringen und meinen Halsketten, aber ich nahm das gern in Kauf.

Dolores sagte einmal, dass ich strenggenommen auf den Friedhof gehöre – mit all den Totenköpfen und den anderen widerlichen Sujets. Ich erwiderte, warum auch nicht, Friedhöfe seien tatsächlich schöne Orte, was sie halt nicht verstehe.

Da meinte sie: »Verstehst du es denn?«

Ich blieb ihr eine Antwort schuldig. Der Anblick von Totenköpfen hatte etwas Tröstliches an sich, warum wusste ich auch nicht.

Neben den anderen auf der Matte liegend, kontrollierte ich also meinen Schmuck, als Nora aufgeregt erklärte: »Ihr kennt doch die Münsterplattform. Dort stürzen sich immer wieder Menschen runter, und dann sind sie tot. Selbstmörder eben. Und so einen werden wir retten.«

Die Plattform war so etwas wie die Terrasse des Berner Münsters. Ich hatte auch schon von dem niedrigen Mäuerchen hinuntergeschaut, das einen vom Abgrund trennt, und jedes Mal kriegte ich es mit einer prickelnden Angst zu tun. Es wurde einem beim Hinunterschauen fast schwindlig. Die Autos, die tief unten in der Straßenschlucht geparkt waren, sahen wie Spielzeugautos aus. Wenn man da runterfiel, war man todsicher tot.

»Müssen wir unten mit einem Auffangtuch warten?«, fragte ich skeptisch, während ich den Totenkopfring, den ich an meinem linken Ringfinger trug, mit meinem T-Shirt polierte.

»Nein, wir werden den Selbstmörder am Springen hindern.«

Fräulein Müller erschien im Eingang und fragte, ob wir richtige Strafaufgaben wollten. Was für eine Frage – natürlich nicht! Sie befahl uns aufzustehen, dalli, dalli!

Lehrer hatten für mich etwas ausgesprochen Störendes, und wenn ich heute bedenke, dass sie einen jahrelang stören durften, war es da nicht logisch, dass ich der Kuh am liebsten einen Medizinball an den Kopf geworfen hätte (mal abgesehen davon, dass ich nicht die Kraft gehabt hätte, den schweren Ball so weit zu werfen)? Wenn es mir jedoch gelungen wäre, hätte das am nächsten Tag in der Zeitung gestanden und dann wäre wieder gesagt worden, dass die heutige Jugend verrohe und dass es gefährlicher sei, tagsüber an einem Schulplatz vorbeizugehen, als nachts durch Harlem zu streifen. Und niemand wäre auf die Idee gekommen, dass die wahre Schuldige das dumme, frigide Fräulein Müller war.

Diese wahre Schuldige beschloss nun zu wissen, dass wir richtige Strafaufgaben wollten (nicht, dass sie unsere Antwort abgewartet hätte!). Wir mussten den Turnhallenboden nass aufnehmen, was absurd war, schließlich hatten wir für solche Arbeiten den Hauswart. Vielleicht war sie in den verliebt und wollte ihn erfreuen (wobei das Resultat unserer Putzerei nicht als erfreulich hätte bezeichnet werden können), wer weiß.

Wir fanden Noras Idee gar nicht so schlecht. Samstagnachmittag würden wir uns treffen. Nora erklärte, dass das der ideale Zeitpunkt sei, um sich umzubringen. Alle seien in der Stadt, es herrsche Chaos, und man fände nichts von dem, was man einkaufen wolle. Das verstanden wir nicht ganz, aber wir waren es gewöhnt, Nora nicht ganz zu verstehen.

Wir trafen uns beim Breitenrainplatz und radelten in die Altstadt. Oh, wie ich diese Treterei hasste! Auf dem Fahrrad fühlte ich mich wie ein Hamster im Rad, strampeln, nichts als strampeln. Fahrrad fahren ist und bleibt die uncoolste, unwürdigste Art der Fortbewegung. Da kann man sich noch so cool anziehen und die Haare frisieren, wenn man am Ziel ankommt, ist man verschwitzt und die Haare sind durch den Wind. Dann diese blöden Speichen, zwischen denen sich Röcke, Jupes und Halstücher verwickeln! Nicht zu sprechen von der Kette, an der man sich die Hände oder die neue Hose schmutzig macht. Wie himmlisch war da Mofa fahren! Man konnte höllisch lärmen, musste nichts tun und kam erst noch schneller ans Ziel!

Wir fuhren über die Kornhausbrücke Richtung Altstadt. Amber warnte uns vor den Tramschienen. Dolores fragte »Was?«, machte dabei einen Schwenker und geriet genau da hinein, es war wieder einmal typisch.

Die dumme Trulla rief, »Huaa – ich bin eine Tram!«, Amber und Nora schrieen auf, und ich dachte, dass es ihr recht geschah. Da begann Dolores gefährlich zu schwanken und machte eine Vollbremsung, aber weil die Bremsen ihres Klappergestells ein Witz waren und die Gleise rutschig, schlitterte das Fahrrad weiter und weiter, bis es schließlich samt Dolores aus der Schiene kippte. Amber sprang vom Fahrrad und stellte sich mitten auf die Straße, um wie eine richtige Polizistin den Verkehr zu regeln, mit dem Unterschied, dass ein Verkehrspolizist nicht so hysterisch und chaotisch herumgewedelt hätte. Ich rückte unterdessen meinen schwarzen Latexmantel (ganz neu!) wieder zurecht, der mir während der Fahrt zwischen die Beine geraten war.

Dolores, das Glückshuhn, kam mit ein paar blauen Flecken davon. Das Hinterrad ihres Drahtesels hatte eine leichte Acht, was sie in Panik versetzte, zumal der fahrbare Untersatz dummerweise nicht ihr, sondern ihrem Bruder gehörte, welcher von diesem Radausflug nichts wusste. Dolores war zwar ein Kloß, aber ihr Bruder war noch viel kloßiger. Er war geradezu furchterregend, ich machte immer einen großen Bogen um ihn.

Nachdem Nora behauptet hatte, dass sie das Fahrrad würde flicken können, gingen wir weiter. Wir schoben die Fahrräder am Stadttheater vorbei, unter dem Zytgloggenturm hindurch, wo eine Traube Touristen darauf wartete, dass bei voller Stunde etwas am Turm geschah. Ich hatte keine Ahnung was. Zwar war ich in Bern aufgewachsen, aber mir war es egal, wo sich welche antiquierten Figuren wie bewegten, außer es wären gruselige Figuren gewesen: der Tod, das Höllentier und so. Wir bogen in die Münstergasse ein, die – wie der Name schon sagt – zum Münster führt.

Rechts vom Münster befindet sich ein großes schmiedeeisernes Tor, das sich zur Münsterplattform öffnet. Die Plattform wurde im 14. Jahrhundert angelegt und ursprünglich als Friedhof benutzt – ich wusste das, weil ich ein Referat zur Stadtgeschichte hatte halten müssen. Von dem Plateau aus geht es rund dreißig Meter steil hinab. Ende des 15. Jahrhunderts wurde es erweitert, wobei man auch Heiligenstatuen als Schüttmaterial benutzte. Bern steckte gerade mitten in der Reformation, da hatte der Stadtrat die Idee, die Skulpturen, die man aus dem Münster verbannt hatte, als Füllstoff zu benutzen. Das war nicht gerade die feine Art. Schade, man hatte kein Massengrab oder so gefunden, das wäre echt gespenstisch gewesen!

Auf der Münsterplattform wachsen Kastanienbäume, unter denen lange, grüne Holzbänke stehen. Vier Rasenflächen, von Buchs umrahmt, werden von Hippies und Freaks als Haschunterlage benützt und von ihren Hunden als Hundeklo. An jenem Märznachmittag war es ungewöhnlich warm, so dass sich Krethi und Plethi eingefunden hatte. Es wurde an Saiten gezupft, Ping-Pong und Boule gespielt, gelacht, geraucht, gesoffen, geschlendert und geküsst. Wir gingen gleichermaßen ängstlich und staunend durch das Treiben. An der hüfthohen Sandsteinmauer, die die Plattform gegen den Abgrund abgrenzte, schauten wir vorsichtig hinunter: Dreißig lange Meter weiter unten wartete die Badgasse darauf, dass Menschenkörper auf ihr zerschmetterten. Mir fuhr eine schöne Gänsehaut den Rücken hinab. Man sieht von hier aus zum Englischen Park, auf die Aare, zum Berner Hausberg, dem Gurten, und zur Kirchenfeldbrücke. Ich hatte jedoch nie Augen dafür, der Abgrund nahm mich ganz gefangen.

Nora winkte uns herbei und raunte uns zu, dass erstens die Wir-wüssten-schon-wen-sie-meine hier springen würden und dass wir zweitens auf der Hut sein mussten. Sie lehnte sich mit dem Hintern an die Mauer und beobachtete mit verengten Augen die Passanten. Ich fingerte am Gürtel meines Mantels. Der war so glatt, dass er dauernd aus den Laschen glitt. Ich fragte mich, wie man etwas so Blödes erfinden konnte. Amber hatte auf einer Bank ein Pärchen entdeckt, das sich innig küsste – sie hatte in dieser Hinsicht ja noch überhaupt keine Erfahrung. Ihr fielen beinahe die Augen heraus und die Kinnlade runter. Dolores patrouillierte mit den Händen in den Hosentaschen auf und ab, als wäre sie eine Gefängniswärterin.

Wir warteten eine Stunde, und es kam natürlich kein Selbstmörder. Nora war enttäuscht. Ihre Stirn legte sich in Falten. Schließlich meinte sie, vielleicht müssten wir es in der Nacht versuchen, wenn weniger Zuschauer zugegen seien.

Als wir uns aufmachten, zeigte sich, dass die kleine Acht in Dolores' Rad eine große war – Dolores begann schon nach zwanzig Metern zu keuchen und schwitzen, was bei ihrem Gewicht nicht erstaunlich war, aber diesmal lag es wohl wirklich nicht daran. Dank ihr brauchten wir ewig, bis wir das Breitenrainquartier erreichten. Vor Noras Zuhause blieben wir stehen. Schnaufend kam Dolores heran. Sie war in einem erbärmlich verschwitzten Zustand. Nora bat uns zu warten. Kurz darauf kam sie mit einem Hammer zurück und begann mit Elan auf das eierige Hinterrad zu hauen. Das gab Dellen, und manche Speichen verbogen sich. (Nora war nicht sehr treffsicher.) Dolores verfolgte die Aktion fassungslos, sie stand kurz vor einem Nervenzusammenbruch.

Herr Seligmann, Noras Vater, kam aus der Villa, neugierig darauf, was wir hier trieben. Er ging in die Hocke, begutachtete das Vorderrad und rieb sich dabei das Kinn. »Sieht nicht gut aus«, bemerkte er mit fachmännischer Miene. So konnte auch mein Vater aus der Wäsche gucken – als hätte er den Durchblick, dabei hatte er keine Ahnung. Männer sind Meister im Vorgaukeln einer fachmännischen Miene, und die Frauen fallen darauf herein.

Nora wies ihren Vater darauf hin, dass das Hinterrad, nicht das Vorderrad eine Acht habe.

»Das ist doch sonnenklar«, versuchte er sich herauszureden.

»Kann man das reparieren?«

Herr Seligmann stand auf und klopfte seine Hose, als hätte er sich im Staub gewälzt. »Wir haben doch ein Fahrrad in der Garage, soll Desidera das nehmen.«

Nora rollte die Augen. »Erstens gehört das Rad Alex und zweitens heißt Desidera Dolores und drittens, also ehrlich!«

Herr Seligmann machte mhm, mhm und schlug vor, sie solle ein neues Fahrrad kaufen, das hier sehe ja erbarmungswürdig aus. Als Bankdirektor konnte er so etwas natürlich leicht sagen. Dolores lief rot an, ihre Unterlippe zitterte.

Nora erklärte ihrem Papa, dass Dolores' Mutter Witwe sei und sowieso.

Da drückte er sein Beileid aus und steckte die Hände in seine Hosentaschen. Er bot an, auf seine Kosten ein Fahrrad zu kaufen. Mit diesen Worten schlenderte er davon.

Nora schaute kopfschüttelnd hinter ihm her. »Lass uns beten, dass er sich daran erinnert!«

»Ich kann das nicht annehmen«, stieß Dolores hervor. Ich hatte sie selten derart von der Rolle gesehen!

»Klar kannst du«, lachte Nora.

Dolores Gesicht verdunkelte sich. »Was hast denn du für eine Ahnung, was ich kann und was nicht?! Meinst du allen Ernstes, dass mein Bruder es nicht merken würde, wenn seine alte Klapperkiste plötzlich funkelnagelneu ist? Und was würde wohl Mutter sagen, wenn sie erfährt, dass ich ein neues

Fahrrad habe? Sie würde mir eine runterhauen und mich eine Diebin schimpfen, oder sie würde sagen: Von den reichen Pinkeln nehmen wir keine Almosen. Kapierst du, ein geschenktes Fahrrad würde für mich die Hölle bedeuten!«

Nora guckte betreten zu Boden, Amber begutachtete die Sommersprossen auf ihrem Handrücken, und ich fingerte an meinem Mantel, weil der Gurt schon wieder aus der Lasche gerutscht war, das Biest!

Dann versuchte Nora es zurechtzubiegen, indem sie Dolores versicherte, dass alles nur halb so schlimm sei, ihr Vater vergesse sein Versprechen sowieso. Er vergesse manchmal sogar ihren Namen.

Der kleine Scherz fiel wie eine faule Tomate vor unsere Füße. Dann trennten wir uns.

Ich hielt während des Fahrens meinen Gurt fest und beschloss, ihn bei der kommenden Lebensrettung von der Plattform runterzuwerfen.

Wir trafen uns am Dienstag um dreiundzwanzig Uhr auf dem Breitenrainplatz. Nora hatte den Dienstag vorgeschlagen, denn – so erklärte sie – wenn man sich umbringen wolle, tue man das an einem Dienstag. »Der Montag ist ein guter Tag, da freut man sich auf die Schulkollegen, am Mittwoch auf den freien Nachmittag, am Donnerstag auf den Abendverkauf, am Freitag auf die Serie *Mit Schirm, Charme und Melone*, und das Wochenende ist sowieso cool. Aber der Dienstag? Nichts als Schule, und am Abend kommt ein langweiliger Krimi im TV, nein, Dienstag ist kein schöner Tag, aber ein guter, um sich umzubringen.«

»Kein Tag ist das«, wandte Amber ein.

»Schon die Indianer haben gesagt: Es ist ein guter Tag zum Sterben«, erwiderte Nora. »Die werden es wohl wissen, die sind ja in Scharen gestorben worden.«

»Sterben hat doch allemal etwas Gutes«, sagte ich. Ich wusste nicht, warum ich das sagte, aber da war es schon rausgerutscht. Die andern sahen mich verstört an. Ich plapperte drauflos, um abzulenken: »Nora, du hast mal gesagt, dass in diesem Gral Wasser sei und man dadurch ewige Schönheit erlange. So was ist interessant!«

Nora rollte die Augen. »Ich habe auch gesagt, dass man weise wird, wenn man das Wasser trinkt! Weisheit ist tausendmal wichtiger als Schönheit!«

»Ach ja?! Mit Schönheit kommt man viel weiter im Leben als mit Weisheit. Jesus zum Beispiel soll ja weise gewesen sein, und was ist mit ihm passiert? Ans Kreuz gehämmert! Oder Luther King, der so toll gesprochen hat – abgeschossen, nicht zu reden von Gandhi. Da bin ich lieber schön, schön wie – wie Marilyn Monroe.«

»Die ist auch jung gestorben«, wandte Amber ein.

»Durch die Filme und Fotos bleibt sie aber ewig jung.«

»Tot ist tot. Die Marilyn hat es auch nicht weiter gebracht als Jesus«, konstatierte Nora kühl.

»Also Mädels«, mischte sich Dolores ein, »wir haben diesen Heiligen Gral doch noch gar nicht. Wir können uns gegenseitig die Köpfe eindonnern, wenn wir den Gral mitsamt dem Wasser gefunden haben. Bewahrt dann bloß ein paar Spritzer für mein Sandwich auf – wetten, dass es das beste der Welt wird?«

Ich funkelte Dolores an. »Hast du auch mal was anderes als Fressen im Sinn?! Schau dich doch mal an, du –« Ich brach abrupt ab und errötete.

»Ja, sag es nur: Was bin ich?«

Ich wandte mich hilfesuchend nach Amber und Nora um, doch die gemeinen Hühner blieben stumm.

»Was nun? Ich bin fett, das wolltest du doch sagen.«

»Nein, ich wollte –«

»Ein Fettsack, sei ehrlich!«

»Ich würde es anders –«

»Die dicke Dolores, die abgetragene Kleider trägt. Ich bin nicht blöd, ich weiß, was in euren Wasserköpfen vorgeht.« Sie fixierte jede von uns und warf stolz ihr langes Haar zurück.

Amber gab ihr einen liebevollen Schubs. »Mach dir keine Sorgen, du könntest viel dicker sein, *you bet!*«

Das war wohl nicht der richtige Satz, jedenfalls machte Dolores wutschnaubend rechtsumkehrt und dampfte davon. Wir traten von einem Fuß auf den andern, bis Nora – ganz redegewandte Anführerin – Dolores nachrannte und sagte: »Es ist doch schnurz, ob du dick und groß, oder klein und fett, oder mittelgroß und äh … Wir treffen uns also am nächsten Dienstag um dreiundzwanzig Uhr auf dem Breitenrainplatz beim Coop. Und wehe, ihr kommt zu spät!«

8. Nora

*Mit welcher Geschwindigkeit
breitet sich die Dunkelheit aus?*
Nora Seligmann

Am Tag unserer großen Aktion regnete es, was ich ideal fand. Man begeht an Regentagen doch lieber Selbstmord als an einem lauschigen Sommerabend. Gegen Abend riss die Wolkendecke auf, und die Sonne hüllte mit ihren letzten Strahlen Bern in ein phantastisches Licht. Wie ich mich darüber freute! Die Strahlen waren ein Indiz dafür, dass wir in dieser Nacht mit unserer Seelenrettung erfolgreich sein würden.

Amber fand, dass ich meinen Mund ziemlich voll nehme, aber ich sagte bloß »Bah!«. Sie grinste mich liebevoll an. Sie mochte es, wenn ich sauer wurde, und ich konnte ihr das nicht verübeln, ich fand sie ja auch allerliebst, wenn sie sich aufregte.

Es ist nicht ganz einfach, als Teenager spätabends unbemerkt von zu Hause wegzukommen. Eltern setzen alles daran, ihre Kinder vor den Erlebnissen zu bewahren, die sie im gleichen Alter selber unbedingt machen wollten. Sie erwarten, dass man reif und vernünftig wird, ohne Erfahrungen zu sammeln, vor allem solche, vor denen die Eltern uns beschützen wollen. Es ist eine vertrackte Situation. So oder so hat man als Teenager Wichtigeres zu tun, als mit den Alten »*Wetten, dass ...*« zu schauen und danach ins Bett zu gehen. Später hätten wir viel drum gegeben, um diese Erfahrung der Geheimbund-Abschiedsaktion ärmer geblieben zu sein. Doch ahnungslos, wie wir waren, flogen wir dem Schicksal in die ausgebreiteten Arme.

An unserem Abend der Abende schlich Colette auf Zehenspitzen durch die Wohnung. Da ihre Eltern den Fernseher laut aufgedreht hatten, hätten sie ihre Tochter auch dann nicht gehört, wenn sie die Wohnung Flamenco tanzend verlassen hätte. Dolores kam problemlos raus: Ihre Mutter schob Nachtschicht, der große Bruder schnarchte vor dem Fernseher und der kleine im Bett. Amber war von ihrem Fenster im Hochparterre in den Garten gesprungen. Wie sie wieder hineingelangen würde, wusste sie noch nicht.

Viertel nach elf trudelte ich beim Treffpunkt ein. Dass ich zu spät kam, war anormal für mich, normalerweise bin ich die Pünktlichkeit in Person. Mein Outfit sah abenteuerlich aus: Erstens hatte ich Schrammen im Gesicht, zweitens grüne Flecken und Grasschnipsel auf Jacke und Hose und drittens versicherte ich tapfer lächelnd, dass es mir gut gehe. Nie im Leben hätte ich zugegeben, dass mir viertens der ganze Körper weh tat und ich fünftens eine Idiotin war.

Amber schaute mich erschrocken an: »*Gosh,* wie siehst du denn aus?«

Ich schwang mich mühsam vom Fahrrad. »Ich habe einen genialen Abgang aus der Villa genommen, den über die Außenmauer, die Palisade runter. Ja, und dann bin ich irgendwo abgerutscht. Gott sei Dank fiel ich auf den Grashaufen, der dort lag, weil unser Gärtner gestern einen Hexenschuss hatte und das Gras nicht mehr zum Kompost befördern konnte. Eigentlich hätte ich das erledigen sollen, aber ich hatte gestern Relevanteres vor. Ha, zum Glück habe ich keinen Finger gerührt, ich wäre sonst ziemlich unsanft gelandet!«

»Haben deine Eltern den Sturz nicht gehört?«, fragte Colette verwundert.

»Woher auch! Die sind ja gar nicht da, nur das Kindermädchen, und die hat unerlaubten Herrenbesuch.«

»Ja, aber warum hast du das Haus nicht einfach durch

die Haustüre verlassen?«, fragte Amber kopfschüttelnd. Sie nahm ein Taschentuch aus der Hose, befeuchtete eine Ecke mit ihrer Zunge und begann, mein Gesicht zu reinigen. Sie machte das ziemlich gut.

»Weil ich erstens kein normaler Mensch bin und zweitens unser Projekt nicht normal ist, darum! Gehen wir endlich oder wollt ihr mich weiter mit dummen Fragen durchlöchern?« Ich schwang mich stolz aufs Rad (es tat höllisch weh!) und schaute meine Verbündeten herausfordernd an. Bei Dolores blieb mein Blick hängen. »Was ist denn das?«

»Brunos Rad konnte ich nicht nehmen, weil bei dem ja angeblich die Nachbarskinder eine Acht ins Rad gemacht haben«, sie zwinkerte listig. »Also habe ich das meines kleinen Bruders genommen.«

Dolores' Fahrrad war eine Mischung aus Dreirad, Fahrrad und Scherzartikel. »Wenn ich mich auf den Gepäckträger setze, kann ich ganz gut radeln, ohne mit den Knien anzustoßen.« Dolores führte es vor. Wir begannen laut zu gackern. Sie radelte beleidigt davon.

Auf dem Weg zur Münsterplattform sank mir ein bisschen die Courage, aber, wie ich mir einredete, nicht wahnsinnig viel. Ich war noch nie ohne Eltern kurz vor Mitternacht in der Innenstadt gewesen. Der Kopfsteinpflaster schüttelte uns durcheinander, Dolores, auf dem Gepäckträger sitzend, jammerte, bis ich ihr befahl, damit aufzuhören. Als Geheimbündler operiere man im Dunkeln und Stillen, erklärte ich ihr.

Auf der Plattform befanden sich zwar Straßenlaternen, aber wie ein beleuchtetes Fußballstadion sah es nicht gerade aus. Wir rückten nahe zueinander, d.h. die anderen rückten aufdringlich an mich heran, und so huschten wir im Schatten der Kastanienbäume zur Brüstung. Dort standen wir eine Weile, und ich versicherte ihnen, dass es kein Grund zur Panik gäbe, ganz bestimmt nicht. Wir warteten.

Niemand kam, um sich hinunterzuwerfen.

Ich scharrte mit dem Schuh im Kies. »Vielleicht wäre es

besser, wir würden uns hinter den Bäumen verstecken und aus dem Hinterhalt zuschlagen. Wenn was sein sollte, macht ihr euch mit Uhu-Schreien bemerkbar, und die anderen kommen zu Hilfe.«

Die Mädchen nickten, aber ich sah ihnen an, dass sie am liebsten den Schwanz eingezogen hätten. Wir trennten uns, um uns hinter den Bäumen zu verstecken. Warten. Nach zehn Minuten kam aus Colettes Richtung ein Hilferuf, der nur am Rande an einen Uhu denken ließ. Wir huschten zu ihr. Dolores flüsterte: »Colette, was ist?«

»Ich muss pinkeln.«

Ich verwarf die Hände. »So etwas ist doch kein Notfall!«

»Hast du eine Ahnung! Ich brauche eure Hilfe, macht einen Kreis um mich. Aber mit dem Rücken zu mir.«

»Colette, da ist niemand!«

»Vielleicht jetzt nicht, aber kaum lasse ich die Hose runter, kommt bestimmt jemand. Macht einen Kreis.«

Murrend erfüllten wir Colettes Wunsch.

»Ihr müsst euch außerdem die Ohren zuhalten.«

»Sonst noch was?!«, zischte Dolores. »Vielleicht eine Mauer hochziehen oder die Münsterplattform verriegeln?«

»Nein, Rücken zukehren und Ohren zuhalten. Das reicht.«

Murrend hielten wir die Ohren zu. In dem Moment sah ich *sie*. Ich packte Dolores' und Ambers Arm, deutete aufgeregt zur Brüstung. »Seht«, raunte ich mit heiserer Stimme, »eine Selbstmörderin!«

Eine Frau ging gefährlich langsam die Mauer entlang.

»Kommt«, flüsterte ich aufgeregt. Colette zog erschrocken die Hose wieder hoch, ohne noch Zeit zu finden, sie zuzumachen. Ich sprang über die Buchsumrandung, durchquerte den Rasen, hastete zwischen der vorderen Baumreihe hindurch, meine Verbündeten mir dicht auf den Fersen. Zu meinem Entsetzen sah ich, dass sich die Frau auf die Mauer gesetzt hatte und ihre Beine über dem Abgrund baumeln ließ. Wir rannten die letzten Meter. Ich rief: »Ma-Madame, nicht, warten Sie! Kennen Sie den Hei-Heiligen Gral?«

Dolores griff in ihre Jackentasche und zog die Hälfte eines Sandwichs heraus. »Versuchen Sie mal, ich mache die besten weit und breit, Sie werden es mögen!« Wir hatten uns auf zwei Meter genähert. Die Frau schien uns nicht zu hören, sie starrte zu den Lichtern auf der anderen Seite der Aare.

Dolores trat noch näher. »Sie können das Sandwich haben, ehrlich.« Und ich stotterte: »Wenn man den Heiligen Gral findet, wird alles gut, glauben Sie mir. Das bedeutet Glück auf Erden.«

Da nun drehte uns die Frau das Gesicht zu. Atemlos wartete ich darauf, was sie sagen würde. Ich hoffte, dass wir sie packen und von der Mauern zerren könnten, und ich freute mich darauf, dass wir durch unsere heroische Aktion dem Heiligen Gral ein Stück näher kommen würden.

Die Frau musterte uns. Ich konnte ihre Augen nicht erkennen, sie lagen im Schatten. Die Frau sah recht alt aus, heute würde ich schätzen, dass sie kaum älter als dreißig gewesen sein mochte. Sie wandte den Blick wieder ab.

Und sprang.

Wortlos.

Ohne einen einzigen Laut.

Ich habe weder vorher noch nachher jemals wieder eine solch grauenvolle Stille gehört. Wir schrieen laut und hysterisch auf, das heißt, die anderen schrieen hysterisch, mein Schrei ging unter; aber so laut wir auch schrieen, wir hörten trotzdem den Aufprall des Körpers in der Badgasse. Erstarrt glotzten wir uns an. Das Münster schlug zwölf Uhr, Glockenschläge, die nicht mehr enden wollten. Colette und Amber hatten sich die Hand vor den Mund gehalten, Dolores betrachtete verständnislos ihr Sandwich. Ich machte eine Bewegung Richtung Brüstung, doch Amber krallte sich in meinen Arm. »*For heaven's sake, no!*«, zischte sie. Colette langte nach ihrem Hosenbund, aber sie zitterte zu sehr, um den Reißverschluss hochzuziehen. Verschwommen realisierte ich, dass sie sich in die Hose gemacht hatte.

Dann plötzlich, wie auf Kommando, rannten wir los, in einem Tempo, das Turnlehrerin Müller ein Lob abgenötigt hätte. Unter unseren Schuhen wirbelte der Staub des Kieswegs auf. Mit schreckensweit aufgerissenen Augen rasten wir die steile Kornhausbrücke hinauf, über die Viktoriakreuzung und stoppten erst vor dem Tor unserer Villa.

Colette nestelte wieder erfolglos an ihrer Hose, bis Dolores zu ihr trat, den Reißverschluss für sie hochzog und den Knopf zumachte.

»Was tun wir jetzt?«, wimmerte Amber. »*Holy shit*, wir müssen den Krankenwagen und die Polizei rufen!«

»Da ist jede Rettung zu spät«, sagte ich tonlos. »So etwas überlebt man nicht. Verflucht, verflucht, verflucht – wir hätten sie überwältigen sollen!« Meine Kehle war staubtrocken.

Dolores nahm wieder ihr Sandwich aus der Tasche und glotzte es an. »Was ist an dem Sandwich nicht gut? Ich mache die besten Sandwichs, hab' ich nicht recht? Sie hätte nur daran riechen müssen, dann hätte sie sich unmöglich umbringen können! Was hatte sie gegen mein Sandwich? Man bringt sich doch nicht um, wenn man die Möglichkeit hat, in eines *meiner* Sandwichs zu beißen! Ich biete nicht jedem Sandwichs an. Meine *Sandwichs*!!«

Schlotternd legte Amber die Hand um Dolores' Schulter, doch Dolores schüttelte sie ab.

»Was machen wir jetzt?«, fragte Colette tonlos.

»Nichts.« Ich klopfte nervös auf meine Fahrradklingel. »Was können wir schon tun? Die Frau ist tot, da ist nichts zu machen. Wir haben versagt, wir haben es verpatzt, aber wir können doch nichts dafür. Oder?«

Wir standen in der Runde, dann begann Amber zu schluchzen. Ich zog sie an mich und hielt sie fest, was mir in jedem anderen Moment peinlich gewesen wäre. Sie bettete ihren Kopf an meine Jacke. Und während ihr der Rotz herunterlief, sagte ich über Ambers Schulter: »Es bleibt unser Geheimnis. Es ist nicht unsere Schuld. Versprecht, dass es unser Geheimnis bleibt! Wir sind schließlich ein Geheimbund! Wenn wir es ausplappern, haben wir Probleme. Die Eltern würden uns bestrafen. Es weiß niemand, dass wir dort gewesen sind, und das soll so bleiben.«

Schweigend standen wir eine Weile da. Ich streckte die Hand aus. »Lasst uns einschlagen.« Zögernd löste sich Amber von mir, Dolores und Colette traten näher. Wir legten Hand auf Hand. Aus der Vogelwarte hätten unsere Arme wie Speichen eines Rades ausgesehen.

So standen wir in der Nacht und murmelten unser Ehrenwort: »Beim Drei-stink, Vier-schnurz, Fünf-Deckel-ab, wir schweigen.« Dann nahm jede ihre Hand zurück.

Das Klassentreffen

9. Die Einladung

Der schönste Endeffekt
ist ein Neuanfang.
Brigitte Fuchs

Der Brief kam an einem Augustmorgen im Jahr 1999, kurz nachdem man in Europa die totale Sonnenfinsternis hätte beobachten können, wäre es nicht zu bewölkt gewesen. So sah man statt Schwärze nur Wolken, außer man wäre in der Lage gewesen, sehr hoch zu fliegen.

Auch wenn man nachschauen wollte, was aus den vier Mädchen geworden war, zwanzig Jahre später, müsste man gut fliegen können. Nur eine lebte noch im Breitenrainquartier, die anderen hatten sich anderswo niedergelassen. Man würde also zuerst die Frau im Breitenrain besuchen, würde auf der Platane vor dem Haus landen und zum Fenster hineinschauen. Man würde sie in diesen frühen Stunden über einen Stoß Papier gebeugt finden, neben sich eine große Tasse mit lauwarmem Kaffee. Sie glich längst nicht mehr einem Altkleidersack, sondern trug extravagante Kleider, die allerdings an andern extravaganter ausgesehen hätten. Sie war hoch gewachsen, hatte schöne, großzügige Formen, was sie selbst leider nicht so sah; sie würde sich eher als gestrandeten Wal bezeichnet haben. Das Büro war penibel aufgeräumt, die Ordner nach Farben sortiert, lose Blätter in Sichtmappen gelegt und diese thematisch gestapelt. Hinter ihr an der Wand hingen Fotos von erfolgreichen Frauen: Jil Sander, Madonna, Steffi Graf, Tina Turner, J. R. Rowling und Hillary Clinton. Mittendrin ein besonderes

Foto: Ein Geschäft war darauf zu sehen mit dem Ladenschild *Dolores' Sandwichs und süße Verführungen.* Die Chefin stand zusammen mit zwanzig Personen davor, grinste breit, und der Stolz leuchtete aus ihren Augen.

Die zweite Frau würde man ebenfalls in Bern finden, auf der anderen Seite der Aare, im Länggassquartier, wo sich die Uni befindet und in ungepflegten Gärten verwunschener Häuser Grüne und Linke ihre hitzigen Diskussionen führen, während sie vegetarische Würste auf dem Grill bräteln. In einer ruhigen Straße, wo ständig Kinder herumkreischen, könnte man von einem alten Kastanienbaum aus mitverfolgen, wie die Frau mit einem Waschlappen das Gesicht der kleinen Phoebe wusch, eines Mädchens von fünf Jahren mit wunderschönem kupferrotem Haar und Sommersprossen auf der Nase. Im Moment verzog die Kleine ihr Gesicht – kein Wunder bei dem nassen Waschlappen! Die Frau strich sich ungeduldig eine Strähne aus dem Gesicht. Sie war zweifellos die Mutter der Kleinen, ihre Haare waren zwar nicht mehr so leuchtend rot wie früher, aber immer noch von warmtonigem, schimmerndem Braunrot. Widerwillig trocknete sich das Mädchen das Gesicht und schob ebenso widerwillig die Zahnbürste, die ihr auffordernd entgegengestreckt wurde, in den Mund. Die Mutter blickte auf die Armbanduhr, während sie in Englisch auf ihre Tochter einredete. In einer Viertelstunde müsste die Kleine in der Krippe sein, und sie war noch nicht mal angezogen!

Da man Menschen nicht ungefragt beim Umziehen zuschaut, wäre es an der Zeit, den Ast zu verlassen, um sich auf eine etwas längere Strecke zu begeben. Man würde zu einem Ort fliegen, der etwa fünfzehn Kilometer außerhalb von Bern liegt. Ursprünglich ein Bauerndorf, hatte er sich zu einem unansehnlichen Ort gemausert mit einer Menge Einfamilienhäuser, bei deren Entwürfen die Architekten gewaltige kreative Aussetzer gehabt hatten. Oben auf dem Hügel thronten die teureren Einfamilienhäuser mit schöner Aussicht auf Berg und Tal und erinnerten daran, dass viel Geld nicht unbedingt mehr Geschmack bedeutete. Eines unter ihnen würde alle Aufmerksamkeit auf sich ziehen. Es war eine im amerikanischen Kolonialstil gebaute Villa, riesig groß, mit acht marmornen Säulen auf der Vorderseite, mit Veranden und Balkonen. Innen lagen und hingen Bären-, Fuchs- und Wolfspelze herum, und eine amerikanische Flagge schmückte das Wohnzimmer, das mit Möbelstücken aus der amerikanischen Kolonialzeit vollgestopft war. Der Hausherr hatte in jungen Jahren einen einjährigen Sprachaufenthalt in Amerika absolviert und war so begeistert von dem Land, dass er seither an seinem persönlichen amerikanischen Traum bastelte. Verstecktes Zentrum der Hauses bildete ein Computer, der fast alle Funktionen regelte – der Stolz des Hausherrn und regelmäßig der Alptraum der Hausherrin. Letztere kehrte soeben im schwarzseidenen Morgenmantel mit japanischen Blumensujets in ihr Schlafzimmer zurück, nachdem sie ihren beiden Kindern das Frühstück bereitet (die Haushälterin kam heute etwas später) und den Streitigkeiten beigewohnt hatte. Sie befahl den Rollläden, wieder zur Hälfte runterzugehen, und ignorierte die Tatsache, dass sie sich ganz schlossen. Sie schnippte das Licht an (aus unerfindlichen Gründen begann nun auch der Luftbefeuchter zu surren) und brachte per Knopfdruck das Bett in eine Position, in der sie ihre Beine hochlagern konnte. Dann angelte sie nach der *Geo* auf dem Nachttisch und blätterte lustlos darin herum, während sie eine ihrer blonden Strähnen um den Finger wickelte. Am liebsten hätte sie wieder eine Runde geschlafen, damit dieser öde Tag schneller vorbeiging.

Da die Jalousien nun geschlossen waren, würde man den Flug zur vierten Frau antreten. Da galt es eine größere Distanz zu überwinden, rund hundertzwanzig Kilometer bis Zürich. Man würde einen Abstecher über den Zürichsee machen, der noch still und unberührt vor sich hindämmerte, dann die Universitätspsychiatrie *Burghölzli* ansteuern und dort die Begründerin des Geheimbundes in der Cafeteria antreffen. Sie saß gestikulierend vor einer Tasse Kaffee. Das Namensschild, das sie als Assistentin kennzeichnete, trug sie stolz auf der Brust. Ihr Gegenüber war ein älterer Professor mit Brosamen im Schnauz und Schuppen auf den Schultern. Sie bombardierte ihn mit Fragen und merkte wieder einmal nicht, wann sie den Bogen überspannte. In der Regel verzieh man ihr das rasch, denn ihre Lebensfreude war betörend und ihr Feuer ansteckend. Mancher Mitarbeiter erträumte sich Dinge mit ihr, die weit über eine Diskussion über Antidepressiva hinausgingen. Und wenn ihr danach war, pflückte sie den Traum einer dieser Männer. Sie blickte auf ihre Uhr und verabschiedete sich charmant von dem Professor, der sehnsuchtsvoll hinter ihrem schwingenden Hintern herschaute. Die Brosamen im Schnauz zitterten leicht. Frohgemut eilte sie zu ihrem Büro, das sie mit zwei anderen Assistenten teilte. Nachdem sie zwei mäßig gute Witze erzählt hatte, setzte sie sich vor ihren Computer und hämmerte auf die Tastatur ein.

1999 war das Jahr, in dem die vier Frauen fünfunddreißig wurden, was wie bei jedem Geburtstag einer Katastrophe, dem Untergang selber gleichkam. Sie konnten von weit her die Midlife-Crises anklopfen hören und entdeckten von bloßem Auge Falten, die sich unbarmherzig ins Gesicht eingruben, nicht zu reden von den schlimmen Mondlandschaften auf Oberschenkel und Gesäß. Sie waren zwar in einer feministisch geprägten Zeit aufgewachsen, in der das weibliche Schönheitsideal demontiert worden war, aber Schönheitsideale sind ja so etwas wie Stehaufmännchen.

1999 war als letztes Jahr im Jahrtausend ein besonderes, und wie das bei Jahrtausendwenden so üblich ist, hatten Astrologen, Hellseher und Heilsführer Hochkonjunktur, zumal im August die erwähnte totale Sonnenfinsternis über Europa zu sehen war beziehungsweise nicht zu sehen war. Das würde nicht gut kommen, prophezeite die esoterische Gilde, wie sie das eben andauernd prophezeit.

Das Jahr begann damit, dass in elf EU-Ländern der Euro eingeführt wurde und in der Schweiz mit Ruth Dreifuss die erste Frau das Amt der Bundespräsidentin antrat. Indessen musste Bill Clinton beweisen, dass er die Affäre mit Monica Lewinsky, die er vertuscht hatte, überhaupt nicht vertuscht hatte. Die NATO mischte sich mit Erfolg (was immer das heißen mag) in den Kosovo-Krieg ein. Der russische Präsident Boris Jelzin schlug Wladimir Putin für seine Nachfolge vor.

Günter Grass tanzte Tango, weil er den Nobelpreis für Literatur gekriegt hatte. Madonna gab die CD *Ray of Light* heraus, und das RTL strahlte zum ersten Mal die Sendung »*Wer wird Millionär?*« aus. Lance Armstrong gewann die Tour de France, während Boris Becker und Steffi Graf das Racket schmissen.

Der Violinist und Dirigent Yehudi Menuhin starb, auch der Filmregisseur Stanley Kubrick, kurz nach Fertigstellung des Films »*Eyes wide shut*». Schlagersänger Rex Gildo sprang aus dem Fenster.

Man mag sich fragen, was nach zwanzig Jahren vom damaligen Geheimbund übriggeblieben war, und die Antwort ist: außer Erinnerungen nichts. Dolores war die einzige, die Colettes und Ambers Telefonnummer von Adressbuch zu Adressbuch weitertrug. Aber sonst? Verstreut in alle Himmelsrichtungen flickte und bastelte jede an ihrem eigenen Glück. Die Schulzeit war längst zu einem fernen Stern in einem entlegenen Universum geworden.

So etwas kann sich jedoch rascher ändern, als einem lieb ist.

Dolores öffnete den Brief als erste. Er enthielt die Einladung für eine Klassenzusammenkunft beider Parallelklassen der Sekundarschule. Mitte Oktober würde man eine gemeinsame Wanderung unternehmen und danach zusammen zu Abend essen. Der Brief war adressiert an: *Dolores' Sandwichs und süße Verführungen, Bern.* Es erfüllte sie mit Stolz, dass ein Brief so wenige Angaben brauchte, um sie zu erreichen. Die Einladung las sie mit wachsender Freude. Ihre Schulfreundinnen wiederzutreffen, nach all den Jahren – das wäre toll! Sie fühlte Wehmut und eine leise Sehnsucht in sich. Was aus ihnen geworden sein mochte? Ihre Wege hatten sich nach der Schule bald getrennt. Sie hätte den Kontakt gern gehalten, doch Colette und Amber zogen sich von ihr zurück.

Sie pinnte die Einladung ans Brett und griff nach ihrer Jacke. Es war Zeit, die Läden aufzusuchen und nach dem Rechten zu sehen.

Colette hatte doch kein Nickerchen gemacht. Ihr waren die Ritalin-Tabletten ihres Sohnes in den Sinn gekommen. Ritalin beruhigt die Kinder. Die Erwachsenen regt es seltsamerweise an, was ihr an diesem schlappen Morgen höchst willkommen war. Sie brauchte für die Garderobe ebenso lang wie sonst, aber dank des Ritalins konnte sie doppelt so viele Kleider anprobieren. Danach irrte sie ohne Grund und Ziel durch das riesige Haus. Währenddessen räumte ihre Haushaltshilfe Concetta, die endlich eingetroffen war, die Küche auf, saugte den unteren Stock, bügelte die Hemden des Hausherrn und bereitete das Mittagessen vor.

Gegen elf Uhr sah Colette die Post durch, die auf dem silbernen Tablett auf der antiken Truhe lag. Sie griff nach dem Brieföffner (Kostenpunkt: zwei Wochenlöhne von Concetta). Ein Brief lag obenauf, der an ihren Mädchennamen adressiert war, etwas, das sie seit Jahren nicht mehr erlebt hatte. Verwundert öffnete sie ihn und las. Als sie fertig gelesen hatte, ließ sie das Blatt sinken, blickte in den Spiegel, der über der Truhe hing, fuhr sich durch die Haare und prüfte den dunkelroten Lippenstift.

Während sie die Einladung zu einer Rolle drehte, dachte sie zum ersten Mal seit ewigen Zeiten an ihre verhasstgeliebte Banknachbarin. An Dolores' Pausenbrot-Räubereien. Dass das Miststück sie gezwungen hatte, die Hausaufgaben für sie zu erledigen.

Dass sie, als Colette in der zweiten Klasse von drei Jungen auf dem Nachhauseweg bedrängt wurde, aus dem Nichts aufgetaucht war, mit einem Holzstecken in der Hand, den sie so schnell im Kreis drehte, dass die Luft schwirrte. Nachdem die Jungen das Weite gesucht hatten, sagte Dolores: »Du musst nur pfeifen, und ich komme«, sprach's und war verschwunden.

Das hatte sie ihr nie vergessen.

Colette rollte den Brief wieder auseinander und strich ihn glatt. Ein Klassentreffen? Was könnte sie denen schon Spannendes über ihr Leben berichten? – *Ich habe einen schweinereichen Mann, ein sauteures, computergesteuertes Haus im Kolonialstil, zwei Kinder, die sich dauernd streiten, und im Großen und Ganzen langweile ich mich zu Tode.*

Achtlos warf sie das Blatt auf das Tablett und ging zu Concetta in die Küche, für ein Schwätzchen. Concetta war eine der wenigen, mit der sie sich gern unterhielt. Kein Gefasel über Tennisstunden, Kleiderlabels und Kosmetikerinnen. Manchmal hätte sie sich am liebsten an Concettas weichen Busen geschmiegt und ein wenig geweint.

Amber hatte den Brief aus dem Briefkasten genommen, als sie sich auf den Weg zur Arbeit begab. Sie war von Beruf Heilpädagogin und arbeitete in einem Heim für autistische Erwachsene. Der Brief kam ihr erst wieder in den Sinn, nachdem sie das Mittagessen mit den Pensionären eingenommen hatte. Georg und Robert hatten wie immer das Essen in einer halben Minute (sie hatte mal die Zeit gestoppt) reingeschaufelt, Leo musste daran gehindert werden, den Hosenladen zu öffnen und sein Ding mit den Fingerspitzen zu tätscheln, und Fridolin, den sie mit dem Löffel fütterte, ließ einen langen Speichelfaden aus dem Mundwinkel hängen. Es gibt keine wirksamere Schlankheitskur als ein Essen in einem Heim für Autisten, dachte sie. Sie räumte die Küche auf, danach trank sie einen Kaffee. Da fiel ihr erneut der Brief ein. Sie öffnete ihn, überflog die Zeilen und starrte anschließend eine Weile in die Leere. Ein Klassentreffen?

War das nötig?

Nora, die mit ihrer Familie ein Jahr vor dem Schulabschluss nach Zürich gezogen war, wurde vermutlich nicht eingeladen. Hoffentlich. Sie wollte Nora nicht sehen, nicht nach *dem*. Sie nahm einen Schluck Kaffee. Nein, sie würde nicht gehen, was interessierten sie schon die alten Zeiten, der Geheimbund und diese schreckliche Nacht? Sie ließ die Einladung fahrig zurück in die Tasche gleiten.

Nora kam todmüde nach Hause. Sie hatte eine Arbeit fertig stellen wollen und darüber die Zeit vergessen. Achtlos warf sie ihre Tasche auf den Stuhl und ließ ein Bad ein. Strich sich im Stehen ein Brot, aß eine Banane und ein paar Erdnüsschen, öffnete eine kleine Flasche Wein und atmete durch.

Als sie ins Bad zurückkehrte, stand der Raum voller Dampf, es quoll bereits Schaum über den Wannenrand. Sie musste Wasser ablassen und viel kaltes beimischen, bis sie mit einem wohligen Seufzer hineingleiten konnte. Dann hangelte sie durch den Schaum nach dem Brief, der neben der Seifenschale lag und sich in der feuchten Luft wellte. Den Arm gegen die Decke gestreckt, las sie das Schreiben, ließ es danach auf den Boden fallen und nahm einen Schluck Wein. Nachdenklich beobachtete sie, wie die kleinen Schaumbläschen zerplatzten, lauschte dem eigentümlichen Knistern der zusammenfallenden Pracht. Auf den Bläschen brach sich das Licht in allen Farben, vor allem Blau-, Grün- und Violetttöne. Wenn sie den Kopf neigte, spiegelte sich ihr rotes Badetuch im Schaum. Sie dachte an Ambers rotes Haar, versuchte sich an ihr Gesicht zu erinnern.

Wie oft schon hatte sie Kontakt zu Amber aufnehmen wollen? Wie oft hatte sie halb im Ernst, halb im Spaß gedacht, dass sie auf dem Sterbebett noch diesen einen Wunsch hätte, nämlich ihre beste Freundin von damals wiederzusehen? Sie hatte in all den Jahren immer mal wieder Ambers Adresse ausfindig gemacht, was bei deren Vornamen nicht besonders schwierig war, hatte vor dem Telefon gesessen und Mut fassen wollen, aber nicht können.

Es ist nicht an mir, Kontakt herzustellen, dachte sie, schließlich hat Amber ihn abgebrochen. Sie wusste noch heute nicht, warum.

Ob sie immer noch solch rote Haare hatte, ihre unmöglichen englisch-gemusterten Kleider trug und Jacqueline Du Pré verehrte?

Ob sie kommen würde? Und auch Dolores und Colette? Sie nahm einen Schluck aus ihrem Glas und tauchte unter Wasser, wo sie den Wein runterschluckte, was nicht so einfach war. Als sie wieder auftauchte, saß ein Schaumkrönchen auf ihrem Haar. Nora, Königin der Badewanne.

Als die vier Frauen an diesem Tag zu Bett gingen, lehnte eine gewellte Einladung am Kerzenständer auf dem Küchentisch, eine andere steckte immer noch in der Tasche, die dritte lag beim Altpapier und die vierte hing prominent am Brett.

Amber hatte zum Verdruss ihres Mannes nur kurz mit ihm gekuschelt und war dann erschöpft eingeschlafen. Mitten in der Nacht erwachte sie. Nora ging ihr nicht aus dem Sinn. Ihre Freundschaft. Der letzte gemeinsame Sommer, da sie an Samstagnachmittagen fischen gegangen waren. Zuerst ließen sie flache Steine über den Fluss tanzen. Nora verhedderte sich natürlich, war nicht fähig, ihre Treffer richtig zusammenzuzählen. Dann stritten sie eine Weile darüber, wer die Siegerin war und machten sich ans Fischen. Weil sie es nicht über sich brachten, Würmer anzufassen, geschweige denn sie auf einen Haken aufzuspießen, nahmen sie Salami-, Schinken- oder Wurststückchen als Köder.

Amber drehte sich auf den Rücken. Sie schubste den schnarchenden Marc in die Seite. Er stöhnte auf, als hätte man ihn geschlagen, drehte sich auf die Seite und gab Ruhe.

Es kam ihr wie gestern vor, dass Nora über die Philosophie des Angelns referiert hatte. Sie hatte den Köder ausgeworfen und gesagt: »Es ist fast so, als wäre man ein Ritter. Volle Konzentration und Hingabe an die Aufgabe. Nicht das Ziel ist wichtig, sondern – hee, Amber, was machst du, du kurbelst falsch herum!« Da war es schon zu spät gewesen, sie hatte in der Spule ein heilloses Chaos veranstaltet. Den Rest des Nachmittags verbrachten sie damit, die Knoten zu entwirren. »Nora, findest du nicht, dass das auch eine sehr ritterliche Arbeit ist?«, versuchte Amber eine halbherzige Verteidigung. Nora taxierte sie wortlos mit gerunzelter Stirn.

Ein Auto fuhr vorbei, gelbe Streifen glitten über die Wand. Einmal hatten sie die Köder vergessen und ein Stück Apfel auf den Haken gespießt. Es war einerlei, was sie dranhängten, sie fingen ja doch nichts. Sie standen still nebeneinander, beobachteten, wie der Schwimmer vom Fluss mitgezogen wurde. Sie schaute übers Wasser und träumte von einer Passage aus einem Cellokonzert. Nora stellte ihre üblichen Fragen: »Furzen Fische? – Haben sie Durst? – Wie trinken die überhaupt?«, als sich die Leine spannte.

»Pass auf!«, rief Nora, »du hast was an der Angel!«

Geschockt hatte Amber zum Schwimmer gesehen und geschrien: »Was tu ich jetzt? Darauf bin ich nicht vorbereitet! *Help me*, Nora!«

»Hol ihn langsam ein!«

»Wie denn?!«

»Dreh an der Spule!« Nora trat hinter sie und legte die Hand auf ihre Hand, gemeinsam drehten sie. Die Angel krümmte sich unter dem Gewicht des Fisches, sie konnten einen silbrigen Rücken im Wasser ausmachen. Am liebsten hätte sie geweint. Mit vereinten Kräften zogen sie den Fisch aus dem Wasser. Fassungslos sahen sie zu, wie er auf den Steinen zappelte und zuckte.

»*Gosh, what shall I do?*«, rief sie angstvoll.

»Na, töten«, erwiderte Nora. »Das ist ganz einfach, du schlägst mit einem Stein auf sein Genick.«

»Genick, wo soll da ein Genick sein?! Ich kann das nicht! Mach du es!«

»Ich kann das doch auch nicht«, erwiderte Anglerprofi Nora zerknirscht.

Da begann sie noch lauter zu weinen, und Nora stierte den Fisch an. Ein Mann näherte sich und erbot sich, den Fisch von der Angel zu befreien.

»Aber tun Sie ihm nicht weh«, schluchzte sie.

»Was spielt denn das für eine Rolle, ich töte ihn ja gleich.«

»Nein!«, riefen Nora und sie, »werfen Sie ihn in den Fluss zurück!«

»Aber es ist eine schöne Forelle, die fängt man selten!«

»Bitte zurück ins Wasser!«, bettelten sie, was der Mann schließlich murrend tat.

Als sie nach Hause gingen, wussten sie erst nicht, ob sie bedrückt oder stolz sein sollten. Je weiter sie sich vom Fluss entfernten, desto mehr tendierte Nora zum Stolz. In der Folge würde sie allen von ihrem Fang erzählen und davon, wie heldenhaft sie sich geschlagen hatten.

Amber schloss die Augen. Nora, die Angeberin. Die Unternehmungslustige. Nora, die Untreue. Die Freundin, die ihr das Herz gebrochen hatte.

Wenn sie doch nur schlafen könnte!

Dolores bekam um Mitternacht ihren ersehnten Männerbesuch. Carlos hatte sich kurz vorher per SMS angemeldet. Sie war völlig erledigt, machte sich trotzdem für ihn schön und befriedigte ihn nach allen Regeln der Liebeskunst, in der Hoffnung, dass er wiederkäme und er seine Freundin vielleicht doch verlassen und sich für sie entscheiden würde. Als er gegangen war, realisierte sie, dass er nicht mal mehr die Socken ausgezogen hatte und sie wieder leer ausgegangen war. Aber das war unwichtig, Hauptsache, er war hier gewesen.

Nora träumte, dass die Frau auf der Mauer der Münsterplattform rote Haare hatte. Mit Schrecken realisierte sie, dass es Amber war. Sie versuchte sie am Arm zu packen, aber da war Amber schon gesprungen. Schweißgebadet schreckte sie auf.

Colette hatte in einem Vampirroman von Anne Rice gelesen und war darüber eingeschlafen. Als sie gegen ein Uhr erwachte, stellte sie fest, dass Frank noch nicht von seiner Sitzung heimgekehrt war. Ha, von seiner Sitzung! Sie wusch die Gesichtsmaske ab, die sie vor Stunden aufgetragen hatte. Ihre Haut sah rosig aus. Sie lächelte ihr Spiegelbild an, dann verzog sie es zu einer Fratze, mit der Dolores und sie den Erstklässlern Angst eingejagt hatten. Zurück im Bett las sie im *Geo* einen Bericht über die Mongolei. Die endlosen Weiten der Grassteppe würden ihr bestimmt gefallen. Tausendmal besser als das hier allemal.

10. Dolores

*Die **Fatburner-Diät:** Dank köstlicher exotischer Früchte purzeln die Pfunde mühelos – sogar im Schlaf.*

Ich rief Colette frühmorgens an. Ich war schon seit einer Stunde am Malochen, länger mochte ich nicht warten. Und abgesehen davon hatte ich mit einer ätzenden Diät begonnen. Vor mir auf dem Teller lag eine gewürfelte Ananas. Das war gemessen an Rührei mit Speck und Marmeladebrot nun wirklich ein Furz, und von dieser traurigen Tatsache musste ich mich ablenken. Während ich die kalten Ananasstücke in den Mund stopfte, rechnete ich aus, wie viele Tage ich die essen müsste, bevor mindestens fünfzehn Kilo runter waren. Mir wurde speiübel. Aber ich hatte endgültig genug davon, ein Puddingdampfer zu sein. Das würde meine letzte Diät sein, ich würde eine Knochenschleuder und alle wären blass vor Bewunderung. Bestimmt bekam ich von dem vielen Ananas den Drehwurm. Ich ließ einen Kaffee aus der Maschine und gab – als Trost sozusagen – eine extra Portion Kaffeerahm dazu und zwei Löffel Zucker. Solange man das Zeug flüssig zu sich nahm, waren das ja keine echten Kalorien.

Ich musste lange klingeln lassen, bis jemand krächzend antwortete.

»Na, Colette, wie stehen die Akazien?«

Erneutes Krächzen.

»Da steppt das Nilpferd, du weißt nicht, wer ich bin!«

»Häähhh?«

»Ich bin's, Dolores! Hast heute wohl noch nicht gesprochen? Na egal, ich rede und du hörst zu. Also, du hast bestimmt auch die Einladung zur Klassenzusammenkunft erhalten, oder? Eben, und ich habe einen VW-Bus, weißt du, für meine Sandwich-Läden. Mit dem fahren wir gemeinsam ins Berner Oberland, Amber kommt bestimmt auch mit, dann ist es fast wie früher.«

»Ich –«

»Wir lassen so richtig die Sau raus, das wird affenstark! Ich hoffe, sie haben Nora auch eingeladen, wäre schön, sie wiederzusehen.«

»Weißt du eigentlich, wie viel Uhr es ist?!«

»Zehn nach sieben, na und?«

»Mein Telefon funktioniert auch um zwei Uhr nachmittags!«

»Ach, Colette, griesgrämig wie immer.« Ich lachte laut in die Ohrmuschel, was Colette bestimmt endgültig weckte.

»Ich habe nicht vor, zu dieser Klassenzusammenkunft zu kommen. Ich habe keine Wanderschuhe, und auf Erinnerungen an alte Zeiten kann ich verzichten.«

»Du hättest keine Freude, mich wiederzusehen?«, fragte ich enttäuscht. »Ich mache zurzeit eine Diät!« Ich warf einen verächtlichen Blick auf die restlichen Ananasstücke, »du wirst mich nicht wiedererkennen! Außerdem spendiere ich dir eines meiner tollen Sandwichs. Für dich gratis!«

»Nachdem du mir eine Million Pausenbrote weggeschnappt hast, ist das wohl das Mindeste!«

»Colette, ich wusste gar nicht, dass du nachtragend bist.« Ich schwieg einen Moment. »Wir hatten tolle Zeiten, oder nicht?«

Colette knurrte. »Unsere Zeiten waren alles andere als toll, jedenfalls für mich, und auch sonst interessiert mich ein Klassentreffen nicht die Bohne, und jetzt hänge ich auf.« Was sie auch tat.

Ich schaute verblüfft den Hörer an. Um ehrlich zu sein,

ich war gerührt wie Apfelmus – die gute alte Colette! Dann würde ich sie halt nochmals am Nachmittag anrufen, wenn sie sich etwas beruhigt hatte.

Als nächstes rief ich Amber an.

»*Hello?*«

Ich schüttelte lächelnd den Kopf. »Ich glaub, mich laust der Affe, du hast es immer noch nicht kapiert – in der Schweiz meldet man sich mit Namen!«

»Mit wem spreche ich?«

»Atme mal locker durch die Hose, dann kommt's dir vielleicht.«

Kurzes Schweigen. Dann: »Ach, das muss Dolores sein.«

»Bingo! Es ist wegen der Klassenzusammenkunft.«

»Das habe ich mir beinahe gedacht.«

»Colette und du, ihr könntet mit mir fahren, das wird bestimmt der Hammer.«

»Da bellst du den falschen Baum an.«

»Hä?!«

»Ich habe nicht vor zu kommen.«

»Habt ihr alle ein Rad ab, oder was?!«

»Es gibt Leute, denen ich nicht begegnen will.«

»Leute?«

»Ja, genau.«

»Könnte es sein, dass diese *Leute* Nora sind?«

»Könnte es sein, dass dich das nichts angeht?!«

»Ich krieg' die Krätze – ihr habt euch also nie ausgesprochen?«

»Wie ich schon sagte: *This is not your cup of tea!* Deine Sandwichs sind übrigens ganz klasse. Ich kaufe mir ab und zu eines.«

»Oh, freut mich zu hören! Kennst du das *Bimbam*? Es ist meine neueste Erfindung!«

»Nein, das nicht, aber das *Larifari* – ich könnte sterben für ein Sandwich mit gegrillten Auberginen an Knoblauch, Tomaten und vielen Kräutern!«

»Amber, komm doch mit, das würde bestimmt ein toller

Ausflug!« Ich hörte im Hintergrund Kindergeschrei. »Und wer ist das?«

»Phoebe, meine Tochter. Leider frühmorgens schon quietschfidel.«

»Du hast Kinder, wie schön! Aber sag nicht, dass du immer noch mit Marc zusammen bist!«

»Warum denn nicht?«

»Er war dein erster Freund!«

»Na und? Wenn es der Richtige ist. Wie steht's bei dir?«

»Vollfett, einfach vollfett! Wir sind noch jung! Kommst du mit? Komm doch mit!«

»Lass uns ein anderes Mal darüber reden, ich muss Phoebe in die Krippe bringen.«

Wenn es sein muss, kann ich penetrant sein wie die Zeugen Jehovas. Und in diesem Fall musste es sein. Ich schickte Colette und Amber ein Foto von meinem VW-Bus. Ich hatte drei Köpfe hineingemalt und eine Sprechblase mit den Worten drin: *Auf zur Klassenzusammenkunft!* Ein paar Tage später schickte ich Colette einen Katalog für Wanderschuhe.

Ich sprach Amber auf den Anrufbeantworter: »Ich habe ein Billet für das total ausverkaufte Cellokonzert von Irgendsoeinwitsch in Genf. Wenn du zum Klassentreffen kommst, ist es dein.«

Ich war gespannt darauf, wie Amber auf dieses Angebot reagieren würde. Bestimmt kämpfte sie mit sich. Bestimmt sagte sie sich *never*, aber da hatte ihre Hand schon den Telefonhörer ergriffen und meine Nummer gewählt.

Colette schickte ich per Kurier ein leckeres Erdbeertörtchen, am nächsten Tag ein *Mousse au Chocolat* und dann eine *Doloresbombe* aus meinem Laden. Keine Reaktion. Ich schickte ihr ein Zitronentörtchen, auf dem das Wort *Komm* mit Schokolade geschrieben war und dazu ein Zettel: *Wenn du kommst, gibt's noch viele mehr!* Ich wusste, dass sie Zitronentörtchen über alles liebte und nicht widerstehen können würde!

Am Abend läutete das Telefon. Es war Colette.

»Na, was hat dich an mein Ohr getrieben?«, fragte ich so ahnungslos als möglich.

»Ich komme, wenn ich bis zum Klassentreffen mehr solcher Zitronentörtchen kriege«, sagte sie.

Ich grinste.

11. Colette

Wenn Du vor mir stehst und mich ansiehst, was weißt du von den Schmerzen, die in mir sind, und was weiß ich von den Deinen.
Franz Kafka

Dolores holte uns mit ihrem VW-Bus ab. Er war alt und rostig. Auf allen vier Seiten stand in großen, bunten Lettern: »*Dolores' Sandwichs und süße Verführungen*«. Als wir einstiegen, streckte sich uns eine große Papiertüte entgegen, darin waren Croissants und belegte Brötchen. Dolores knisterte verheißungsvoll mit der Tüte und sagte: »Mädels, greift zu!« Mampfend fuhren wir los, auf die Autobahn Richtung Interlaken. Ich glotzte wie üblich in die vorbeiziehende Landschaft und hing Gedanken und Bildern nach, die mich nur wenig mehr interessierten als die Welt da draußen. Doch so richtig tagdämmern konnte ich nicht, Dolores störte mich, indem sie auf tausend Dinge aufmerksam machte: Das Restaurant, in dem es die besten Forellen gab; die Metzgerei, welche die besten Würste machte; das Haus, in dem die Tante des Onkels des Bruders des Schwagers des legendären Bäckers *Glatz* wohnte; das *Stockhorn*, dessen Restaurant eine himmlische Gerstensuppe anbot. Sie sagte: »Schaut, der Thunersee, wie schön seine Farbe heute ist, und übrigens macht auf der anderen Seite des Sees ein Kollege ein paar köstliche Flaschen Wein.« Als Dolores endlich eine Pause machte, um Luft zu holen, fing Amber mit meteorologischen Prognosen anhand des Niesens an. Der Niesen ist ein Berg, der bei Touristen wie Künstlern sehr beliebt ist, vermutlich weil er so aussieht, wie Kinder einen Berg zeichnen würden: ein Schrägstrich hinauf, ein Schrägstrich hinab. Künstler sind scharenweise auf diesen Berg abgefahren. Klee hat ihn gemalt, Hodler, Macke, Turner, Itten und Calame, um nur einige zu nennen. (Ich musste in der Schule einen Vortrag über den blöden Berg halten, wie könnte es anders sein!).

»Schaut!«, sagte Amber und deutete auf die Wolke, die auf der Spitze des Niesens hockte, »*hat der Niesen einen Hut, wird das Wetter gut.*«

»Ja, und *hat der Niesen einen Rasen, regnet's tote Osterhasen*«, ergänzte ich.

»Einen Rasen – wie soll das gehen?«, fragte Dolores, »das geht doch gar nicht.« Dolores' Leitung hätte man dreimal um den Erdball wickeln können.

Nach diesem aufschlusslosen Gespräch verließen wir die Autobahn, fuhren ins Simmen-, Frutiger- oder Lauterbrunnental – ich verwechsle die immer – und landeten auf einem Bergsträßchen mit seinen üblichen nervenden Endlosschleifen. Beim Treffpunkt winkte uns eine Gruppe zu. Dolores winkte zurück. Ich erkannte niemanden. Warum nur hatte ich mich dazu überreden lassen mitzukommen? Ich wollte zurück in mein Zimmer, wo ich in Ruhe das tun konnte, was ich wollte – nichts nämlich, nichts jedenfalls, das von Belang gewesen wäre. Dolores öffnete die Seitentür und reichte uns die Wanderschuhe. Aus dem Augenwinkel sah ich, dass sich eine Frau aus der Gruppe löste und auf uns zukam. Das war bestimmt Susanne Weibel, die diesen Anlass organisiert hatte, die schon in der Schule all die unangenehmen Aufgaben übernommen hatte, um sich beim Klassenlehrer einzuschmeicheln (erfolglos übrigens). Ich griff nach meinem Rucksack. Zurrte Bänder fest. Hörte, wie Susanne Weibel hinter meinem Rücken einen guten Tag wünschte.

Amber neben mir erblasste – und zwar bedenklich! Neugierig drehte ich mich um. Vielleicht hatte Susanne Weibel nur noch ein Auge oder war anderweitig entstellt – wie aufregend! Doch nichts von alledem: Vor uns stand nicht Susanne, sondern Nora; schräg grinsend und schief schauend, älter natürlich als vor zwanzig Jahren, aber unverkennbar Nora!

Dolores stieß einen Freudenschrei aus, Ambers Gesichtsmuskeln hingegen veranstalteten einen Salat. Ich lachte ungewollt freudig auf. Nora wiederzusehen war wirklich gar nicht so schlecht.

»Was um Gottes Willen machst *du* denn hier?«, fragte Dolores auf ihre übliche diplomatische Art.

»Susanne hat auch diejenigen eingeladen, die vor der neunten Klasse weggingen«, erklärte Nora und blickte uns süffisant an. Das hatte sie schon immer gut können, so süffisant schauen. Amber bewegte sich immer noch nicht. Ernst musterte sie Nora. Es war nicht klar, ob sie im nächsten Augenblick loslachen, losheulen oder losschreien würde.

Dolores hatte sich inzwischen mit Geheul auf Nora geworfen und umarmte sie herzlich. Danach war ich dran. Ich legte die Arme um sie wie eine Ertrinkende, warum, wusste ich selber nicht. Amber, störrisch wie ein Esel, stand immer noch auf derselben Stelle. Nora wandte sich ihr zu und schien auf einmal nicht mehr so selbstsicher wie vorher. Sie sagte: »Schön dich zu sehen, es ist so lange her. Lass dich anschauen.« Sie trat einen Schritt zurück und musterte Amber aufmerksam. Dann lächelte sie und legte wieder den Kopf schräg.

»Hast du gesehen, was du sehen wolltest?!«, murrte Amber.

Anstatt zu antworten, ergriff Nora Ambers linke Hand. »Damals hast du gesagt, dass du nie heiraten würdest.«

»Ja, damals habe ich auch behauptet, dass Howard Carpendale mein Traummann sei!«

Wir schwiegen, etwas, das es früher bei uns Vieren nie

gab. Dann gingen wir unschlüssig auseinander und machten uns daran, die Schulkameraden zu begrüßen.

Klassentreffen sind eine höchst skurrile Angelegenheit: Ein halbes Leben hat man sich nicht mehr gesehen und könnte sich deshalb nicht fremder sein – wenn da nicht die Tatsache wäre, dass man während Jahren im gleichen Klassenzimmer saß und jede Mimik, jeden Sieg, jede Niederlage, alle Scham, die Gemeinheiten und die Freundlichkeiten der andern mitbekommen hat. Ich schaute in die Gesichter meiner Klassenkollegen, überlegte, wer das sein könnte, stellte fest, dass sie zu- oder abgenommen, schöner oder hässlicher geworden waren, Haare gefärbt oder verloren hatten. Erkennen und Erinnerungen machten sich breit, und bevor ich es mich versah, hatte sich in mir das heimtückische Gefühl eingestellt, dass es die zwanzig Jahren dazwischen gar nicht gegeben hatte. Ich war immer noch das Grufti, das mit Jungs rummachte und sich in einem Dauerstreit mit der Mutter befand. Ich war immer noch die Außenseiterin, die aber immerhin einem Geheimbund angehörte. Dolores zum Beispiel, die wesentlich hübscher aussah als damals, wurde wie früher mit abschätzenden Blicken taxiert. Ich hatte bald eine Reihe Männer um mich, was ich zugleich genoss und sehr störend empfand. Amber führte mal hier und mal da ein freundliches Gespräch, aber aus dem Augenwinkel beobachtete sie Nora. Die diskutierte und lachte mit Sepp. Auch sie warf Amber Blicke zu. Wie seltsam, dass die beiden nicht nebeneinander standen!

Susanne Weibel erklärte, dass wir nun starten würden, den Ich-weiß-nicht-mehr-wie-er-heißt-Berg hinauf, dort würden wir zu Mittag essen, dann ginge es zur Mittelstation der Gondel und unten in Habe-den-Namen-vergessen würden wir im Festsäli von *Rössli*, *Bären*, *Sonne* (oder war es der *Ochse*?) das Nachtessen einnehmen. Man applaudierte, ich stöhnte auf, dann ging es los.

Es war, als würde man fallengelassene Fäden wieder aufnehmen und sich darin verwickeln. Nur unser ehemaliger

Geheimbund wollte sich nicht finden. Ich schäkerte mit Hugo, Viktor und Ueli, Nora unterhielt sich immer noch mit Sepp, Amber trottete lustlos neben Dolores her und gab ihr einsilbig Antworten. Nach einer halben Stunde wurde das Dolores zu bunt, sie hakte sich bei mir unter und riss mich mit sich, um weiter vorn Nora aufzugabeln, mit uns beiden einen Bogen zu machen und auf Amber zu warten. »So, jetzt zu uns, ich will alles wissen«, sagte sie und ignorierte Ambers abweisenden Gesichtsausdruck. »Nora, was hast du in all den Jahren denn so getrieben? Neue Geheimbünde gegründet?«

Nora setzte ihre Sonnenbrille auf und grinste breit. »Nein, nein, ich hätte nie mehr solch gute Mitglieder gefunden wie euch.«

»Ha!«, sagte Amber und kickte einen Stein weg.

»Ich habe in Zürich das Neusprachengymnasium besucht«, erklärte Nora.

»Was bei deinen miserablen Mathematikkenntnissen kein Wunder ist.« Amber kickte einen besonders großen Stein, er schlitterte über den Weg und sprang die Böschung hinab.

Nora erzählte ungerührt weiter, dass sie ein Medizinstudium durchziehen wollte, jedoch – wie Amber richtig bemerkt habe – sei sie beinahe an ihren miserablen Mathematikkenntnissen gescheitert. Sie habe dann Psychiatrie studiert und arbeite jetzt als Assistenzärztin im *Burghölzli.*

»Was, wo?«, fragte ich irritiert.

»In der Klapsmühle. Im Irrenhaus«, erklärte sie spöttisch. Warum sagte sie das so, als müssten mir Psychiatrien bekannt sein? Ich war etwas beleidigt, schaute aber betont gelangweilt über die Landschaft und zuckte nur lässig mit den Schultern. Amber kickte ihren hundertsten Stein und sagte: »Die Klapse, das passt ja wieder mal.«

Dolores machte einen Versuch, die Stimmung zu heben, indem sie sagte, dass sie für uns Sandwichs mitgebracht habe.

»Ach ja, deine Sandwichs, machst du die immer noch?«,

fragte Nora schwärmerisch. »Weißt du eigentlich, woher der Name *Sandwich* kommt?« Bevor jemand ja oder nein sagen konnte, schoss Nora natürlich schon los. »Ein Sir John Montague, vierter Earl von Sandwich, im achtzehnten Jahrhundert lebend, war ein besessener Kartenspieler und wollte auch zum Essen die Karten nicht aus der Hand legen. Er ließ sich kaltes Roastbeef zwischen zwei schräg halbierte Weißbrotscheiben klemmen, so konnte er beim Spielen weiteressen. Er dachte sich in der Folge die unterschiedlichsten Füllungen aus. Das ist also sozusagen dein Ururururururgroßonkel, Dolores.«

Dolores war von der Geschichte begeistert und erzählte ihr, wie sie ihre drei Läden aufgebaut hatte. Sie kam ins unternehmerische Plappern und Dozieren, bis Amber einen Stein besonders kräftig wegkickte und brummte: »*Stuff and nonsense!*«

Nora schlüpfte an Dolores und mir vorbei und suchte den Gleichschritt mit Amber, was nicht einfach war, weil sie ja dauernd Steine wegkickte.

»Du scheinst im Fußball Karriere gemacht zu haben«, bemerkte Nora lächelnd.

»*Indeed*«, entgegnete Amber, vor sich auf das Sträßchen starrend.

»Ich hätte eher darauf getippt, dass du eine Karriere als Cellistin machen würdest.«

»Ich wäre nie auch nur annähernd so gut geworden wie Jacqueline Du Pré«, entgegnete Amber knapp. Den nächsten Stein verfehlte sie.

»Man muss ja auch nicht so gut wie die Besten sein, um etwas tun zu dürfen. Ich habe dein Cellospiel immer geliebt«, bemerkte Nora. Sie sah teuflisch frisch und lebendig aus. Wie früher. Die Lebensfreude in Person. Da war immer noch dieses schelmische Funkeln in ihren Augen. Ich habe nie verstanden, wie man eine solche Freude am Leben haben kann, wo es doch nur eine lästige Plage ist. Ich drehte an meinem Ring, den ich extra für mich hatte anfertigen lassen:

Er war aus Silber mit einem keltischen Symbol, das einen angeblich vor allem Übel schützt. Das größte Übel in meinem Leben war ich selber, also schützte mich der Ring vor mir selber.

Nora ließ sich von Ambers abweisender Art nicht beirren. »Was außer Fußballspielen und kein Cello spielen tust du denn so?«

»Meiner Tochter den Text der Kellogg's-Flocken-Packung vorlesen – auf Deutsch und Französisch.«

»Ach, du hast eine Tochter? Das ist bestimmt ein süßer Fratz.«

Unser Konvoi verließ nun das Natursträßchen und folgte einem Fußweg, der kurvenreich den steilen Hang hinaufführte. Bald sagte Dolores nicht mehr viel, sie schwitzte und keuchte und fluchte etwas von einer Hollywood-Diät, die sie nicht durchgezogen hatte. Die Stimmung war allgemein fröhlich bis ausgelassen, nur nicht bei uns vieren. Bei uns war es so, als säße man in einem Wartesaal. Keine Ahnung, worauf wir warteten. Außerdem lag etwas in der Luft, vor allem zwischen Amber und Nora. Offensichtlich hatten sie sich nie ausgesprochen.

Dann begann meine rechte Ferse zu schmerzen. Ich hätte meine handgenähten und handverlesenen Hightech-Wanderschuhe wohl eintragen sollen. Beim Mittagessen auf dem Keine-Ahnung-wie-er-heißt-Hügel zog ich die Schuhe aus und jammerte, bis mir Dolores ein Heftpflaster in die Hand drückte, mit Mickymäusen drauf, aber immerhin. Dann holte sie ihre wundervollen Sandwichs hervor, was Noras Gesicht zum Leuchten brachte. Sogar Amber schaute etwas freundlicher.

Nach einer Stunde ging es weiter. Ich veranstaltete ein Theater (behauptete Dolores), bis ich wieder in meinen Schuhen war. Ich bat Dolores, mir beim Aufstehen zu helfen. Sie sagte, ich stelle mich an, als hätte ich ein gebrochenes Bein. Es fühlte sich auch so an! Amber rollte die Augen, während Nora amüsiert zuschaute. Als ich endlich gehtüchtig war, verschwand die Gruppe soeben um die erste Kurve. Ich verzog bei jedem Schritt schmerzvoll das Gesicht. Nora und Dolores nahmen mich in die Mitte und stützten mich. So waren wir etwas schneller, was jedoch immer noch nicht schnell genug war.

Nora schlug vor, eine Abkürzung zu nehmen – sie deutete zur Böschung linkerhand, die steil abfiel –, unten auf dem Weg sah man unsere Klassenkameraden. Mich hätte es gereizt, ein paar Steine runterzuwerfen und ihre Reaktionen zu beobachten.

»Ja, ich kenne deine Abkürzungen«, muffelte Amber und tat wohl was? Sie kickte einen Stein weg.

Wir nahmen trotz Ambers Muffeln die Abkürzung. Mit meinen Blasen war das eine Tortur. Dolores sagte, ich solle nicht so tun, als müsste ich barfuß das Matterhorn runterklettern. Ich hatte schon etwas sehr Unschönes auf den Lippen, da trat ich in einen dicken, frischen Kuhfladen.

Rückblickend betrachtet kann man sagen, dass dieser Misstritt eine Menge in Bewegung brachte, aber so was sieht man ja erst Monate bis Jahre später. In dem Moment stieß ich einfach einen Fluch aus, mit Blick auf meinen edlen Wanderschuh.

»Ich habe ja gesagt, dass Noras Abkürzungen in die Hölle führen«, konstatierte Amber giftig.

Nora tätschelte mir beruhigend die Schulter und riet, den Schuh am Gras abzustreifen, dann sehe er wieder wie neu aus.

»Weißt du, wie teuer der Schuh war?«, fragte ich. »Na ja, egal, schließlich hat Frank ihn bezahlt, nicht ich.«

Ich streifte den Schuh am Gras ab und nahm Papiertaschentücher hervor, um ihn besser säubern zu können.

Da verlor Dolores die Nerven. Sie hatte sich offenbar auch nach zwanzig Jahren nicht besser unter Kontrolle: »Du verwöhnte Göre, mach mal vorwärts und hör auf, mit deinen Papierfetzen die Umwelt zu verschandeln! Siehst du in weiter Ferne die Gruppe Wanderer? Wir gehören zu denen und sollten deshalb endlich Dampf aufsetzen, bevor« – sie schaute mit kritischem Blick nach oben –, »bevor wir noch in ein Gewitter geraten.«

Ich taxierte Dolores. »Du bist immer noch genau so grob wie früher.« Und humpelte los.

Dolores hielt mich jedoch zurück. Sie zeigte auf die Taschentücher, die ich für die Schuhpolitur gebraucht und im Gras liegen gelassen hatte. »Auflesen«, befahl sie.

»Sonst geht's dir noch?«

»Ich frage mich, warum ich dich überzeugen wollte mitzukommen«, knurrte sie, während sie die drei Taschentücher aufeinander türmte und anzündete.

Wegen dieses Intermezzos hatten wir den Anschluss an die Gruppe gründlich verpasst. Wir marschierten (und humpelten) so schnell als möglich. Zur Ablenkung begann Nora eine Geschichte zu erzählen, wir lauschten interessiert, auch Amber, obwohl sie ein unbeteiligtes Gesicht machte.

Die Geschichte handelte von ihrem Bruder Alex, der nach Australien geflogen war. Im Flughafen von Sidney schaute er zu, wie auf dem Rollband der Gepäckausgabe ein letzter Koffer seine Runden drehte, der aber nicht seiner war. In seiner Wut packte er diesen Koffer und öffnete ihn. Darin fand er Frauenkleider, Bücher und das Übliche. Der Duft der Frau stieg ihm in die Nase – und er verliebte sich.

»Nein!«

»Doch«, entgegnete Nora. Wir erreichten das Wäldchen, in dem die anderen verschwunden waren, und kamen an einer Kreuzung vorbei, die wir nicht groß beachteten. Der Weg führte leicht abwärts und machte einen weiten Bogen. Nora erzählte weiter. »Alex war vom Duft der Kofferbesitzerin besessen und beschloss, die Frau zu suchen. Laut der Adresse am Koffer wohnte sie in Japan, also flog er dorthin und fand auch nach einigen Tagen ihre Wohnung.

Nun hatte Sun Tzu, so heißt die Dame, in Tokio auch den letzten Koffer geöffnet, der seine Runden gedreht hatte, aber nicht ihrer war, und sich ebenfalls verliebt. Und da sie ziemlich reich ist, nahm sie den nächstbesten Flug nach Australien, ohne Vorstellung davon, wie sie meinen Bruder finden könnte. Alex ist nun –«, Nora schaute nach oben. Regentropfen klatschten auf uns.

Amber nahm während des Gehens ihren Regenschutz aus dem Rucksack. Dolores und ich folgten ihrem Beispiel, Nora kramte einen Pullover hervor.

Wir schauten sie fragend an. Sie gab zögernd zu, dass sie keinen Regenschutz dabei hatte. »Es gibt bei diesen kümmerlichen Tropfen keinen Grund zur Panik, abgesehen davon ist ein leichter Regen erfrischend für die Haut.« Noch während sie den Satz sprach, wurden die Tropfen fetter und vermehrten sich in Windeseile. Bald war es, als würde das Wasser gleich eimerweise herabgeschüttet. Blitze zuckten blauviolett über den dunkel gewordenen Himmel, unmittelbar gefolgt von rollendem Donnern. Innerhalb der nächsten zehn Minuten gab Ambers Regenjacke ihren Dienst auf (sie verfluchte sich, dass sie auf das Sonderangebot hereingefallen war!) und Nora sah in ihrem klatschnassen Pullover bedauernswert aus.

Amber steuerte zielstrebig auf eine Tanne zu. Nora hielt sie zurück. »Du kannst doch nicht unter einen Baum gehen, so was machen Kühe und werden dann vom Blitz getroffen!«

»*Gosh*, fass mich nicht an!«, fauchte Amber, ging dann aber doch nicht unter die Tanne.

»Das Gewitter zieht bald weiter, und zur Mittelstation ist es bestimmt nicht mehr weit«, versuchte Dolores zu beruhigen.

Sie hätte nicht falscher in ihrer Einschätzung liegen können: Das Gewitter gebärdete sich wie eine Furie. Sehen tat man nichts mehr, eine Mittelstation sowieso nicht. Ich überlegte mir, wie das so wäre, von einem Blitz getroffen zu werden. Wahrscheinlich nur ein kurzes *Zack, Poing* und weg wäre man. Ein schöner Tod. Das Unwetter erreichte seinen Höhepunkt, als es uns mit wachtelleiergroßen Hagelkörnern bewarf. Wir entschieden uns, doch lieber unter einer Tanne vom Blitz getroffen anstatt von Hageleiern erschlagen zu werden.

Als der Hagel wieder dem Regen wich, schlug Amber vor, ein Wanderlied zu singen, das lenke ab.

Wir brummten unmotiviert.

Amber sang *Das Wandern ist der Müllers Lust*. Dem folgte *Im Frühtau zu Berge* und *Hoch auf dem gelben Wagen*. Zögernd halfen wir mit, Amber übernahm die zweite Stimme.

Nach ewig langem Singen und Durch-den-Matsch-Stapfen entdeckte Nora einen verheißungsvollen Umriss. »Kommt!«, rief sie aufgeregt. »Habt ihr jemals etwas Schöneres gesehen als diese schäbige Hütte? Nein!«

Wir rannten die letzten Meter und umrundeten das Gebäude, das sich als Ziegenstall entpuppte. Der Boden des Stalls war mit frischem Stroh ausgelegt, der Senn hatte wohl vom Unwetter gewusst und die Viecher vorher in den Stall gesperrt. Da saßen und standen sie nun und wiederkäuten friedlich. Auf der Rückseite fanden wir ein kleines Tor, das in die Heubühne führte. Wir kletterten hinein, warfen uns flach auf den Rücken und riefen leicht hysterisch, dass wir gerettet seien, lobten das Dach über dem Kopf, und Dolores behauptete, dass sie hier nie mehr weggehen würde.

Nun ja, wir gingen dann tatsächlich so schnell nicht wieder weg.

12. Nora

Warum klappern wir mit den Zähnen, wenn wir frieren?
Nora Seligmann

Ich hatte mit gemischten, um nicht zu sagen mit chaotischen Emotionen dem Klassentreffen entgegengesehen. Tage vorher schon tigerte ich in einem Zustand zwischen Prüfungsangst und Verliebtheit hin und her. Der Magen fühlte sich an, als wäre ich in ein Luftloch gefallen. Kommt Amber oder kommt sie nicht?, das war die große Frage. Ich versuchte zu imaginieren, wie es sein würde, ihr zu begegnen. Ich hoffte so sehr, dass sie kommen würde. Ich hatte eine Heidenangst davor. Das abrupte Ende unserer Freundschaft hatte eine Wunde in mein Herz geschlagen, die nie richtig verheilt war. Ich durchforschte mein Wissen über die menschliche Psyche, um mit meinen zwiespältigen Emotionen klarzukommen, und realisierte, dass ich eine Menge über Depression, Schizophrenie, Psychosen und Zwanghaftigkeit wusste, aber nicht, wie man einer Freundin begegnet, die man vor einer Ewigkeit verloren hat.

Als ich beim Treffpunkt eintraf, war noch niemand vom Geheimbund da. Ich begrüßte die vertrauten Gesichter und erforschte unbekannte, plauderte hier und da und schielte dauernd auf die Straße. Als ein rostiger, bunter VW-Bus daherraste, war es unschwer herauszufinden, wem das Auto gehörte: »*Dolores' Sandwichs und süße Verführungen*« stand da in großen Lettern. Das Auto wurde mit quietschenden Bremsen geparkt, und heraus sprang Dolores. Ich erkannte sie sofort an ihren dynamischen Bewegungen und an ihrem langen Haar. Sie schien mir noch größer als früher. Das mochte daran liegen, dass sie sichtbar schlanker war. Colette folgte ihr weitaus weniger schwungvoll, sie sah aus, als sei sie einem Katalog für Wanderkleidung entsprungen. Meine Nerven waren zum Zerreißen gespannt. War Amber mitgekommen? War sie? Oder doch nicht? Ich guckte mir die Augen wund, mit jedem Lidschlag sank mir der Mut ein bisschen mehr, bis ich enttäuscht für einen Moment die Augen schloss. Als ich sie wieder öffnete, war die Welt eine andere: Amber stieg aus dem VW-Bus! Mein Herz blieb stehen.

Sie hatte immer noch etwas Gazellenhaftes an sich, obschon sie nicht mehr ganz so schmal wie früher war. Das gelockte Haar fiel ihr offen über die Schultern, das brennende Rot hatte sich in ein sanft schimmerndes verwandelt. Mein Herz setzte wieder ein und jagte Freude und Aufregung durch meinen Körper. Die Angst kochte über. Ich beobachtete hypnotisiert, wie sich die drei an ihren Schuhen und Rucksäcken zu schaffen machten.

Unser Geheimbund, dachte ich. *Wir vier*.

Sepp haute mir freundschaftlich auf die Schultern, dadurch erwachte ich aus meinem hypnotischen Zustand. Entschuldigend grinste ich ihn an und bewegte mich auf den VW-Bus zu. Als Amber mich erblickte, schaffte sie es, dass ihr Gesicht weiß wurde und sich gleichzeitig verfinsterte. Ich hatte vergessen, dass sie das konnte, aber nun erinnerte ich mich daran, als wäre es gestern gewesen. Dieser Gesichtsausdruck sah immer noch entzückend aus, auch wenn er nichts Gutes verhieß.

Es zeigte sich bald, dass sie sauer auf mich war – keine Ahnung weswegen. Was immer es sein mochte, sie wich mir aus, vermied Blickkontakt, kickte unschuldige Steine weg. Und dann wurden wir in diesen Ziegenstall geschwemmt. Das Leben ist ein Kabarett! Ich saß auf einem Strohballen und klaubte mit klammen Fingern mein Handy hervor. »Ich habe die Nummer von Susanne gespeichert«, sagte ich. Ich suchte die Nummer und wartete, klappte das Handy zu, öffnete es wieder und versuchte es von neuem. Nach dem zehnten Versuch sagte ich: »Na super – keine Connection! Versucht ihr mal!« Zu dritt hantierten sie an ihren Handys – auch erfolglos.

»Da schleppt man dieses nervtötende Ding Tag und Nacht mit sich herum, und wenn es eine echte Hilfe wäre, steigt es aus. Mist!«, wetterte ich, während ich meinen Pullover abstreifte und ihn auswrang. Colette sagte »Schaut mal!« und knipste eine Taschenlampe an. Es musste die beste sein, die es am Markt gab! Wie ein Scheinwerfer fluteten das Licht den Raum. Ich schaute mich um. Die eine Hälfte des Stalles war mit Heu gefüllt, hinter uns lagen und standen an der Wand entlang Geräte: ein durchlöcherter Korb, eine kaputte Mäusefalle, der Teil einer undefinierbaren Maschine und an einem Nagel eine Militärwolldecke, die wohl noch aus der Zeit Napoleons stammte. Daneben hingen Seile und Lederriemen. An der anderen Wand stapelten sich Strohballen.

»Sobald sich das Gewitter verzogen hat, will ich weg von hier«, murmelte Amber. Sie öffnete das Holztor, ich trat neben sie. Es schüttete noch immer wie aus Kübeln, die Wolken hingen schier bis zum Boden, es war dämmerig, obschon von der Uhrzeit her noch nicht Zeit zum Einnachten war. Das Haus entlang flossen kleine Bäche. Noch erhellten Blitze den Himmel, doch das Donnergrollen schien von weiter weg zu kommen. Amber strich sich das Haar hinter die Ohren und zuckte genervt mit den Schultern. »Aber so lange es draußen so schüttet, müssen wir hier bleiben.«

»Hast du Kleider im Rucksack?«, fragte mich Dolores.

Ich schüttelte den Kopf. »Hab alles angezogen, als es zu regnen begann. Ich hätte besser alles ausgezogen! Mist!«

Colette knipste ihre Lampe aus. Dumpf drang das graue Licht durch die Spalten der Hütte.

Amber schaute mit klappernden Zähnen dem Unwetter

zu. Colette fingerte immer noch an ihrem Handy. Sie stand mitten im Raum, wohl darauf bedacht, nichts zu berühren.

»Colette, sind deine Kleider nass?«, fragte ich.

Sie schüttelte den Kopf. »Nein, ich bin trocken, sogar hinter den Ohren.«

»Dolores?« Auch sie schüttelte den Kopf.

»Amber?«

»Bei mir ist der BH noch einigermaßen trocken«, konstatierte sie zynisch.

Ich räusperte mich. »Nun, was aus mir ohne Regenschutz geworden ist, könnt ihr euch ja vorstellen. Wir müssen ausziehen, was nass ist, sonst werden wir uns hoffnungslos erkälten, das ist mal klar. Danach müssen wir uns ins Heu legen und uns damit zudecken.«

»Spinnst du? Heu piekst!« rief Amber.

Ich schritt suchend herum, blieb vor der Wolldecke stehen, rieb mir bedächtig das Kinn und murmelte: »Das könnte gehen.«

Die Decke sah von nahem besehen noch älter aus, staubig und mit Mottenlöchern. Amber war neugierig neben mich getreten. Als sie begriff, worauf ich hinauswollte, sagte sie nur. »Sonst geht's dir noch gut?!«

»Überleg doch mal, wir haben drei Optionen. Erstens: Wir rufen die Rettungswacht, nur dummerweise sind unsere Handys zu nichts nütze. Zweitens: Wir machen uns in dem Unwetter auf den Heimweg, was riskant ist, zumal wir ja vielleicht den falschen Weg genommen haben. Oder drittens: Colette und Dolores legen sich in ihren trockenen Kleidern ins Heu, und wir ziehen die Kleider aus, wickeln uns in die Decke und legen uns ebenfalls ins Heu.«

»*Are you totally mad*? – Ich l-lege mich doch nicht nackt mit dir unter eine D-decke!« Amber klapperte mit den Zähnen.

»Ich finde, es gibt Schlimmeres«, behauptete ich, »zum Beispiel schiffbrüchig im Meer zu treiben und das seit vierundzwanzig Stunden.«

»Oder man kommt zu einem Fest und ist völlig overdressed – noch schlimmer das Gegenteil«, ergänzte Colette.

»Amber, die Wolldecke ist in einem besseren Zustand, als du denkst«, sagte Dolores und ging zum Tor. Sie schüttelte die Decke aus. Eine Staubwolke erfüllte den Raum.

»Super Z-zustand!«, hustete Amber.

»Papperlapapp!« Dolores schüttelte weiter, bis auch sie husten musste.

»Wenn wir uns nicht den Tod holen wollen, müssen wir uns ausziehen«, sagte ich.

Schnauben aus Ambers Ecke.

Ich zog mich nach einigem Zögern bis auf die Unterwäsche aus.

»W-was m-machst d-du d-da?«, fragte Amber.

»Ins Bett gehen.«

»M-mir geht's ganz g-gut so, ich z-zieh mich b-bestimmt n-nicht aus«, erwiderte Amber trotzig.

»Komm, Amber, zieh deine Sachen aus!«

»Aber d-dann seht ihr m-meine Cellulite.«

»Ich sehe bei dem Licht nicht mal meine eigene Hand!«

»Aber Colette könnte die L-lampe anknipsen.«

»Beim Drei-stink, Vier-schnurz, Fünf-Deckel-ab verspreche ich, dass ich deine Beine im Dunkeln lasse«, sagte Colette.

»D-du w-weißt noch unseren Eid?«, fragte Amber erstaunt.

»Komm jetzt«, sagte ich, »nach so vielen Jahren habe ich dich wiedergetroffen, da kannst du doch nicht wegsterben – und das nur wegen einer eingebildeten Cellulite und einer nicht ganz staubfreien Wolldecke.«

»A-aber wir müssen d-dann n-nackt unter die D-decke und-und–«

»Ja und?« Nun ja, ich wusste schon, was Amber meinte.

»Mädels, es ist sinnlos darüber nachzuhirnen, ihr habt keine andere Wahl«, schaltete Dolores sich ein. »Und abgesehen davon sind Colette und ich auch noch da – ich meine, falls Nora sich in ein Monster verwandeln sollte.«

Endlich stand Amber auf. Sie zog auf Englisch fluchend die Kleider aus und über die undefinierbare Maschine zu legen und begann mit Turnübungen.

»Was soll das?«, fragte ich.

»T-turnübungen. Das macht w-warm, du w-würdest b-besser m-mithelfen. Weißt du noch, unsere T-turnlehrerin Fräulein M-müller ...»

»Fräulein Müller mit den breiten Hüften und den Haaren in den Lüften?«

»G-genau, und die bin ich jetzt, und du m-machst mir alles nach. Und B-becken rrrrolllen. B-beine und Arme schütteln.«

Zögerlich machte ich mit. Als es mir wärmer wurde, führte ich die Übungen mit etwas mehr Enthusiasmus aus.

»Okay«, sagte ich schließlich, »genug verrenkt, es ist Zeit fürs Bett.« Wir legten unter unnötiger Aufsicht Dolores' die Decke auf das Heu und die Rucksäcke ans Kopfende. Ich ließ mich wortlos darauf nieder. Amber folgte mir. Sobald sie mit der Decke in Berührung kam, machte sie, was ich mir nicht erlaubt hatte – sie kreischte auf: »Oh *no*, das geht nicht, *disgusting,* und wie das Ding riecht und sich anfühlt! Ich kann das nicht!«

»Du kannst das sehr wohl. Stell dir vor, wie warm es gleich sein wird, wenn ihr euch eingewickelt habt«, sagte Dolores aufmunternd.

»Du hast ja keine Ahnung – es ist *dis-gus-ting!*« Amber drehte mir wütend den Rücken zu. Ich legte mich vorsichtig an sie, rückte so nah und so weit weg als möglich, und ich dachte, dass diese Situation bizarrer nicht sein könnte: Da hatte ich meine liebste Schulfreundin zwanzig Jahre nicht mehr gesehen und lag nun mit ihr nackt im Heu! Ich hatte während des Studiums mit Modellstehen mein Geld verdient. In dieser absurden Situation – alle sind angezogen außer dir – hatte ich eine kühl-objektivierende Haltung meinem Körper gegenüber eingenommen. So als hätte das Ganze nichts mit mir zu tun. Nackt an Amber liegend wandte ich diesen mentalen Trick nun wieder an. Es war nicht einfach. Ich wickelte die Wolldecke um uns. Wieder ertönte es »ihh!« und »*gosh!*«.

»Jetzt bleibt noch, das Heu über euch zu verteilen.« Dolores stand wie ein Feldweibel neben uns. Gemeinsam mit Colette deckte sie uns mit Heu zu.

Vorsichtig legte ich den Arm über Ambers Hüfte, und den anderen schob ich unter den Nacken durch.

»Dein BH ist feucht«, konstatierte ich, »weg damit.«

»Er ist fast trocken!«

»Fast trocken bedeutet feucht!«

Amber öffnete den BH und warf ihn nach einigem Gerangel kichernd neben sich ins Heu. »Zufrieden?«, zischte sie, doch während sie sich wieder an mich legte, kicherte sie weiter.

»Also, um zufrieden sein zu können, müssten die Umstände ein klein bisschen anders sein. Deine Pobacken sind eiskalt.«

Als Antwort schubste sie mich kichernd mit ihrem Hintern. »Dann mach sie mal warm. Ihh, was ist denn das? Eisklötze oder deine Füße?«

»Vermutlich so etwas wie deine Pobacken, nur weiter unten.« Ich lächelte in die Dunkelheit.

Amber schien mit dem Kichern nicht mehr aufhören zu können.

»Findest du es lustig?«, fragte ich.

»Nein«, kicherte sie.

»Kannst du nicht mehr aufhören?«

Kichern. »Ja, es ist schrecklich!«

»Versuch an etwas Ernsthaftes zu denken.«

»Geht nicht«, prustete sie.

Es würde schwierig sein, sie da wieder runterzuholen.

Dolores, die mit Colette ihr Heubett präparierte, richtete sich auf. »Sakrament, du Hasenhirn, reiß dich am Riemen, ich habe keinen Bock auf dein Gekicher. Noch ein Ton und ich verhagle dir deine Petersilie, dass du dir wünschst, nie geboren zu sein.«

Und Amber hörte auf. Das war von Dolores vielleicht psychologisch nicht ausgefeilt gewesen. Aber umso effizienter.

Wir schwiegen, und die Verlegenheit legte sich zu uns.

Dolores und Colette schälten sich aus ihren Regenkleidern. Colette jammerte, dass das Heu ihre Kleider ruiniere und sie sich doch erst abschminken müsse, was aber nicht möglich sei, weil sie die nötigen Mittel nicht dabei hätte. Darauf nannte Dolores sie eine Barbie und fragte, wie sie das machen würde, wenn sie im Krieg wäre.

Das hier sei aber kein Krieg.

Aber eine Extremsituation.

Colette sagte: »Ich würde den Feind abknallen« und dann: »Ich schaue noch mal nach, ob wir wirklich keinen Empfang haben.«

Dolores plumpste ins Heubett, ein paar unschöne Worte murmelnd, und verteilte das Heu über sich.

Das kleine Display des Handys tauchte Colettes Gesicht in ein blaues Licht. Man konnte das Klack-Klack der Tastatur hören.

Ich fand es gemütlicher, als ich erwartet hatte. Einatmen, ausatmen. Ambers Pobacken wurden wärmer. Meine Füße brauchten etwas länger. Der Regen trommelte aufs Dach, die Ziegen bewegten sich ab und zu, Glocken bimmelten vereinzelt. Die Decke roch muffig, nach Holz und doch nicht ganz nach Holz, nach Staub und doch nicht, nach Rost und Käse oder einfach nach Stall. Die Hoffnung, dass wir an diesem Abend von hier wegkommen würden, löste sich in Nichts auf.

»Die Klasse wird sich Sorgen machen und bald auch unsere Familie«, murmelte Amber. Colette sah in dem blauen Licht aus, als wäre sie seekrank.

»Ich darf nicht daran denken, dass ich morgen in die feuchten Kleider steigen und am Abend das Flugzeug nach Oslo nehmen werde«, sagte ich. »Ich muss zu einem Kongress.«

Colette hob ihren Kopf ein wenig. »Stell dir doch einfach

vor, du würdest morgen früh sterben. Da wird dein Flugstress hinfällig.«

»Wenn ich davon ausgehe, dass ich morgen früh sterbe, bin ich weitaus gestresster als beim Gedanken an den Flug!«

Colette brummte. »Wenn dir bewusst ist, dass du in jedem Moment sterben könntest, stressen dich die nichtigen Dinge des Lebens weniger.«

»Dafür hätte ich ständige Todesangst. Na toll!«

»Aber so ist es nun mal, der Tod kann jederzeit zuschlagen. Davor muss man keine Angst haben.«

Ich schnalzte. »Ja, aber der Tod schlägt in jedem Leben nur einmal zu. Deswegen soll ich mich die restliche Zeit konfus machen? So lebst du?«

»Na ja, ich finde es eine interessante Überlegung.«

»Colette, du hast immer noch dieselbe verdrehte Art zu denken, weißt du das?« Ich grinste leise.

»Ich finde, tiefgründige Überlegungen haben noch nie geschadet.«

»Mich piekst es überall«, klagte Amber.

»Wie viel Uhr ist es?«, fragte Dolores.

»Es ist sage und schreibe viertel vor sieben«, sagte ich. »Wir müssen nur noch rund zwölf Stunden ausharren!«

Alle stöhnten.

»Zwölf Stunden warten geht ja noch«, klagte Amber, »aber auf ein nicht vorhandenes Klo zu gehen, was bedeuten würde, diesen doch recht warmen Ort zu verlassen – das ist echte Tortur!«

»Verkneif's doch einfach.«

»Was meinst du wohl, was ich seit einer Stunde tue!«

»In dem Fall: raus aus dem Bett.« Ich lachte auf.

»Wohin soll ich gehen? Draußen regnet's und drinnen – na ja, ich bin doch keine Nestbeschmutzerin.«

»Wie wär's im Stall? Zu den Ziegen würdest du doch gut passen!«

»Also, das ist doch –«, sie kniff mich in die Seite, kramte dann in ihrem Rucksack, befreite sich strampelnd und fuchtelnd aus dem Heubett und raste zum Tor. Das Gewitter war einem fleißigen Landregen gewichen, graue Umrisse, hellere Nebelschwaden, dunkle Bäume, tintenschwarzer Himmel.

Amber atmete tief. »Nun denn«, seufzte sie und verschwand. Sie blieb lange draußen und begann zu allem Übel mit einem Selbstgespräch. Wir hörten sie endlos vor sich hin murmeln. Vermutlich war diese Extremsituation zu viel für sie, fehlte noch, dass sie überkompensierte!

»Hast du die Hände gewaschen?«, fragte ich, als Amber endlich wieder hereinkam.

»Ich habe Marc erreicht, da draußen ist man auf Empfang!«, erklärte Amber aufgeregt. Wir drei setzten uns auf. »Das ist ja wohl nicht wahr!«, riefen wir und hechteten schon nach unseren Handys und zum Tor.

Ich stand eine Weile gedankenverloren an die Mauer gelehnt. Amber trat neben mich und fragte, ob ich nicht meinem Freund oder Mann anrufen wolle.

»Ich habe mir das Wiedersehen mit dir anders vorgestellt«, erwiderte ich. »Mit weniger Heu, Nacktheit, Ziegen und muffigen Decken.«

»Du hast dir ein Wiedersehen vorgestellt?«

»Na ja«, sagte ich gedehnt, »nicht wirklich, aber irgendwie schon. Warum auch nicht? Ich wusste bloß nicht so recht«, ich hielt inne, machte eine wegwerfende Bewegung. »Egal, ich statte jetzt Frau Tanne einen Besuch ab.«

Kaum hatte ich jedoch den Fuß aufgesetzt und einen ersten Schritt Richtung Tanne getan, schrie ich auf: »Oh Gott, an den ich nicht glaube, eine Schnecke! Eine Schnecke klebt an meiner Fußsohle!«

Amber erinnerte sich anscheinend an meine Schneckenphobie, denn sie kletterte wie der Wind aus der Heubühne.

»Hilfe, eine irre Schnecke klebt an mir!«

Amber erreichte mich.

»Eine Schnecke – ich sterbe!« Wimmernd stand ich auf einem Bein.

»Gib mir deinen Fuß.« Amber packte das Bein und tastete sich daran hinunter.

»Sie hat monströse Ausmaße!«

Amber zupfte an meiner Sohle. »Ach, da ist das kleine Schneckchen!« Sie lachte, während sie das Monster – es war bestimmt ein Monster, es deckte den ganzen Fuß ab! – in hohem Bogen wegwarf.

Ich hinkte um den Baum.

»Nora, willst du allen Ernstes behaupten, dass du wegen der Schnecke humpeln musst?«

»Gewissermaßen ja. Der Schleim und so.« Ich humpelte weiter.

Ich rief Susanne Weibel an und informierte sie über unsere Situation. Sie war sehr erleichtert und erklärte, dass sie bald einen Rettungstrupp hatte losschicken wollen.

Das sei nicht nötig, erwiderte ich heroisch, wir hätten uns schon eingerichtet, um die Nacht hier zu verbringen.

Ob wir sicher seien? Ich bejahte.

Als ich wieder in unserer Suite war, erklärte ich den anderen, dass es keine Möglichkeit gäbe, diese Nacht noch jemanden hochzuschicken. Zu meinem Erstaunen schluckten sie diese Neuigkeit wortlos. Wir wickelten uns zähneknirschend ein, schaufelten das Heu über uns und schwiegen erst mal. Der Wind rüttelte am Dach, brachte das gestapelte Holz an der Außenwand zum Klappern und Klacken. Ein Zicklein meckerte hungrig, dann meckerte ein erwachsenes Tier – wohl die Mutter –, Glockengebimmel, finstere Nacht.

»Wisst ihr noch«, begann Dolores. Sie lachte ihr typisches, bauchtiefes Lachen.

»Was denn soll ich noch wissen – dass du mich gezwungen hast, deine Aufgaben zu machen, oder dass du meine Pausenbrote geklaut hast? Tolle Erinnerungen!«, sagte Colette verächtlich.

»Ach Colettchen, nun hab dich nicht so.«

»Hab mich nicht wie? Was ist das nur für ein gemeines

Schicksal, dass ich immer neben dir zu sitzen und jetzt sogar zu liegen komme?«

»Na ja, ich war vielleicht nicht immer nett zu dir –«

»– Das ist nun wirklich die Untertreibung des Jahres!«

»– Aber wer war es, der dich vor den Jungs geschützt hat?«

»Natürlich. Tolle Sache. Nur hast du auch diejenigen weggejagt, die mich interessiert haben!«

»Können wir nicht von etwas anderem reden? Eure Zänkereien gehen mir auf die Nerven!«, fragte Amber missmutig.

»Worüber denn?«

»Na, zum Beispiel, was wir in den letzten zwanzig Jahren so gemacht haben.«

»Wir könnten über Mode reden«, meinte Colette.

»Oder über Rezepte«, sagte Dolores.

»Oder Psychopharmaka«, ergänzte ich. Als ich an Ambers Bewegungen spürte, dass sie gleich was sagen würde, fügte ich hinzu: »Oder über Musik, insbesondere Jacqueline Du Pré, nicht wahr?«

»*Maybe.*«

»Ich verwette meine letzten zwei Chocoly, dass ich recht habe. Du wolltest über sie reden.«

»Ich wollte fragen, ob jemand Wasser hat, ich bin durstig. Und jetzt her mit den Chocolys, du hast verloren«, sie lachte vergnügt.

Ich rührte mich nicht.

»Mach schon«, sagte Amber und biss mich in den Oberarm. Sie biss mich doch tatsächlich in den Oberarm! Da biss ich ihr in die linke Schulter.

Doch bevor wir hätten losstreiten können, sagte Colette: »Ihr wollt wissen, was ich in den letzten zwanzig Jahren gemacht habe? Das ist schnell erzählt. Ich habe sie irgendwie hinter mich gebracht. Ich stürzte mich in die aufkommende Gothic-Szene und probierte alle Schwarzschattierungen aus. Flog aus zwei Lehrstellen, arbeitete in einem Tattoo-Laden als Mädchen für alles. Dort lernte ich Frank kennen, er wollte sich die Amiflagge auf die Schulter tätowieren lassen. Fragt mich nicht warum, aber wir gingen miteinander aus, der Cowboy und das Gruftie – wir sahen wie die verspätete Fastnacht aus! Ja, und irgendwann habe ich Frank mit seinem coolen Amischlitten, den heißen Cowboy-Stiefeln geheiratet – er sah super aus, ein echter Leckerbissen. Darüber hinaus war er sehr, sehr reich, ein richtiger Traummann eben. Außerdem wurde ich in null Komma nichts schwanger und wollte unbedingt mal ein Hochzeitskleid tragen. Philip kam fünf Monate nach der Hochzeit zur Welt, Cécilia ein knappes Jahr nach ihrem Bruder.«

Colette zögerte, bevor sie weiterredete. »Das war's dann aber auch schon mit der Familienidylle. Ich bin kaum jemals auf Spielplätze gegangen, hatte einfach keine Lust, mit anderen Müttern diese Blablakinderleingespräche zu führen. Wenn ich mit den Kindern mal frühmorgens los musste, habe ich sie abends bekleidet und mit Schuhen ins Bett gesteckt, damit es am Morgen schneller ging. Ich hatte ein Kindermädchen, das mir alle lästigen Arbeiten abnahm – selber die Windeln gewechselt habe ich vielleicht zehn Mal. Unsere Haushilfe heißt Concetta, sie ist eine kluge Frau mit einem großen Herz, ich weiß nicht, was ich ohne sie tun würde.

Wir haben drei Autos plus sieben amerikanische Oldtimer, die Küche ist ausgestattet mit zwei Backöfen, Mikrowelle, Tellerwärmer, Warmhalter und eingebauter Friteuse, alles mit Fernsteuerung. Concetta kommt gut damit zurecht, und ich koche ja sowieso nie. Wir haben eine Sauna, einen Whirlpool, einen Swimmingpool im Garten, nierenförmig – auf Anraten meines Feng Shui-Beraters. Wir besitzen eine Wohnung in London und ein Haus in Südfrankreich, die wir nur selten benützen. Einmal die Woche gehe ich zur Kosmetikerin und in die Massage, zweimal ins Tennis, weil man das in unseren Kreisen so tut. Ich gehe nur hin, weil der Tennislehrer einen Knackarsch hat. Wenn ich mir von der Pediküre die Zehennägel machen lasse, habe ich die Phantasie, ihr ins Gesicht zu treten.

Ich mache oft Shoppingtouren, weshalb mein begehbarer Schrank aus allen Nähten platzt. Ich habe kürzlich Frank um einen neuen gebeten. Wir haben regelmäßig Einladungen, die ich mit Catering-Team und Event-Makers über die Runden bringe. Das heißt, Concetta macht das für mich. Ich sollte Haus, Garten, Kinder und mich in Bestform halten, das bin ich meinem Goldesel Frank schuldig, findet jedenfalls meine Schwiegermutter, die mich übrigens hasst. Na ja, ohne Angestellte würde ich gar nichts in irgendwelcher Form halten.«

Colette knipste ihre Taschenlampe mehrmals an und wieder aus, dann fuhr sie fort: »Frank schätzt an mir, dass er mich bei gesellschaftlichen Anlässen gut präsentieren kann. Er hat dunkles Haar, da sieht mein blondes daneben recht hübsch aus. Zu Beginn unserer Beziehung hatten wir viel leidenschaftlichen Sex, aber das hat sich gelegt. Ich weiß, dass er Affären hat. Ich weiß nicht, ob ich nicht manchmal einen Orgasmus vortäusche. Einmal zerrte ich mir beim Masturbieren einen Muskel, ich konnte meinen Kopf während drei Tagen nicht bewegen. Frank erzählte ich, dass ich mir beim Verschieben eines Möbels den Nacken gezerrt habe. Er hätte wissen sollen, dass das eine Lüge war – ich verschiebe doch keine Möbel!

Ich mache mich gerne spätabends auf und gehe zu Lack- und Lederparties, das bin ich dem alten Gruftie in mir schuldig. Es fasziniert mich, biedere Schweizer zu beobachten, wie sie heiße Klamotten überziehen. Ich fühle mich als Königin der Nacht und mache mir einen Sport draus, Männer anzumachen, ohne mich auf irgendetwas einzulassen.« Colette knipste die Taschenlampe wieder an und bestrahlte eine Zeitlang die Heubühne.

»Eigentlich wäre ich am liebsten blind. Da müsste ich mich nicht jeden Tag im Spiegel ansehen, nicht davor sitzen und an meinem Gesicht herumpinseln und -spachteln und mir überlegen, wann die erste Schönheitsoperation fällig wird. Und eigentlich wäre ich auch am liebsten taub, damit ich mir nicht die Streitereien meiner Kinder, das Gerede um Franks Geschäft und das Gekeife meiner Schwiegermutter anhören muss. Mein liebster Film ist Kaurismäkis *I hired a contract killer*. Die Hauptperson will sich umlegen, was ihm jedes Mal misslingt. Einmal steckt er den Kopf in den Gasherd, doch nach ein paar Minuten wird das Gas abgestellt, offenbar hat er die Gasrechnung nicht bezahlt! Er stellt einen Auftragskiller an, der ihn umbringen soll. Doch dann verliebt er sich und muss vor seinem Killer flüchten, weil er nun nicht mehr umgebracht werden will.«

Colette verstummte.

Ich hielt den Atem an und überlegte, was ich sagen könnte oder sollte. Es müsste etwas Einfühlsames, aber nicht Pathetisches sein, etwas das Anteilnahme zeigt. Dolores kam mir zuvor: »Mich laust der Affe! Colettchen, du steckst ja metertief in der Kackbrühe!«, sagte sie.

Meine Hand lag auf Ambers Bauch, ich spürte, wie sich die Muskeln dort anspannten, und da sprach Amber auch schon: »Dolores, deine Herkunft in Ehren, aber kannst du dich nicht ein bisschen appetitlicher ausdrücken?!«

»Meine Klappe ist mir gewachsen, wie sie mir gewachsen ist, und wenn du ein Problem damit hast, dann geh doch zu einem Idiotendoktor! Ach, welch Zufall, du liegst ja schon neben einem! Man muss nicht in Reimen reden, um Mitgefühl zu zeigen. Du meinst wohl, dass dich ein Cello zwischen den Beinen zu einem besseren Menschen macht? Ehrlichkeit ist verdammt noch mal wichtiger als Gesülze in Versform! Was Colette erzählt hat, ist zum Mäuse melken – soll mir niemand behaupten, dass sie von einem glücklichen Leben gesprochen hat. Ihr Leben ist Scheiße, und das wisst ihr alle, Colette mit eingeschlossen.«

»Danke, Dolores«, sagte Colette erstaunlich ruhig.

»Nun werd bloß nicht zynisch«, erwiderte Dolores.

»Ich meine es ernst, Dolores! Endlich sagt mal jemand, wie es ist! Mein Leben ist ein großes Stück Scheiße, jawohl, richtige, stinkende Scheiße. Der letzte Dreck.«

»Aber du musst doch irgendwelche Visionen, Träume und Wünsche haben«, wandte ich ein.

»Ein Grog wäre nicht schlecht, oder ein doppelter Whisky, besser gleich zwei«, Colette lachte freudlos.

»Wenn ich keine Visionen und Projekte hätte, würde ich vermutlich sterben«, bemerkte ich.

»Ja, was würdest du ohne Geheimbünde und andere Schnapsideen machen?«, bemerkte Amber spitz.

Einmal mehr entschied ich, Ambers Attacke zu ignorieren. Es war das Klügste, ihre Sticheleien ins Leere laufen zu lassen. Aber ich fragte mich: Ist das alles, was von unserer Freundschaft übriggeblieben ist? Obschon alles genau darauf hindeutete, wollte ich es nicht glauben. Ihre Haut am Rücken fühlte sich an wie Samt, es war schön, sie zu berühren.

Es regnete wieder stärker, die Tropfen tanzten, steppten und trippelten in hochhakigen Schuhen übers Dach. Im Heu raschelte es, ich konnte knapp erkennen, dass sich Dolores aufstützte. Ich würde unsere napoleonische Wolldecke darauf verwetten, dass jetzt eine ihrer berühmtberüchtigten Bemerkungen folgte.

13. Amber

Ich höre herrliche Musik
auf deinem Gesicht …
Elmar Kupke

Als Kind und lange darüber hinaus hatte ich eine genaue Vorstellung davon, wie man richtig küsst: Man presst die Lippenpaare fest gegeneinander, so dass man Angst um die Zähne haben muss, und lutscht dann an der Zunge des anderen. Ich fand Küssen gefährlich, man konnte sich dabei einen Rückenbruch holen, vor allem die Frau, wenn sie sich so weit zurückbiegen musste. Ich hatte nicht so sehr Angst um meinen Rücken – ich war ja ein ziemliches Ass im Turnen –, aber bei Nora sah ich schwarz. Sie würde sich bestimmt das Rückgrat brechen, und dann müsste ich sie im Rollstuhl herumschieben.

Ich fragte mich, was an Lippen so wahnsinnig war, dass in den Filmen Geigen erklangen, kaum dass sich Münder berührten. Und ich fragte mich, warum die Kamera genau dann wegschwenkte, wenn ein Paar küssend auf dem Bett lag. Man sah nicht mehr, was sie so taten, und das war ärgerlich. Als ich das erste Mal miterlebte, dass die Kamera wegschwenkte, hechtete ich zum Fernseher und schlug darauf, in der Hoffnung, dass sie wieder auf die beiden im Bett hinüberschwenken würde. Sie tat es nicht, meine Eltern amüsierten sich köstlich.

Ich weiß nicht mehr, wie ich darauf kam, dass Küssen so etwas wie Zungenlutschen war, aber ich kann mich noch gut erinnern, als mir Nora erzählte, dass Kinder durch Küssen entstünden.

Die Vorstellung vom Storch hatte mir besser gefallen.

Eines Tages wurde das Zungenlutschen ebenso zerstört wie der Glaube an den Storch. Und zwar durch Colette. Wir saßen in unserem *Chambre Separée* in der Villa der Seligmanns – alleine, Nora und Dolores holten eben die neue *Bravo* und ein paar Süßigkeiten.

»Hast du schon mal an der Zunge eines Jungen gelutscht?«, fragte ich ganz nebenbei, während ich gelangweilt in einer alten *Schweizer Illustrierten* blätterte.

Colette war dabei, Freddie Mercury aus einer *Bravo* zu schneiden. Sie hob den Kopf und starrte mich an, als hätte ich eine extrem blöde Frage gestellt.

»Glotz nicht so – hast du schon mal geküsst oder nicht?«

Aus mir unverständlichen Gründen begann sie zu gackern.

»Was grinst du?«, fragte ich verärgert.

»Du glaubst also, dass man beim Küssen Zungen lutscht?«, fragte Colette spöttisch.

»Was heißt glauben? Das ist so!«

Erneutes Gackern. »Bist du hinter dem Mond? Man lutscht doch keine Zungen!«

»So, und woher willst du das wissen?«

»Weil ich schon geküsst habe«, sagte Colette cool.

»*My word!*«

»Jawohl, und ich sage dir, man saugt nicht an der Zunge.«

»Was denn sonst, *Miss Know-it-all?*«, fauchte ich.

»Es ist so was wie ein Zungentanz.«

Colette ließ Mercury halb ausgeschnitten liegen und rutschte zu mir. »Wenn du willst, zeige ich es dir.« Sie rutschte noch näher, und bevor ich ja oder nein hätte sagen können, packte sie mich und gab mir einen flüchtigen Kuss auf den Mund. »Das ist ein unverfänglicher Kuss«, erklärte sie. »Für den richtigen musst du den Mund öffnen – nein, nicht so wie beim Zahnarzt, nur ein wenig. Okay.«

Es ging alles schnell. Colettes Nase schwebte so nah vor mir, dass ich schielen musste, und ihre dick umrandeten

Kajalaugen wirkten etwas furchterregend. Nun verstand ich, warum man beim Küssen die Augen schließt! Colette roch nach Erdbeerkaugummi. Ich schloss die Augen, spürte ihre feuchten Lippen auf den meinen, dann glitt ihre Zunge in meinen Mund. Ihre Zunge schmeckte nach nichts und nach Erdbeerkaugummi. Sie drehte und schlängelte in meinem Mund, richtig auffordernd, da begann ich mitzumachen. Gleichzeitig aber musste ich atmen, und ehrlich gesagt fand ich die Erfahrung gar nicht schlecht, auch wenn ich sie lieber mit Nora gemacht hätte.

Colette rückte von mir ab. Ich strich mir mit der Hand über die Lippen und glotzte meine Kusslehrerin an.

»War nicht schlecht, oder?«, grinste sie und schnipselte wieder an ihrem Freddie herum.

Ich nickte stumm, noch ganz überwältigt von dem Erlebnis. Nun wusste ich etwas, was Nora bestimmt nicht tat! Ich würde es ihr zeigen, bei Gelegenheit. Doch die Gelegenheit kam leider nie. Ich machte ihr zwar schon zwei Tage später den Vorschlag, ihr Küssen beizubringen, aber sie fand, dass sie das früh genug mit einem Jungen lernen würde. Das war wie eine schallende Ohrfeige.

Meine Erfahrungen, was das Küssen anbelangt, sind heute nicht erheblich größer. Außer diesem einen Kuss mit Colette (über den wir nie ein Wort verloren) habe ich nur mit Marc geküsst, mal abgesehen von einem kleinen Ausrutscher auf einer Party, von dem Marc nichts wusste. Das ist eine magere Ausbeute, ich weiß. Ehrlich gesagt war ich auch nicht so aufs Küssen erpicht. Marc rasierte sich nur alle paar Tage. Außerdem war Küssen etwas ungemein Intimes, es war einfach zu intim.

Und nun lag ich nackt mit einer nackten Nora unter einem Albtraum von Decke. Nackte Haut auf nackter Haut, das war auch ein Albtraum oder zumindest ein Traum der besonderen Art, und Dolores wusste nichts Besseres als Colette zu fragen, was sie damit meine, dass sie nicht wisse, ob sie nicht einen Orgasmus vortäusche. Genauer gesagt fragte sie in ihrer typisch diplomatischen Art: »Ich glaub, mich tritt ein Pferd. Du weißt nicht, ob du einen Orgasmus vortäuschst oder nicht? Hat es dir ins Hirn geschneit?«

Jedes Thema wäre mir lieber gewesen als dieses. Nora rückte mit dem Mund an mein Ohr und flüsterte: »Jetzt wird's spannend!« Ihre Lippen berührten meine Ohrmuschel. Elektrisiert wandte ich den Kopf ab.

Colettes Stimme klang bitter: »Ach Dolores, ist das wirklich so schwer zu verstehen? Wenn ein Schauspieler in einer Szene weinen muss, täuscht er diese Trauer zwar vor, aber während er weint, könnte ihm echt zum Weinen zumute werden.«

»Papperlapapp! Entweder gibt die Kuh Milch oder sie tut es nicht.« Dolores drehte sich schwungvoll auf die andere Seite. »Hei, *Norambers*, wie habt ihr's mit dem vorgetäuschten Orgasmus?«

Nora rückte wieder an mein Ohr: »Jetzt wird's unangenehm spannend.«

Ich nickte lächelnd, nicht nur weil ich mit ihr einig ging, sondern weil mich ihr Haar an der Wange kitzelte. Dann sprang ich beherzt Colette zur Seite: »Nur als Frau bin ich überhaupt *fähig* zu einem vorgetäuschten Orgasmus. Die Männer haben ihr unübersehbares Ding, aber wir können was vormachen! Das ist der Deal von *mother nature* und also mein gutes Recht.«

Nora rutschte hin und her, ließ aber ihre Hand auf meinem Bauch liegen. »Merkt das dein Mann nicht?«, fragte sie dann.

Dolores lachte. »Marc würde doch nicht mal merken, wenn Amber als Leiche unter ihm läge.«

»Jetzt lass mal den Marc in Ruhe. Er hat viele Qualitäten und er ist ein guter Ehemann –«

»– der nicht merkt, dass ihm seine Frau was vormacht.«

»Er ist Phoebe ein zärtlicher Vater, ist gebildet, kann kochen, ist ein interessanter Gesprächspartner.«

»Und eine Flasche im Bett.«

»Dolores, es reicht«, fuhr Nora dazwischen.

»Ach ja, es reicht? Nein, ich habe noch nicht genug, gib mir meeehr!«, hysterisches Gelächter. »Aber jetzt mal ernsthaft – Nora, was machst denn du, wenn du leer ausgehst?«

»Ich sage zu ihm: Meister, die Dame ist noch nicht auf ihre Kosten gekommen. Da Männer nicht gern als schlechte Liebhaber dastehen, geben sie sich wohl oder übel Mühe. Männer brauchen anatomischen Unterricht und nicht vorgetäuschte Lust.«

»Jetzt sag bloß, es ist unsere Schuld, wenn die Männer null Ahnung haben, wie sie mit ihrem Piña eine Colada landen können!«, maulte Dolores.

»Es ist eine Frage der Anleitung. Du musst ihnen halt erklären, was du gern hast. Männer sind durchaus lernfähig, vorausgesetzt man spricht mit ihnen.«

»Aber wenn man als Frau zu fordernd ist, kriegen sie keinen *hard on*«, wandte ich ein. »Es gibt nun mal Momente, da Marc Lust hat und ich keine – warum sollte ich ihm keinen Gefallen tun?«

»Man kann einen Mann auch befriedigen, ohne gleich multiple Orgasmen zu simulieren«, erklärte Nora an meinem Ohr.

»Multiple Orgasmen gibt es sowieso nicht«, sagte ich leicht genervt.

»Oh, du hast also noch nie einen gehabt«, stellte Nora trocken fest.

Ich drehte mich empört zu ihr um, soweit das in unserer Lage möglich war. »Was weißt du schon, was ich gehabt habe oder nicht?! Vor tausend Jahren hast du mich vielleicht gekannt, aber jetzt nicht mehr, also wage nicht zu behaupten, dass ich keine multiplen Orgasmen habe!« Dunkel war mir bewusst, dass ich Unsinn redete.

»Ich habe logische Schlüsse aus dem gezogen, was du gesagt hast.«

»Jetzt sag bloß, du kannst neuerdings logisch denken – du Mathe-Niete!«

»Du hast mich vielleicht vor tausend Jahren gekannt, wie also willst du wissen, ob ich immer noch eine Niete im Mathe bin?«

Es raschelte aus Dolores' Richtung. »Amberchen, natürlich gibt es multiple Orgasmen, das ist mal klar wie Jauchebrühe. Aber dafür brauchst du einen richtigen Mann.«

»Macht ihr ein Tamtam um das Ganze!«, warf Colette nun ein. »Sex mag ja schön und gut sein, aber er ist vergänglich wie jeder andere Rausch. Ein kurzes Flackern, und schon versinkst du wieder in Trostlosigkeit und Langeweile. Guter Sex macht das, was danach kommt, sogar noch schlimmer. Er macht die Kälte noch kälter, die Öde noch öder. Ich bin wirklich ganz froh, dass Frank seine Geliebten hat.«

Schweigen breitete sich über uns aus wie eine schwere Decke. Das Abwasser vom Dach plätscherte auf ein Blech und produzierte einen hellen, singenden Klang.

Schließlich sagte Colette leise: »In den letzten zwanzig Jahren habe ich manchmal gedacht: Schade, dass sie gesprungen ist und nicht ich. Ging euch das auch so?«

»Colettchen, wer sollte denn wohin springen?«

Nora lachte freudlos auf: »Sie spricht von der Münsterplattform.«

»Oh.«

Ich hielt den Atem an. Das war mir eine Nummer zu groß, das war mir entschieden eine Nummer zu groß. Sollte Nora etwas sagen, dafür war sie doch ausgebildet.

Nora nahm ihre Hand von meinem Bauch weg und strich beruhigend über meinen Oberschenkel. Das machte mich keinen Deut gelassener.

»Nein, ich habe das nie gedacht«, sagte Nora ruhig. »Aber ich habe mir oft gewünscht, dass ich schneller gewesen wäre. Hätte ich doch bloß zugepackt!«

»Colettchen, das sind nutzlose Gedanken. Die Frau ist schon lange tot, und nichts kann sie mehr lebend machen. Aber du lebst, so einfach ist das. Und wehe, du wagst es, dich umzubringen! Ich verrate dir was – ich habe extra für dich Zitronentörtchen mitgenommen. Vielleicht möchtest du es jetzt verspachteln?«

Manchmal hatte Dolores' Sandwich- und Törtchenfimmel ihr Gutes. Vor allem, wenn man sich einem Thema nicht gewachsen fühlt. Mit Aussicht auf das Zitronentörtchen hörte sich Colette gleich viel lebendiger an. Erst ertönte Papierknistern, dann kam ein genussvolles »Mhmm« aus ihrer Richtung.

Dolores schnalzte zufrieden. Colette aß ihr Zitronentörtchen auf, dann kehrte Ruhe ein. Aber in meinem Kopf hallte Colettes Aussage nach. Ich hörte dem Wind zu, der am Dach rüttelte und das gestapelte Holz an der Außenwand zum Klappern und Klacken brachte. Vergebens versuchte ich, Schlaf zu finden oder zumindest die vielen Begebenheiten dieses Tages zu überdenken – vor allem die absurde Situation, in der wir steckten.

Allmählich fiel ich in einen leichten Schlaf und tat, was ich in diesem Bewusstseinszustand meistens tue: Ich lauschte innerlich Musik. So ging das einige Zeit. Von Dolores oder Colette war nichts mehr zu hören. Nora jedoch begann sich zu rühren, hob den Kopf und legte ihre Wange auf meine Wange. »Hast du manchmal an mich gedacht – in all den Jahren?«, fragte sie mit leiser Stimme.

Ich war wieder hellwach. »Warum willst du das wissen?«

»Beantworte mir bitte die Frage.«

»Das kann man nicht so einfach beantworten«, flüsterte ich ausweichend.

»Was soll denn daran schwierig sein? Entweder hast du oder du hast nicht.«

»Das kann man nicht so pauschalisieren.«

»Komm schon!«

»Zwanzig Jahre hat es dich nicht interessiert, ob ich an dich denke oder nicht, warum jetzt?«

»Weil wir im gleichen Heubett liegen, darum. Sozusagen im Angesicht des Todes.«

»Hast du denn an mich gedacht?«

»Das gilt nicht, ich habe dich gefragt. Und könntest du aufhören, so nervös hin und her zu rutschen?«

»Das hätte ich dich vor zwanzig Jahren fragen können.«

»Ob ich aufhören könnte, hin und her zu rutschen?«

»Nora! Du hättest dich selber fragen können, ob du nicht an mich hättest denken sollen.« Ich wusste, dass ich wieder Nonsense redete. Aber warum auch nicht? Nora hatte schließlich damit angefangen.

Nora schnalzte mit der Zunge, genau wie früher. »Könntest du mir mal sagen, wovon du eigentlich sprichst?«

»Davon, dass du mich vergessen hast.«

Nora seufzte. »Ich habe dich weiß Gott nicht vergessen. Wohl eher du mich – so abrupt, völlig unverständlich.«

»Du hast mir ja auch deutlich gezeigt, dass ich nicht mehr deine wichtigste Freundin bin!« Meine Stimme tönte heiser.

»Wovon sprichst du?! Du warst meine beste Freundin, *du* hast den Kontakt abgebrochen, nicht ich! Meine Briefe blieben unbeantwortet, und wenn ich dich anrief, warst du zufälligerweise nie da – ha!«

»Jetzt dreh den Spieß nicht um!«, fauchte ich. »Was ich tat, war nur die logische Konsequenz dessen, was du mir angetan hast!«

Aufgebracht zwang Nora mich, mich zu ihr umzudrehen. Sie war stärker, als ich vermutet hatte. Sie sagte: »Was? Was verdammt noch mal habe ich dir angetan?!«

Ich sah ihr Gesicht kaum. »Nora, wann habe ich Geburtstag?«

»Bitte? Keine Ahnung, ich kann mir Geburtstage nicht merken. Hab ich noch nie gekonnt, du kennst ja meine Beziehung zu Zahlen.«

»Während der Schulzeit wusstest du immer, wann mein Geburtstag ist.« Ich hielt aufgeregt inne. »Mir bedeutet Geburtstag viel.«

»Oh ja, ich erinnere mich, du hast tage-, wenn nicht wochenlang vorher davon gesprochen – wie hätte ich ihn da verpassen können?!«

»Dann zogst du weg und hast ihn einfach vergessen! Den ganzen Tag über habe ich auf ein Zeichen von dir gewartet. Kein Brief, kein Päckchen, *nothing*! Da wusste ich, dass du mir die Freundschaft aufgekündigt hast.«

»Amber, bist du noch bei Trost? Du quittierst unsere Freundschaft, nur weil ich deinen Geburtstag vergessen habe?«

»Nein, es ist umgekehrt, du hast sie quittiert, deshalb hast du dich nicht mehr gemeldet! Meine Reaktion war nur konsequent!«

»Das kann doch nicht wahr sein! Sag, dass es nicht wahr ist! Deswegen habe ich so gelitten? Wegen eines blöden, vergessen gegangenen Geburtstags? Ich fasse es nicht! Ich fass es einfach nicht!«

»Geburtstage sind wichtig. Und ich bezweifle, dass du gelitten hast.«

»Ach ja?«

»Du hattest einen Freund, deshalb wolltest du nichts mehr von mir wissen.«

Nora raufte sich die Haare, und ich dachte, dass sie immer noch so eindrücklich die Haare raufen konnte. »Hast du mir nachspioniert?«, fragte sie schließlich.

»Dein Bruder Alex hat einen Freund in unserer Nachbarschaft besucht, den Samuel Gschwender, wir sind uns zufällig begegnet. Da hat er es mir erzählt. Ich spioniere niemandem nach.«

»Nein, lieber wirfst du Freundschaften weg, wenn man nicht an deinen idiotischen Geburtstag denkt! Daraus kann man eigentlich nur eines schließen: Dass *ich* dir nichts bedeutet habe. Du hättest wenigstens nachfragen können.« Nora atmete tief aus.

Ich hatte vor langer Zeit den Schmerz um Noras Verrat weggesteckt, weggedrückt, aber jetzt war er wieder da, so frisch wie an jenem Geburtstag, als eine Welt für mich zusammenbrach. Und nun sollte meine Einschätzung von damals falsch gewesen sein? *Life's a bitch!*

Nora drehte mir stumm den Rücken zu. Ich musste mich notgedrungen an sie legen.

Sie sagte nichts mehr. Mir wäre es lieber gewesen, sie hätte etwas gesagt. Hatte ich damals wirklich überreagiert? Die Briefe, die ich von ihr bekam, warf ich ungeöffnet in den Papierkorb. Dank meiner Sturheit und Verbohrtheit fand ich die Kraft dazu. Nora, das Licht in meinem Leben, war mir weggenommen worden. Ich war wütend und bodenlos enttäuscht. Wut und Enttäuschung sind treue Weggefährten, sie können einen weit führen; fragt sich nur, ob die Richtung stimmt.

14. Dolores

Mentales Schlankheitstraining: *Leberwurst soll innerlich zum Beispiel aussehen wie Erbrochenes, Fett riecht billig, alt und ranzig.*

Sakrament, es krachte, als hätte der Teufel einen fahren gelassen! Bevor ich überhaupt erwachte, saß ich schon bolzenkerzengerade und mit weit aufgerissenen Augen im Heu. Die Mädels kreischten, als wäre Freddie Mercury auf die Bühne getreten. Mein Schreien war erheblich würdevoller, es hatte etwas von einem edlen Nebelhorn.

»Was war das?«, quiekte Amber, als wollte sie nächstens den Löffel abgeben.

»Sei kein Hasenhirn! Das war bestimmt nichts Schlimmes«, sagte ich. »Höchstens ein Grizzlybär, der vom Dach gefallen ist. Oder eine Herde tollwütiger Gämsen mit messerscharfen Hörnern oder das Monster vom Berner Oberland.« Was Humor und Auflockerung anbelangt, kann mir niemand etwas vormachen.

»Hör auf, Dolores, jetzt habe ich noch mehr Angst«, klagte Colette. »Ehrlich, deine Witze sind immer noch so doof wie früher.«

Colette ist eine ignorante Gurke!

»Quatsch mit Kuhfladensauce – ist dem ersten Knall ein zweiter gefolgt? Nein, also! Da ist irgendwas runtergefallen, mehr nicht.«

Kaum hatte ich ausgeredet, knallte es ein zweites Mal, diesmal noch lauter. Der Stall erzitterte, der Knall drückte mir den Ohrenschmalz ins Hirn. Colette heulte auf – als würde sich dadurch die Situation irgendwie verbessern! Erst noch hatte sie damit geliebäugelt, die Plattform runterzuspringen, und jetzt krallte sie sich in mein Haar.

»Lass los, Colette, du kriegst meinen Skalp nicht!«, schrie ich. »Und nehmt euch zusammen, es ist nichts Schlimmes passiert.«

Der dritte Knall. Ich sprang so elegant als möglich aus dem Heu und strebte der Stalltür entgegen. Dort standen schon Nora und Amber und lugten vorsichtig hinaus.

»Also«, sagte die nackte Nora, »entweder ist's die Apokalypse, die Invasion der Habsburger oder« – ein vierter Knall ertönte – »es ist das liebe Schweizer Militär, das da herumballert.«

Colette tauchte neben mir auf. »Und wenn sie uns bombardieren, was dann?«

Ich klopfte ihr besänftigend auf die Schulter. »Ach was, doch nicht das Schweizer Militär! Auch wenn ihm mal ein Rekrut unter den Panzer kommt oder sie das Dach eines Bauernhauses wegbomben. Die machen da draußen irgendwelche Übungen und müssten sich hundertachtzig Grad umdrehen, um uns treffen zu können – nicht mal Schweizer Soldaten sind derart blöd, dass sie das Ziel so grundlegend verfehlen würden.«

Wir standen uns eine Weile die Beine in den Bauch, bis Amber wieder mit ihren Beißerchen zu klappern begann und Nora ihr sagte, sie sollte gefälligst ins Bett gehen. Nora war grantig. Keine Ahnung, welche Kröte über ihre Leber gehoppelt war.

Ich legte meinen Arm um Colettes Schulter und tätschelte sie. »Schau mal unsere zwei Evas! Wir haben alles in allem doch noch Glück im Unglück gehabt. Stell dir vor, *wir* müssten nackt beieinander liegen!«

»Dolores, versuche nicht mich aufzuheitern.« Colette schob meinen Arm von ihrer Schulter. »Deine Aufmunterungen sind so aufbauend wie Keulenschläge.«

Ja, so war es, so war es in meinem dummen Leben. Ich gab mir Mühe, war hilfsbereit, und was kriegte ich dafür? Spott und Abweisung. Ich war stark und beschützend, und was war der Dank? Herablassung. Verletzt wandte ich mich ab und ging zum Heubett zurück. Colette folgte mir.

»Wage ja nie mehr dich in meine Haare zu hängen«, fauchte ich.

Das Militär lärmte etwa eine Stunde lang. Nora erzählte uns eine Rätsel-Geschichte. Wir mussten sie durch Fragen, die sie mit Ja oder Nein beantwortete, lösen. Colette entpuppte sich als gewiefte Fragerin, aber mir war das Spiel zu blöd, sah ich etwa aus wie Sherlock Holmes? Als sich das Militär verzog, kehrte wieder Stille ein. Es pisste nicht mehr so irr, ich richtete mich für eine weitere Schlafrunde ein, während die anderen noch eine Weile weiterrätselten. Colette fand die Lösung, sie schnaubte stolz.

Endlich Ruhe.

»Wie ist das mit deinem Bruder Alex und der Japanerin eigentlich ausgegangen?«, fragte Colette.

Doch nicht Ruhe.

»Keine Ahnung, ich warte jede Stunde auf eine SMS von ihm.«

»Du erzählst uns eine Geschichte, deren Ende du gar nicht kennst?«, fragte Amber mürrisch.

»Ja und? Man weiß von vielen Geschichten das Ende nicht.«

Amber ereiferte sich. »Die erzählt man aber nicht! Man erzählt nur Geschichten, die ein Ende haben, sonst ist es keine richtige Geschichte.«

»Ich habe euch nur etwas auflockern wollen.«

»Ich war nicht verkrampft.«

Wir lachten.

»Was – was gibt es da zu lachen? Möchte mal wissen, was es da zu lachen gibt!«

Niemand sagte mehr etwas.

Endlich Ruhe.

»Könnt ihr euch an unser altes Ritual erinnern, bei dem wir unsere Lebensziele in die Heilige Schale gelegt haben?«, fragte Nora.

»Ja, ich erinnere mich gut. Der Heilige Gral war eine Salatschüssel aus eurem Haushalt, unsere Wünsche teeniehaft, und nun lasst uns endlich schlafen«, murrte ich.

»Es war nicht irgendeine Salatschüssel, sondern die kristallene von meiner Urgroßmutter. Mutter hat eine Woche lang nicht mehr mit mir gesprochen, weil Amber sie vom Tisch gefegt hat. Ich erinnere mich an den Nachmittag, als wäre es gestern gewesen.«

»Dolores war schuld, sie hat mich von hinten geschubst!«, warf Amber ein.

Ich schnaubte. »Es hat an Colette gelegen, nicht an mir! Sie hat mich gekitzelt, deswegen bin ich zur Seite gesprungen und dummerweise an dich geraten.«

Colette neben mir raschelte. »Ich bin ein wenig übermütig geworden, weil Nora dumme Witze erzählt hat – und weil Dolores nicht lachte, half ich ihr nach.«

»Und ich habe die Witze nur erzählt, um Amber aufzuheitern«, verteidigte sich Nora, »denn Spotty war ja eben gestorben.«

Ich grinste in Erinnerung an Ambers verspielten Kater. »Ich habe nie begriffen, warum man eine schwarze Katze Spotty taufen kann. Sie hatte keinen einzigen Fleck!«

»Okay, okay, das beweist, dass Spotty schuld war beziehungsweise *Granddad*, der auf Besuch war und als Engländer das mit dem Rechtsfahren nicht so drauf hatte und an diesem Morgen auf der falschen Seite losfuhr. Ein Auto musste ausweichen, geriet in den Vorgarten unseres Nachbarn und erwischte dort Spotty«, erläuterte Amber.

»Damit wäre das geklärt, dein *granddad* war also an allem schuld. Und jetzt zurück zu unseren Zielen und Visionen!« Nora war die gleiche Nervensäge wie früher. Wir stöhnten so, wie wir früher gestöhnt hatten, wenn Nora eine ihrer verkorksten Ideen hatte und sich nicht mehr davon abbringen ließ. Und wie früher störte Nora unser Stöhnen nicht die Bohne.

»Ich weiß noch, dass du, Colette, dir ein Mofa gewünscht hast. Und dass du in eine weite Ebene wolltest, die am Horizont nicht endet.«

»Hinterm Horizont geht's weiter«, trällerte ich los, »ein neuer Tag ...«

»Ja, der Udo Lindenberg. Aber ich stand auf *The Cure* und *Queen*«, erinnerte sich Colette.

»Und Freddie Mercury küssen, das wolltest du auch, obschon du wusstest, dass er schwul war. Und? Hast du alles erreicht?«

Nora auf Visionentrip!

Colette raschelte wie eine trächtige Maus, die in letzter Minute ihr Nest baut. »Das Mofa habe ich bekanntlich gekriegt, obschon in der falschen Farbe. Wer fährt schon ein grasgrünes Mofa?«

Ich kicherte. »Oh ja, wir haben es schwarz umgespritzt! Die Farbe ist unglaublich schnell abgeblättert – du hattest mit Abstand das hässlichste Mofa von ganz Bern!«

»Dolores, lenk nicht ab.« Sie befahl Colette fortzufahren. Nora, die Anführerin, wie eh und je!

»Das war natürlich wieder deine Schnapsidee, Dolores, Acrylfarbe für mein Mofa zu nehmen! Also, zur Ebene ... Mit siebzehn hatte ich einen Freund, mit dem bin ich durch die Camarque gefahren – auf einer Harley mit einer Menge Nieten und Lederfransen. Dort ist es ziemlich weit und offen, aber nicht über den Horizont hinaus. Freddie habe ich nie geküsst, Aids ist mir zuvorgekommen.«

»Du hast also Ziele erreicht«, laberte Nora. Wie gesagt wusste sie immer noch nicht, wann sie mit reden aufhören sollte.

»Sozusagen!« Colette spie das Wort verachtungsvoll in die Dunkelheit.

»Schön. Dolores, und welche Wünsche hast du in den Gral geworfen?«

»Keine Ahnung.«

»Na komm, du wirst dich doch noch erinnern können!«

»Das war vor über zwanzig Jahren!«

»Wie kannst du deine Visionen vergessen?«

»Weil Visionen ein Haufen warmer Fürze sind. Ich nehme, was kommt. Alles andere ist für Esoblödiker.«

»Mit dieser Einstellung hast du deine drei Läden aufgebaut? Das glaubst du doch selber nicht!«

»Genau so.«

Colette schaltete sich dazwischen. »Ich erinnere mich an einen ihrer Wünsche: Sie wollte David Hasselhoff heiraten. Hast du ihn gekriegt?« Das Biest kicherte blöd.

»Ich habe meinen Traummann, auch wenn's nicht David ist.« Wenn Lügen Fett zum Verschwinden bringen könnten, läge ich jetzt als Heidi Klum II. im Heu.

»Dolores, du wolltest doch –.«

»Sapperlot, Nora, mach mal halblang! Das hier ist kein Selbstfindungsseminar! Ich mach doch keinen Seelenstriptease! Da habe ich vor einem halben Leben ein paar Wünsche in eine Salatschüssel geworfen, und jetzt soll ich Rede und Antwort stehen?! Du kannst mich mal mit deinem Psycho-Kram.«

»Du hast also keinen Freund?«

Nora war ein hinterhältiges, scharfsinniges Miststück!

»Auf deine Fragespielchen falle ich nicht herein.«

»Oder du bist die Geliebte eines gebundenen Mannes.«

»Nora, lass sie doch in Ruhe, dich geht das wirklich nichts an!«, intervenierte Amber.

Liebevolle Amber, einfühlsame Amber.

Da wandte sich Nora an ihre Bettgenossin. »Dann erzähl du uns doch, was aus deinen Zielen geworden ist. Was war das noch: Cellistin werden und eine erfüllte Liebe finden?«

»Was fragst du so dumm, die Antwort weißt du ja: Ich bin keine Konzert-Cellistin geworden, aber ich habe einen Mann.«

»Es geht nicht darum, irgendeinen Mann zu haben, sondern den richtigen«, bemerkte ich.

»Eben. Und genau den habe ich«, fauchte Amber.

Ich lachte. Ambers Mann war nun mal ein Reizthema für mich. »Marc kann niemals die Erfüllung in der Liebe sein. Er hat nicht das Format dazu. Er ist Brillenträger, ein Grüner und Alternativer, und er ist fürchterlich gescheit. Du hättest was anderes verdient.«

»Dolores, *that's all I needed! Stop it, stop it, for god's sake – and get lost!*«

Wenn Amber auf Englisch wechselte, war mit ihr nicht mehr gut Kirschen essen! Ich schob unserer Anführerin den Schwarzen Peter zu: »Und du, Nora? Wie steht's mit deinen eigenen Zielen und Visionen? Welche waren das? Ich weiß noch, dass du einen Porsche wolltest und als erste Frau zu Fuß zum Südpol gehen.« Ich kicherte.

»Was bei deinen sportlichen Fähigkeiten eher eine Halluzination als eine Vision war«, ergänzte Colette, und Amber stimmte in unser Gelächter ein.

»Lacht ihr nur, ihr Banausinnen! Ich will ein großes Rätsel lösen, und das werde ich. Und die Liebe meines Lebens finden. Ich habe beides noch nicht erreicht, aber ich werde es schon noch, da könnt ihr Gift drauf nehmen. Ich finde, im Leben geht's doch darum, seine Wünsche, Ideen und Vorstellungen zu verwirklichen. Ohne Visionen sind wir tot.«

»Wenn das so ist, weile ich schon lange im Totenreich«, kicherte Colette. »Dolores, pass auf, neben dir schwebt ein Geist. Huuu!«

»O nein! Und jetzt klaut er mir die Seele!«, erwiderte ich lachend.

»Egal wie blöd ihr daherredet, es ist trotzdem so: Ohne Träume und Sehnsüchte stirbt der Mensch, auch wenn er körperlich weiterlebt. Wenn ich unsere depressiven Patienten frage, was an ihrem Zustand das Schlimmste ist, antworten sie: die Abwesenheit jeglicher Lebensfreude, keine Träume und Visionen mehr.«

Keine erwiderte etwas.

Ich dachte nach. Hatte ich meine Träume tatsächlich das Klo runtergespült? Was war mit meinen Männergeschichten, die jede beschissener war als die andere? Ich verliebte mich in Männer, die sich nicht in mich verliebten oder nur halb, oder sie waren gebunden – und ich blieb als Verliererin zurück. Das ewig gleiche Lied. Ja, den Traum von der Liebe hatte ich ausgeträumt, ich nahm, was ich kriegte.

»Nora, warum eigentlich bist du Psychiaterin geworden?«, fragte Colette. »Ich habe mir bei dir allerhand vorstellen können: Juristin, Stuntfrau –«

»Was, Nora mit ihrer sportlichen Unbegabung?«, warf Amber ein.

»– Pilotin, Predigerin, Projektmanagerin, Philosophin.«

»Ich, äh, ich weiß auch nicht recht. Zuerst wollte ich Ärztin werden, aber das war so schrecklich körperlich. Da fand ich Krankheiten, die dem Hirn entspringen, irgendwie interessanter.«

»Aber bei denen in der Klapse geht's doch um Psychoprobleme, nicht um Krankheiten!«, wandte ich ein.

»Depression, Psychosen, Schizophrenie sind genauso körperliche Krankheiten wie Krebs oder Diabetes. Sie schlagen sich im Körper nieder, indem sie Abläufe im Hirn verändern. Sie manifestieren sich in Hirnstoffwechselstörungen.«

»Deswegen muss man diese Menschen noch lange nicht mit Medikamenten vollpumpen oder mit Elektroschocks foltern«, bemerkte Amber kämpferisch.

»Erstens wird die Elektrokrampftherapie nur selten angewandt, und zweitens dröhnen wir die Patienten nicht zu!«

»Aber abhängig macht ihr sie!«

»*Benzodiazepine* werden nur –«

»*Benzinwas?*« warf ich dazwischen, »ihr behandelt die Leute mit Benzin?«

»Nein, Valium zum Beispiel gehört zu den *Benzodiazepinen*. Sie sind angst-, krampflösend, beruhigend und schlaffördernd und werden in einer Krisensituation eingesetzt, denn sie wirken sofort, verlieren ihren Effekt aber nach ein paar Stunden. Sie machen süchtig – damit kann man keine Depression heilen. Dafür setzen wir anderes ein: Antidepressiva, Lithium.«

»Ja, und davon werden die Leute dick und beginnen zu zittern oder werden impotent – super Medikamente«, meinte Amber spöttisch.

Ich war erstaunt, wie ruhig Nora blieb. Sie sagte: »Kennst du jemanden, der solche Medikamente nimmt?«

»Nein.«

»Hast du mal selber solche Medikamente genommen?«

»*My word, no!*«

»Woher weißt du dann so genau Bescheid?«

»Das kriegt man eben so mit.«

»Das erklärt alles.«

»Was erklärt es?«

»Dass du von diesem Thema keine Ahnung hast. Natürlich, es werden manchmal Medikamente falsch verschrieben, vor allem von Allgemeinärzten, aber da können die Medikamente ja nichts für. Die Hausärzte, die nur wenig über Psychopharmaka wissen, verschreiben häufig das Falsche oder aber das Richtige in falscher Dosis. Das kann sich fatal auswirken. Wenn man jedoch die Medikamente gezielt einsetzt, können Wunder geschehen. Ihr glaubt nicht, welche Freude es macht, wenn ein Mensch, der in einer inneren Hölle geschmort hat und sich deshalb kaum mehr am Leben beteiligen konnte, aus den Tiefen auftaucht, wieder Lebensfreude empfinden kann und sich fürs Leben entscheidet!«

»Nora, willst du immer noch die Frau auf der Münsterplattform retten?«, fragte Colette.

Ihre Frage schlug ein wie eine Bombe. Ich hielt den Atem an. Schade, dass das hier kein Psychoseminar war und ich die Leiterin, das Ganze wäre ein voller Erfolg. Aus der Richtung der beiden raschelte es. Und raschelte es. Vielleicht baute sich Nora einen unterirdischen Gang, um abzuhauen?

Die erste, die etwas sagte, war Amber. »Nora, was um Gottes Willen machst du eigentlich? Reiß mir nicht die Wolldecke weg und schieb mir nicht Heu ins Gesicht!«

»Tschuldigung«, murmelte Nora. Etwas lauter sagte sie: »Colette, ich will niemanden retten.«

Es machte klick und Colette ließ ihre Lampe in Richtung Nora übers Heu fluten. Sie sagte nur: »Erzähl keinen Scheiß«, dann löschte sie die Lampe wieder aus.

Nora wäre nicht Nora, wenn sie nicht einfach darüber hinweggegangen wäre und ein anderes Thema angeschnitten hätte: »Welche Farbe nimmt eigentlich ein Chamäleon an, wenn es in einem Raum sitzt, in dem nur Spiegel hängen – habt ihr euch das schon mal überlegt?«

»...«

»Denkt mal darüber nach, aber im Stillen, ich möchte jetzt schlafen.«

»Interessant, dass gerade du das sagst, wo du doch unbedingt unsere Ziele und Visionen besprechen wolltest!«, bemerkte Amber.

»Weißt du was, Amber?« Nora wurde für ihre Begriffe laut. »Auf deine unfreundlichen Bemerkungen kann ich gut verzichten! Wenn eine wegen eines dämlichen Geburtstages die schönste Freundschaft sausen lässt, sollte sie besser rein gar überhaupt nichts sagen, mehr noch, sie sollte ihren Mund versiegeln.«

»Sie war mir aber –«

»Nein, ich will's nicht hören, keine zum Himmel stinkenden Erklärungen. Ich will überhaupt nichts mehr von dir hören, von euch allen nicht.«

»Nora hat recht, lasst uns endlich pennen«, versuchte ich zu beschwichtigen. Allgemeines zustimmendes Brummen. Ich hätte nicht Amber und Nora sein wollen, notgedrungen Haut an Haut zu liegen und gleichzeitig zerstritten zu sein!

Ich lag wach, starrte an die Decke und versuchte zu

schlafen, was mein Hirn auf Hochtouren brachte. Ich dachte über mein Leben nach, über die lange Reihe von Enttäuschungen und Verletzungen, an die weitaus weniger lange Reihe von Erfolgen und Glücksgefühlen – an die Liebe, die ich immer noch nicht verstand, an meine Zukunft, die ihre Visage ständig ändert, an diesen ulkigen Abend im Ziegenstall, an unsere Gespräche und Konflikte. Als Kind hatte ich gedacht, dass die Erwachsenen ihr Leben im Griff haben, sogar bei meinem Alten dachte ich das, obwohl der außer seiner Flasche nichts im Griff hatte. Und jetzt, da ich selber erwachsen war, fragte ich mich, ob ich wohl den Unterricht *Wie krieg ich alles in den Griff?* verpasst hatte. Das einzige, was ich hinkriegte, waren meine Läden und meine Sandwichs. Das war durchaus was, aber es war nicht alles. Mutter sagte gern: Das Leben ist eine Mogelpackung.

Eigentlich hoffte ich immer noch, dass zuunterst in dieser Mogelpackung wenigstens eine kleine Überraschung steckt.

15. Colette

Es ist vielleicht das einzige Stück Freiheit, das man sein ganzes Leben besitzt: die Freiheit, das Leben wegzuwerfen.
Stefan Zweig

Für Nora und Amber muss der Rückweg in den feuchten Kleidern die Hölle gewesen sein. Das Klappern ihrer Zähne war der Motor, der uns antrieb.

Ich hatte die Nacht ganz passabel verbracht. Es war Ewigkeiten her, seit ich das letzte Mal so tief geschlafen hatte – obschon ich in verschwitzten Kleidern im Heu neben Dolores lag und weder abgeschminkt war noch mit einer Maske belebt, noch frisch geduscht, noch mit Vitamintabletten aufgepeppt. Nur ein bisschen aufgewärmt vom Whisky aus meinem Flachmann. Ich hörte die Vögel und fand sie für einmal gar nicht so nervend. Durch die Ritzen der Heubühne sah ich, dass es ein schöner Morgen war, das Unwetter hatte sich verzogen. Dolores sah beim Schlafen friedlich aus, gewissermaßen hübsch. Ich finde Menschen am schönsten und angenehmsten, wenn sie schlafen. Sie nerven mich dann nicht, da kann ich sie grenzenlos lieben. So ist es auch mit meinen Kindern. Seit dem Erwachen hatte ich noch nicht an sie gedacht, das bescherte mir Schuldgefühle, und das wiederum machte mich wütend. Ich hasse Schuldgefühle. Schuldgefühle machen mich so wütend, dass ich aus Trotz genau das wieder tue, was mir die Schuldgefühle verursacht hat. An Frank hatte ich auch nicht gedacht, aber das war nichts Neues. Jetzt dachte ich an sie alle, und ich fühlte mich schwer und bedrückt.

Um auf andere Gedanken zu kommen, zupfte ich an Dolores herum und kitzelte mit einem Halm aus dem Heu ihre berühmten Nüstern, bis sie grummelnd erwachte. Von Amber und Nora waren nur ein rötlicher und ein schwarzer Haarschopf zu sehen, nah beieinander, als wären sie ein frisch verliebtes Paar, dabei waren sie wenn schon frisch verkracht.

Als Nora und Amber unter Flüchen in ihre Kleider gestiegen waren, machten wir uns auf. Erst verabschiedeten wir uns von den Ziegen, die noch immer wiederkäuten und so taten, als wäre die Welt in Ordnung. Es war ein schöner, aber kühler Oktobermorgen, einzelne Wolken hingen in den Felsen. Auf den Blättern balancierten Tropfen und glitzerten in der Sonne. Ein Morgen, als hätte es ein Gestern nie gegeben. Das müsste wundervoll sein. Nun, mir wäre es ganz recht gewesen, wenn der Himmel wolkenverhangen gewesen wäre, dann hätte die Sonne nicht geblendet und ich hätte mich nicht gefühlt, als hätte man mich auf eine Postkarte gepresst. Ich verstehe, warum Vampire in der Nacht leben.

Wir fanden die Stelle, wo wir falsch gegangen waren, und wanderten zügig zur Mittelstation. Mich schmerzten die Blasen an meiner Ferse immer noch, aber ich ignorierte das, denn wir mussten uns beeilen, damit sich Nora und Amber keine Lungenentzündung holten. Amber bekam bereits blaue Lippen.

Die Mittelstation war noch geschlossen, doch ein Techniker, der schon zugange war, hatte Erbarmen mit uns. Er gab uns Wolldecken und telefonierte mit der Talstation. Nora stieß einen Jauchzer aus, als wir runterschwebten. Unten wurden wir von einer zerknirschten Susanne Weibel, einem fröhlichen, rothaarigen Mädchen und einem Mann empfangen. Das musste Marc sein. Er sah sympathisch aus, keine Ahnung, was Dolores gegen ihn hatte. Er war groß und schlank, hatte kurzes, etwas ergrautes Haar, trug eine randlose Brille und lässige Kleidung. Auf Ambers Wunsch hin hatte Marc auch für Nora Kleider mitgebracht. Die beiden verschwanden im Damenklo, von wo sie später mit glücklichen Gesichtern wieder zurückkehrten. Es war schön, sie nebeneinander zu sehen. Ich hatte sie in der Schule meist so gesehen und oft einen Stich empfunden über die Innigkeit ihrer Freundschaft. Amber hatte ihr Haar gekämmt und zusammengesteckt, was ihr anmutiges Wesen unterstrich. Noras dunkle Wellen fielen ihr frei auf die Schultern. Sie waren beinahe gleich groß, Amber vielleicht etwas größer. Eine Engländerin mit Sommersprossen und blaugrünen Augen, die auf den ersten Blick, aber nur auf den ersten Blick etwas kühl wirkte, neben einer Frau mit südländischem Charme, deren dunkle Augen vor Leben glühten.

Frank war nicht gekommen. Er hatte ein Golfturnier, das er natürlich nicht für eine verlorengegangene Ehefrau sausen ließ. Mir war das recht. Die Kinder weilten bei meinen oder seinen Eltern, ich weiß es nicht mehr.

Marc war von Beruf – was war er noch? Etwas mit Biologie oder Umwelttechnik. Er hatte ein angenehmeres Auftreten als Frank, dessen Gesten immer etwas zu großartig und die Haare zu perfekt nach hinten gegelt waren. Zugegeben, gerade das hatte mir an ihm am Anfang gefallen. Marc verhielt sich gegenüber Amber äußerst rücksichtsvoll, aber sie nahm das gar nicht wahr, sondern starrte Löcher in die Luft.

Wir gingen in den Gasthof *Bären*. Dolores erklärte uns des Langen und Breiten, warum die Sandwichs hier nicht halb so gut waren wie die ihren, was niemand sonderlich interessierte. Sie schnappte sich den Wirt und legte ihm dar, wie köstlich ihre Sandwichs seien und welche Vorteile er hätte, wenn er sie von ihr beziehen würde. Der Wirt zeigte sich interessiert. Dolores ist eine verflixte Geschäftsfrau.

Nora war ungewöhnlich ruhig. Gemeinsam mit Ambers kleiner Tochter baute sie aus Bierdeckeln eine Pyramide, danach spielten sie mit denselben Bierdeckeln ein imaginäres

Spiel, bei dem zufälligerweise immer Phoebe gewann. Amber warf den beiden beunruhigte Blicke zu, wobei mir schleierhaft war, was an einem Spiel mit Bierdeckeln beunruhigend sein sollte. Ich unterhielt mich überwiegend mit Marc, der auch auf den zweiten Blick sympathisch wirkte. Er war ein interessierter Zuhörer und besonnener Redner, außerdem sah er ganz gut aus. Amber war sich nicht bewusst, was für einen tollen Mann sie an ihrer Seite hatte!

Als wir aufbrachen, heftete sich Phoebe an Noras Fersen und verkündete, dass sie mit ihr nach Hause fahren würde. Nora erklärte ihr, dass sie erstens einen anderen Heimweg habe und sie zweitens nicht auf ihr Motorrad packen könne. Erfolglos. Amber versprach ihr, dass sie vorn im Auto sitzen dürfe. Erfolglos. Marc bat sie, ein liebes Mädchen zu sein. Sehr erfolglos. Phoebe strampelte sich von ihrem Vater frei, setzte sich auf den Parkplatz und verkündete, sie gehe nirgendwohin, außer mit Nora. Es war unschön, wie Marc das schreiende Bündel packte und ins Auto verfrachtete. Ich hätte längst ein Viertel Valium in eine Cola gemischt und dem Mädchen zu trinken gegeben. Phoebe hätte sich entspannt und wäre während Stunden ruhig geblieben. Ich erzähle niemandem von der Valium-Methode, weil sowieso nur entrüstete Reaktionen kämen. Als wäre es besser, die Kinder bis zur Erschöpfung heulen zu lassen und ihnen entnervt eine Ohrfeige zu verpassen! Phoebe bekam einen roten Kopf und ebenso rote Augen. Amber würde eine wundervolle Heimfahrt erleben.

Muss ich erwähnen, dass Dolores' Klapperkiste nicht ansprang und die anderen schon abgefahren waren? Dolores erklärte, die Kiste sei empfindlich gegen Kälte, diese Nacht draußen habe ihr nicht gut getan. Mir war es egal, warum die Karre nicht lief, sie sollte es einfach bald tun. Dolores steckte den Kopf unter die Motorhaube, redete der Mühle gut zu, machte hier und dort was. Ich fragte mich, ob sie überhaupt wusste, was sie tat. Eine Stunde später fuhren wir endlich los, nachdem ich mit dem Wirt und dem Koch zusammen den Wagen angeschoben hatte. Ich hatte einen Wagen geschoben!

Dolores hatte zwei schwarze Flecken im Gesicht, was ich ihr nicht sagte – selber schuld, wenn sie nicht in den Spiegel schaute! Mit jedem zurückgelegten Kilometer wurde es in mir schwerer und schwerer. Kein Gefühl von nach Hause kommen. Ich näherte mich einem Tümpel, in dem ich wie immer absaufen würde.

Auf der Autobahn schaute Dolores für meine Begriffe zu lange zu mir rüber und fragte, ob alles okay sei.

Ich antwortete ihr auf Noras Weise: »Erstens schau nach vorn, zweitens ist es bei mir nie okay, und drittens ist das nun mal so.«

»Ich schicke dir ab jetzt jeden Tag ein Zitronentörtchen, das wird dich aufmuntern.«

Ich quittierte den Vorschlag mit einem Lächeln.

Eine Zeit lang fuhren wir schweigend – aber das war leider nur die berühmte Ruhe vor dem Sturm. Denn plötzlich knallte es im Motor, und Dolores steuerte schreiend auf den Pannenstreifen zu. Die letzten Meter rollten wir nur noch. Wir stiegen aus, Dolores öffnete die Motorhaube. Schwarzer Rauch kam ihr entgegen. Ich kriegte einen Lachanfall, es war wie bei Dick und Doof, wobei ich weder dick noch doof war, schon eher Dolores. Nach einer langen halben Stunde erschien der Abschleppdienst. Der Mechaniker schaute sich alles genau an und kam zu dem Schluss, dass man die Kiste gleich zum Schrottplatz fahren könne. Dolores lehnte sich dagegen auf, aber nachdem der Mechaniker ihr gezeigt hatte, wie der Motor durch unfachmännisches Basteln in den Ruin getrieben worden war, gab sie sich verlegen geschlagen.

Ich betrachtete Dolores von der Seite, ihre lange Nase, das tendenzielle Doppelkinn, ihr wallendes Haar, ihr wildes Gestikulieren, und mir wurde vielleicht das erste Mal bewusst, dass ich sie so ungern nicht mochte. Nicht dass ich einen Liebesanfall gehabt hätte. Aber trotzdem.

16. Nora

Wieso tragen Kamikazepiloten einen Helm?
Nora Seligmann

Ambers Kleider, die mir Marc nach der Ziegenstallnacht freundlicherweise mitgebracht hatte, lagen seit Tagen auf der kleinen Kommode im Gang. Es war eine grässliche Kommode, dunkelbraun, mit Malereien, etwas klobig, aber sie war von Großtante Klärli, und deshalb hielt ich sie in Ehren. Tante Klärli starb übrigens einen würdigen Tod. Sie hatte im Korridor Kisten mit Krimskrams gestapelt, und eines Tages, als sie eben dort vorbeischlurfte, brach der Stapel zusammen und erschlug sie. In den Kisten befand sich unter anderem eine Steinsammlung, und das ist ihr wohl zum Verhängnis geworden.

Ich war zurück aus Oslo und auf dem Hund. Im Kongress war es um Neuentwicklungen der Antidepressiva gegangen. Gezieltere Wirkung bei verringerten Nebenwirkungen, das machte Hoffnung. Natürlich, solange man ein Medikament noch nicht in Langzeitstudien getestet hatte, blieb ein Risiko. Aber jeden, der gegen gezielt eingesetzte Psychopharmaka ist, muss man zu den Sadisten zählen. Viele unserer Patienten im *Burghölzli* haben einen Irrweg von Allgemeinärzten zu Alternativmedizinern und Psychotherapeuten hinter sich, und das einzige, was bei diesen Behandlungen Auftrieb bekam, waren ihre Schuldgefühle darüber, dass sie sich immer noch abgrundtief mies fühlten. Psychische Krankheiten sind eben nicht rein *psychische* Krankheiten, sondern auch Hirnstoffwechselstörungen.

Abends in Oslo streifte ich die Psychiaterin Nora ab und erkundete das Nachtleben. Ich genoss die Fremdheit und Anonymität dieser Stadt und ließ mich zu diesem und jenem verführen. Ich nahm, was ich wollte, und am Schluss verteilte ich falsche Handynummern.

Während unseres Klassentreffens hatte ich mit dem Handy Fotos gemacht. Mit etwas Fantasie konnte man auf dem kleinen Display eruieren, was ich fotografiert hatte: Dolores vor ihrem VW-Bus, Colette mit drei Klassenkameraden, Susanne Weibel bei der Ansprache, ein paar kantige Felsen, der Ziegenstall, Phoebe mit Bierdeckeln, Marc mit Kaffee, Dolores mit Wirt. Auf den restlichen sah man Amber – ernst, abweisend, spöttisch, frierend, konzentriert. Ja, und tatsächlich eines, auf dem sie lachte. Ich hatte ihr einen Stein vor der Nase wegkicken wollen und war dabei ausgerutscht, das fand sie ungemein lustig.

Auf die Kleider hatte ich den Zettel mit Ambers Adresse gelegt, ich musste nur noch Packpapier drum herumwickeln und das Paket abschicken.

Ich ging auf den Balkon und rauchte meine Abendzigarette. Ich rauchte diese eine pro Tag, früher waren es ein bis zwei Päckchen. Mit dem Rauchen angefangen hatte ich einige Wochen, nachdem Amber den Kontakt zur mir abgebrochen hatte.

Fröstelnd schaute ich auf die belebte Straße. Rote und weiße Lichter, die sich in Schlangen bewegten. Vom fünften Stock dieses alten Häuserblocks hatte ich Aussicht auf ein kleines Dreieck des Zürichsees. Doch mein Blick kehrte zu den Fotos zurück. Warum lachte Amber nicht, wie sie das früher tat? Ich hätte es mir so gewünscht. Sie krauste dabei ihre Nase; heute sah man dort kleine Fältchen, Zeugen von vielen, vielen Lachern, die ich nicht miterlebt hatte. Es stimmte mich wehmütig, dass ich sie verpasst hatte. Wenn Amber etwas besonders lustig fand, schnorchelte sie beim Lachen. Dieses Schnorcheln passte so gar nicht zu ihrem graziösen Wesen, das machte es umso liebenswerter. Verbohrte Amber, wie konnte sie unsere Freundschaft wegen eines vergessenen Geburtstags fallen lassen? Ich begriff es nicht und erst recht nicht, warum sie so wütend auf mich war – wo hier nur eine Anrecht auf Wut hatte, und zwar ich!

Ich rauchte meine Zigarette fertig, aber manchmal braucht es eine zweite. Ich steckte sie in den Mund, ohne sie anzuzünden, und ging die Fotos nochmals durch. Amber, die Sommersprossenfrau. Wie entzückend doch ihre Sommersprossen waren, die sich unter der Sonne epidemieartig ausbreiteten. Im Teenageralter versuchte sie krampfhaft, braun zu werden, kriegte aber bloß Sommersprossen, und der Bauch, der wurde rot. Braungebrannt hatte ich neben ihr gelegen und ihr versichert, dass ihre Hautfärbung tausendmal interessanter als die meine sei. Als Antwort hatte sie die Sonnencreme nach mir geworfen.

Jetzt, zwei Wochen nach dieser Ziegenstallnacht, wurde ich mir erst ganz bewusst, dass ich nackt mit ihr unter der widerlichsten Decke des ganzen Wolldecken-Universums gelegen hatte. Ich kannte Amber nicht mehr und doch war sie mir so vertraut. Wir waren nackt gewesen und beide Frauen. Das war zuviel auf einmal – ich glaube, ich war noch nie so perfekt dissoziiert wie dort im Heu!

Jetzt aber kamen die Sinneseindrücke und Empfindungen dieses Abends in mein Bewusstsein zurück. Das war Grund genug, mir eine zweite Zigarette anzuzünden.

Man weiß im Voraus nie, wie es ist, einem Menschen körperlich nah zu sein. Es kann sein, dass einem jemand sympathisch ist, aber man sich beim Umarmen unwohl fühlt; dass man gern neben jemandem sitzt, den man nicht besonders attraktiv findet, oder dass es einen umhaut, wie fein oder rau sich die Haut eines anderen anfühlt; dass man jemanden gut riechen kann oder überhaupt nicht, unabhängig davon, ob man ihn mag oder nicht. Im Sommerlager der siebten Klasse, das unter dem Motto lief: *Überleben in der Wildnis*, schliefen Amber und ich im gleichen Zelt, natürlich. Nachdem wir uns zum Schlafen niedergelegt und noch ewig herumgeblödelt hatten, drehte sie mir den Rücken zu, griff nach meinem Arm und zog mich an sich. Ich lag an ihrem warmen Rücken, sog ihren Duft in mich, hielt sie fest. Sie schmiegte sich an mich, und ich genoss dieses kleine Glück, dieses Segeln und Tauchen in etwas, das ich nicht benennen konnte.

Das Überleben in der Wildnis wurde übrigens vorzeitig abgebrochen: Sepp wurde von zwei Bienen gestochen, worauf er einen dicken Hals kriegte und so schnell als möglich ins Spital befördert werden musste. Das Zopfenmädchen Nina, das ich in der ersten Klasse von Ambers Pult vertrieben hatte (und das schon lange keine Zöpfe mehr trug), trat in eine verrostete Konserve, was der Lehrer erst merkte, als es eine Blutvergiftung und fast zu spät war. Am fünften Tag dann verwüstete der Hagel unsere Zelte. Kurz, es war ganz nach meinem Geschmack – irre spannend. Und jede Nacht an Ambers Rücken, das war das Spannendste überhaupt.

Ich streifte die Asche am Topf meiner einzigen Balkonpflanze ab. Der Lavendel gedieh erstaunlich gut, obschon ich ihn stiefmütterlich behandelte und jeden Abend mit giftiger Asche versorgte. Ich war zutiefst beunruhigt. Erstens weil Amber und ich uns nicht aussöhnen konnten, zweitens weil ich sie wiedersehen wollte, drittens weil ich sie nicht wiedersehen wollte, viertens weil ich beunruhigt war, fünftens weil ich nicht wusste, welche Notiz ich dem Kleiderpaket beilegen sollte und sechstens weil ich gerne eine dritte Zigarette geraucht hätte. Das mit der Zigarette konnte ich mir verkneifen (zumal ich noch an der zweiten war), statt dessen machte ich mir einen Beruhigungstee, den mir jemand vor Jahren geschenkt hatte und der seither unberührt im Küchenschrank lagerte. Der Tee schmeckte genau so, wie man es erwarten konnte: verstaubt und geschmacklos, und beruhigen tat er mich auch nicht. Da setzte ich mich mit einem Espresso an den Küchentisch.

Was nur sollte ich Amber schreiben?

17. Amber

Erstaunlich war, welche Farben Du Pré dem vorwiegend lyrischen Stück entlockte und wie sie mit enormer Frische und großer Spontaneität perfekt ausbalanciert zwischen lichten Klängen und zarten Gefühlen wechselte.
New York Times

Give me a break. Give me just a break!

Zwei Wochen brauchte Madame Nora, um mir die Kleider zurückzuschicken, und was hatte sie dazugeschrieben? Ganz herzlichen Dank, Nora. Und das auf eines ihrer Visitenkärtchen! Dr. med. Nora Seligmann, Assistenzärztin, ihre Arbeitsadresse, Büronummer, E-Mail und, von Hand geschrieben, ihre Handynummer. Förmlicher ging es wohl nicht! Ob sie mich bestrafen, mir zeigen wollte, dass ich ihr nichts mehr bedeutete? Ich zerknüllte das Packpapier und legte die Kleider weg, bevor Phoebe nach Hause käme und wissen wollte, von wem das Paket war. Bestimmt würde sie ein kleines Drama veranstalten. Die Kleine hatte ein unglaublich gutes Erinnerungsvermögen, und das Geschrei um Nora und die Bierdeckel ginge dann wieder von vorne los.

Ich fand, dass es so etwas wie einen Grundanstand gab, und den hatte Nora mit dieser Karte nicht bewiesen. Wenn einem Kleider ausgeliehen werden, die einen vor der Lungenentzündung retten, reicht ein ganz herzlicher Dank auf einer läppischen Visitenkarte beileibe nicht!

Ich würde auf dieses Paket nichts erwidern, was gäbe es da schon zu sagen? Noras Empfinden nach hatte ich die Freundschaft abgebrochen, nach meinem Empfinden hatte sie es getan. Da konnte man nicht viel machen, Empfindungen sind schwerer wegzubringen als Kalk aus dem Topf. Den Kalk kann man lösen, die Empfindungen hingegen – was kann man mit denen schon tun?

Ich hatte einmal beobachtet, wie Fridolin, ein Pensionär im Autistenheim, seine Hand unter heißes Wasser hielt. Er schrie auf und zog die Hand zurück.

Dann hielt er sie wieder drunter.

Schrie und zog sie zurück. Und hielt sie wieder darunter. Und so weiter, bis er schlimme Brandblasen auf der Hand gekriegt hätte, wenn ich nicht eingeschritten wäre. Ich traute damals meinen Augen nicht. Was musste das für ein Leben sein, wenn man nicht einmal den kleinsten Lernprozess machen, keine Schlüsse ziehen kann? Wir »normalen« Menschen hätten sofort die Lehre gezogen und die Hand kein zweites Mal unter das heiße Wasser gehalten.

Was wollte ich mit der schönen Parabel sagen? Ich weiß es nicht mehr, aber irgendetwas hatte es mit Nora zu tun, ganz bestimmt, ich wusste bloß noch nicht, wer die Hand, das heiße Wasser und Fridolin war.

Ich würde Nora nichts zurückschreiben.

Phoebe brachte von der Kindertagesstätte ein Körbchen voller Steine mit, die sie liebevoll bemalt hatte. Keine Ahnung, was man damit anstellte. Sie erzählte: »Weißt du, einen Stein habe ich der dicken Frau Nachbarin geschenkt und den roten einer Schnecke und den blauen einem anderen Kind und den gelben für die Tanne im Garten, und der ist für dich« – sie zeigte auf einen grässlich braunen Stein – »und der ist für Daddy« (ein pinkfarbener). »Und der Rest für mich.« Sprach's und verschwand in ihr Zimmer.

Der Oktober zeigte sich von der stürmischen Seite. Ein feuchter Westwind riss in wildem Tanz die Blätter von den

Bäumen. Phoebe brachte jeden Tag eine Ladung einzigartiger Blätter nach Hause, die sie in unseren Büchern presste. Vor dem Büchergestell stapelten sich die Bücher mit den Blättern. Phoebe schaute jede Stunde nach, ob auch alles gut käme. Marc regte sich fürchterlich auf (Ordnung war ihm sehr wichtig), aber auf meinen scharfen Blick hin hielt er den Mund.

Auf meiner Arbeit war alles beim Alten, das war es immer, denn die Pensionäre änderten sich nicht. Eingeschlossen in ihrem Autismus und zusätzlichen geistigen Behinderungen bewegten sie sich in einem engen Raum möglicher Handlungen. Was sich änderte, waren die Konflikte, die wir Mitarbeiter miteinander austrugen.

Es gab Tage, die waren schwieriger. Etwa wenn Fridolin mit dem Helm herumtänzelte, dauernd hohe Schreie ausstieß und wenn möglich sogar einen epileptischen Anfall hatte. Wenn Konrad durch die Räume raste, in der Hand einen Stecken, an dem er ab und zu knabberte. Wenn Johann stur vor dem Küchenschrank stand und die Henkel der Tassen in die gleiche Richtung ausrichtete, und wollte ich ihn vertreiben, ging er in die Hocke und machte mit seinen Händen Scheuklappen. Dann brachte ihn keiner mehr weg, man musste ihn lassen, bis er sich erholt hatte. Aber wie konnte ich so in der Küche das Abendessen vorbereiten? Es wurde endgültig schwierig, wenn Adrian Konrad angriff und Konrad Anstalten machte zu onanieren. In diesem Heim ist die Selbstbefriedigung durchaus erlaubt, bringt es doch Entspannung in ihren verspannten Körper, aber wir tolerieren sie natürlich nicht in den Gemeinschaftsräumen. Ich schickte ihn deshalb auf sein Zimmer. Adrian begann durchdringend zu schreien, und ich verlor allmählich die Nerven. Ich arbeitete an diesem Abend bis einundzwanzig Uhr. Nach dem Abendessen schickte mich meine Kollegin Maria in eine Kaffeepause. Ich packte dankbar die Kaffeetasse, schnappte meine Tasche und ging auf die Terrasse. Ich war genervt und sauer, auch aufgewühlt, aufgebracht, ohne genau zu wissen, wieso und warum. Und bevor ich es mir versah, schrieb ich Nora eine SMS:

– War das alles?

Es kam umgehend eine Antwort:

– Das sage ich erst, wenn ich weiß, mit wem ich es zu tun habe
– Guess!
– Du? Welch überraschung! Was ist?
– Dein paket
– Ist es nicht angekommen?
– Doch, aber diese visitenkarte. Mickrig
– ???
– Tu nicht so begriffsstutzig!
– Sorry, ich wirklich nicht verstehen
– Mit herzlichem dank. Also bitte!
– Ich immer noch verstehen bahnhof!
– So was schreibt man einer wildfremden person
– Wir sind uns doch fremd nach all den Jahren
– Wir haben rücken an bauch gelegen
– Wenn jemand wegen seinem geburtstag die freundschaft abbricht, so ist mir dieser jemand wildfremd!
– :-(
– Lachen steht dir besser
– :-((
– Trotzkopf
– :-((((((((((
– Sind das deine Doppelkinns oder zehn münder?

Ich musste die Jungs ins Bett bringen, die Berichte schreiben und der Nachtwache die Neuigkeiten rapportieren. Als ich im Zug nach Bern saß, schrieb ich weiter:

– Ja, ich habe zehn münder, jeder spricht was anderes
– Mich interessiert nur der ehrliche
– Der ist leider zurzeit auf gran canaria
– Findest du nicht auch, dass es mit der wolldecke überraschend erträglich war?

- Ölverschmierte plastikplane wäre tatsächlich schlimmer gewesen
- Es erinnerte mich an das überlebenslager, da sind wir auch so beieinander gelegen – freiwillig
- Ja
- Was ja?
- Ja, das war so. Na toll, jetzt habe ich es verpasst, in bern auszusteigen, es geht richtung biel, muss marc anrufen!
- :-)))))))))))
- Lach du nur! Als strafe musst du mich unterhalten, bis ich zu Hause bin!
- Ok, hier eine stepptanz-einlage: tap tap, taptap tappptap, tiptap, tiptöptöp, tatatatapperlatapp (der letzte war schwierig)
- Du hast wieder ideen! Sag mal, bist du liiert?
- Eine solche Frage nennst du unterhaltung?
- Antworte mir!
- Ich bin mit meiner arbeit liiert
- Das wollte ich nicht hören!
- Ich bin temporär liiert
- ???
- Mal den, mal den
- Und im moment?
- Heute keinen
- Nie was längeres?
- Gehabt, zwei und drei Jahre, bin ganz gern unabhängig, und du?
- Welche frage, ich bin verheiratet, habe eine tochter, nix unabhängig
- Auch keine sehnsucht danach?
- Nach ruhe, vogelgezwitscher, wind, der in bäumen rauscht, nach meinem cello
- Und jacqueline du pré
- Die ist tot
- Ich weiß, mit 28 an MS erkrankt, mit 42 gestorben, ein elend
- Dass du das weißt... ich kann es noch heute nicht fassen, dass gerade sie an MS erkrankt ist, nicht dieses ausnahmetalent
- Reiner, gemeiner zufall...
- Also bitte!!
- Ich glaube, dass die dinge so sind, wie sie sind und dass etwas, das passiert ist, passiert ist, punkt

– Wow, wie abgeklärt! Bin in wankdorf, steige aus und warte auf den nächsten zug nach bern
– Wie stehts mit seitensprüngen?
– Ich lese wohl falsch!
– Ich verrat dich bestimmt nicht – los, sag's mir!
– Wo denkst du auch hin?!
– Dorthin, wohin viele denken
– Ich nicht, ich glaube an die liebe
– Seitensprung hat nichts mit liebe zu tun
– Eben, deshalb interessiert er mich nicht
– Wie scheinheilig
– Shut up!

Es dauerte einen Moment, bis das Handy erneut piepste. Ich las:

– Unsere gefühle sind nichts anderes als ein zusammenspiel von hormonen, synapsenübergängen und sonstigen chemischen abläufen
– Dich hat dein beruf verdorben
– Oder das leben
– Bin wieder in bern, gehe zur busstation. Was meinst du mit das leben?
– Freundinnen, die mir die liebe kündigen, weil ich ihren geburtstag vergessen habe
– Uff, das wieder!
– Es hat mich schier umgebracht
– Sag so was nicht!
– Es ist aber so

Darauf wusste ich nichts zu sagen, das nicht irgendwie mit Schmerzen zu tun gehabt hätte. Ich starrte eine Weile aus dem Bus, bis ich antwortete.

– Bin bald zu Hause, muss schluss machen
– es hat mir trotzdem das herz gebrochen.

Ich schrieb: Meines auch. Dann löschte ich es, ohne es abzuschicken. Stattdessen schrieb ich:

– Glaub mir, ich wollte, es wäre nicht so! Schlaf trotzdem gut.

Als ich in die Wohnung trat, stand ein kopfschüttelnder Marc im Korridor. Sein Blick sagte so ungefähr: Was hast du wieder gemacht? Als würde ich jemals etwas machen, das nicht lupenrein war! Ich wäre gern allein gewesen, die Müdigkeit wattierte meinen Kopf, und Noras SMS hallten in mir nach. Marc fragte mit vorwurfsvollem Ton, wie man nur verpassen könne, im Hauptbahnhof auszusteigen, er habe sich auf mich gefreut, aber jetzt müsse er ins Bett. Ich hängte die Jacke auf und ging wortlos ins Badezimmer. Marc folgte mir.

»Marc, ich bin müde, ich bin erschlagen, ich möchte in Ruhe meine Abendtoilette machen. *All right*?«

Erst als es raus war, realisierte ich, dass ich so etwas noch nie zuvor zu ihm gesagt hatte! Marc zog die Luft scharf ein, es war dieser missbilligende Was-wagst-du-dich-Atemzug, der mich normalerweise mundtot machte. Heute jedoch nicht. »Also, bis später«, sagte ich so beiläufig als möglich und schloss die Tür.

»Amber, was ist in dich gefahren?«, fragte Marc ungläubig vor der Tür. »Seit der Nacht in den Bergen benimmst du dich irgendwie seltsam.«

»Marc, bitte, lass mich.« Ich stützte mich auf das Waschbecken und starrte in den Abguss. Marc zog wieder die Luft scharf ein. »Antworte mir«, sagte er.

»Erstens sind wir hier nicht in der Schule, und zweitens lass mich jetzt bitte in Ruhe die Abendtoilette machen. Ist das zuviel verlangt?«

»Wir machen die doch immer gemeinsam.«

»Na und?«

»Es ist schön, etwas zusammen zu machen!«

»Wir machen doch das meiste zusammen. Ich möchte einfach allein die Zähne putzen!«

»Du hast was zu verbergen.«

»Bitte?!«

»Einen Knutschfleck oder so.«

Ich verdrehte die Augen und vergewisserte mich im Spiegel, dass ich die Person war, der diese Szene geschah. Ich hörte mein Handy piepsen. Ob das nochmals Nora war? Die Türklinke senkte sich langsam.

»Marc, zum letzten Mal, lass mich allein!«

»Ich muss genauso ins Badezimmer wie du und habe das Recht dazu, ich zahle hier schließlich auch Miete. Den größten Anteil übrigens.« Seine Stimme hatte wieder diesen beleidigten Ton angenommen.

»In diesem Mietzins miteinbegriffen ist meine Arbeit im Haushalt und mit Kind!« Ich riss wütend die Tür auf und rauschte an ihm vorbei. »Hier hast du dein Badezimmer«, zischte ich, während ich auf meine Jacke zusteuerte.

»Das ist doch die Höhe!«

»Dass ich dir Platz gemacht habe oder dass du immer noch im Korridor stehst!?« Ich fischte mein Handy aus der Tasche, dann warf ich Marc einen herausfordernden Blick zu. Da endlich drehte er sich um und verschwand im Badezimmer. Ich klappte das Handy auf – es war bloß eine dumme Werbe-SMS. Marc rumorte im Bad und brummte Dinge, die ich weder verstehen konnte noch wollte.

Marc und ich hatten nie Auseinandersetzungen, damit prahlte er gern vor Freunden. Wir diskutierten unsere Probleme wie zwei Erwachsene aus. Die Szene von eben gab es in unserer Ehe nicht. Ich ging zum Arbeitszimmer, wo sich das Bettsofa befand, klappte es auseinander, bezog es und riss die Gästedecke aus dem Schrank. Das hier fühlte sich richtig an. Ich konnte diese Nacht unmöglich neben Marc schlafen, ich war so sauer, schier außer mir und verstand es selber nicht ganz. *I'm really in deep water*.

Ein Schatten tauchte im Türrahmen auf. Als Marc sah, was ich machte, erbleichte er. »Du hast also einen Liebhaber«, stammelte er.

»Red keinen Unsinn, es geht hier nur um dich und mich.«

»Du hast mich betrogen!«, seine Lippen zitterten.

»Nun hör aber auf, mit wem sollte ich wohl eine Affäre haben?«

»Mit Christoph von der Arbeit.«

»Nur weil ich mich gut mit ihm verstehe? Er hat einen Bauch.«

»Was hat der Bauch damit zu tun?«

»Finde ich nicht anziehend.«

»Manchmal frage ich mich, was du an uns überhaupt anziehend findest! Na, dann ist es der Patrick. Dauernd habt ihr etwas wegen Phoebe oder seiner Tochter zu bereden.«

»Du liegst völlig falsch, mein Lieber. Es ist der Metzger aus dem Coop. Mit dem Fleischlichen kennt er sich einfach perfekt aus.«

»Ein Metzger? Welcher?! Meine Güte, ein Metzger, wie tief bist du gesunken?!«

»Aha, man sinkt also, wenn man was mit einem feschen Metzger hat?«

»Das habe ich nicht gemeint, aber du stehst doch gar nicht besonders auf Fleisch!«

Stöhnend ließ ich mich in die Bettdecke fallen. Meine Ohren pochten. Einfach nicht hinhören, dachte ich, einfach so tun, als wäre nichts.

»Mami, Papi, guckt, ich bin wach!« Phoebe stand auf der Schwelle, ihren einäugigen Tiger (das andere Auge hatte sie vor ein paar Tagen verschluckt) an sich gepresst und schaute uns schlaftrunken an. »Bekommen wir Besuch?«

Ich schüttelte den Kopf und erklärte ihr, dass ich einen schmerzenden Kopf hätte und diese Nacht lieber alleine schlafen wolle. Marc nickte bestätigend und hob Phoebe hoch. Er brachte sie ins Kinderzimmer. Während er ihr etwas vorsang, ging ich ins Badezimmer und schloss ab. Einmal ist das erste Mal. Ich bewegte mich wie ein Roboter, fühlte mich stumpf und dumpf. Am meisten jedoch irritierte mich, dass ich mich wunderte, warum diese Auseinandersetzung nicht schon viel früher stattgefunden hatte. Als ich aus dem Bad kam, lag der Korridor im Dunkeln, die Schlafzimmertür war geschlossen. Ich ging auf den Lichtschein zu, der aus dem Arbeitszimmer drang. Einen Pyjama hatte ich keinen, ich legte mich also nackt ins Bett. Stand wieder auf und zog T-Shirt und Slip über. Nackt, das ging nicht. Vielleicht schlief Nora schon. Ich hätte ihr gern eine SMS geschrieben. Nachdem ich aber eine Weile in den Display gestarrt hatte, ließ ich von der Idee ab.

In den nächsten Tagen gaben Marc und ich uns Mühe. Geflissentlich umgingen wir die Geschehnisse des Vorabends. Es würde schon werden. Ich schlief wieder im ehelichen Bett, aber hielt mich kühl auf meiner Seite. Das Sofa im Arbeitszimmer klappte ich nicht wieder zusammen.

Wann hatte das mit uns angefangen? Oder aufgehört? Hatten wir ein paarmal zu oft vernünftig geredet, hatte ich ein paarmal zuviel nachgegeben oder klein beigegeben, die Gutmütige gespielt? Hatte ich jemals seiner moralischen Strenge, Korrektheit und Besserwisserei etwas entgegengestellt? Nein, nein und nein. Als wir zusammenkamen, war ich jung, ich hatte keine Ahnung und mir schien, dass Marc, der nur ein Jahr älter ist, eine große Ahnung von allem hatte. So tat er jedenfalls.

Phoebe war seit diesem Abend eine Spur zu übermütig, lustig und pflegeleicht. Das gefiel Marc, mich beunruhigte es.

Kinder merken es immer.

18. Dolores

Volumetrics: *Wer abnehmen möchte, sollte viele Lebensmittel mit geringer Energiedichte essen.*

Als Carlos das nächste Mal kurz vor Mitternacht mit einer SMS ankündigte, dass er um halb eins vorbeikommen würde, musste ich an Nora und den vorgetäuschten Orgasmus denken. Ich nutzte die halbe Stunde, um mich schön zu machen. Carlos und ich fielen wie immer leidenschaftlich übereinander her. Ich fühlte mich saftig wie eine bald platzende Pflaume. Ich hörte meinem Stöhnen zu – gar nicht so übel, tönt echt, dachte ich. Ich wurde nass zwischen den Beinen, aber irgendwie war die Pflaume doch nicht so saftig, mehr wie eine Dörrzwetschge, was kein Wunder war, wenn ich mir beim Sex das Hirn zergrübelte. Außerdem wusste ich ja, dass es sowieso vorbei wäre, bevor ich in die Gänge käme.

Carlos kam schnell, legte sich zufrieden auf den Rücken und schaute versteckt auf die Uhr. Ich hatte mir dieses Mal keine Mühe gegeben, einen Orgasmus vorzutäuschen, aber das schien er nicht bemerkt zu haben.

»War's schön?«, säuselte ich wie eine drittklassige Hure. Er brummte zustimmend, dann bedankte er sich und schaute wieder auf die Uhr. Ich war tatsächlich eine verdammte drittklassige Hure!

Ich sagte: »Willst du nicht wissen, wie es für mich war?«

Er schaute mich verblüfft an, nein, er blickte mich an, als hätte ich nicht alle Tassen im Schrank. Was würde Nora an dieser Stelle sagen? Ich nahm all meinen Mut zusammen: »Weißt du, die Dame ist noch nicht auf ihre Kosten gekommen.«

Er glotzte mich an. »Hä, welche Dame, welche Kosten – was ist heute mit dir los?«

»Ich rede von mir.«

»Du willst bezahlt werden? Ich dachte, dir macht es Freude!«

»Ich –«

»Wir haben eine heiße Affäre, oder nicht? Nie würde ich zu einer Hure gehen!«

»Ich bin nicht auf meine Kosten gekommen. Ich-bin-nicht-ge-kom-men«, sagte ich – es klang, als wäre es mein Fehler.

»*Du*?! Du hast bei mir doch meistens multiple Orgasmen! Aber mach dir keine Sorgen, man ist nicht immer in Hochform.«

»Um ehrlich zu sein, habe ich mit dir bisher einen einzigen Orgasmus gehabt. Einen halben.«

»Einen halben Orgasmus – wie soll denn das gehen? Entweder man kommt oder man kommt nicht. Bist du frigide? Bei mir kommen Frauen immer auf ihre Kosten.«

»Ach ja?«

»Wenn ich's dir sage!«

»Dir hat noch nie eine Frau etwas vorgemacht?«

»Das würde ich merken!«

»Sag mal, hast du mir zugehört? Ich habe gesagt: Mit dir hatte ich bisher einen *halben* Orgasmus! Der Rest war solide Schauspielkunst!«

»Du willst mich verarschen!«

»Das hättest du gern.«

»Du lügst, um mir einen Seitenhieb zu verpassen. Ich kenne diese Sorte Frauen.«

»Offenbar nicht gut genug. Du hast mich noch nie volle Kanne abfahren lassen, was dich einen alten Dreck gekümmert hat. Und ich war so blöd zu hoffen, dass sich das eines Tages ändern würde.«

»Das ist doch – autsch!«, er war wie üblich ohne Unterhose gekommen, weil er das geil fand, und hatte nun seinen Schniedelwutz im Reißverschluss eingeklemmt. Ich hielt die Hand vor den Mund, damit ich nicht losprustete, dann fragte ich mich, warum ich nicht losprusten sollte, und nahm die Hand weg. Carlos verließ fuchsteufelswild die Wohnung, begleitet von meinem Gelächter. Als ich ihn wegfahren hörte, warf ich mich aufs Bett und begann zu heulen. Der Rotz lief mir in den Mund, und es war mir egal. Ich wusste nicht, ob ich flennte, weil es vorbei war oder weil gar nie etwas Richtiges gewesen war. Ich heulte so laut, dass es mein neuer Nachbar wohl hörte, denn er läutete an der Tür. Jetzt bloß keinen Samariter! Nachdem ich ihn eine Weile durchs Guckloch beobachtet hatte, wie er wartend seine Schuhe betrachtete, schlich ich zurück zum Bett und beweinte auch noch mein Unglück, dass der schwule Beni ausgezogen war und ich jetzt einen Samariter zum Nachbarn hatte.

Am nächsten Morgen half ich in meiner Filiale am Kornhausplatz aus, weil Lisette ausgefallen war. Meine Mitarbeiter sahen mich an, als wäre ich ein genmanipuliertes Warzenschwein mit riesigen roten Augen, aber niemand sagte etwas. Fröhlich lachend ging ich in den Keller, um dort eine Runde zu heulen. Als Chefin kann man sich aber solche Eskapaden nicht leisten, also riss ich mich am Riemen und machte mich munter ans Tagwerk. Das heißt, ich malochte blind drauf los. Wir hatten auch alle Hände voll zu tun.

Was meine Sandwichs so unwiderstehlich macht, ist die Tatsache, dass sie frisch zubereitet werden. Zwei meiner Angestellten stehen in der Showküche und schneiden, streichen, belegen und dekorieren die Sandwichs. Die Kunden müssen ein wenig länger warten, aber meine Mädels und Jungs arbeiten so schnell, effizient und anmutig, dass es eine wahre Freude ist, ihnen dabei zuzuschauen. Ein dritter kalter Koch ist in der Küche im ersten Stock damit beschäftigt, die Sandwichs für die Bestellungen vorzubereiten und die Körbe zu füllen, mit denen der Fahrradkurier die Runde macht. Wir beliefern einige Unternehmen und Restaurants. Normalerweise erfüllte mich die Hektik mit Stolz und Freude, heute schaute ich bloß, dass ich mit den Nasenlöchern über Wasser blieb. Nach drei Uhr war das Schlimmste vorüber. Ich fand eben Zeit, ein Glas Wasser zu trinken, als Colette in den Laden trat und sich unsicher umsah. Sie trug natürlich keine Wandermontur, sondern eine schlichte, aber bestimmt affenteure dunkelrote Jacke und eine weite schwarze Hose, eine graue Bluse und dazu elegante Schuhe. Als sie mich entdeckte, kam sie zu mir an die Theke und sagte: »Hallo, Dolores, ich brauche zehn Zitronentörtchen für ein langweiliges Treffen mit den Tennisfrauen, und wie siehst denn du aus?«

Man darf mich nicht fragen, wie ich aussehe, wenn ich am Arsch bin! Ich bin es nicht gewöhnt, nach meinem Aussehen oder Befinden gefragt zu werden, mir ist da keine Hornhaut gewachsen! Ich begann umgehend zu flennen, fuchtelte mit den Armen, um Colette in den hinteren Teil des Ladens zu dirigieren. Dort zog ich sie in den kleinen Garderobenraum und warf mich ihr schluchzend an den Hals. Colette hielt wacker stand, sie ging weder in die Knie, noch fiel sie um, sondern legte einen Arm und mich und tätschelte mir beruhigend die Schulter. Ich schluchzte: »Sakrament!«, heulte »Sapperlot!«, flennte »Heilige Schnabeldüse!«, jammerte »Gott-verscheißflixflucht!«.

Colette sagte »Psst, nun mal langsam«, ich solle jetzt mal schweigen, es komme ja doch nichts Rechtes raus.

Daraufhin wimmerte ich: »Colette, du gutes Seelentier, du bist eine solch Gute, ja du bist ein richtig gutes Seelenviech, gütiger Gott.«

Colette fragte mich, welches meine Jacke sei, packte sie und mich und zog beides aus dem Laden in den klitzekleinen Park nebenan. Dort parkte sie mich auf einer Bank und hängte mir die Jacke über die Schultern. Sie hakte sich bei mir unter und wartete ab. Als sie sah, dass mir der Rotz aus der Nase lief, steckte sie mir ein nach Lavendel riechendes, lavendelfarbiges Taschentuch zu. Ich schnäuzte wie ein Ackergaul und trocknete mir die Augen. »Colettchen, du bist so –«

»Ja, ich weiß, aber beruhige dich erst mal.«

»Mein Leben, mein Leben ist so ... meine Familie, der Vater vom Alkohol und Mutter von der Arbeit niedergestreckt, der ältere Bruder bei den Neonazis, der jüngere nach Australien ausgewandert, und immer noch bin ich dick, obschon ich ständig diese schrecklichen Diäten mache, ich hasse Ananas und Knäckebrot, wer will schon eine Dicke, niemand liebt mich, warum sollte man auch? Und die Läden, so viel zu tun, und das Wetter, so was sollte verboten werden, und überall auf der Welt Krieg, und mein Meerschweinchen ist gar nicht an Krebs gestorben, ich habe es fallen gelassen, oh, ich wäre eine dermaßen schlechte Mutter!« Dann wusste ich nichts mehr zu sagen.

»Dolores, dein Vater ist vor bald fünfundzwanzig Jahren gestorben, bei deiner Mutter ist es auch eine Weile her.«

»Ja, viel zu früh, ich bin Waise, eine verlorene Waise!«

»Dein Bruder ist bestimmt kein Neonazi.«

»Er ist Mitglied der Schweizerischen Volkspartei!«

»Na also, die haben ja gar keine kahlen Köpfe ... Und wann hast du deinen kleinen Bruder das letzte Mal gesehen?«

»Letzte Woche – ein sechsmonatiger Sprachaufenthalt, aber vielleicht kommt er nie mehr zurück!«

»Steht ihr euch so nahe?«

»Nein. Aber es ist mein Bruder! Ein Bruder ist ein Bruder, er ist das einzige, was ich noch habe!«

Colette drehte mein Gesicht zu sich und schaute mir in die Augen. »Dolores, geht's um einen Mann?«

Entzückt heulte ich wieder los. »Wie konntest du das merken? Du bist so feinfühlig und grottenclever, ich hätte das von dir nie gedacht!«

»Ich weiß nur, dass Menschen dazu neigen, von allem

und jedem zu reden, aber nicht von dem, was sie wirklich beschäftigt.«

»Oh, Colettchen, du bist klasse, und ich habe dir so viele Pausenbrote geklaut! Du kriegst ein lebenslanges Abo für ein Sandwich pro Tag, nein, für so viele wie du willst!«

»Lass es gut sein, ich habe genug Geld für eine ganze Menge Sandwichs, sag mir lieber, was los ist.«

»Ich verstehe nichts von multiplen Orgasmen!«, schniefte ich.

»Muss man das denn?«

»Ja, sonst ist man keine richtige Frau, ich bin aber eine richtige Frau, auch wenn ich eine Fettschicht zuviel habe. Ich meine, eine Frau ist doch eine Frau, egal wie dick oder dünn sie ist, man darf doch nicht nur auf den Umfang schauen. Ach, niemand liebt mich, weil ich fett und hässlich bin, aber ich habe auch gute Eigenschaften, nur sind die Männer dumm, sie wollen eine Pamela Anderson. Warum bin ich keine Pamela Anderson? Schon Vater schimpfte mich eine Schlampe und die Brüder Butterberg und Mutter warnte mich davor, eine Nutte zu werden. Die blöden multiplen Orgasmen können mich mal, schon ein einzelner würde mir reichen, aber Männer haben ja keine Ahnung, was eine Frau braucht.« Ich schnäuzte ins Taschentuch. »Ach, mein Leben ist eine aufgeplatzte Krampfader.«

Colette hatte mir wortlos zugehört. Jetzt wickelte sie meine Jacke enger um mich, denn ich zitterte am ganzen Leib. »Das Auto dort im Parkverbot ist meines, komm, ich fahr dich nach Hause.«

Ich nickte und schlurfte neben Colette zu dem Wagen hinüber. Ein Bußzettel klemmte unter dem Scheibenwischer, da begann ich wieder zu heulen. Colette nahm den Wisch und sagte: »Ich mach das immer so, wir haben genug Geld.«

Ich quetschte mich in ihren Luxus-Mini. »Siehst du, sogar für dein Auto bin ich zu dick. Ach, Colettchen, mit den Parkbußgeldern könntest du ein Kind in Afrika unterstützen!«

»Dafür hätten wir auch genug Geld.«

»Aber ihr macht es nicht!«

»Stimmt.« Colette fuhr in einem Affentempo los und sauste über die Kornhausbrücke. Geschwindigkeitsbußen fürchtete sie wohl genauso wenig wie Parkbußen! Wir waren null Komma plötzlich vor meiner Wohnung. Sie parkte auf dem Gehsteig und meinte entgegen meinen Protesten, dass der Gehsteig doch breit genug sei, und ich solle mich nicht mit solchen Nebensächlichkeiten aufhalten. Im Treppenhaus stießen wir auf den neuen Nachbarn und Frau Käppeli, sie sprachen miteinander und beäugten uns neugierig. Der Typ war wirklich ein Samariter, wer sprach schon freiwillig mit Frau Käppeli, die mich ständig für ihre Tochter hielt? Ich zwängte mich unauffällig an ihnen vorbei und schubste den Nachbarn beiläufig eine Stufe hinunter. Selber schuld, er musste ja nicht im Weg stehen!

In meiner Wohnung sah sich Colette stirnrunzelnd um. Ich begann wieder zu schniefen. »Da siehst du, nicht mal wohnen kann ich!«

»Jetzt mach mal einen Punkt hinter dein Selbstmitleid! Komm, wir gehen in die Küche und du bereitest mir einen Tee.«

Ich nickte gehorsam, wühlte in den Küchenschränken herum, bis ich jammerte: »Ich habe keinen Tee! Nur den Abführtee von einer meiner beknackten Diäten!«

»Dann ein Glas Wasser, einen Kaffee, was auch immer.« Colette setzte sich an den Küchentisch. »Und heul nicht wegen jedem Furz los.«

Ich machte einen Kaffee. Erst dann merkte ich, dass ich keine Milch mehr hatte und begann wieder aufzuschluchzen. Colettes Blick brachte mich jedoch sofort zum Schweigen. So saßen wir vor schwarzem Kaffee und einem Glas Wasser. Mein Blick war auf die schwarze Brühe gerichtet. Colette hingegen betrachtete mich eingehend. »Lügnerin, du hast also auch schon einen Orgasmus vorgetäuscht.«

»Jeden, um genau zu sein«, rückte ich kleinlaut heraus.

»Das kommt davon, dass du dich in die falschen Männer verliebst.«

»Vielleicht gibt es nur falsche Männer!«

»Sei nicht albern, bei über drei Milliarden Männern befindet sich doch mindestens ein passabler drunter.«

»Der ist bestimmt verheiratet. Oder schwul. Oder mongoloid. Ich sage dir, es gibt keinen richtigen für mich.«

»Das kannst du erst behaupten, wenn du die drei Milliarden Männer durchgecheckt hast. Wie stellst du dir deinen Idealmann denn vor?«

»Groß, schlank, blaue Augen, braune oder schwarze Haare, liebevoll, durchsetzungsfähig, unabhängig, anschmiegsam, einfühlend, ganz Mann, er trägt mich auf Händen – vielleicht nicht buchstäblich –, isst gerne, aber in Maßen, kann kochen, ist lustig, mit philosophischer Ader.«

»Ist das alles?«

»Nun, er könnte –«

»Dolores, das war ironisch gemeint!« Sie schaute auf die Uhr. »Die Tennisfrauen müssen wohl ohne mich und die Zitronentörtchen auskommen.« Bevor mich diese Tatsache zu Tränen rühren konnte, sagte Colette, dass sie keinen Wasserüberlauf mehr von mir sehen wolle. Und Männer seien nicht das einzige auf der Welt.

»Ich weiß, ich weiß! Aber ich weiß, dass es den Mann gibt, von dem ich träume!«, begann ich wieder.

»Ja, im Land der Träume.«

»Siehste, ich muss nur in dieses Land kommen!«

»Dolores, was die Liebe angeht, bist du in der Pubertät steckengeblieben. Du willst etwas, das es nicht gibt.«

»Und du mit deinem Frank, du bist genau so stecken geblieben!«

»Ich habe früher nicht an die Liebe geglaubt und glaube heute nicht daran. Meine Ehe ist ein Arrangement, es lebt sich gut so.«

»Du bist wie ich stecken geblieben«, beharrte ich.

»Nein, ich habe von Anfang an begriffen, wie die Dinge

laufen. Das Leben ist wie im Wartsaal eines Zahnarztes, nicht anderes. Mit bangen Gefühlen schaust du dem Bohren entgegen, ohne zu wissen, ob überhaupt gebohrt wird. Neben dir hockt ein Typ und liest den Sportteil der Zeitung, das war's dann.«

Das war mir zu hoch.

»Bei dir ist es simpel. Deine Verliebtheit ist ein perfektes Warnsystem: Wenn du dich verliebst, ist es der Falsche! Beim richtigen Mann wird sich's anders anfühlen, was dich verwirren und zweifeln lassen wird. Aber dann bist du auf dem richtigen Weg!«

»Hä?«

»Es ist wie an einem Büfett – du verguckst dich in ein Tortenstück, was weder deinen Zähnen noch der Linie gut tut. Weiter drüben liegt ein Sushi ...«

»Sushi als Dessert, spinnst du?!«

»Dann nimm halt einen Fruchtsalat.«

»Ich soll mit einem läppischen Fruchtsalat glücklich werden, das ist doch meschugge! Ich frage mich, woher du solche Dinge wissen willst.«

»Ich lese viel und noch mehr denke ich nach.«

Colette würde sich mir nie erschließen. Da saß sie vor mir in Designerklamotten und verkündete nüchterne Erkenntnisse.

Erst einmal verspachtelten wir ein paar der Zitronentörtchen, die Colette für den Tennisclub gekauft hatte. Später öffnete ich den selbstgemachten Johanniskraut-Schnaps, den mir eine Kundin geschenkt hatte. Die Süße übertünchte den Alkoholgeschmack, wir kippten Gläschen um Gläschen, das heißt ich kippte drei, den Rest spülte Colette runter. Plötzlich kam ihr in den Sinn, dass sie um sechs Uhr zu Hause hätte gewesen sein sollen – der Kinder wegen. Aber sie erklärte mir, dass Concetta zu Hause sei, und außerdem seien die Kinder alt genug, um ein paar Stunden allein sein zu können. Sie war keine verantwortungsvolle Mutter. Als ich ihr das sagte, wurde sie sauer und meinte, dass ich, die ich keine Kinder habe, so was überhaupt nicht beurteilen könne.

So wenig wie sie mein Liebesleben, konterte ich. Sie habe ja keine Ahnung von der Liebe.

Eben darum habe sie eine große Ahnung.

Da kam ich nicht mit.

Wir bestellten zwei Pizzen, ich öffnete eine Flasche Rotwein. Wir verfütterten einander die Pizzastücke und kicherten dabei wie früher. Dann kam mir die Idee, Nora und Amber anzurufen und sie zu uns einzuladen. Bei Amber nahm Marc ab, er fragte, was mir einfalle, um elf Uhr nachts anzurufen. Nora hatte den Anrufbeantworter eingeschaltet, wir redeten ihr so lange darauf, bis der Speicher voll war. Um ein Uhr wollte Colette aufbrechen, sie behauptete, dass sie problemlos fahren könne, aber schaffte es nicht, ihre Jacke vom Haken zu nehmen. Ich sagte »Nichts da!«, und sie erwiderte: »Ich bin schon richtiger besoffener gewesener und problemloser heimgefahrener, ich bin einmal von der Polizei aufgegriffener wordener und die haben mich dann nach Hause gefahrener. So einfacher ist das.« Sie sprach schon seit einiger Zeit mit diesen nervigen *er*-Endungen.

»Die saftige Buße hat dann dein Frank bezahlt.«

Colette zuckte mit den Schultern.

Ich schloss die Wohnungstüre ab. Und hatte eine blendende Idee: Mit Schwung warf ich den Schlüssel zum Küchenfenster hinaus. So konnte Colette nicht entkommen, wie genial von mir! Ich fiel angezogen aufs Bett und sank sogleich in einen komatösen Schlaf.

Als ich am nächsten Tag erwachte, fragte ich mich, was auf meinem Arm lag. Schnell riss ich die Augen auf – es war Colettes Blondschopf, der mir vermutlich seit Stunden das Blut im Arm abgeklemmt hatte. Ich zog mein gefühlloses Stück Fleisch unter ihrem Kopf hervor, Colette brummte und wollte sich wieder an mich kuscheln. Geistesgegenwärtig robbte ich seitwärts – und fiel rückwärts aus dem Bett. Ich rappelte mich hoch und warf fluchend einen Blick auf die Uhr, denn mir war eben in den Sinn gekommen, dass ich die Besitzerin von drei Läden war und schon lang an der Front hätte stehen sollen. Da ich angekleidet geschlafen hatte, brauchte es nur einen kurzen Zwischenhalt im Badezimmer. Ich schrieb Colette eine Notiz und hastete zur Wohnungstür. Die war abgeschlossen, aber wo war der Schlüssel? Ich suchte in Tasche, Jacke, auf und unter dem Küchentisch, im Apothekerschrank. Ich rüttelte Colette, die unter der Bettdecke kaum zu finden war: »Wo hast du den Wohnungsschlüssel versteckt, du Luder?« Colette blinzelte ins Morgenlicht und behauptete, dass ich ihn aus dem Fenster geworfen hätte. Die Gute war völlig übergeschnappt. Aber dann kamen die Erinnerungen und die Erkenntnis, dass beileibe nicht nur sie übergeschnappt war! Ich riss das Fenster auf. Der Schlüssel musste im Vorgarten gelandet sein. Mit Laserblick durchpflügte ich den Vorgarten, da sah ich meinen neuen Nachbarn aus dem Haus kommen. Ich dachte, na Samariter, jetzt kannst du zeigen, was du drauf hast! Ich rief und winkte. Es dauerte eine Weile, bis der Döskopp schnallte, dass das Rufen ihm galt. Er winkte zurück, ein dämliches Strahlen im Gesicht, und wandte sich dann ab, um weiterzugehen.

»Nein, nein, hier ist ein Notfall!«, schrie ich, »der Wohnungsschlüssel ist mir zufälligerweise aus dem Fenster gefallen und liegt irgendwo da unten. Kannst du ihn für mich finden?«

Der Nachbar hatte die Frechheit zu grinsen und zu sagen: »Ja, ja, die Schlüssel mit ihrer Neigung zum Fenstersprung.«

»Spotte nur! Ich habe jemand davor bewahren müssen, sich betrunken hinters Steuerrad zu setzen, und war clever genug, eine wasserdichte Lösung zu finden.«

Der Samariter durchforstete die Büsche. »Der Schlüssel sieht nicht zufälligerweise wie eine verdrückte Aludose aus?

Oder eine Zigarettenschachtel? Oder ein zerbissener Tennisball? Oder eine Wäscheklammer?«

»Kannst du dich nicht auf das Wesentliche konzentrieren? Der Schlüssel muss irgendwo da liegen!«

»Wie wirfst du?«

»Was soll die Frage – ich werfe einfach. Ich habe Kraft.«

»Also leidenschaftliche Werferin«, sagte er und verließ den Vorgarten, um Gehsteig und Straße zu untersuchen. Am Fuße der Platane wurde der Besserwisser fündig. »Ich hab ihn, ich bring ihn hoch!«, triumphierte er und hastete zur Haustür. Er trampelte die Treppe hinauf und klingelte bei mir. Er klingelte doch tatsächlich, dieser Dummkopf!

»Ja, ich bin zu Hause, kann aber nicht öffnen, weil ja du den Schlüssel hast. Vergessen?«

»Ich wollte bloß nicht unangekündigt in deine Wohnung treten«, erklärte er.

Er war also nicht nur ein Samariter, sondern auch ein Gentleman vom Dienst.

Im selben Moment, da er die Türe öffnete, kam Colette aus meinem Schlafzimmer, halb angezogen und mit verwuscheltem Haar. Der Nachbar schaute von mir zu Colette und zurück, und ich wusste genau, was dieser Scheißer dachte. Ich hätte ihm am liebsten zugerufen: Ich und eine Lesbe, nie und nimmer! Lieber nie mehr ein Sandwich essen als das! (Was ich nie schaffen würde, aber das wusste er ja nicht!) Colette verschwand ins Badezimmer, der Samariter stand unschlüssig auf der Türschwelle. Ich lud ihn als Dank in den nächsten Tagen zu einem Kaffee ein. Eine halbe Stunde war mit dem wohl zu überleben.

19. Nora

Wenn das Universum alles ist, was es gibt, und es sich ausdehnt, wo dehnt es sich dann hinein?

Nora Seligmann

Ein paar Wochen nach unserer langen SMS-Unterhaltung meldete sich Amber wieder:

– Habe heute autist konrad beobachtet, wie er küchenabfälle beim kompost ausleerte. Auf dem weg dorthin hat er von den abfällen genascht, und danach trank er die flüssigkeit, die im müllkübel zurückblieb. Gruss a.

Warum wohl schrieb sie mir das? Keine Ahnung. Ich antwortete folgendes:

– Wir haben heute eine patientin entlassen, die endlich medikamentös richtig eingestellt, symptomfrei ist. Sie hatte seit jahren schwerste depressionen. Beim abschied wurde ich rührselig, meine chefin meinte nur, mal abwarten, ob sie nicht plötzlich die medikamente absetzt. Auch gruss, nora.
– Phoebe fragt manchmal nach dir, du hast sie sehr beeindruckt.
– Ja, so bin ich halt
– Angeberin!
– Eher realistin ;-). Wie geht's dir?
– Etwas zoff mit marc
– ???
– Fing damit an, dass ich ohne ihn zähne putzen wollte
– ???
– Ja, in mir sind auch viele fragezeichen. Ein eheleben hat manchmal einen morastigen untergrund

Ich saß im *Odeon*, um in Ruhe einen Kaffee zu trinken und mich auf ein Referat vorzubereiten. Nun trank ich zwar Kaffee, aber statt das Referat vorzubereiten, tauschte ich mit Amber SMS aus. Sie hatte sich buchstäblich aus dem Nichts gemeldet. Als ich ihren Namen auf dem Display sah, begann mein Herz in kolossalem Tempo zu hämmern.

Seit dem Klassentreffen hatte ich ab und zu an sie gedacht. Ich dachte an sie, wenn ich im Hauptbahnhof dem Cellospieler begegnete. Ich musste an sie denken, wenn ich vom Tram aus das Schaufenster eines Coiffeurladens sah, in dem das Bild einer rothaarigen Frau ausgestellt war. Ich musste an sie denken, wenn ich eine Frau mit einem kleinen Mädchen sah oder ein Ehepaar, bei dem der Mann einen ganzen Kopf größer als die Frau war (Marc ist einen ganzen Kopf größer als Amber). Als ich das Buch *Supergute Tage oder Die sonderbare Welt des Christopher Boone* von Mark Haddon las, in dem es um einen jungen Autisten geht, musste ich ständig an Amber denken, denn sie hatte mir das Buch empfohlen. Kurz: ich dachte wohl mehr als ab und zu an sie!

Ich hätte sie so gern wiedergesehen, wenn nur die unselige Geschichte mit dem Geburtstag nicht gewesen wäre! Ich würde als Wiedergutmachung ihre Geburtstagsdaten herausfinden und sie damit überraschen! Ich könnte sie zu einem schönen Essen einladen, und zwischen uns wäre keine Bitterkeit mehr. Ich könnte hier auf dem Tisch einen Handstand machen. Ich bin eine Idiotin.

David, ein schwuler Partyfreund, tänzelte an meinen Tisch und warf mir drei Küsschen zu. Er hielt mir seine Hand unter die Nase und erzählte aufgeregt, dass er am Vormittag Hemden gebügelt hatte. Um zu schauen, ob das Bügeleisen heiß genug war, habe er darauf gespuckt. Die blöde Spucke habe sich in ein tanzendes Kügelchen verwandelt, das sei ihm auf den Handrücken gesprungen und habe ihm die Haut verbrannt.

Man brauchte eine Lupe, um die schwere Verletzung ausmachen zu können. Er plapperte dies und das, bis er seine Freunde beim Eingang entdeckte.

Grinsend wandte ich mich wieder meinem Handy zu und schrieb:

- Mir scheint, dass die meisten beziehungen einen morastigen untergrund haben, man muss vorsichtig gehen
- Aber das ist so anstrengend, es macht mich müde
- Ich bin nächsten freitag in bern, halte einen vortrag an der uni, vielleicht hast du am nachmittag zeit für mich?

Ich zahlte meinen Kaffee. Ambers Antwort ließ auf sich warten. Rasch suchte ich meine Sachen zusammen, zog die Jacke über und ging zur Tramstation. Als ich ins Tram stieg, vibrierte mein Handy.

- Ja, freitag nachmittag kann ich es mir einrichten. Wäre schön!

Wieder dieses enorme Herzklopfen. Ich erinnerte mich auf einmal, wie es sich anfühlte, als Amber an mir gelegen hatte. Als wäre sie Seide, als wäre sie Samt. Ich war erstaunt über die Weichheit und Glätte, über diese unerwartete Feinheit. Männer sind nicht so. Es war befremdend, diese Feinheit zu spüren, aber noch weit mehr befremdete es mich, dass ich sie gar nicht so befremdend fand. Etwas hatte mich erfasst, das ich nicht benennen konnte. Ich starrte aus der Tram. Die Lichter der Stadt glitten an mir vorbei. Als ich an Ambers Rücken gelegen hatte, ließ sie ihr Haar in mein Gesicht wehen und grinste, als ich mich darüber beklagte. Kaum hatte ich ihr Haar zur Seite geschoben, wehte sie es mir wieder ins Gesicht.

Das Handy klingelte, ich griff aufgeregt danach, aber es war meine Freundin Klara, die mit mir plaudern wollte. Sie saß im Zug von Basel nach Zürich und langweilte sich. Mir war das recht, mir war alles recht, was mich von Amber ablenken konnte. Ob Amber Klara mögen würde?

Das Referat an der Uni Bern wäre besser gewesen, wenn ich nicht innerlich vor Nervosität geschlottert hätte. Eine Studentin, die den Anlass mitorganisiert hatte, sagte mir vor dem Vortrag, ich brauche nicht so nervös zu sein, es sei bloß ein Referat vor Studenten. Ich konnte ihr nicht gut sagen, dass ich nervös war, weil ich am Nachmittag eine alte Schulfreundin treffen würde!

Professor Studer, ein paar Studenten und ich gingen nach dem Vortrag Mittag essen. Mein nervöser Bauch zwang mich zum vierten Mal an diesem Tag auf die Toilette. Als ich mir danach die Hände wusch und in den Spiegel schaute, schüttelte ich den Kopf und sagte laut: »Du dummer, dummer Dummkopf.« Aus der zweiten Kabine kam eine Frau heraus und schaute mich leicht irritiert an. Ich erklärte ihr, dass man eben manchmal ein Dumpfkopf sei und man das am besten laut sage. Die Frau schaute noch irritierter und trocknete sich kaum die Hände, so rasch wollte sie von mir Dummkopf wegkommen.

Ich würde mich um zwei Uhr auf der Bundeshausterrasse mit Amber treffen. Zu früh angekommen, stützte ich die Ellbogen auf der Mauer auf und betrachtete den Ausblick. Ich war schon seit Jahren nicht mehr hier gewesen. Es war ein grauer Dezembertag, der Hochnebel hatte ein straffes Segel über den Himmel gespannt und der Welt die leuchtenden Farben entzogen. Die Aare schob träge ihr grünschwarzes Wasser übers Flussbett. Die Häuser unterhalb des Bundeshauses schienen näher zusammengerückt zu sein, so als müssten sie sich gegenseitig stützen. Und der Gurten, Berns Hausberg, war zuoberst ganz leicht mit Schnee bepudert. Menschen mit Hunden spazierten über die Bundesterrasse, den Blick vor sich auf den Boden gerichtet. Ein bisschen weiter rechts saß eine Gruppe Alkoholiker an einem Holztisch. Erstaunlich leicht bekleidet, philosophierten sie angeregt und schwenkten ihre Bierflaschen. Es war ein Phänomen, das zu untersuchen sich lohnen würde: Warum Alkohol einen bemüßigt, über Gott und die Welt zu philosophieren.

Als ich mich eben auf die Mauer setzte, kam Amber die Treppe herunter. Das zusammengesteckte Haar wippte bei jedem Schritt. Ich fragte mich, wie sie es anstellte, so anmutig eine Treppe hinuntergehen zu können. Ich schaute ihr lächelnd entgegen, da lächelte sie auch, und ich hätte schwören mögen, dass die Sonne in diesem Moment die Nebeldecke aufriss.

Amber blieb unschlüssig vor mir stehen. Ich sprang von der Mauer und grüßte sie mit zwei Küssen auf die Wange. Amber ergriff meine Hand und hielt sie während der Begrüßung fest. »Und was machen wir jetzt?«, fragte sie unternehmungslustig. Ihr Mund stieß kleine Wölkchen aus, daraus schloss ich, dass sie aufgeregt oder aber nur außer Atem war.

»Wenn es dir recht ist, würde ich gern die Aare entlangspazieren, ich komme so selten dazu.«

Sie nickte. Wir gingen den Münzrain hinunter, der unterhalb des Bundeshauses entlangführte, durchquerten das Marzilibad und folgten dem Fußweg, der neben der Aare verlief. Wir hatten die Hände tief in unseren Manteltaschen vergraben und schauten uns gelegentlich von der Seite an. Selten nur trafen sich unsere Blicke. Zuerst sagten wir nicht viel, aber bald diskutierten wir wie früher ohne Punkt und Komma. Beim Campingplatz Eichholz traten wir auf den Kiesstrand hinaus und griffen nach flachen Steinen, um sie übers Wasser tanzen zu lassen. Hier hatten wir geangelt, hier waren wir erstaunlich geduldig nebeneinander gestanden und hatten keine Ahnung vom Angeln gehabt. Amber war auch heute besser mit den Steinen als ich, sie triumphierte, und ich schubste sie gespielt beleidigt. Sie schubste zurück, ich schubste sie wieder, so ging das unter Grinsen ein paarmal hin und her, bis wir fast gleichzeitig die Arme hängen ließen und verlegen auf den Fluss hinaus schauten.

»Ich habe in all den Jahren kaum mal auf diesem Kiesstrand gestanden«, sagte Amber, drehte sich unvermittelt um und spazierte davon. Eine Weile ging wir schweigend den Weg, den wir gekommen waren. Dann sagte Amber, mit dem Blick in den Baumkronen: »Ich gäbe viel dafür, die Zeit zurückdrehen zu können, damit ich an diesem unseligen Geburtstag eine andere Entscheidung hätte treffen können.«

»Und ich wollte, ich wäre damals viel, viel hartnäckiger geblieben«, erwiderte ich und schaute auch in die Baumkronen. »Was sieht man da oben?«, fragte ich.

»*Beauty*«, erwiderte Amber und lachte.

Im Schönau gingen wir über den Steg und wärmten uns im Restaurant *Dählhölzli* auf. Wir sprachen lange, so lange, bis rabenschwarze Nacht war. Wir nahmen den Bus, und auf einmal waren wir nicht mehr so fröhlich. Im Hauptbahnhof blieben wir neben dem Maronistand stehen. Passanten hetzten an uns vorbei. Ich wusste nicht, was sagen. Da beugte sich Amber lächelnd zu mir, gab mir einen flüchtigen Kuss auf den Mund und verschwand in der Menge.

Und während ich verblüfft hinter ihr herstarrte, fuhr ich langsam mit der Zunge über die Lippen, in der Hoffnung Amber zu schmecken.

20. Colette

Das einzige entscheidende Argument, welches zu allen Zeiten die Menschen abgehalten hat, ein Gift zu trinken, ist nicht, dass es tötete, sondern dass es schlecht schmeckte.
Friedrich Wilhelm Nietzsche

Schwiegermutter höchstpersönlich war eingetroffen, um mir die Leviten zu lesen. Was mir einfalle, nicht nach Hause zu kommen und meine Kinder ihrem Schicksal zu überlassen! Ob ich meine Affären nicht diskreter ausleben könne, Diskretion sei das A und O in unseren Kreisen! Und ob ich immer noch die Kleider vom Vortag trage, die seien ja völlig zerknittert. Ich nickte oder schüttelte den Kopf, je nach Frage, die kamen jedoch so schnell, dass ich schließlich den Kopf ungezielt umherbewegte. Die Kinder waren glücklicherweise in der Schule, dieses Schauspiel wäre nichts für ihre Augen gewesen. Nachdem mich Schwiegermutter fertig bombardiert hatte, fragte ich sie, ob mit den Kindern alles in Ordnung sei – was sie bejahte –, und machte die Bemerkung, dass es auch noch einen Vater gebe, der mal zu gegebener Zeit nach Hause kommen könne.

Darauf bezichtigte sie mich, vom Thema abzulenken. Wo ich denn gewesen sei – nein, sie wolle das gar nicht wissen. Ja, genau, erwiderte ich, sie solle sich besser mal dafür interessieren, was ihr Söhnchen tue.

»Werde nicht frech!«, sagte Schwiegermutter und fuchtelte dabei, als würde sie ihr Riechfläschchen suchen. »Frank ist in Ordnung, *du* hast ihn verdorben. Ich war immer gegen diese Heirat.«

Ich mochte dem Geschwafel nicht zuhören und ging an ihr vorbei die Treppe hoch mit der Erklärung, dass ich eine Dusche brauche nach *dieser* Nacht. Sie schnappte nach Luft, was sie oft tat. Und außerdem, fügte ich hinzu, sei mir nicht ganz klar, was sie in unserem Haus zu suchen habe, ob sie etwa die Schubladen durchforste und Tagebücher lese?

Sie schnappte wieder nach Luft. Einmal. Zweimal. Dreimal. Sie sagte, das sei doch – aber ihr kam nicht in den Sinn, was es war. Sie rauschte aus dem Haus, ich hörte die Autotür ihres Ranch Rovers knallen und anschließend die Reifen quietschen.

Endlich allein! Ich streifte ziellos im Haus herum. Concetta war noch nicht eingetroffen. Irgendwann fand ich mich vor dem Zimmer meines Sohnes. Wie immer herrschte hier Chaos. Das Zentrum bildete der Fernseher mit DVD-Gerät und Spielkonsole. Drum herum viel zu viele DVDs. Die Kleider lagen überall verstreut, eine Socke sogar über dem Computer, dem zweiten Zentrum des Zimmers. Keine Ahnung, was er mit den Geräten so alles anstellte, ich hasse Technik. Die Wände waren mit Plakaten von Filmstars und Musikern tapeziert. Die einzigen Bücher waren die von Harry Potter. Philip war zwölf Jahre alt, und ich kam nicht von dem Gefühl los, dass er schon jetzt verdorben war. Er war unzugänglich, kühl, interessierte sich nur für Computer und Spiele und schikanierte seine Schwester. Er ist nicht unbedingt ein Sohn, wie man sich ihn wünscht – aber ich bin ja auch nicht eine Mutter, die ein Sohn sich erträumt.

Ich ging seufzend in Célines Zimmer. Es war ein rosa Schloss, mit einer Menge Barbies und Kens als Bewohner. Sie besaß auch Fernseher, DVD-Gerät, Spielkonsole und Computer. An der Wand hingen adrette Schauspieler und Sänger sowie eine Menge Pferdeposter. Sie war eine leidenschaftliche Reiterin und hatte mit Turnierreiten begonnen.

Ich ging nie mit, Pferde können einen beißen. Neben dem Bett lag ein Stapel *Bravos*, ich dachte an unsere *Chambre-Séparée*-Zeit und musste lächeln. Das oberste war auf der Dr. Sommer-Seite aufgeschlagen. Vielleicht hatte sie schon die Periode, aber mir nichts gesagt? (Ich würde Concetta fragen.) Wenn es mit der Evolution so weitergeht, dass die Menstruation immer früher einsetzt, werden die Kinder bald geschlechtsreif auf die Welt kommen, und in den Kinderkrippen wird man Aufpasser hinstellen müssen, um zu verhindern, das die Kleinen schwanger werden.

Ich bin eine schlechte Mutter, ich weiß. Ich bin so schlecht, dass ich einen Orden dafür kriegen sollte. Die Himbeere für die schlechteste Mutter, und zwar weil ich äußerlich vorhanden, aber innerlich abwesend bin. Ich würde mich gern für die Belange meiner Kinder interessieren, aber mir ist es noch lieber, sie lassen mich in Ruhe, damit ich mich in Ruhe meiner inneren Öde widmen kann. Viele Familien sind disfunktional (das Wort hatte ich von Nora), unsere ist dis-disfunktional. Ich weiß nicht, was wir tun würden, wenn wir Concetta nicht hätten. Sie ist das Herz der Familie, zu ihr gehen die Kinder, wenn sie Probleme haben. Auch für Frank und mich ist sie eine wichtige Bezugsperson. Ihr sonniges, gutmütiges Wesen ist das einzig richtige Licht in diesem fürchterlichen Haus.

Im Badezimmer entkleidete ich mich und trat vor den Computerdisplay, wo ich Temperatur, Durchmesser der Wasserstrahlen, Dauer des Duschens und Duftaroma eingeben konnte. Falls ich es denn gekonnt hätte. Wie gesagt, habe ich es nicht mit der Technik, und dieses computergesteuerte Haus brachte mich noch zum Wahnsinn. Ich möchte einfach eine normale Brause mit einer normalen Armatur, wo man durch Drehen der Knöpfe die Temperatur einstellt, einfach etwas Konkretes. Diese dumme Computerdusche hatte nie die richtige Temperatur. Ich stand unter der Dusche und ließ das Wasser über meinen Kopf strömen. Ich hatte die Duschdauer auf eine Viertelstunde eingestellt, glaube ich. Ich schloss die Augen, stützte mich an die Wand und ließ mich aufweichen und wegspülen.

Ich dachte über meine Visionen nach, die ich vor Ewigkeiten in die kristallene Salatschüssel von Noras Urgroßmutter mütterlicherseits gelegt hatte: ein Mofa – eine Reise in eine Ebene, die über den Horizont hinausreicht – und ein Kuss von Freddie Mercury. Eigentlich nicht viel (abgesehen von der Unmöglichkeit, Freddie zu küssen). Welche Visionen hatte ich heute?

Keine.

Was tat ich?

Mein Leben irgendwie hinter mich bringen. Den Wunsch, mich gut zu fühlen, habe ich längst aufgegeben.

Wenn mich jemand fragen würde, was das prägendste, wichtigste Erlebnis in meinem Leben war, so würde ich antworten: Die Nacht auf der Münsterplattform, als die Frau hinuntersprang. Noch währenddessen wir vier schockiert dastanden und schrieen, hatte ich diesen kleinen Gedanken, einen klitzekleinen Gedanken nur, den ich nicht erwartet hätte: *Ich wäre gern mitgesprungen.*

Das Konzept Selbstmord hatte vor diesem Sprung außerhalb meines Bewusstseins gelegen; danach wurde es für mich zum möglichen Ausweg: Wenn das Leben unerträglich wird, kann ich springen.

Ich war in den folgenden Jahren immer mal auf die Münsterplattform gegangen und hatte lange hinuntergeschaut. Wie sich das Fliegen und Stürzen wohl anfühlte? Ob man den Aufprall noch spürte? Ob man tatsächlich das ganze Leben vor dem inneren Auge ablaufen sah? Ob man mitten im Fallen die Entscheidung zum Sprung bedauern würde?

Dort am Mäuerchen der Münsterplattform zu stehen und nach unten zu schauen bedeutete für mich in der Folge Freiheit und Trost. Welcher Schock, als die Stadt ein Auffangnetz anbringen ließ! Denn nun war es unmöglich, sich hier in den Tod zu stürzen! Natürlich gab es die Kirchenfeldbrücke, worunter den Springenden die Aare oder ein harter Sportplatz erwartete. Aber es war nicht das Gleiche, die gefühlsmäßige Verbundenheit mit dem Ort fehlte.

Seit der Nacht im Ziegenstall ging mir eine Vision nicht mehr aus dem Sinn: eine Ebene finden, die weit über den Horizont hinausreicht. Wäre das nicht etwas, was ich verwirklichen könnte und wollte? Im Stall, der gewissermaßen das Gegenstück zu meinem Zuhause bildete; im Heu, neben den verstaubten Brettern und den Ritzen zum Durchschauen; mit dem Gebimmel der Ziegen, ihrem Geruch – da erfasste mich etwas, ich wusste nicht genau was, aber endlich erfasste, berührte mich etwas. Wir hatten in dieser Nacht keine Möglichkeit, wir mussten im Stall ausharren. Ich hatte mich noch nie so befreit gefühlt wie dort. Ist das nicht seltsam, ja absurd? Oder doch nicht?

Vielleicht war ich innerlich noch nicht ganz abgestorben?

Ich ging vorzeitig aus der Dusche und hatte natürlich keine Ahnung, wie man sie abstellte, also lief das Wasser die restliche Zeit ohne mich. Dolores hatte den Wohnungsschlüssel aus dem Fenster geworfen, um mich vor meiner Trunkenheit zu schützen. Wie rührend! Wie schräg! Gibt es jemanden in meinem Freundeskreis, der das für mich tun würde? Gibt es überhaupt einen Freundeskreis?

Ach was.

Letztlich stimmt es eben doch: Jeder ist eine Insel, und der Bootsbau wird nie erfunden werden.

21. Amber

Ich halte das Cellospielen für eine hocherotische Angelegenheit – gerade wenn man eine Frau ist. Man hält das Cello zwischen den weit gespreizten Beinen. Und auch die Form des Klangkörpers ist sehr sexy.

Emily Watson (spielte die Rolle der Jacqueline Du Pré im Film Hilary & Jackie*)*

Nach Noras Abschied beim Maronistand hatte ich den Bus auf dem Weg in die Länggasse nach zwei Stationen wieder verlassen. Ich wollte zu Fuß gehen und meinen Zustand genießen, für mich allein. Ich fühlte mich wie Gene Kelly, als er im Regen tanzte und *I'm Singing in the Rain* sang. Natürlich war ich weder Gene Kelly, noch regnete es, ich tänzelte nur ein klein bisschen mit den Füßen. Na ja, zugegeben, wenn niemand zugegen war, tanzte ich mehr als nur ein wenig. Und da in dieser Seitenstraße wenige Passanten unterwegs waren, war ich Gene Kelly höchstpersönlich. Das Lied hörte ich glasklar in mir, ich sang es leise vor mich hin. Na ja, so leise auch wieder nicht. *Ah, I was full of beans!*

Ja, ich war lebendig und glücklich. Nora stand als Fata Morgana im nicht vorhandenen Regen neben mir und lächelte, so wie das früher Winnie the Pooh und Peter Rabbit getan hatten. Mit Nora zusammen war das Leben aufregend und interessant. Es war ein Feuerwerk – es war wie Jacqueline Du Pré in ihrem vollkommensten Augenblick.

Ich hätte an diesem Abend noch lange mit Nora zusammen sein wollen. Sie bewirkte bei mir Turbulenzen, die einen Gleitschirmflieger vom Boden aus in die Luft hätten katapultieren können. Es hat nie jemanden anderen gegeben, mit dem ich mich so belebt gefühlt habe. Und ehrlich gesagt habe ich nie aufgehört, Nora zu vermissen. Ach, ich war ein *dumbhead*, wie hatte ich nur den Kontakt zu ihr abbrechen können? Wollte ich vorsorglich zerstören, was mich vielleicht hätte zerstören können? Was wäre gewesen, wenn wir unsere Freundschaft fortgeführt hätten? Wäre etwas passiert? Und was wäre dieses Etwas gewesen?

Als ich mich unserem Zuhause näherte, wurde ich unruhig. Ich fragte mich, ob Marc wie abgemacht die Kleine bei Gabriela abgeholt hatte. Bestimmt hatte er; er war so verlässlich, das mochte ich an ihm. Als ich die Türe öffnete, fiel mich Phoebe mit Indianergeheul an, was mir ganz recht war. Ich brachte sie ins Bett und sang ihr *Nursery Rhymes* vor. Es war die einzige Zeit des Tages, da Phoebe mit mir Englisch sprach – es war unsere englische Stunde, die ich an diesem Abend hinauszögerte. Ich fühlte mich unbehaglich bei der Vorstellung, Marc zu begegnen – schuldig, dass ich diesen schönen Nachmittag mit Nora verbracht hatte. Sich schuldig zu fühlen war Nonsense, weshalb sollte ich?

»Hast du den Weg aus dem Kinderzimmer doch noch gefunden?«, fragte Marc und blickte mich missbilligend über den Rand seiner Brillengläser an.

Ich nickte nur. Bitte keinen unschönen Abschluss dieses wunderbaren Tages!

»Hast du dich gut amüsiert mit dieser Nora?«

Ich nickte wieder, während ich mich aufs Sofa setzte.

»Oder war es nur ein Vorwand, um deinen Liebhaber zu treffen?«

Ich stöhnte auf. »Marc, hör mit dieser blöden Liebhabergeschichte auf! Seit wann neigst du zu solch unsinniger Eifersucht?«

»Seit es dafür einen Grund gibt. Du bist seit Wochen verändert – entrückt und gleichzeitig beschwingt, gerade so, wie wenn man verliebt ist.«

»Oder wie wenn man schöne Musik hört, eine prächtige Aussicht genießt oder einen tollen Film sieht.«

»Du weißt, was ich meine.«

»Nein, tu ich nicht.«

Marc legte sein Buch zur Seite und begann, seine Brille zu putzen. Lange Jahre hatte ich es gemocht, diesem Ritual zuzuschauen, in der letzten Zeit ging es mir auf die Nerven.

»Ehrlichkeit ist das A und O einer Beziehung«, begann er zu dozieren.

»Exakt. Darum sage ich dir jetzt: Deine Eifersüchteleien gehen mir total auf den Geist. *Du* gehst mir auf den Geist.«

Marc schaute mich überrascht, ja schockiert an – ich war selber ob meiner Dreistigkeit verblüfft. Er setzte seine Brille wieder auf. »Auf dieser Ebene diskutiere ich nicht mir dir«, sagte er.

»Auf dieser welcher Ebene?«

»Auf dieser primitiven.«

»*Excuse me?*«

»Wenn *ich* so mit dir reden würde!«

»*Wie* reden würde? *Blimey, I don't understand you!*«

»Du willst mich nicht verstehen. Du könntest, aber du willst nicht. Und hör auf, Englisch zu sprechen, es geht hier um ein ernsthaftes Thema.«

»*You are kidding, aren't you?!*«

»Du weißt schon, was ich meine.«

»Nein, tue ich nicht. Englisch ist nun mal meine Muttersprache.«

»Siehst du, deshalb führen unsere Auseinandersetzungen ins Nichts. Wir sprechen nicht dieselbe Sprache.«

»Wir sprechen auch nicht dieselbe Sprache, wenn wir die gleiche Sprache sprechen«, erwiderte ich bissig. Es begann grotesk zu werden.

Marc stand auf und griff nach seinem Buch. »Ich gehe schlafen, das hier ist unter meinem Niveau.«

»Auseinandersetzungen sind nun mal nicht nur ein intellektueller Disput«, schmetterte ich hinter ihm her.

Ich ging eine Stunde nach ihm ins Bett. Kaum hatte ich mich hingelegt, rückte Marc zu mir und flüsterte: »Unser Streit hat mich heiß gemacht.«

Ich erwiderte: »Mich auch, ich bin scharf wie Marshmallows – nimm deine Hände von meinen Brüsten.«

Er ließ meine Brüste los, als wären sie heiße Kartoffeln, und drehte sich brüsk ab.

Im Geißenstall hatte ich mir vorgenommen, nie mehr Lust vorzutäuschen. Und obwohl ich jetzt einen frustrierten Ehemann neben mir hatte, fühlte ich mich ungewöhnlich stark und befreit.

Später in dieser Nacht stand ich auf und schlich ins Arbeitszimmer, wo Nähmaschine, Bügelbrett, Computer, Sofa, Fitnessrad und mein Cello einander auf den Füßen stehen. *There's no room here to swing a cat*, hatte meine Mom immer gesagt. – Welch ein Bild, um einen engen Raum zu beschreiben! Im Licht der Straßenlampe, die zum Zimmer hereinschien, sah ich die Staubschicht auf der Hülle meines Cellos. Seit der Geburt von Phoebe hatte ich es nicht mehr ausgepackt. Nun öffnete ich langsam die Hülle. Glänzendes Holz wurde sichtbar, die elegant geschwungene weibliche Form, für die man die Beine weit grätschen muss, damit man spielen kann.

Das Cello ist nicht jedermanns Sache. Es ist vom Klang her weniger eindringlich als die Geige und bleibt auch in den fröhlichsten Passagen leise, wehmütig und melancholisch. Es hat keine Starallüren, würde nie so beliebt sein wie Gitarre, Saxophon oder Klavier. Es ist ein gutmütiges Zotteltier, weiß von den dunklen Seiten des Lebens, den traurigen, und von den Niederlagen. Es ist treu und beständig, ehrlich und geduldig, sein Klang berührt auf unspektakuläre Weise direkt das Herz.

Die Saiten waren bestimmt gewaltig verstimmt. Ich fuhr mit den Fingern vorsichtig darüber, was ein schleifendes

Quietschen erzeugte. Ich zog den Bogen heraus, er würde justiert oder ersetzt werden müssen. Mehrmals fuhr ich mit ihm über meinen Arm und genoss die geschmeidig glatte Berührung. Nora hatte mich oft gebeten, den Bogen über ihren Arm zu ziehen. Sie hatte dabei wohlig gegrunzt: »Ich bin dein Cello, ahh, himmlisch« und mir entzückt die Gänsehaut gezeigt, die der Bogen verursachte hatte.

Phoebe wusste nicht, dass ihre Mutter Cello spielen konnte, und Marc war froh, dass ich es nicht mehr tat. Er mochte den Celloklang nicht, sondern stand auf jazziges Saxophon. Als ich nun das Cello im Straßenlampenlicht glänzen sah, wurde mir bewusst, wie sehr ich es vermisst hatte. Ich wollte es wieder spielen. Gleich morgen würde ich es beim Instrumentenbauer in den Service bringen. Auf dem Weg zurück ins Schlafzimmer kam ich an meinem Mantel vorbei. Ich zog das Handy aus der Tasche und schrieb Nora:

– Endlich hat mich das cello wieder. Ich will spielen. Dank dir, machs gut, amber. P.S. Habe den nachmittag mit dir genossen, mehr als ich in worte fassen kann

22. Dolores

*Die **Mayo-Diät**: Täglich drei bis vier Eier, dazu Fleisch, Fisch und Gemüse – allein 50 Prozent der Ernährung werden durch Proteine abgedeckt.*

Der neue Nachbar ging mir auf den Keks. Nicht weil er laut gewesen wäre oder unfreundlich, das hätte mich nicht gestört, ich kannte das von den Männern. Nein, mich nervte, dass er ruhig war und jedes Mal lächelte, wenn wir uns begegneten. Wahrscheinlich war es nur ein abschätziges Ich-weiß-du-bist-eine-Lesbe-Lächeln, der Mistkerl. Der war so freundlich – da musste man aufpassen, dass man nicht auf seiner Schleimspur ausrutschte.

Auf dem Namensschild stand E. Hebeisen. Dieser E. Hebeisen saß dauernd auf dem Balkon und rauchte. Der wohnte alleine und ging jedes Mal zum Paffen auf den Balkon – der hatte sie nicht alle! So einen würde ich nicht mit der Kneifzange anfassen. Vielleicht war seine Exfreundin ein Drachen gewesen, der ihn zum Rauchen hinausgeschickt hatte, und der Dummkopf hatte noch nicht kapiert, dass die Tyrannei zu Ende war. Er hatte keine neue Freundin, da war ich mir sicher, ich hatte jedenfalls noch nie Damenbesuch bei ihm gesehen. Typen kamen ab und zu vorbei, vielleicht zum Kartenspiel oder so – oder weil er schwul war und zwar einer von der feigen Sorte, einer nämlich, bei der man es nie vermuten würde.

Er saß, auch wenn es kalt war, ewig lang auf dem Balkon,

oftmals mit seiner Katze, die vermutlich aus dem Eskimoland stammte, eine Husky-Katze oder so. Er redete mit seiner Katze, als könnte die was verstehen! Er hatte eine ellenlange Katzenleiter gebaut und vorher doch tatsächlich bei den andern im Haus um Erlaubnis gefragt, der Schleimer. Ein Öko-Fritze also, welcher der Ansicht war, dass Katzen ihre Kacke überall verteilen dürfen sollen.

Nein, allzu schlecht sah er nicht aus mit den oberblauen Augen und dem Dreitagebart. Die Lippen waren nett geschwungen, die Stimme angenehm tief und die Ohrläppchen geradezu putzig, richtig fleischig und ganz rund geformt. Er war bestimmt schwul. Aber das war mir Wurst, sollte er sein, was er nicht lassen konnte. Meistens trug er Jeans und dazu ein T-Shirt oder ein Hemd, unifarben und manchmal gemustert. Viel Kleidergeschmack hatte er nicht, also konnte er doch nicht schwul sein. Er hatte einen großen Lieferwagen, den er abends vor unserem Haus parkte, er besaß wohl so etwas wie eine Umzugsfirma.

Ich hätte lieber eine Frau zur Nachbarin gehabt oder wieder einen richtigen Schwulen mit Kleidergeschmack und hysterischem Lachen, aber nicht diesen pseudoschwulen Katzenfreak. Vor kurzem hatte ich einen Karton mit altem Geschirr in den Keller getragen und war ihm dabei im Treppenhaus begegnet. Er erbot sich, den Karton runterzutragen. Ich führe drei Läden, und der Mann will mir Geschirr runtertragen! Ich hatte ihn gelassen, wollte bloß keine Schwierigkeiten, Männer können ja furchtbar empfindlich reagieren, wenn man ihre Hilfe ausschlägt. Als er vom Keller hochkam, hatte er wohl erwartet, dass ich ihn zu einem Glas Limonade hereinbitten würde. Er hatte die Ärmel seines blauen Hemdes hochgekrempelt, vermutlich um mir seine muskulösen Unterarme zu zeigen. Einen Moment druckste er noch herum, dann endlich kapierte er, dass bei mir nichts zu holen war, und zog Leine. Einer dieser Typen, die den Schwanz einziehen, einfach peinlich!

Wie auch immer, ich hatte ihm als Dank für die Schlüsselgeschichte einen Kaffee angeboten. Er kam an einem Samstagnachmittag. Er hatte doch tatsächlich einen kleinen Blumenstrauß mitgebracht und sich gekämmt, das Hemd steckte ordentlich in der Hose. Er schaute sich um und sagte: »Diese Wohnung hat den gleichen Grundriss wie meine, nur spiegelverkehrt«, betrachtete meinen Schrank und meinte: »Der ist unsachgemäß transportiert worden, sieh mal, hier an der Kante«, schlenderte durch die Stube und bemerkte: »Du wohnst wohl auch noch nicht lange hier.«

»Also bitte, sechs Jahre!«, entgegnete ich entrüstet.

»Mhmm«, er kratzte sich im Dreitagebart, öffnete die Balkontüre und trat auf den Balkon hinaus, obwohl es saukalt war. Er war eben ein Balkonfetischist!

»Den Kaffee nehmen wir in der Küche«, sagte ich laut und deutlich, da kam er zurück in die Stube und schloss die Tür. Als wir in der Küche standen, war nicht mehr viel Raum übrig. Man hätte jedenfalls keinen Elefanten herumschleudern können oder wie das Amber zu sagen pflegte. Er setzte sich umständlich und schaute sich um. Bitte nicht noch mal eine Bemerkung!

»Was ist das für eine Tabelle am Kühlschrank?«

»Nichts.«

»Die ist mit *Stabilo Boss*-Farben angestrichen, also muss sie wichtig sein«, sagte er und zu meinem Entsetzen beugte er sich nach vorn und las den Titel der Liste. »Die *Dubistadeg*-Diät. Was ist denn das?«

»Mal abgesehen davon, dass dich das einen feuchten Dreck angeht, stehen die Buchstaben für *Du-bist-stärker-als-deine-Gier*-Diät. Etwas Mentales. Zufrieden?« Ich knallte die Kaffeekanne auf den Herd.

»Diät – so zum Abnehmen?«

»Der Kandidat hat hundert Punkte!«

»Für wen ist die gedacht?«

»Für meine WC-Ente.«

»WC-Enten sind nie auf Diät. Die haben so was nicht nötig. Sie ist für dich, was absurd ist, du brauchst doch keine Diät!«

So wie er dasaß, den Kopf auf die Hand aufgestützt, machte er den Eindruck, es ernst zu meinen. Er konnte das aber nicht ernsthaft ernst meinen.

»Ich wüsste nicht, was man an dir ändern sollte«, fügte er hinzu.

Er war ein Perverser, der auf Fett stand! Ich sagte: »Sonst geht es dir noch gut?«

Er streckte mir seine Pranken entgegen. »Siehst du diese Hände, die sind nicht für einen Strich in der Landschaft konzipiert, bei dem es dir vorkommt, als ob du ein Vögelchen in der Hand hieltest – nichts als Knochen. Solche Hände sind für schöne Formen bestimmt.«

»Machst du mich an?«

Er wurde rot. »Nein, ich will nur sagen, dass Diäten eine miese Sache sind. Ich bin hier zum Kaffeetrinken, nicht zum Anmachen, ehrlich.« Er drehte verlegen an seiner Kaffeetasse. Ich glaubte ihm kein Wort.

Wir wechselten das Thema, sprachen über unsere Unternehmen und welche Strategien wir anwandten. Das heißt, bei ihm konnte man nicht von Strategie reden. Er behauptete, dass die Aufträge irgendwie reinkamen, und er führte die dann aus. Es laufe gut, mehr wolle er sowieso nicht, er habe keine Lust sich totzuschuften. Mit anderen Worten: Er war faul und hatte keine Ahnung vom Geschäft – dass sein Laden lief, war nur bodenlos ungerechter Zufall!

Bevor er aufbrach, trug er die Kaffeetasse zum Spülbecken und wusch sie aus. Welcher Mann tat so was?! Wie er so neben mir stand, fiel mir erst auf, wie groß und breit er war – ein richtiger Kasten. Schade, dass er pervers und weibisch war und auf fette Frauen stand.

Als er gegangen war, stellte ich die Blumen in den Messbecher und goss Wasser dazu. Ich besaß keine Vasen, die brauchte ich nicht, weil mir niemand Blumen schenkte. Nur Perverse tun so was.

Horizonte

23. Gute Vorsätze

Wird's besser? Wird's schlimmer?
Fragt man alljährlich.
Seien wir ehrlich:
Leben ist immer
lebensgefährlich.
Erich Kästner

Wenn man an dieser Jahrtausendwende hätte herumfliegen wollen, um die vier Frauen zu beobachten, hätte man seine liebe Mühe gehabt. Es war kalt, die Vögel saßen dick aufgeplustert auf den Ästen und traten von einem Beinchen aufs andere. Nur ab und zu flogen sie zum Vogelfutterhäuschen, um sich die Bäuche so gut es ging vollzuschlagen. Kein Vogel hätte den Weg vom Breitenrainplatz zur Länggasse nach Boll und Zürich auf sich genommen. Es war Zeit, sich darauf zu besinnen, dass man letztlich von Superman abstammte und deshalb den Flug durch die eisige Luft problemlos antreten konnte.

Als erste würde man Colette finden, die mit Frank an einer Silvesterparty des *Rotary Clubs* (Frank war Mitglied) im gediegenen Kornhauskeller teilnahm. Frank führte Colette galant durch die Menge, grüßte hier und dort, stellte seine Frau vor und blickte sie an, als wäre er frisch in sie verliebt. Colette sah hinreißend aus in ihrem schwarzen Abendkleid. Ihr Haar war zu einem kunstvollen Turm hochgesteckt, um den Hals, an Handgelenk, Fingern und Ohrläppchen glitzerte teurer Schmuck – Frank hatte sie genötigt, den zu tragen, und keine Widerrede akzeptiert. Ja, Colette sah hinreißend aus, solange man ihr nicht in die Augen blickte, die leer und traurig zugleich schienen. Glücklicherweise schaut man an solchen Anlässen niemandem so richtig in die Augen, vielmehr auf Kleidung und Schmuck, und überdies ist man damit beschäftigt, einen guten Eindruck zu hinterlassen, indem man hier und da etwas Geistreiches sagt. Colette behielt die Standorte der Kellner im Auge, die auf dem Tablett Gläser mit Champagner, Weiß- und Rotwein trugen. Als Frank sein Schaulaufen mit ihr endlich beendet hatte und sich seinen Kollegen zuwandte, schritt sie durch die Gäste, schnappte sich beim blonden Kellner ein Glas, dann eines beim braunhaarigen. Das leere stellte sie hinter einen Blumenstrauß. Sie tauschte mit Marie-Claire ein paar belanglose Worte, peilte den Kellner mit dem Schnurrbart an und nahm sich dort gleich zwei Gläser. Sie streifte durch die Menge und tat so, als würde sie die Person, für welche das Glas bestimmt war, suchen. Es merkte niemand, dass sie zuerst das eine leerte, dann das andere.

Sie unterhielt sich mit Sibylle und Thomas, einem befreundeten Ehepaar, dem sie nicht hatte ausweichen können, über die exquisiten Häppchen (sie hatte noch keines versucht) und schnappte sich beim Kellner mit der Hornbrille das nächste Glas. Sechs Kellner waren mit den Getränken zugange, vier hatte sie schon angesteuert, zu den letzten beiden würde sie demnächst gehen und nach angemessener Zeit die Runde von neuem beginnen. Eigentlich war sie gar nicht so schlecht gelaunt, wie sie zu Hause gedacht hatte. Sie verwickelte doch tatsächlich die dicke Cornelia in ein Gespräch über Rosen, dabei wusste sie von Rosen nur, dass sie stechen und lieblich riechen. Als ihr Glas leer war, entschuldigte sie sich mit der Lüge, Frau Soundso gesichtet zu haben, und steuerte Kellner Nummer fünf an. Sie fühlte, dass ein Kichern wie eine Luftblase in ihr hochsteigen wollte. Erst konnte sie es noch unten halten. Sie gesellte sich zu einer fröhlichen Gruppe, wo schallend gelacht wurde, und ließ die Blase aufsteigen. Ihr Kichern war ansteckend, die

Männer gaben – davon angespornt – noch mehr lustige Anekdoten und Witze zum Besten, worauf sie noch schriller kicherte. So wiegelten die Spaßmacher und Colette einander auf, aber als Colette sich auf die Schenkel zu klopfen begann (während sie den Wein verschüttete) und schier hysterisch klang, merkten die Spaßvögel, dass wohl nicht ihr Esprit der Auslöser für die Heiterkeit der Dame war. Man sah sich ratlos an. Colette stellte ihr Glas aufs Tablett des Kellners mit Schnurrbart – hatte sie die richtige Reihenfolge noch auf der Reihe? – und schnappte sich ein neues. Doch sie konnte nicht mehr trinken, weil das Kichern unaufhaltsam war. Schon hatte sie ein paar Flecken auf dem Kleid. Vielleicht hätte sie zu Hause nicht zwei Wodkas kippen, außerdem ein Amphetamin (regt an) und ein Valium (macht gelassen) einwerfen sollen. Zusammen mit Champagner, Rot- und Weißwein hatte sich in ihr nun das nicht enden wollende Kichern zusammengebraut.

Jemand machte Frank auf den Zustand seiner Frau aufmerksam. Er hetzte herbei, lachte fröhlich und sagte, seine Gattin könne manchmal schier nicht mehr aufhören zu lachen, sie sei dem Lustigen sehr zugetan. Er werde sie ein wenig an die frische Luft begleiten, das sei die beste Medizin. Frank nahm galant Colettes Arm, doch kaum waren sie auf der Treppe, drückte er fest zu und zischte ihr Unschönes ins Ohr. Colette kicherte ungerührt weiter. Es war zehn vor zwölf. Durch reines Glück fand Frank ein Taxi und drängte seine Frau hinein. Er nannte dem Taxifahrer die Adresse, steckte ihm reichlich Geld zu und kehrte ins Kornhaus zurück. Während die Glocken das neue Jahrtausend einläuteten, erbrach sich Colette auf dem Hintersitz. Das freute den Taxifahrer weniger.

Colette betrachtete das unscharfe Bild des Erbrochenen auf ihrem Schoß und dachte: *Dieses Jahr muss sich alles ändern, sonst springe ich*. Da begann sie wieder zu kichern, was dem Taxifahrer in den falschen Hals kam. Sie sagte (kichernd): »Fahren Sie mich bitte an diese Adresse« und nannte ihm die Straße. Dort war glücklicherweise die Haustür offen, sie stieg die Treppen hoch und legte sich kichernd und nach Erbrochenem stinkend auf den Türvorleger.

Nora ließ sich von ihrer Freundin Ziza an die Silvesterparty in die *Kanzlei* schleppen. Sie hatte keine Lust dazu, sie hatte an Silvester nie Lust zu feiern, aber da man nicht einfach zu Bett gehen konnte, weil man sowieso vom Lärm um Mitternacht wieder geweckt wurde, ging sie aus. Zu sechst hatten sie in Zizas verrauchtem Künstleratelier gegessen und waren gegen zehn Uhr losgezogen. Es war so kalt, dass sie unterwegs nicht viel sagten, höchstens jammerten sie theatralisch über die Hundskälte. Die Party war schon voll im Gange. Nora stürzte sich mit Ziza auf die Tanzfläche und schüttelte ihre eisversteiften Glieder. Nach einiger Zeit flüsterte Ziza ihr ins Ohr (sie musste für dieses Flüstern schreien), dass der dort drüben doch etwas für sie sein könnte. Sie schaute in die Richtung, in die ihre Freundin deutete, und fand ihn auch ganz passabel. Er schaute immer mal wieder zu ihr, und sie zu ihm. Zwar hatte sie keine Lust auf ein Abenteuer, aber wer weiß? Sie ging zur Bar und bestellte sich ein Wasser, das sie in einem Zug runterschüttete. Der passable Typ tauchte aus dem Nichts neben ihr auf. »Kann ich dich zu was einladen?«, fragte er (schreiend).

Sie deutete auf ihren Becher, das zweite Wasser trank sie ebenfalls in einem. Der Typ, der sich bald darauf als Leon vorstellte, hatte rote Haare, was ihn gleich um einiges interessanter machte. Und da er auch sonst wie gesagt passabel war, zog sie ihn aufs Tanzparkett und tanzte mit ihm in einer Weise, dass man Kindern die Augen hätte zuhalten müssen, wenn welche da gewesen wären. Als die Glocken zu läuten begannen, stellte der DJ die Musik ab. Sie lehnte sich mit pochendem Herzen und schweißnassem Nacken an Leon. Beim zwölften Schlag beugte sich Leon zu ihr und küsste sie auf den Mund. Sie hatte keine Vorsätze gefasst, aber in diesem Augenblick durchfuhr sie doch einer: *Im neuen Jahr will ich eine rothaarige Person küssen – nur muss es die richtige sein.*

Der Gedanke erschreckte sie ein wenig.

Amber war bei Freunden eingeladen. Man würde Silvester in vertrautem Rahmen verbringen. In den letzten Jahren hatten sie es meistens mit Iris und Gerold zusammen gefeiert und mittlerweile auch mit Phoebe und den beiden Buben, Reto und Olaf. Phoebe und Olaf würden dereinst heiraten, das hatten sie den Eltern mitgeteilt, Reto hingegen wollte Baggerfahrer werden, da hatte man keine Zeit fürs Heiraten.

Iris hatte toll gekocht, thailändisch, aber die Kinder starrten bloß angeekelt auf ihre Teller. Also kochte Iris Spaghetti und sagte zu Gerold: »Ich hab's dir doch gesagt, die essen das nicht!« Als die Spaghettis plus Sauce bereit waren, musste das Thailändische nochmals erwärmt werden, dann begann man zu essen. Die Kinder hatten bald verschmierte Gesichter, was sie ungemein lustig fanden, während die Erwachsenen mit hochroten Köpfen ihr Thailändisches abarbeiteten. Gerold wagte festzustellen, dass Iris mit den scharfen Gewürzen ein bisschen freigebig gewesen sei, worauf Iris scharf erwiderte, dass er selber mal in der Küche Hand anlegen solle, dann könne man weiterdiskutieren. Gerold behauptete, dass er durchaus regelmäßig in der Küche stehe. Daraus entwickelte sich ein kleiner Ehezwist, dem niemand zuhören mochte, jedenfalls nicht Amber. Während die Kinder ausgelassener wurden, zog sich etwas in Amber zusammen. Sie stand auf, um das Geschirr abzutragen, was Iris dazu veranlasste, ihr zu folgen. Gemeinsam hantierten sie in der Küche. Die Männer hatten je eine Schüssel rausgetragen, dann zogen sie sich aufs Sofa zurück und diskutierten über ihre Arbeit. Gerold hatte wohl vergessen, dass er regelmäßig in der Küche steht. Weder er noch Marc merkte, dass Olaf eine Plastiktüte über seinen Kopf gestülpt hatte und still wurde. Es war Amber, die es durch die Durchreiche sah und blitzschnell reagierte. Olaf war nichts passiert, aber dem Verhältnis zwischen den Geschlechtern hatte dieses Intermezzo einen empfindlichen Schlag versetzt. (Iris: »Gerold, du bist ein Idiot!«, u.s.w.)

Als die Eistorte auf den Tisch kam, waren die Kinder noch eine Stufe aufgedrehter, obschon sie sich die Augen rieben. Die Erwachsenen versuchten das Gespräch wiederaufzunehmen, aber da bis zu diesem Zeitpunkt kein richtiges Gespräch stattgefunden hatte, ging das nicht so gut. Da kam Iris mit der klassischen Silvesterfrage: Welche Vorsätze man gefasst habe. Amber ging kurz aufs Klo, dort schaute sie in den Spiegel und sagte sich: *Nie mehr ein solches Silvester, das ist mein Vorsatz.*

Im neuen Jahr wollte Iris ihre Speckröllchen abbauen, einen Französischkurs besuchen und sich allgemein besser durchsetzen lernen. Gerold brummte etwas von keinen Vorsätzen, sagte aber laut: Er wolle mehr in der Küche mithelfen (Iris begann zu strahlen) und dem Boss die Meinung sagen. Marc erklärte, dass Vorsätze blöd seien, man würde die sowieso nicht einhalten. Als er aber Iris' enttäuschtes Gesicht sah, sagte er, sein Vorsatz wäre, ein guter Vater und unwiderstehlicher Ehemann zu sein. Amber schwieg beklommen, versuchte aber ein Lächeln ins Gesicht zu setzen. Das fand keinen Halt und stürzte ab.

Phoebe wollte wissen, was ein Vorsatz ist.

Marc kratzte sich am Kopf. »Das ist etwas, das du dir vornimmst – meistens eine gute Tat, die du fünf Minuten später wieder vergessen hast.«

»Warum macht man einen Fortsatz, wenn man ihn gleich wieder vergisst?«

»*Vorsatz* heißt das, Phoebe. Man will damit sein Gewissen beruhigen«, erklärte Gerold.

»Was ist ein Gewissen?«

»Das ist etwas, das du besser nicht hast«, platzte Amber heraus und bedauerte es sofort.

»Warum gibt es einen Namen für etwas, das man besser gar nicht hat?«

Iris warf ihr böse Blicke zu, überging aber Ambers Bemerkung geflissentlich und fragte sie stattdessen nach ihren Vorsätzen.

Was sollte sie sagen? Abnehmen wollte sie nicht, Französisch lernen sowieso nicht, und sich durchsetzen konnte sie sich seit ein paar Wochen schon ganz gut (fand jedenfalls Marc).

Sie sagte schließlich: »Mein Vorsatz ist: Das zu sein, was ich bin.«

Marc runzelte die Stirn. »Was soll das heißen – dass du nicht bist, was du bist? Man ist letztlich immer, was man ist, etwas anderes ist schon rein logisch gar nicht möglich.«

»Sie meint vielleicht, dass man zwar weiß, wer man ist, aber es nicht wirklich sein kann«, sagte Iris.

Gerold schüttelte den Kopf. »Wenn man weiß, wer man ist, kann man es auch sein. Ich seh den Punkt nicht.«

»Ich möchte bezweifeln«, sagte Marc, »dass man eine immanente Identitätscodierung hat. Das ist doch pure Ich-bin-ich-und-ich-bin-okay-Esoterik.«

Reto hatte ihnen anscheinend zugehört, denn er mischte sich nun ein: »Ich will Baggerfahrer werden, aber erst noch muss ich in die blöde Schule. Vielleicht ist bei Patin Amber jetzt Schule aus!«

Die Erwachsenen gafften ihn verblüfft an.

Da war es fünf vor zwölf, dann konnten sie runterzählen, die Paare küssten sich zum Neuen Jahr und packten bald darauf ihre Kinder, um sie ins Bett zu stecken. Auf der Heimfahrt schaute Amber gedankenverloren aus dem Fenster und fragte sich, mit wem Nora in diesem Augenblick zusammen war, ob sie an sie dachte und wann sie sie wiedersehen würde.

Dolores machte an Silvester das Übliche: Inventur. Sie hatte nicht so viele Freunde und erst recht keine Lust auf das hysterische Tohuwabohu am letzten Abend im Jahr. Nach drei Stunden lobte sie sich selbst: Sie kam mit der Arbeit gut voran. Um Mitternacht ließ sie den Korken ihrer kleinen Sektflasche an die Decke ploppen und sagte: »Auf ein fröhliches Neues Jahr und einen vierten Laden!« Bezüglich Männern wünschte sie sich nichts, es ging ja doch nie in Erfüllung. Eine halbe Stunde später verließ sie den Laden. Diese Affenkälte! Sie machte eine Runde durch die Innenstadt, aber nichts lockte sie, also ging sie nach Hause.

An ihrer Wohnungstür hing ein großer Zettel. Darauf stand:

Vor deiner Tür hat eine kichernde Frau in erbärmlichem Zustand gelegen. Sie wollte wohl zu dir. Habe sie zu mir mitgenommen.

Hin und hergerissen zwischen Misstrauen und Besorgnis läutete sie beim Nachbarn. So wie er angezogen war, hatte er wohl auch nicht riesig gefeiert. »Wo ist sie?«, fragte Dolores und: »Wehe, du willst mich verarschen!«

Der Nachbar schloss kopfschüttelnd die Tür hinter Dolores und führte sie ins Wohnzimmer, wo Colettes Reste lagen. Es roch nicht blumig. Colette war in eine Decke gehüllt, im Unterrock, das Abendkleid hatte der Nachbar in der Badewanne eingeweicht.

Ja, danke, das sei nett, sagte Dolores.

»Besser, du lässt sie hier schlafen, es wäre doch gemein, sie zu wecken.«

»Ich würde sie bestimmt nie freiwillig zu mir nehmen – sie ist affenarschbesoffen. Affenarschbesoffene lässt man in ihrer Kotze liegen.« Damit drehte sie sich mit einem verwirrenden Gefühl von Wut, Angst und Trauer um und verschwand in ihre Wohnung.

Am Morgen gegen sieben Uhr schwankte ein Colette-Geist mit Vogelnest auf dem Kopf nach drüben. Sie fand Dolores' Tür offen, tappte ins Schlafzimmer und wollte sich zu ihr ins Bett stehlen. Das gelang ihr halbwegs, doch dann erwachte Dolores und fegte sie aus dem Bett.

»Autsch, geht's auch ein bisschen netter?!«

»Schlaf deinen Suff woanders aus! Einmal habe ich es toleriert, es gibt kein zweites Mal. Verpiss dich.« Dolores' Stimme war messerscharf.

Colette war in null Komma plötzlich nüchtern und außerdem mit höllischen Kopfschmerzen gesegnet, sie stöhnte: »Motz mich ruhig an, aber bitte ein bisschen leiser, wenn's geht. Ich bin gekommen, weil ich dachte, wir seien befreundet.«

»Heißt Freundschaft, dass man einander die Scheiße zuschiebt? Ich habe mit deinem Suff nichts zu tun und will damit auch nichts zu tun haben. Ich habe die ersten zehn Jahre meines Lebens damit verbracht, die Sauferei meines Vaters zu ertragen. Wenn du dich mit Gift volllaufen lassen willst, ist das deine Sache, aber wage es nie mehr, mich damit zu belästigen! Du fragst mich ja nicht mal, ob ich es will! Und dann hast du auch noch die Wohnung eines wildfremden Menschen verdreckt. Na, bravo!«

»Ich –«

»Nein, Colette, nichts *ich*. Was ist mit den Kids, hast du ihnen im Neuen Jahr wenigstens eine SMS geschickt?«

»Concetta –«

»Ach ja, Concetta – ist sie die Mutter deiner Kinder oder was? Gibst du dich eigentlich auch nur eine Minute deines Scheißtages mit deinen Kindern ab? Und Frank, weiß er, wo du bist? Du benimmst dich, als gäbe es nur dich allein auf dieser Welt und alles andere ginge dich einen Dreck an. Du hast Verantwortung, Colette, und kannst du die nicht wahrnehmen, dann musst du was unternehmen, dass du es kannst. Geh zu Nora oder wem auch immer, aber hör auf, dich wie eine verzogene, wehleidige Göre zu benehmen!«

»Du hast ja keine –«

»Ahnung? Möglich. Was ich aber sehe ist, dass du dein Leben versaust, weil du außer Drogen nichts im Kopf hast. Aber auch gar nichts. Verschwinde aus meiner Wohnung und geh nach Hause.«

»Ich hab kein wirkliches Zu –«

»Ja, erzähl das mal einem Obdachlosen. Hej, Obdachloser, sieh mal meine Villa, ich habe leider kein wirkliches Zuhause.« Dolores wedelte in Colettes Richtung. »Geh jetzt!«

Colette rappelte sich mit schmerzverzerrtem Gesicht auf und verließ auf unsicheren Beinen das Schlafzimmer. Im Türrahmen drehte sie sich noch einmal um, aber Dolores winkte ab: »Kein Gesülze, keine Ausreden, keine Lügen, zieh Leine!«

Als Colette gegangen war, begann Dolores zu heulen. Erschöpft und unglücklich schlief sie schließlich an diesem wunderbaren ersten Tag des taufrischen Jahrtausends ein.

24. Nora

Was fühlt ein Schmetterling
im Bauch, wenn er verliebt ist?
Nora Seligmann

Es war der erste Januar, und ich erwachte frühmorgens – es war jedes Jahr dasselbe! Ich öffnete meine Augen zwei Millimeter, um sie rasch wieder zu schließen. Es lag auf der Hand, dass erstens langes Aufbleiben für die geistige Frische suboptimal ist, dass zweitens stundenlanger Aufenthalt in verrauchten Räumen sub-suboptimal ist und dass drittens der Tequilla-Wettkampf mit dem rothaarigen Leon sub-sub-suboptimal gewesen war, zumal wenn man unbedingt gewinnen wollte. Ich fragte mich viertens, wann und wie ich nach Hause gekommen war, fünftens ob mich jemand begleitet hatte und sechstens ob dieser Jemand neben mir im Bett lag. Vorsichtig drehte ich den Kopf und lupfte ein Augenlid. Vor mir die Wand mit dem Bild von Ziza, als sie noch nicht auf dem Installationstrip gewesen war. Hing das Bild nicht gestern noch am Kopfende? Ich riss die Augen auf und hob den Kopf – uff, war das hell! Mein Körper lag quer über dem Bett mit dem Kissen als Bettdecke. Kein Leon weit und breit. Erleichtert ließ ich mich wieder zurücksinken.

Dieser dumme erste Januar. Nichts von Freude, dass ein neues Jahr jungfräulich vor einem steht und darauf wartet, mit Projekten beackert zu werden. Nichts von Frische und Vitalität. Der Tatendrang beschränkt sich darauf, aufs Klo zu gehen, eine Handvoll Kopfwehtabletten zu schlucken und wieder ins Bett zurückzuhuschen. Decke über den Kopf, warten, dass die Tabletten wirken, überlegen, wie man den Tag so schnell als möglich hinter sich bringt. Auf dem Weg zurück ins Bett fiel mein Blick aufs Handy. Es waren neun SMS hereingekommen. Eine stammte von Amber.

Von Amber!

– Es ist 3 h nachts, sollte schlafen. Habe weder vorsätze noch wünsche fürs neue jahr. Das stimmt mich traurig. Dir alles gute zum 2000! Im neuen jahrtausend möchte ich gern mein eigenes bett, mein eigenes zimmer. Marc wird mich lynchen!

Ich starrte aufgeregt zur Decke. Mit dem Daumen in Startposition überlegte ich, was ich zurückschreiben könnte. Ich versuchte mich daran zu erinnern, welchen Vorsatz ich gefasst hatte, aber es fiel mir nicht ein. Ich schrieb:

– Ich vermisse dich

Kann man jemanden vermissen, den man nach zwanzig Jahren bloß zweimal gesehen hat? Ich beantwortete die anderen SMS und schleppte mich in die Küche, wo ich mir ein Rührei kochte. Ich bin keine begnadete Köchin, aber meine Rühreier können sich sehen lassen. Ich hatte das Rührei fertig gegessen, als das Handy krähte (mein neuester Klingelton). Es war Amber:

– Ich weiß nicht, was ich darauf sagen soll
– Sollen tust du sowieso nichts
– Hast du eine ahnung! Mein leben ist gespickt mit sollen. Wie war silvester? Meines war ätzend
– Ach, das übliche: essen, tanzen, saufen
– Wenn ich die wahl hätte, ausserdem kein kind und keinen mann, ich würde silvester ganz anders feiern oder auch gar nicht. Wenn du mich vermisst, heißt das, dass du mich auch sehen möchtest?
– Welche frage, latürnich!
– Auch jetzt gleich?
– Latürnich!
– Ok, zieh dich an, ich sitze im franziskaner und warte auf dich
– WAS?!!

– **Da staunst du, gell? Ich erklär es dir dann, du kommst doch?**
– **La-tür-nich!**

Als ich ins Freie trat, stand die Kälte wie eine Wand vor mir, und der Himmel war gläsern-blau, so als könnte er jeden Moment in Millionen Scherben zersplittern. Ich hätte mich am liebsten auf meine Honda gesetzt, um so lange zu fahren, bis ich erfroren umgekippt und ebenfalls in unzählige Stücke zersplittert wäre. Noch lieber ging ich aber in den *Franziskaner*, ich schlang den Schal eine Umwindung mehr um meinen Hals und marschierte los. Die Straßen waren wie leergefegt, köstliche Ruhe.

Als ich in den *Franziskaner* trat, beschlugen meine Brillengläser. Nach einer solchen Nacht, mit solch trockenen Augen kann ich keine Kontaktlinsen tragen, Eitelkeit hin oder her. Verärgert nahm ich die Brille von der Nase und sah bei meiner Kurzsichtigkeit genauso wenig. Noch immer beim Eingang putzte ich die Brille mit einem Papiertaschentuch und setzte sie wieder auf. Sie beschlug gleich wieder, davor aber entdeckte ich Amber am Fenster. Ihr Haar glänzte in der hereinscheinenden Sonne wie entflammt. Sie hatte den Mantel über die Stuhllehne neben sich gelegt, saß vor einer Tasse Kaffee und einem Notizbuch. Der Kugelschreiber steckte quer in ihrem Mund – das machte sie also immer noch! Ich putzte erneut meine Brille, während ich auf Amber zuging. Sie hatte wohl meinem Brillenintermezzo zugeschaut, denn einer ihrer Mundwinkel war zu einem kleinen Grinsen hochgezogen. Sie stand auf. Ich umarmte sie spontan, sie erwiderte meine Umarmung zögernd. Sie zu sehen bedeutete gleichermaßen Vertrautheit und Fremdheit. Ich kannte jeden ihrer Gesichtszüge und kannte sie doch nicht. Sie gefiel mir wie früher. Sie gefiel mir noch mehr als früher.

»Jetzt sag mir endlich, warum du in Zürich bist!«

Amber schmunzelte. »Eigentlich müsste ich heute arbeiten, jeder Mitarbeiter muss das an einem Feiertag, dieses Jahr wurde mir der erste Januar zugewiesen. Aber gestern

Abend haben sich die Eltern unserer Pensionäre spontan dazu entschieden, ihre Söhne heute zu sich zu nehmen. Ich habe am Morgen alles für ihre Abfahrt vorbereitet, meine Kollegin wird sie gegen Abend empfangen. Marc und Phoebe sind zu seinen Eltern in die Ostschweiz gefahren, ich bin also frei! Ich wäre heute Abend sowieso nach Zürich gekommen, zum Cellokonzert in der *Tonhalle*. Jetzt bin ich schon früher da, hätte ins Museum gehen können«, sie schaute etwas verlegen zu mir auf, »oder dich sehen«, sie zögerte. »Wenn du nicht schon was anderes vorhast.«

»Am ersten Januar etwas vor? Ich – nie! Der erste Januar ist der vergeudete Tag, da ist Hopfen und Malz verloren. In diesem Fall jedoch ...«, ich lächelte, Amber lächelte auch, den Blick auf ihr Notizbuch gesenkt. Ein übernächtigter Kellner kam zu unserem Tisch. Ich bestellte einen doppelten Espresso und ein großes Glas Wasser, Amber nochmals einen Kaffee.

»Meinst du, es gibt noch Tickets fürs Cellokonzert?«, fragte ich. Als Amber überrascht aufsah, fügte ich hinzu: »Ich meine nur, wenn du meine Begleitung möchtest.«

»Natürlich möchte ich das! Du weißt nicht, wie viel Freude du mir mit dieser Frage machst! Marc hasst Cello, auch meinen Freundinnen sagt es nicht viel.« Sie schaute zum Fenster hinaus, in diesem Sonnenlicht sah man ihre Sommersprossen besonders gut. Außer uns war nur noch ein einziger Tisch besetzt. Ein altes Pärchen, das durch die Jahre ineinandergewachsen zu sein schien, schlürfte seinen Kaffee, die Nasen in die Zeitung vom Vortag gesteckt. Sie waren vermutlich gestern Abend um zehn Uhr ins Bett gegangen, sie sahen jedenfalls recht frisch aus.

»Wir könnten eine Schifffahrt machen«, schlug ich vor. »Am ersten Januar gibt es traditionsgemäß eine Extrafahrt. Man startet beim Bürkiplatz, geht via Zürichhorn nach Küsnacht, Erlenbach und Thalwil, dann wieder zurück nach Zürich. Es dauert rund eineinhalb Stunden. Hast du Lust?«

Amber strahlte. »Worauf du Gift nehmen kannst!«

Wir bestellten nochmals Kaffee, dazu Croissants. Amber schaute skeptisch zu, wie ich mein Croissant in den Kaffee tunkte. »Früher hast du es in die Ovomaltine getunkt und jetzt das. Wie unappetitlich!«

»Hast du es schon mal versucht?«

»Natürlich, damals mit der Ovo! Wie gesagt: unappetitlich!«

»Als wäre Brot mit Konfitüre und Käse zivilisierter!«

»Besser im Geschmack allemal!«

Wir stritten etwas, dann zogen wir los. Ich hakte mich bei ihr ein und zog sie zum Hafen. Es hatten sich nicht viele Menschen am Wasser eingefunden. Kaum waren wir auf dem Schiff, steuerte Amber ins Schiffrestaurant, ich zog sie jedoch zur Schiebetür. »Nur kurz, etwas frische Luft«, bat ich, schob die Türe zur Hälfte auf und ein »Bitte« nach. Amber schaute unschlüssig zwischen heißem Kaffee und kaltem Draußen hin und her. Ich hätte gern ihre Wange berührt und – da kam mir mein Vorsatz von gestern Abend wieder in den Sinn: *Eine rothaarige Person küssen, aber die richtige*. Ich packte Amber an der Hand (die Erinnerung geflissentlich ignorierend) und zog sie bis zum Bug. Es war unglaublich schön und verdammt kalt! Wir rückten nah zueinander und legten uns gegenseitig den Handschuh schützend um die Nase oder bedeckten jammernd und lachend das eigene Gesicht. Ich spähte durch meine Finger zu Amber, die nun aus vollem Halse ein Seemannslied anstimmte. »*Ich bin ein Mädchen von Piräus …*« Ihre Singstimme war rau und heiser, als hätte sie nichts anderes getan, als ein Leben lang kettenrauchend und Whisky trinkend in einer verkommenen Bar zu stehen. Sie hatte schon als Mädchen eine solche Stimme. »*Ein Schiff wird koooommen, und das bringt mir den eiiiinen, den ich so lieb wie keiiiinen, und der mich glücklich macht.*« Der Atem kam stoßweise aus ihrem Mund und blieb lange in der Luft stehen. Ich hätte ihr ewig zuhören können, aber unsere Ohrläppchen wurden zu Eisoblaten, da gingen wir hinein.

Wir bestellten einen Glühwein, der sich wie ein Lavastrom im Körper ausbreitete. Ich verschmierte die Scheibe mit dem Finger, als ich Amber alles Sehenswerte zeigte.

Amber nickte, nippte, lachte, holte ihr Schminktäschchen hervor und zog die Lippen nach. Ich schaute ihr zu, als wäre es das aufregendste Schauspiel der Welt, und das Seltsame war: Es war das aufregendste Schauspiel der Welt.

Ich wusste nicht, wie mir geschah. Etwas in mir machte Luftsprünge, etwas hielt den Atem an, etwas wehrte ab, und ich hätte die Welt umarmen können. Wäre Amber ein Mann gewesen, hätte ich es Verliebtheit genannt, aber bei ihr? Amber schien von alledem nichts zu bemerken, sie plapperte, trank in großen Schlücken Glühwein, winkte einem Baby am Nebentisch zu und machte dabei Faxen. Sie war für mich immer die Schönste gewesen, auch wenn sie nicht im klassischen Sinn schön war. Ihre Zunge löste sich durch den Alkohol, bald verwickelte sie die Mutter des Kindes in ein Gespräch. Ich überlegte mir, ob ich eine Frau anziehend finden könnte, sexuell. Als sich Amber Zuckertütchen ins Haar steckte und den Kaffeelöffel zwischen Nase und Oberlippe klemmte, war ich überzeugt, dass das nie der Fall sein könnte. Dann wieder ... Ich bestellte einen zweiten Glühwein, den ich mit Amber teilte. Ihre Wangen wurden rot, sie verfiel in ein Dauergrinsen. Ob es nur wegen des Glühweins war oder auch wegen meiner Anwesenheit?

Um halb drei standen wir wieder auf dem Pier. Ich zog Amber Richtung Kunsthalle, wo wir uns die Sammlung anschauten. Wir gingen von Bild zu Bild, von Skulptur zu Installation und besprachen unsere Impressionen ausführlich. Um fünf Uhr warf uns eine Aufsicht nicht eben freundlich hinaus. Draußen hatte es eingedunkelt. Amber hakte bei mir ein und erklärte fröhlich, dass sie Kohldampf hätte. Es galt ein Restaurant zu finden, das an diesem Tag auch offen hatte. Wir wanderten wie Maria und Josef von Herberge zu Herberge, ohne Erfolg, alle waren geschlossen. Wie ich jetzt auf Maria und Josef gekommen war, konnte ich mir nicht so recht erklären außer durch all den Weihnachtsdekor, der noch in den Straßen hing. An sich vertrat ich eher die Meinung, dass der Mensch Chemie sei, nichts von Seele und ähnlichem. Eins konnte ich mit Sicherheit sagen: Dass die Chemie zwischen Amber und mir stimmte – aber so war es ja schon immer. Erstaunlich, dass sich das in all den Jahren nicht geändert hatte.

Wir wurden schließlich in einer Pizzeria fündig, deren Hauptverkauf über *Take away* ging und die nur wenige Tische aufgestellt hatte. Regelmäßig kam ein Pizzaverträger herein, um neue Schachteln und Adressen entgegenzunehmen. Oder Kunden drängten herein, die an der Theke auf ihre Pizza warteten. Es war ein Kommen und Gehen, beleuchtet von Neonröhren, und wir zwei in der Ecke, die mit vollem Mund dem Treiben zuschauten. Es war alles andere als romantisch. Es war auf verblüffende Art unglaublich romantisch. Es war einerlei, ob es romantisch war oder nicht – ich saß mit meiner Schulfreundin hier und damit basta!

Das Konzert begann um neun Uhr. Wir machten uns früh genug zur Tonhalle auf, damit wir noch ein Ticket ergattern konnten. Lustigerweise kriegte ich eines in der gleichen Reihe wie Amber, und weil an diesem ersten Januar die Menschen noch zu müde waren, um ablehnend oder unfreundlich zu sein, rutschte die halbe Reihe um einen Sitz, so dass ich neben ihr Platz fand. Amber schaute aufgeregt über die Zuschauer nach vorn, wo sich das Orchester einstimmte, und mit jeder Minute wurde sie aufgeregter. Sie trug übrigens einen dunkelroten Pullover, was eine gewagte Wahl war – bei ihrem rötlichen Haar. Sie flüsterte mir zu, dass die Cellistin am Anfang ihrer Karriere stehe, sie -könne zwar nie so gut werden wie Jaqueline, aber es nehme doch Wunder, was diese Frau zu bieten habe. Sie kniff mich vorfreudig in den Unterarm. Im Zuschauerraum wurde es dunkel, der Dirigent kam auf die Bühne, verbeugte sich und schüttelte dem ersten Geiger die Hand, dann erschien die Cellistin, eine kleine, zierliche Frau mit schulterlangen dunklen Locken. Sie sah nicht danach aus, als könnte sie das Cello länger als eine Minute halten, geschweige denn darauf spielen. In den folgenden eineinhalb Stunden zeigte sie, dass sie es sehr wohl konnte, und wie! Ich schielte zu Amber. In ihrem Gesicht spiegelten sich Entzücken und Freude, dann wieder runzelte sie die Stirn, immer lauschte sie gebannt, nickte manchmal bestätigend, lachte an einigen Stellen auf oder klatschte leise in die Hände. Sie hatte mich vergessen. Ich hingegen konnte sie keine Sekunde vergessen, immer und immer wieder schielte ich zu ihr hin, fasziniert und auch ergriffen von ihrer Hingabe an die Musik. Im 5. Satz von Dvořáks Cellokonzert in b-Moll beugte sich Amber zu mir und flüsterte: »Gleich kommt die schönste Stelle überhaupt, du wirst es merken. *It's like heaven on earth.*« Sie legte ihre Hand auf meinen Unterarm.

Ja, ich merkte es: Die Passage war süß, bitter, voller Sehnsucht und Verlangen. Amber liefen Tränen über die Wangen. Vorsichtig griff ich nach ihrer Hand auf meinem Arm und legte sie in die meine. Sie drückte sie leicht, mein Herz machte die Andeutung eines Rückwärtssaltos. So blieben wir, Hand in Hand, bis zum Ende des 6. Satzes.

Als die Lichter angingen, sagte sie aufgeregt: »Sie ist nicht wie die Du Pré, aber sie hat was, sie ist eine Entdeckung!« Ich drückte ihr ein Glas Orangensaft in die Hand, das sie in einem Zug leerte. Sie brannte lichterloh. Und ich wärmte mich still an ihrem Feuer.

Nach der Pause spielte die Cellistin das Cellokonzert in e-Moll von Edwar Elgar, was laut Amber eine gewagte Wahl war, hatte doch Jacqueline Du Pré diesem Konzert ihren eigenen Stempel aufgedrückt. Ich lehnte mich im Sitz zurück, lauschte und fragte mich, was Amber mit ihrem Musikverständnis wohl hörte. Irgendwann legte sie ihre Hand wieder in die meine, und so blieben wir bis zum Ende des Konzerts. Zu Fuß zum Bahnhof brauchten wir zwanzig Minuten. Die Temperaturen waren wieder tief unter den

Nullpunkt gefallen. Wir spazierten eingehakt und Wärme gebend. Ohne viel zu sagen. Einmal hielt ich an und bemerkte: »Das war mit Abstand der schönste erste Januar, den ich jemals erlebt habe.«

Amber nickte nur. Wir zogen weiter, unter dem Weihnachtsschmuck der Bahnhofstraße hindurch. »Ich begleite dich noch aufs Gleis«, erklärte ich im Bahnhof, worauf Amber erleichtert lächelte. Beim Abschied fuhr sie mir kurz über die Wange und gab mir einen flüchtigen Kuss. »Danke«, sagte sie nur, drehte sich um und verschwand im Abteil. Als sich der Zug in Bewegung setzte, konnte ich nicht anders, als neben ihrem Fenster herzugehen und ihr zuzuwinken. Sie lachte und winkte zurück, und ich war drauf und dran, mir die Lunge aus dem Körper zu kotzen.

Ich war so durcheinander, dass ich zu Fuß nach Hause ging. Nach einer Stunde kam ich eisgekühlt und hundemüde zu Hause an. Im Korridor auf Tante Kläris hässlichem Möbel lag mein Handy.

Es war eine SMS von Amber reingekommen.

– Dieser traumhafte tag macht mich unendlich traurig, obschon oder weil ich so glücklich bin. Wie schon immer bewegst du so vieles in mir. Wäre gern in zürich geblieben, bin eine rabenmutter

Ich stellte Zizas Nummer ein. Sie meldete sich mit verschlafener Stimme. Ich sagte: »Ziza, sag mir bitte, dass ich mich nicht verliebt habe.«

»Du hast dich nicht verliebt«, gähnte Ziza.

»Und jetzt wach auf und frag mich, in wen!«

25. Amber

Wie eine stürmische Geliebte nimmt Jacqueline Du Pré ihr Cello für sich ein und entlockt ihm allertiefste, bewegendste Reaktionen.

New York Herald Tribune

Züge schweben. Vielleicht tun das nicht alle, dieser tat es. Er schwebte, und ich schwebte mit. *Yes, I am floating, floating on air.* Ein gnädiges Schicksal ließ mich allein im Abteil sitzen, aber auch wenn jemand sich zu mir gesetzt hätte, wäre ich geschwebt. Das Konzert hallte in mir nach. Der ganze wunderbare Tag. Noras Lächeln. Noras Humor. Noras Energie und Freude. Ihre warme Hand auf meinem Unterarm.

Die dunkle Landschaft spuckte viele Lichter aus. Ich hoffte, dass etwas Unerhörtes geschähe, dass der Zug eine große, weite Linkskurve machen und mich nach Zürich zurückbringen würde. Dass er direkt vor Noras Hauseingang hielte und ich die Treppen hochrennen könnte und – ja, was dann?

Ich würde an der Tür klingeln. Oder einfach reinstürmen. Ihr um den Hals fallen und sagen: »Ich bin zurück!« Aber was dann? Ihr die Strähne, die ihr dauernd ins Gesicht fällt, zurückstreichen? Ihren Blick nicht mehr loslassen? Ihr all das Unaussprechliche sagen, das sie in mir bewegt und das ich ihr nicht sagen kann? Ihr nah sein, näher als nur irgendwie möglich?

Aber nein – wie soll das schon gehen?

Es geht nicht. Nora würde mich nur erstaunt anschauen. Zumindest ein bisschen erstaunt. Würde sie das? Auf dem Schiff, als wir einander die Nase wärmten, hätte ich sie gern geküsst. Nur ein bisschen. Auf die Lippen. Mehr als nur auf die Lippen. In ihr versinken. Ich werde langsam verrückt.

Bin ich jemals zuvor in meinem Leben verrückt gewesen – verrückt nach einem Menschen? Nach Musik ja, aber nach einem Menschen?

Ich blickte mich in der dunklen Scheibe an und musste meinem Spiegelbild gestehen: Nein, in meinem Erwachsenenalter bin ich noch nie nach einem Menschen verrückt gewesen. Mein Spiegelbild machte ein verblüfftes Gesicht und schloss lange die Augen. Nach dem Öffnen runzelte es die Stirn. Mein Leben gerät aus dem Ruder. Kräfte treiben mich, die ich nicht kenne und die ich nicht steuern kann.

Ich bin froh, dass Nora eine Frau ist und kein Mann – das Chaos wäre perfekt. Mein Spiegelbild presste die Lippen zusammen – das hier ist ein Desaster, gerade weil Nora eine Frau ist.

Ich liebe die Art, wie sie geht – dynamisch und federnd; ich liebe ihre lebendigen, sensiblen Hände; ich liebe den Schalk in ihren Augen; ich könnte ihrer Stimme stundenlang zuhören; ich liebe die Art, wie sie sich kleidet; die Art, wie sie sich durchs Haar streicht; ihr erfrischendes Lachen. Mein Spiegelbild blickte mich selig an. Es hätte sorgenvoll schauen sollen, denn wir fuhren Mann und Kind entgegen.

Eine halbe Stunde noch durfte ich jedoch schweben und mich im Niemandsland zwischen Abfahrt und Ankunft meinen Träumen hingeben. Unmögliche Träume, die ich im Bahnhof Bern im Fundbüro würde abgeben müssen.

Das neue Jahrtausend nahm einen Anfang, den ich nicht vorgesehen hatte. Nicht dass ich etwas vorgesehen hätte, genau besehen hatte ich seit Jahren keine Vorstellung davon, wie es mit meinem Leben weitergehen sollte. Phoebe aufziehen, natürlich. Aber sonst? Was sonst?!

Ich kann mich gut daran erinnern, als ich Nora am ersten Schultag sah: Sie gab mir das Gefühl, dass alles möglich sei, dass das Leben ein einziges großes Abenteuer ist. Dieses wunderbare, optimistische Gefühl löste sie bei mir immer noch aus. Ich habe mein Leben brachliegen lassen, das erkannte ich wegen Nora nun in seiner ganzen Tragweite. Ich wollte mehr vom Leben, viel mehr, ich wollte alles – keine Ahnung, was das war. Vor allem wollte ich mit Nora zusammen sein. Dieser Wunsch jedoch verhieß nichts Gutes, *I'm afraid.*

Oh yes, I am afraid.

26. Dolores

*Die **Chipliste**: Eine Scheibe Vollkornbrot entspricht einem Chip, ein halbes Grillhähnchen kostet vier, ein Hamburger 7,5 Chips. Dabei gibt es »lachende« Chips für gesunde Nahrungsmittel und »traurige« Chips für ungesunde.*

Ich würde mich nie und nimmer bei Colette entschuldigen, ich war doch nicht Mutter Teresa! Ich hatte sie rausgeworfen, ja, das hatte ich, aber ich hatte auch einen Hühnerstall voller triftiger Gründe dafür! Besoffen muss mir niemand kommen, außer er will ein Donnerwetter erleben. Es war an ihr, sich bei mir zu entschuldigen, doch die würde sich wohl eher den Kopf abreißen, als zu mir gekrochen zu kommen. Zu mir kommt sowieso nie jemand gekrochen.

Wenigstens war das Weihnachtsgeschäft fantastisch gelaufen. Im Januar nun boten wir *Januarloch*-Sandwichs an: einfache Brotscheiben mit preiswerten Zutaten, trotzdem toll im Geschmack. Sie waren so beliebt, dass wir sie auch im Februar im Programm führten.

Nun war es neuerdings so, dass mein Nachbar regelmäßig auftauchte, angeblich um Sandwichs zu kaufen. Das glaubte ich ihm nicht, zumal er genau an den Tagen in den Kornhaus-Laden hereinplatzte, an denen ich dort arbeitete. Ich verteilte meine Arbeitszeiten in den Läden neu. Es änderte sich nichts – war ich im Kornhaus-Laden, erschien er.

Ich ging dazu über, in den Hintergrund zu verschwinden, wenn er kam. Mein Versteckspiel klappte bis zu jenem Tag, an dem ich wieder einmal prämenstruell war. In der prämenstruellen Phase ist bei mir der Teufel los. Just an jenem Morgen kreuzte der Nachbar früher auf als sonst – ich stand also hochprämenstruell hinter der Theke. Seine Augen leuchteten auf, als er mich erblickte. »Schön, dich zu sehen, selten treff ich dich hier an«, sagte er und strahlte wie ein Unschuldslamm, dieser Blödmann.

Ich stemmte die Hände in die Hüften und knurrte: »Was willst du?«

»Ups, bist wohl mit dem falschen Bein aufgestanden?«

»Bingo! Also, was willst du?«

»Einen *Trutenputen* und einen *Salamettifeger.*« Er rieb sich vorfreudig die Pranken. Obwohl draußen graue Schneereste zwischen Gehsteig und Straße lagen, trug er nur ein verwaschenes T-Shirt!

Der Kunde, der nach ihm hereingekommen war, hatte – wie das hierzulande üblich ist – noch nie etwas von Warten und Anstand gehört. Er platzte ohne zu grüßen dazwischen und sagte im Tonfall eines dödeligen Generals: »Und für mich einen *Kuhfladen*!«

Obschon ich am liebsten den Typen gepackt und seinen Kopf in den Geschirrspüler gesteckt hätte, nickte ich freundlich und pfiff Toni herbei.

Der Nachbar schaute mich mit seinen oberblauen Augen ruhig und aufmerksam an. Irgendwie waren seine Blicke wie Fingerflecken auf einer Scheibe. Er sagte: »Bei dem unhöflichen Typen lächelst du, mich schnauzt du an. Wenn du nicht willst, dass ich in deinen Laden komme, dann sag es mir ganz einfach.«

»Ich kann es mir einfach nicht leisten, Privatgespräche zu führen«, erklärte ich und fühlte mich wie das hinterletzte Mondkalb.

»Wie gesagt, möchte ich einen *Trutenputen* und einen *Salamettifeger,* und zwar bevor meine Mittagspause vorüber ist«, beharrte er, den Kopf auf seiner Riesenhand aufgestützt.

Ich weiß nicht, was mich ritt, jedenfalls wollte ich ihn treffen und erwiderte: »Du bist irgendwie ein untypischer Schwuler. Toni ist auch schwul, stimmt's, Toni?«

Toni gackerte.

Ich hatte erwartet, nein, gewünscht, dass der Nachbar endlich die Nerven verlieren würde und wütend den Laden verlassen hätte, aber da hatte ich mich geschnitten. Er glotzte leicht irritiert von mir zu Toni, überlegte kurz, dann richtete er sich wieder zu seiner ganzen Schrankhöhe auf und fragte Toni seelenruhig: »Na denn, hast du heute schon was los?«

Meine Glubschaugen fielen mir so gut wie aus dem Kopf. Toni tänzelte verlegen vor dem halb zubereiteten *Salamettifeger*, dann sagte der Knallkopf: »Also, ich, ich fühle mich sehr geehrt, aber du bist leider nicht so mein Typ – ich stehe auf kleine Bärtige.«

Der Nachbar hob die Augenbrauen, schwieg aber. Neue Kunden kamen hinzu und folgten Berns ungeschriebenem Gesetz: Starre schweigend an allen vorbei, die dich ansprechen könnten. Spricht dich ein Fremder doch an, so gib ihm die kürzestmögliche abweisende Antwort. Man sagt: Die Berner sind tolle Freunde, aber wie du zu diesen tollen Freundschaften kommst, bleibt ein Mysterium. Du brauchst jedenfalls sehr viel Zeit dazu. In der Regel ereilt dich der Tod vorher.

Während der Nachbar die Sandwichs bezahlte, schaute er Toni fragend an. »Wird also nichts mit heute Abend?«

Toni schüttelte verlegen den Kopf. »Sorry, aber wenn ich eine Frau wäre, würde ich voll auf dich abfahren.«

»Ich lass mir einen Bart wachsen und komme wieder«, sagte der Nachbar. Er nickte mir kurz zu und ging. Ich hätte am liebsten ein Küchenmesser nach ihm geworfen. Wenigstens war er schwul, diese Nuss. Erleichtert rammte ich das Fleischmesser ins Holz. Toni schaute ängstlich zu mir rüber, doch die Kunden warteten ungeduldig, wir hatten keine Zeit für private Gespräche.

Von nun an plauderte der Nachbar fast ausschließlich mit Toni. Schwule müssen sich ja immer zusammenrotten, es ist schon fast krankhaft, aber mir sollte es recht sein. Zu Hause wich ich ihm aus, so gut ich konnte. Doch manchmal läutete er an der Türe und fragte nach Milch, Klopapier, einer Sicherung, nach was weiß ich. Ich fragte ihn, ob er nicht wie ein normaler Mensch einkaufen gehen könne. Darauf erwiderte er entschuldigend lächelnd, er sei eben nicht normal, wie ich ja wisse. Darauf wusste ich nichts mehr zu sagen.

Einmal fragte ich ihn aus einem mir unerklärlichen Impuls heraus, ob er mir helfen könne, ein Bild aufzuhängen. Er strahlte und nickte. Ich führte ihn ins Schlafzimmer und bekam unterwegs kalte Füße. Meinem Bett sah man bestimmt an, dass ich seit Monaten keinen Sex gehabt hatte, wahrscheinlich konnte man es geradezu riechen. Ich zeigte dem Nachbarn das Bild und erklärte ihm, dass ich es vom Bett aus sehen wollte. Er betrachtete es und sagte dann: »Hmm, ziemlich untypisch für ein Schlafzimmer.«

»Nicht alle wollen nackte Männer im Schlafzimmer hängen haben«, schoss ich zurück.

»Du warst doch noch gar nie in meinem Schlafzimmer.«

»Natürlich nicht, ich bin ja eine Frau!«

»Also bitte, was denkst du von mir, ich …!«, er hielt inne und winkte ab.

Wir gingen ans Werk. Er hielt das Bild (auf dem alle meine Sandwich-Kreationen abgebildet waren) an die Wand. Ich sagte rechts, nein, links, etwas hinauf, eine Andeutung nach oben, nein, doch lieber eine Haaresbreite nach unten, oder eventuell einen halben Meter Richtung Fenster?

»Ich weiß nicht so recht«, sagte ich, während ich mich auf dem Bett zurücklehnte.

Der Nachbar stellte das Bild mit einem leichten Ächzen zu Boden. »Das ist ja auch nichts fürs Schlafzimmer«, meinte er und kratzte sich in seinem Dreitagebart.

»Warum denn nicht?«

»Na ja, Sandwichs gehören in eine Küche oder ins Arbeitszimmer. Im Schlafzimmer sollte man nicht an die Arbeit erinnert werden.«

»Sandwichs sind immer noch besser als nackte Männer«, konterte ich.

»Aha?«

»Jawohl.«

»Du bist scheinbar Expertin auf dem Gebiet.«

»Ich weiß genug.«

»Offensichtlich.«

»Genau.«

Er stand schweigend neben dem Bild, ich saß auf meinem Bett und schwieg ebenfalls. Wenn ich schwul gewesen wäre, hätte ich mich auf eine heiße Sache mit ihm einlassen, schon nur wegen der großen Hände. Ich war aber eine Frau, ich ging doch nicht mit einem Schwulen ins Bett!

Das mit dem Bild ließ ich sein. Ein paar Tage später stellte ich es ins Arbeitszimmer, die Wände im Schlafzimmer blieben kahl.

Im März boten wir knackige *Frühlingshauch*-Sandwichs an, obwohl vom Frühling nichts zu sehen war. Das konnte sich hierzulande jedoch rasch ändern.

Eines Tages erschien Amber, auf dem Rücken das Cello und an der Hand Phoebe. Das arme Kind war beunruhigend rothaarig, fast noch schlimmer als Amber damals. Amber wirkte fröhlich, irgendwie voller Pfeffer. Sie kam mit offenem Mantel zur Theke gerauscht. Während sie Phoebe auf einen der Barhocker hievte, grüßte sie mich fröhlich. Sie bestellte einen *Larifari* und für Phoebe einen *Hotzenplotz*.

Während ich die Sandwichs zubereitete, wollte Amber alles wissen: Wie die Läden liefen, wie es mir ging, ob wir mal einen Kaffee trinken wollten und ob ich etwas von Colette gehört hätte. Ich strich unsere feine Bergbutter auf die Sandwichs und belegte sie rasch mit den Zutaten. Phoebe schaute mir mit offenem Mund zu. Ich erklärte Amber, unter welchen Umständen ich Colette das letzte Mal gesehen hatte und dass ich deshalb keine Lust auf ein Wiedersehen empfand. Sie nickte verständnisvoll. »Colette war schon immer – wie soll ich sagen? – dem Leben abgeneigt. Sie ist definitiv kein glücklicher Mensch. Ob man da nicht etwas machen könnte?«

»Soll sie sich doch von Nora beraten lassen«, entgegnete ich. »Hast du übrigens mal was von ihr gehört?«

Warum Amber jetzt rot im Gesicht wurde, war mir ein Rätsel. Sie sagte: »Wir schreiben uns ab und zu eine SMS. Phoebe, *look, your Hotzenplotz.*«

In Anwesenheit von Kindern kann man kein vernünftiges Gespräch führen, immer wollen sie umsorgt werden oder die Eltern wollen sie umsorgen, als wären sie noch Säuglinge. Ich finde, es wird zu viel Tamtam um die Gören gemacht. Zu meiner Zeit war das anders – und hat es mir geschadet? Nein, ich besitze drei Läden und kahle Schlafzimmerwände, jawohl.

»Und wie geht's deinem Göttergatten?«, fragte ich mit lahmem Interesse. Also eigentlich mit gar keinem Interesse, aber solche Dinge fragt man doch, immer diese leidige Frage nach dem Partner, und wenn man keinen Partner hat, dann fragt man halt nach der Familie, und wenn die zur Hälfte tot ist, nach dem Geschäft oder nach dem Haustier. Ich möchte manchmal nicht nach meinem Drumherum gefragt werden, auch nicht nach meinen Wehwehchen, sondern nach meinem Herzen. Nach dem, was mich wirklich ausmacht. Zugegeben, wenn mich jemand tatsächlich nach Herzensdingen fragen würde, würde ich bloß abwinken und einen doofen Witz machen. Vielleicht bin ich nicht so einfach gestrickt, wie ich immer gedacht habe.

Jedenfalls schaute Amber auf, mit einem merkwürdigen Blick, dann mit einem Seitenblick zu Phoebe, die genüsslich ihren *Hotzenplotz* vertilgte. Da hatte ich den Eindruck, dass Amber es auch lieber hätte, ich würde nach ihrem Herzen und nicht nach dem Drumherum fragen. Etwas war bei ihr am Laufen, die hatte einen Braten im Ofen oder eine Leiche im Keller – sie war wie eine Sektflasche, kurz bevor der Korken den Kronleuchter aus der Halterung knallt. Nie zuvor hatte ich es in ihren blaugrünen Augen solcherart blitzen gesehen. Wieder mit Blick auf Phoebe sagte Amber, dass es Marc gut gehe. Nun war ich mir restlos sicher, dass der Wurm drin war. Ich wandte mich ab, um einem Kunden einen Apfelstrudel und vier *Doloresbomben* – leckere Schokoladekugeln mit Marzipan und Mandelsplittern – einzupacken. Phoebe beobachtete mich dabei und sagte mit vollem Mund: »Mama –«

»*Forget it!*« Amber sagte das mit unerwartet viel Autorität. Phoebe klappte den Mund zu, sie taxierte ihre Mutter mit bösem Blick und machte eine Armbewegung, als wollte sie auf die Reste ihres *Hotzenplotz* schlagen. Da hatte Amber sie schon am Arm gepackt. Sie kannte ihre Tochter gut! »Ich will etwas mit Dolores besprechen, darum sind wir ja da«, sagte Amber. Sie fixierte verlegen einen Punkt auf der Theke. »Dolores, die Sache ist die: Ich habe wieder mit Cellospielen begonnen, nehme Stunden und so. Aber das allein ist langweilig, und ich dachte – nun eigentlich dachte es Nora –, ich könnte Straßenmusik machen, damit ich Übung bekomme, und ich wollte fragen, ob ich vor deinem Laden spielen dürfte, so ab und zu.« Sie entfächerte ihre Finger, die sie während der Rede kunstvoll ineinander geflochten hatte. Phoebe war die Kinnlade runtergefallen und gab den Blick auf einen *Hotzen*matsch frei.

Ich lächelte Amber freundlich an, was eine Leistung war, denn ich kochte auf höchster Stufe. Wenn ich Nora in die Finger bekäme, würde ich sie vierteilen und den Hunden zum Fraß vorwerfen! Cellogedudel vor meinem Laden – wollte sie mich in den Ruin treiben? Musste ich zusagen, weil wir vor Jahrhunderten dem gleichen Geheimbund angehört hatten? Glücklicherweise kamen zwei Kunden herein und bestellten Sandwichs. Während ich sie zusammenstellte, dachte ich fieberhaft nach: Wie konnte ich Amber nein sagen, ohne sie zu frustrieren? Oder anders gefragt:

Wie konnte ich mich jetzt gleich sofort unbemerkt aus dem Staub machen?

Als die Kunden gegangen waren, fand ich keinen Grund mehr, geschäftig hinter der Theke herumzuwuseln und kehrte zu Amber zurück. Ich würde es taktvoll angehen – das war nicht meine Stärke, aber es musste sein, unserer Freundschaft zuliebe.

Ist es Ihnen auch schon mal so ergangen, dass Ihr Mund Dinge sagt, die der Kopf weiß Gott für sich behalten wollte? Seien Sie froh, wenn Sie das nicht kennen! Ich kenne es.

Ich sagte freundlich zu Amber: »Nicht über meine vergammelte Leiche.«

Phoebe schaute mich fasziniert an, Amber verblüfft.

»Ich will doch nicht meine Kunden vertreiben! Bei deinem melancholischen Gedudel vergeht den Leuten ja der Hunger.« Und während mein Mund in diesem Stil weiterquasselte, überlegte ich mir verzweifelt: Kann niemand diese Schnauze zum Schweigen bringen?

Phoebe grinste mittlerweile, Amber war kalkweiß geworden. »Ich möchte zahlen«, sagte sie mit gepresster Stimme.

»Ihr seid eingeladen«, wehrte ich ab.

»Von jemandem, der mein Cellospiel *Gedudel* nennt, lass ich mich zu gar nichts einladen.«

»Jetzt nimm das nicht persönlich, Geschäft ist nun mal Geschäft.«

Amber legte wortlos eine Zwanzigernote auf die Theke, packte Cellokasten und Phoebe und rauschte hinaus. Sollte sie doch rauschen und ihren Mozartschovski mit sich nehmen! Ich mochte nun mal lieber Schlager, na und?!

Und wieder mal hatte ich ein schlechtes Gewissen. Genau wie bei Colette. So war es: Die anderen hatten Furzideen, ich musste sie ausbaden, und am Schluss blieb ich auf einem Haufen schlechter Gefühle sitzen. Hatte ich Colette gesagt, sie solle sich besinnungslos besaufen? Hatte ich Amber gebeten, das Cello wieder hervorzuholen? Nein und nochmals nein!

Der Geheimbund warf noch heute schreckliche Schatten. Dank ihm war ich Zeugin eines Selbstmordes geworden, was mir mehr schlaflose Nächte beschert hatte als alles andere auf dieser Welt. Es war ein Thunfischsandwich gewesen, das ich der Frau großzügig angeboten hatte – mit Tomaten, Mayonnaise, Zwiebel, Butter und – was bestimmt noch niemand gewagt hatte – einer Prise, nein, einem Hauch von Kreuzkümmel. Es war perfekt gewesen, dieses Sandwich, in sich rund und vollendet. Hatte ich gedacht. Als ich die Frau springen sah, nahm sie den Glauben an dieses Sandwich mit, es war wie eine Ablehnung dessen, was ich mit viel Hingabe kreiert hatte. Ich verstand es nicht. Ich wollte es nicht verstehen.

Seit jener Nacht habe ich nie mehr ein Thunfischsandwich gemacht.

Wie verzweifelt muss ein Mensch sein, dass er trotz der Möglichkeit, in ein leckeres Sandwich zu beißen, dem Leben den Rücken kehrt? In meinen schlaflosen Nächten hatte ich mich das oft gefragt. Die Frau musste total am Ende gewesen sein, wirklich am Ende. Ich sah sie wieder und wieder wortlos in die Tiefe springen. Was war in ihrem Leben geschehen, dass sie die Entscheidung zu springen als die einzige von unzähligen Möglichkeiten betrachtete?

Und wie war das mit der unglücklichen Colette? Sie war eine blonde, dunkle Lebensverneinung, zu schön anzuschauen, als dass man ihr das Unglück ansah. Wie es ihr wohl ging?

Na, es war mir entenschwanztütenegal, wie es ihr ging. Entenschwanztütenhühnerbeinfrettchenegal, um genau zu sein.

27. Amber

Musik drückt das aus, was nicht gesagt werden kann und worüber zu schweigen unmöglich ist.

Victor Hugo

Ich wünsche mir das Handy öfters ins Pfefferland. Ein mobiles Telefon mag seine Vorteile haben, wenn man nicht gerade in den Bergen verloren geht und keinen Empfang hat. Letztendlich ist es aber so, dass das mobile Telefon unserer Gesellschaft, was Höflichkeit und Rücksichtnahme betrifft, den Todesstoß versetzt hat. Durch das Handy schwappt das Private in den öffentlichen Raum – wildfremde Leute, die einen nicht interessieren, beschallen einen mit Gesprächen, die einen erst recht nicht interessieren. Handys nähren außerdem den Wahn, dauernd und überall erreichbar sein zu wollen. Zudem lässt es das Entfernte interessanter erscheinen als das Nahe. Manche unterbrechen einen leidenschaftlichen Kuss, wenn ihr Handy lostrillert. Einen leidenschaftlichen Kuss sollte man aber nie unterbrechen – von denen gibt es nicht unendlich viele.

Dank des mobilen Telefons hat die menschliche Spezies (jedenfalls der Teil, der Zugang zu Handys hat) einen Sprung in der Evolution vollführt: Vom *Homo Sapiens* und *Homo Ludens* nun zum *Homo Telefonitis*: *Ich habe ein Handy, also bin ich.*

Im neuen Jahrtausend nun geschah das Peinliche, dass mich dieser Handyfimmel auch packte. Auf einmal wusste ich immer, wo ich es hingelegt hatte, lud es rechtzeitig wieder auf und stellte den SMS-Rufton auf laut.

Und dies alles wegen Nora.

Seit unserem wunderbaren gemeinsamen ersten Januar tauschten wir fast jeden Tag SMS aus. Das war kindisch, aber zu schön, als dass ich damit hätte aufhören können. Ich war beflügelt und immer wieder voller Vorfreude und Spannung auf Noras nächste SMS. So vergingen Januar und Februar, und im März startete ich – angeregt durch Nora – mein Cello-Projekt.

Weil mir Dolores nicht die Erlaubnis gegeben hatte, vor ihrem Laden zu spielen, fragte ich im Hutladen nebenan. Die Besitzerin war eine ältere Dame, die klassische Musik zu schätzen wusste und davon überzeugt war, dass mein Spiel die Kunden anlocken würde. Am darauffolgenden Nachmittag machte ich mich auf. Nora schrieb, ich solle mir vorstellen, wie sie im Publikum stehen und mir applaudieren würde. Dann ginge es wie von selbst. Ich entgegnete:

– **Ich kann es nicht!**

Und sie antwortete:

– **Das würde dir so passen!**

Als ich zum vierten Mal am Hutladen vorbeitigerte, kam die Ladenbesitzerin heraus und winkte mir fröhlich zu. Da musste ich wohl oder übel zu ihr gehen, Ghettoblaster hinstellen, Cello auspacken und das Instrument stimmen. Ich hörte innerlich Nora lachen, fasste mir ein Herz und drückte den Start-Knopf des Ghettoblasters. Der Anfang war schwierig, so wie jeder Schritt hinaus in Neuland schwierig ist. Nach den ersten paar Takten ging es schon besser, dann ließ ich mich nach und nach vom Spiel mitreißen. Lange konnte ich das aber nicht, weil Dolores plötzlich vor mir stand, die Arme in die Seite gestemmt. Ich spielte weiter, nicht ruhig, aber ich spielte weiter. Dolores drehte auf dem Absatz um und verschwand wieder. Kurz darauf erschien sie mit einem Radio und drehte voll auf.

Es war wohl Zeit, eine Pause einzulegen.

»Hab ich dir nicht verboten, vor meinem Laden zu spielen?« Dolores war auf hundertachtzig.

»Ich spiele vor dem Hutladen, das ist was anderes.«

»Dieses Gejammer verdirbt meinen Kunden den Appetit!« Sie ließ sich eine Weile über die schädliche Wirkung meiner verstaubten Musik aus und drohte, so lange hier zu warten, bis ich gegangen sei.

In dem Moment kam eine Frau aus ihrem Laden, blieb vor mir stehen und sagte: »Oh, Sie haben so schön gespielt, fahren Sie doch fort!«

Dolores schaute sie entgeistert an. Kaum war die Frau verschwunden, zischte sie: »Nicht hinhören, ich kenne die – die ist fast taub.«

Nun trat ein Mann mit einer Tüte voller Sandwichs aus Dolores' Laden und sagte beim Vorbeigehen zu ihr: »Tolle Idee mit der Musik, so was gefällt den Leuten.«

Dolores schüttelte verständnislos den Kopf und kehrte kommentarlos mit dem Radio in den Laden zurück. Ich spielte weiter und hatte nach einer Stunde sechzig Franken im Cellokasten, den zu schließen ich vergessen hatte. Als ich zusammenpackte, trampelte Dolores wieder zu mir her: »Also wenn schon, dann spielst du vor meinem Laden. Weiß der Geier, was die Leute daran toll finden.« So schnell wie sie gekommen war, so schnell verschwand sie wieder.

»Wunderbar, wirklich«, sagte eine bekannte Stimme hinter mir. Ich wirbelte herum. Eine lächelnde Nora lehnte sich gegen die Arkade. »Dieses Ereignis wollte ich mir nicht entgehen lassen – zum Glück hatte ich in der Psychiatrischen Klinik von Bern etwas zu erledigen, so habe ich das eine mit dem anderen verbunden.«

Ich fiel ihr um den Hals. »*What a surprise*, nichts hätte mich mehr freuen können als dein Kommen! Hast du Zeit, gehen wir was trinken?«

»Wo sind Marc und deine Tochter? Wollten sie bei deiner Premiere nicht dabei sein?«

Ich schaute verlegen zu Boden und zuckte mit den Schultern.

»Amber!«

»Marc hätte mich nicht gelassen, es wäre ihm zu peinlich gewesen.«

»Ist das dein Geheimrezept für eine gelungene Beziehung?«

Ich zuckte nochmals mit den Schultern. Dolores tauchte wieder auf. Als sie Nora erblickte, stürzte sie sich mit einem freudigen Schrei auf sie. Sie zog uns in den Laden und spendierte uns, was immer wir wollten. Nora gegenüber schwärmte sie in hohen Tönen von meiner Musik, die Heuchlerin. Sie fragte Nora, ob sie etwas von Colette gehört hätte. Nora verneinte, worauf sich Dolores' Gesicht verdunkelte.

»Ruf sie doch an«, schlug Nora vor.

»Sie muss sich bei mir melden, das ist nun mal klar wie Apfelmus.«

»Vielleicht ist ihr etwas zugestoßen, und sie kann sich nicht melden«, gab ich zu Bedenken.

»Natürlich – wahrscheinlich ist ihr an ihren schweineteuren Strümpfen eine Masche runtergefallen, oder sie hat einen Schwächeanfall gekriegt, weil sie einmal selber den Geschirrspüler leeren musste, oder sie hat im Tennis einen Ball an den Kopf gekriegt!«, schnauzte Dolores.

»Vielleicht ist Colettes Verhalten an Silvester ein Hilfeschrei und ein Beweis für ihr Vertrauen in dich gewesen«, wandte ich ein.

Dolores schrubbte nun schon länger mit einem Lappen an der gleichen Stelle. »Trotzdem«, sagte sie, aber nicht sehr überzeugend.

»Amber und ich haben einander diesen leidigen Geburtstag, der unsere Freundschaft auseinandergerissen hat, verziehen, da kannst du Colette ein bisschen Alkohol verzeihen. Colette ist weit davon entfernt, wie dein Vater zu sein.«

Dolores, die offenbar einen Rekord im Am-gleichen-Ort-Schrubben aufstellen wollte, grummelte, dann ging sie unvermittelt hinter der Theke in die Hocke. Nora und ich schauten uns verblüfft an. Ein großer, breitschultriger Mann mit Dreitagebart und unglaublich blauen Augen trat an die Theke und nickte uns freundlich zu. Er sagte zu Dolores' Mitarbeiter: »Hoi, Toni, wie geht's? Dolores ist wohl nicht da, Glück gehabt! Ich möchte gern eine große Tüte *Doloresbomben*, schön eingepackt.« Dann sah er uns fragend an. »Ich habe mich hoffentlich nicht vorgedrängt?«

»Nein, nein«, grinste Nora, »wir wundern uns nur über jemanden, der auf rätselhafte Weise verschwunden ist.«

Der Mann lächelte. »Ja, immer diese Menschen, die einfach so verschwinden«, sagte er und zahlte die Bomben. Er entdeckte den Lappen, den Dolores auf der Theke hatte liegen gelassen: »Ein solcher Lappen gehört eigentlich hinter die Theke«, sagte er und warf ihn genau dorthin, wo Dolores kniete. Pfeifend verließ er das Geschäft.

Kaum war die Türe zu, tauchte Dolores mit dem Lappen auf dem Kopf auf. »Ha, überlistet!«, rief sie, »habt ihr das mitgeschnitten?«

Wir hatten.

Die Türe ging auf, es war wieder der sympathische Mann. Er kam an die Theke, ohne Dolores eines Blickes zu würdigen und packte die Tüte mit den Bomben. »Hatte sie vergessen«, sagte er entschuldigend. »Ach, sieh an, Dolores, wie aus dem Nichts aufgetaucht.« Er nickte uns zu und ging.

»Das ist er«, rief Dolores aufgeregt, »mein Nachbar, der mir nachstellt, obschon er schwul ist! Das ist doch nicht normal, sehe ich etwa schwul aus?! Auf dieser Welt ist auch gar nichts mehr an der richtigen Stelle, man könnte glatt vergessen, was richtig und was falsch ist.«

»Ach ja«, sagte Nora, »und schwul ist deiner Ansicht nach wohl falsch?«

»Richtig.« Das letzte hatte sie nur leise gesagt, mit verschämtem Blick zu Toni, dem man von weitem ansah, dass er bis in die Haarspitzen schwul war.

»Dolores, Schwule stellen nicht Frauen nach, etwas an dieser Geschichte ist faul«, sagte Nora.

»Das wirst du Idiotendoktorin ja wieder wissen!«

Zum Glück kam eine Menge Kundschaft herein, und wir konnten uns aus dem Staub machen. Nora nahm meinen Cellokasten auf den Rücken. »Wohin gehen wir?«, fragte sie. Ich nahm sie an der Hand und zog sie ins nahe gelegene *Du Theâtre*. Das Restaurant war voller bequemer Sessel, große Lüster hingen von der Decke, und in einem Kamin brannte ein Feuer. Ich setzte mich an einen runden Tisch, aber vorher half ich Nora mit dem Cello. Während wir auf den Kellner warteten, schauten wir uns um und öfters einander an. Ich hatte wegschauen wollen, aber ich tat es nicht, sondern verweilte in diesen immer etwas lächelnden, warmen braunen Augen, und ich hatte Gefühle, die ich nicht beschreiben konnte. Ich hätte ewig so sitzen und gucken können.

Es war das erste Mal seit dem wundervollen ersten Januar, dass ich Nora wiedersah. Ich hatte sie mit einer Heftigkeit vermisst, die mich irritierte. Ich kannte eine solche Heftigkeit nicht. Nach fünfzehn Jahren Ehe vermisst man den Partner nicht mehr so arg. Nun, genau genommen hatte ich Marc auch in unserer Anfangszeit nicht besonders heftig herbeigesehnt. Die Beziehung hatte sich langsam aus einer Freundschaft entwickelt, Werte wie Treue, Beständigkeit und Harmonie standen im Vordergrund. Bei Marc waren die Gefühle mehr warm als leidenschaftlich, nährend, nicht unbedingt begehrend. Marc bedeutete für mich umfassende Geborgenheit, ein Zuhausesein, und das war mehr, als ich erwarten konnte.

Nora balancierte das halbvolle Glas auf ihrem Kopf. Man müsse nur im Zentrum sein, dann sei so etwas ein Kinderspiel, erklärte sie. Ich schubste sie leicht, aber sie ließ sich tatsächlich nicht aus dem Gleichgewicht bringen. Sie strahlte mich an, als hätte sie ein Wunder vollbracht. Marc würde nie ein Glas auf seinem Kopf balancieren, er tat auch sonst nicht viel, was ausgefallen war, eigentlich gar nichts. Am liebsten saß er in seinem Sessel und las Bücher oder die *Neue Zürcher Zeitung*. Ich hatte mir oft gewünscht, dass er ein aufregendes Hobby ergreifen, dass er wenigstens Fußball spielen oder Kerzen ziehen würde, irgendwas. Aber nein, er saß Abend für Abend im Sessel und las. Oder er führte mit Kollegen intellektuelle Gespräche, was auch nicht besonders abenteuerlich war. Er hatte interessante Ansichten, war im Beruf engagiert, beschäftigte sich viel mit seiner Tochter, und wir hatten immer mal wieder Sex, auch wenn der Impuls immer von ihm ausging. Er war bestimmt ein passabler Liebhaber oder wäre es. Vielleicht war etwas mit mir nicht in Ordnung, weil ich froh war, wenn es getan war. Diese Pflicht, *meine Pflicht als Ehefrau*, wie man das früher zu sagen pflegte. Wie das tönt! Im neuen Jahr hatten wir jedenfalls noch keinen einzigen Moment echter Zweisamkeit erlebt. Wir liefen über Eier – mittlerweile lag ein riesiger Eiermatsch unter unseren Füßen. Er war immer noch davon überzeugt, dass ich einen Liebhaber hatte oder zumindest einen wollte. Ich beteuerte ihm tausendmal, dass kein anderer Mann im Spiel sei, und das war die Wahrheit.

Ich sah zu, wie Nora nun das Fläschchen auf dem Kopf balancierte. Indem sie stolz sagte: »Siehste!«, fiel die Flasche runter und verteilte die restliche Flüssigkeit auf Tisch und Sessel. Als ich ihr verblüfftes Gesicht sah, musste ich lachen. Die anderen Gäste sahen uns befremdet an, was mir gleichgültig war. Der Kellner kam mit einem Lappen, Nora bestellte sich nochmals dasselbe. Die Zeit verging im Fluge, und ich würde vermutlich noch heute dort sitzen und mich mit Nora unterhalten, wenn nicht das Handy geläutet und mich Marc mit gepresster Stimme gefragt hätte, ob ich auch noch vorhabe, nach Hause zu kommen. Gepresste Stimme war kein gutes Zeichen, sondern Marcs Ausdruck größter Wut. Stockend leierte ich etwas von Cellostunden und davon, aufgehalten worden zu sein, und hängte auf. Ich wollte den Kellner rufen, aber Nora legte mir beruhigend die Hand auf den Arm und sagte, dass sie diese Runde übernähme. Sie beobachtete mich nachdenklich dabei, wie ich den Mantel überzog, das Cello schulterte und den Ghettoblaster packte. Als ich bereit war, stand sie auf. »Wann sehen wir uns wieder?«, fragte sie zögernd.

»Ich weiß es nicht, mal schauen, wann ich einen Nachmittag oder Abend freischaufeln kann.«

Nora schaute unglücklich auf ihre Hände, und ich dachte, dass unsere Freundschaft seltsam war. »Ich hoffe, es wird bald sein«, fügte ich hinzu. Ich gab ihr einen Kuss auf den Mund – ich beneidete jeden Mann darum, der diesen schönen Mund küssen durfte –, strich ihr über Schulter und Arm, dann steuerte ich auf den Ausgang zu. Zurück zu den Pflichten.

Marc saß in seinem Sessel, aber er las nicht. Phoebe sei beim Nachbarsmädchen, erklärte er mir. Er schaute mich streng durch seine Brillengläser an: »Amber, was ist mit dir los, rück endlich mit der Wahrheit raus!«

»Ich weiß nicht, wovon du sprichst.«

»Oh doch, das tust du sehr wohl.«

»Nein, tu ich nicht. Vielleicht ist ja etwas mit dir los!«

»Du hast was am Laufen, gib es zu.«

»Marc, ich schwöre dir, da ist nichts!«

»Wegen dir verliere ich noch das Vertrauen in meine Wahrnehmung, willst du mich für blöd verkaufen?«

»Wieso sollte ich?«

»Das müsstest du mir erklären!«

»Ich schwöre dir bei den Gebeinen von Jacqueline Du Pré, dass es keinen anderen Mann gibt!«

»Dann halt eine Frau, was weiß ich!«, wetterte er.

Offensichtlich verstand er erst im Nachhinein, was er eben gesagt hatte. *Dann halt eine Frau*. Er glotzte mich an. Und glotzte. Dabei schien er eine Erleuchtung zu haben. Er atmete schwer ein und flüsterte: »Das ist es!«

Ich verstand rein gar nichts. »Was ist was?«

»Das ist es. Natürlich! Das ist es, und ich Idiot merke es erst jetzt. Es geht tatsächlich nicht um einen Mann, es geht um eine Frau – um Nora!«

Nun drehte er durch. Ich schluckte leer. »Ich habe Nora als Freundin zurückgewonnen. Als Freundin, das ist auch schon alles.«

Marc lachte traurig auf. »Wie konnte ich nur so dumm sein zu meinen, dass da ein anderer Mann im Spiel ist!«

»Was? – Wie meinst du das?« Panik kroch mir den Rücken rauf.

»Dein mangelndes Interesse an Sexualität, deine Schwärmereien für berühmte Frauen.«

»Du übertreibst.«

»Ach ja? Was ist mit Emily Watson, mit Audrey Hepburn, Frida Kahlo, Jane Austen, nicht zu reden von der leidigen Du Pré?«

»*You're mad*!«

»Welche Männer gefallen dir?«

»Ich – das kann ich nicht einfach aus dem Ärmel schütteln, ich muss nachdenken.«

»An der Vernissage letzten Samstag – wer ist dir da besonders ins Auge gestochen?«

»Die Frau mit den – *bloody hell*, das hat doch nichts zu bedeuten! Wenn ich gerne Frauen betrachte, dann hat das was mit Schwesternschaft zu tun!«

»Du hast es selber noch gar nicht gecheckt, nicht wahr? Du glaubst dieses Märchen tatsächlich.«

»Das ist kein Märchen. Ich finde Frauen schöner als Männer, aber das geht vielen heterosexuellen Frauen so.«

»Woran denkst du, wenn wir Sex haben?«

»Das ist mir jetzt zu intim!«

»Ich bin dein Mann!«

»Trotzdem!« Ich wollte nicht über meine sexuellen Phantasien reden, was sollte das bringen? Meine sexuellen Phantasien gehörten mir, und wenn auch Frauen darin vorkamen, hieß das noch gar nichts. Ich habe gelesen, dass heterosexuelle Frauen öfters Phantasien mit Frauen haben.

»Marc, ich will nicht weiter über diesen Humbug reden! Viel lieber würde ich etwas mit dir besprechen, was mir wirklich wichtig ist – genauer gesagt über einen Wunsch, und da kein Moment der richtige wäre, um ihn dir mitzuteilen, nehme ich diesen schlechtesten überhaupt: Ich würde gern im Arbeitszimmer schlafen. *I need a room of my one*, um es in Virginia Woolfs Worten zu sagen.«

Marc vergrub sein Gesicht in den Händen, und das, obwohl er die Brille auf der Nase hatte. Die würde nun verschmiert sein.

»Ein Abstand würde unserer Beziehung bestimmt guttun, wir brauchen etwas Belebung.«

»Du brauchst das vielleicht, nicht ich. Ich will eine Frau, die neben mir schläft.«

In diesem Moment ging die Wohnungstür auf, und Phoebe stürzte herein. »Wir haben Nicolettas Puppe geschminkt, die sieht abartig geil aus.«

»Wie sprichst du? So spricht man nicht«, sagte ich und biss Phoebe in die Wange, worauf sie zufrieden losquietschte. »Zeit für die Heia«, sagte ich, hob sie hoch und trug sie ins Badezimmer. Während ich ihr beim Zähneputzen assistierte, mit ihr *Nursery Rhymes* sang und den Tag rekapitulierte, wollten mir Tränen in die Augen schießen. Als ich das Licht in Phoebes Zimmer gelöscht hatte, suchte ich Marc, um ihm zu sagen, dass ich es mir anders überlegt hätte, dass ich weiterhin bei ihm schlafen und dass ich mit ihm sexuell Neues ausprobieren wolle. Marc war aber verschwunden, vielleicht zu seinem besten Freund gegangen. Ich löschte in der ganzen Wohnung das Licht, plumpste aufs Sofa und ließ meinen Tränen freien Lauf.

28. Nora

Was liegt zwischen den
Liebenden und der Liebe?
Nora Seligmann

Ich hatte Ziza zu mir gebeten. Ich sagte zu ihr: »Nimm einen warmen Mantel und komm zu mir auf den Balkon.« Ziza war eine leidenschaftliche Kettenraucherin, ein Abend mit ihr zusammen im gleichen Raum bedeutete eine mittlere Rauchvergiftung. Ihre Zähne verfärbten sich allmählich gelb, nicht nur wegen des Rauchens, sondern auch wegen ihres desaströsen Kaffeekonsums. Essen tat sie gelegentlich. Sie war ein Klappergestell, bei uns in der Klinik würde man ihr Magersucht diagnostizieren. Bestimmt schon tausendmal hatte ich versucht, ihr ein Antidepressivum (erwiesenermaßen erfolgreich bei Magersucht) anzudrehen. Ohne Erfolg. »Meine Kreativität von irgendwelchen Pillen zerstören lassen? Spinnst du?!«, erwiderte sie. Ich legte ihr dar, dass sie vermutlich wesentlich kreativer wäre, wenn sie nicht dauernd kurz vor dem Kollabieren sei. Wie gesagt, es nützte nichts.

Ziza kam mit Mantel, und wir setzten uns auf meinen Balkon. Ich war mir nicht sicher, ob mein Lavendel so viel Zigarettenasche würde ertragen können. Seit Jahren schon hatte ich Angst um den Strauch, aber der Gute lebte munter weiter, inzwischen wohl nikotinsüchtig geworden. Ziza hatte hohe Wangenknochen, weiße durchsichtige Haut, schwarze glühende Augen. (Ihre Großeltern väterlicherseits waren Russen gewesen, deshalb dieses Feuer, hatte sie mir erklärt.) Sie trug immer einen Hut, eine Kappe, ein Fez oder Béret, an diesem Abend war es so etwas wie ein Turban. Ziza war Installationskünstlerin und seit kurzem darin sogar erfolgreich. Ich hatte es nicht so mit der Installationskunst. Ich mag keine Videos, in denen Ziza vier Minuten lang ein Yoghurt isst und es dann auf den Tisch erbricht. Für mich ist so etwas nicht Kunst, es ist neurotisch. In einer anderen Installation wirft Ziza Hunderte von Löffelchen in eine überdimensionierte Suppenschüssel und reiht Wörter aneinander von allem, was man mit Löffelchen so isst. Das ist alles gut und schön und eine natürliche Weiterentwicklung der Kunst, und trotzdem, ich kann mir nicht helfen, wenn Installationskünstlerin Abramovic (Zizas großes Vorbild) Knochen putzt oder sich Kreuze auf den Bauch schneidet, suche ich das Weite.

Nichtsdestotrotz schätzte ich Ziza über alle Maßen. Sie ist witzig, loyal, verrückt, eine interessierte Zuhörerin, und wir können miteinander diskutieren, bis wir einen Kieferkrampf kriegen. Als sie an diesem Abend mit mir durch die Wohnung ging, steckte schon eine Zigarette zwischen ihren Lippen. Kaum hatten wir den Balkon betreten, zündete sie hastig den Glimmstängel an. Wir setzten uns auf meine zwei alten Gartenstühle, zwischen uns eine Flasche Rotwein. Ziza sog an ihrer Zigarette und beobachtete mich. »Norilein (sie ist die einzige, die mich so nennen darf), was liegt dir auf dem Herzen? Knabberst du immer noch an deiner Verliebtheit?«

Ich nickte nur, während ich ihr das Weinglas reichte. »Ein Leben lang ging ich davon aus, dass ich heterosexuell bin. Das heißt, ich ging gar nicht davon aus, es war einfach so, weil es so war. Und ich habe nie feststellen können, dass mir auch Mädchen und Frauen gefallen hätten. Nun gut, in Amber war ich schon sehr vernarrt, aber das war halt auch so, darüber habe ich mir nie Gedanken gemacht. Ich bin mit Jungen ausgegangen und fand sie wesentlich einfacher gestrickt als Mädchen, Männer sind bekanntlich nicht die Komplexität in Person. Du weißt, ich hatte einige Männer« – Ziza nickte bedächtig den Kopf, während sie die Zigarette am Topfrand des Lavendels abstreifte –, »ich habe die knackigen Ärsche der Männer betrachtet, nicht den Busen der Frauen – also, jedenfalls nicht übertrieben oft, nur wenn es sich ergab. Und ich finde Johnny Depp, Alan Rickman oder Josh Hartnett sexy, wirklich. Nun gut, mir gefallen auch Catherine Deneuve und Fanny Ardant – weißt du noch im Film *Huit femmes*, da haben sich die beiden Diven küssend auf dem Boden gewälzt, das war so was von heiß, aber das heißt nichts, manchmal findet man auch als Frau eine Frau heiß. Ich –«

»Nörchen (sie ist die einzige, die mich so nennen darf), komm auf den Punkt! Bist du nun in Amber verliebt oder nicht?«

Manchmal hasse ich Zizas direkte Art. »Wie soll *ich* das wissen?«

»Bei den Männern hast du's doch auch gewusst.«

»Aber es fühlt sich nicht so an wie bei ihnen.«

»Amber ist ja auch eine Frau.«

»Scharf gefolgert, Frau Kommissarin.«

Ziza steckte grinsend eine neue Zigarette in den Mund, enthielt sich aber heldenhaft, sie anzuzünden. »Wie ist es, wenn du an sie denkst oder mit ihr zusammen bist?«

»Das ist es ja – es ist von einer solchen Vehemenz, das ist schon nicht mehr normal. Etwas in mir singt ihren Namen, etwas anderes will sie dauernd sehen, und bin ich mit ihr zusammen, befinde ich mich in einem Taumel. Na ja, etwas pubertär. Halb so tragisch.«

Ziza lachte laut und klopfte mir auf die Schultern. »Ich kann mich nicht erinnern, dass du jemals so etwas von einem Mann gesagt hättest. Nörchen (sie ist die einzige, die mich so nennen darf, habe ich das schon erwähnt?), der Fall ist klar: Du bist bis über beide Ohren in diese Frau verliebt. Ich sehe dein Problem nicht.«

»Sie ist verheiratet. Sie hat ein Kind. Ich weiß nicht, ob sie ebenso fühlt wie ich.«

»Nun seh ich dein Problem!« Ziza schaute eine Weile in die Fackel, die ich am Geländer angebracht hatte, nahm einen Schluck Wein, dann drei Schlücke Kaffee (ich hatte eine Thermosflasche mit Kaffee neben sie gestellt. Sie war wohl die einzige, die Wein und Kaffee auf diese Weise mischt!). Stirnrunzelnd spielte sie mit der Zigarette in ihrer Hand, dann guckte sie zu mir. »Du fängst ganz vorne an. Als erstes musst du rausfinden, was Amber für dich empfindet. Wenn sie deinen Irrsinn erwidert, ersäufst du ihren Mann in der Aare und das Kind steckst du ins Heim.«

»Ziza, das ist nicht lustig!«

Ziza zuckte grinsend mit den Schultern.

»Wie soll ich rausfinden, was sie für mich fühlt?«

Ziza dachte lange nach, nahm einen Schluck Wein, zwei Schlücke Kaffee, entfachte die Zigarette, zog und atmete den Rauch durch die Nase aus. Dann sagte sie: »Frag sie.«

Bis jetzt war mir das noch gar nie aufgefallen – aber für eine abgehobene Künstlerin war Ziza ungemein banal.

»Ich kann sie doch nicht einfach fragen!«

»Habt ihr im *Burghölzli* keine Wahrheitspillen? Die könntest du ihr in den Kaffee mischen.«

»Ziza!«

»Norilein (mir geht es total auf die Nerven, wenn sie mich so nennt), es geht nicht anders, du musst sie fragen, sonst wirst du noch verrückt.«

»Vielleicht könnte das jemand anderer für mich tun …?«

»Vergiss es, ich spiele gewiss nicht die Liebesbotin!«

Ich vergrub mein Gesicht in den Händen. »Meine Güte, was soll ich bloß tun?«

»Frag sie – persönlich, via SMS oder E-Mail. *Was fühlst du für mich*? Das wäre doch ein guter Anfang. Alles weitere ergibt sich von selber.«

Bei Ziza tönte das einfach. Bei anderen tönt es immer einfach. Dann fragte mich das Biest, ob sie mich filmen könne, ich hätte im Moment so intensive Liebes- und Angstgefühle, die sich auf meinem Gesicht widerspiegelten. Sie könnte das

Material für eine Installation brauchen. Als Antwort boxte ich sie in die Seite. Langsam wurde es ungemütlich auf dem Balkon, wir gingen in die Küche, wo es Ziza ohne Zigarette eine halbe Stunde aushielt. Sie umarmte mich zum Abschied, etwas, das sie selten tat. Die knochigen Arme um mich geschlungen, gab sie mir einen Kuss auf die Wange und flüsterte mir ins Ohr: »Es kommt gut, ich spür's ganz deutlich. Du weißt ja, ich hab ein Gespür für solche Dinge.«

Das war mir neu.

Als Ziza gegangen war, saß ich eine Weile am Küchentisch und betrachtete abwechselnd die Maserung der Holzplatte und mein Handy, das inmitten dieser Linien lag. Nach mehreren Anläufen packte ich das Handy.

– Amber, was fühlst du für mich? Ich muss es wissen, es ist wichtig, verzeih dass ich dich überfalle

Ich schickte die SMS ab, bevor ich mir weitere Gedanken machen konnte. Die Antwort ließ nicht lange auf sich warten:

– Immer schön eins nach dem anderen. Warum sagst nicht erst mal du, was DU für mich empfindest?

Luder.

– Weil ich dich zuerst gefragt hab

Minuten vergingen. Lange Minuten!

– Also gut, aber das wird einen moment dauern, vielleicht sogar tage. Schlaf gut, schlaf wenigstens du gut

Sie schickte mich also auf die Folterbank! Und was meinte sie damit, dass wenigstens ich gut schlafen solle?

Amber ließ mich vier lange Tage warten. Vier lange, lange Tage, in denen ich meiner nervlichen Zerrüttung entgegenging. Am vierten Tag bekam ich von ihr eine SMS, in der sie mich darauf hinwies, dass sie eine E-Mail für mich abgeschickt hätte.

Ich zitterte vor Aufregung, als ich meine Box öffnete und Ambers E-Mail anklickte.

Liebste Nora (»Liebste« schrieb sie!)

Du möchtest wissen, was ich für dich empfinde, ohne dass ich erfahren darf, warum du das wissen willst. Das fühlt sich an, als stände ich in einem luftleeren Raum, sollte tief einatmen und dann singen. Das ist nicht einfach, aber weil ich dir vertraue und weil du mich gebeten hast, lasse ich mich auf diesen Kuhhandel ein.

Du glaubst nicht, wie oft ich mir darüber Gedanken gemacht habe, was du für mich bedeutest, und nun kann ich dieser Frage wohl nicht mehr ausweichen. Der Grund für mein tagelanges Schweigen liegt darin, dass ich meine Gefühle für dich nicht verstehe, geschweige denn in Worte fassen kann. Ich fühle mich aufs Glatteis geführt.

Manchmal gehe ich durch die Stadt und sehe mir die Männer an. Marc hat mir vorgeworfen, dass mich Männer nicht interessieren. Ich schaue also die Männer an, versuche ein wenig mit ihnen zu flirten und stelle sie mir nackt vor. Und doch will sich ein Begehren nicht einstellen. Genau genommen hat es das nie so richtig.

Ich denke an unsere Begegnung, damals im Dezember an der Aare. Der Himmel war von einem gleichmäßigen Grau, wie das nur der Hochnebel hinkriegt. Der Atem kleine Nebelschwaden, die Bäume kahl, die Äste braunschwarz, das Wasser grauschwarz, die Kiesel hellgrau. Du standest am Ufer und schautest auf den Fluss, dein Kopf verschwand beinahe in deinem hochgeklappten Mantelkragen, die Hände hattest du tief in den Taschen vergraben. Du hast nicht gemerkt, dass ich dich ansah – ich genoss diesen intimen Augenblick.

Mein Herz weitete sich, es schmerzte geradezu in meiner Freude, mit dir zu sein. Ich war aufgeregt, etwas in mir brannte lichterloh. Und ich fühlte jene Intensität und Leidenschaft, die ich sonst nur von der Musik her kenne. Ob

Nora, in solchen Momenten will ich alles von dir und weiß doch nicht, was das ist. Oder will es nicht wissen. Ich weiß bloß, dass ich glücklich bin, wenn ich mit dir zusammen bin, und dass ich mir wünschte, unser Zusammensein würde nie enden. Ich versuche die Konsequenzen anzuschauen, die sich durch dieses Fühlen ergeben, aber ich tu es nicht. Ich wage es nicht.

Ich bin ein Feigling.

Und jetzt fragst du mich, wie es in meinem Inneren aussieht. Im Anhang findest du das Cellokonzert von Dvořák mit Jacqueline Du Pré als Interpretin, wem sonst? Wir haben es am Neujahrsabendkonzert gehört. Beim 5. Satz, dem Allegro non troppo *sind meine Gefühle für dich wiedergegeben. Es beginnt ungefähr bei 2'15" und geht bis 2'41" oder auch länger. In diesen einundzwanzig Sekunden ist alles ausgedrückt. Ich kann nur hoffen, dass du verstehst.*

Wir haben an dem grauen Tag nicht viel gemacht. Sind spaziert, bis unsere Lippen von der Kälte taub wurden. Wir saßen im Restaurant Dählhölzli *vor einem heißen Getränk, sagten nur wenig. Dein Handy klingelte, aber du hast den Anruf nicht entgegengenommen. Ich hätte dich dafür küssen mögen. Du hast dich lächelnd zu mir geneigt und gesagt: »Manchmal kann die Welt außen vor bleiben.«*

Höre dir die Musik an, und deine Frage möge beantwortet sein. Dann bist du an der Reihe.

Love, Amber

Wo war die angehängte Datei, wo war die Musik? Ich riss eine leere CD-Rom hervor. Reinschieben – schneller! – Brennprogramm starten – ha, war das ein Programm für Schnecken?! CD brennen – meine Güte, kommt die blöde Scheibe nun raus oder was?! – ich hasse Technik! Ich riss die CD aus dem Computer und raste zur Stereoanlage. Aufgeregt ließ ich mich aufs Sofa sinken. Ich lauschte mit geschlossenen Augen. Es ging ewig, obschon es genau genommen nur 2'15" dauerte, bis die Passage kam. Ich erkannte sie sofort; hier hatte Amber im Konzert Tränen in den Augen gehabt. Der Augenblick dieser rund zwanzig Sekunden war von einer solch ausgesuchten Schönheit und Intensität, dass meine Emotionen in einer Mischung von Entzücken und Schmerz Purzelbäume schlugen. Diese zwanzig Sekunden waren des Guten zuviel, haarscharf am Kitsch vorbei und gerade deshalb so weit davon entfernt. Es war reine Sehnsucht und vollkommenes Begehren in einem umfassenden Sinn.

Ich weiß nicht mehr, wie viele Male ich mir den fünften Satz anhörte. *Wie schön ist deine Liebe!* Als ich auf dem Sofa lag, die Musik in mich aufsog und Amber vor mir sah, die alles in mir durcheinander brachte, kam es mir plötzlich wieder in den Sinn: *Du hast mir das Herz genommen, du hast mir das Herz genommen mit einem einzigen Blick deiner Augen. Wie schön ist deine Liebe!*

Es war eine Stelle aus der Bibel. Das ist erstaunlich, bin ich doch eine überzeugte Atheistin. Vor Jahren hatte ich in einer Diskussion mit einem befreundeten Theologen behauptet, dass die Bibel der ödeste aller langweiligen Schinken sei. Darauf schlug er sie auf und forderte mich auf zu lesen. Es war das *Hohelied Salomon,* und ich verliebte mich darin. So sehr, dass ich es auswendig lernte.

Deine Liebe ist lieblicher als Wein, und der Geruch deiner Salben übertrifft alle Gewürze.

Du bist wunderbar schön, meine Freundin, und kein Makel ist an dir. Du hast mir das Herz genommen, du hast mir das Herz genommen mit einem einzigen Blick deiner Augen. Wie schön ist deine Liebe!

Die Musik und der Text passten perfekt zueinander. Wenn diese Passage im fünften Satz wirklich Ambers Gefühle für mich wiedergaben, war das mehr, als ich mir jemals zu erträumen gewagt hätte.

Der Feigenbaum hat Knoten gewonnen, und die Reben duften mit ihren Blüten. Steh auf, meine Freundin, und komm, meine Schöne, komm her! Meine Taube in den Fels-

klüften, im Versteck der Felswand, zeige mir deine Gestalt, lass mich hören deine Stimme; denn deine Stimme ist süß, und deine Gestalt ist lieblich.

Ich schwebte weit über dem Siebten Himmel, so weit, dass mein Kopf den Rand des Universums berührte. Eine klitzekleine nebensächliche Frage jedoch wog wie ein riesiger Bleiklumpen und brachte mich wieder auf den Boden: Was sollte ich Amber auf diese Offenbarung erwidern?

Nach längerem Überlegen entschied ich mich, ihr keine Worte zu schicken, sondern Souvenirs. Ich konnte ihr meine Wahrheit, meine Liebe zu ihr, nicht so unverblümt sagen, nach ihrem Brief sowieso nicht. Nach einigem Grübeln sandte ich ihr einen goldenen Kinder-Metallsiegelring mit John F. Kennedys Kopf drauf. Amber hatte den in der vierten Klasse aus einer Popcorn-Tüte gefischt, mir an den linken Ringfinger gesteckt und gefragt, ob ich ihre Frau werden wolle. Worauf ich ja sagte, und wir kicherten, wie Mädchen eben so kichern, hysterisch und ewig lang.

Am zweiten Tag schickte ich ihr die Zeichnung, die sie mir einmal geschenkt hatte, als ich krank gewesen war. Wir beide waren abgebildet, wie wir Hand in Hand durch die Lüfte schwebten. Die Vögel, die neben uns flogen, waren in Herzform gezeichnet.

Am dritten Tag schickte ich ihr einen großen Kieselstein, durch dessen Mitte ein weißer Streifen lief. Amber hatte ihn beim Angeln gefunden und mir geschenkt. Sie hatte gesagt: »In diesem Stein ist alles enthalten, alles. Ich könnte dir nichts Größeres geben, außer vielleicht mein Herz.« Sie hatte das halb im Witz, halb im Ernst gesagt. Ich hatte den Stein in meine Tasche gestopft, und seither war er auf jedem meiner Schreibtische gelegen.

Am vierten Tag schickte ich ihr einen Umschlag mit gesammelten Zetteln: Die Eintrittskarte ins Cellokonzert vom ersten Januar, die Schifffahrtskarte und das Museumsticket, die Rechnung vom *Du Theâtre*, die Fahrkarte von Zürich nach Bern, als ich zu Ambers Straßenpremiere fuhr. Ich hatte diese Zettel auf Großtante Klärlis Kommode gelegt, als könnte ich damit etwas von unserer gemeinsam verbrachten Zeit horten.

Dann wartete ich ab. Ich bin nicht gut im Warten, ich bin sozusagen eine Warteniete, in jedem Warte-Wettbewerb würde ich locker den letzten Platz belegen. Ich hatte mir eine sofortige Reaktion erhofft, obschon ich wusste, dass das nicht Ambers Art war.

Ja, das war es nicht. Ich war froh, meine Arbeit zu haben, sie forderte meine ganze Aufmerksamkeit, es gab keinen Platz für Gedanken an Amber. Und doch nahm am übernächsten Tag meine Chefin Frau Geddon mich zur Seite und bot mir einen Tranquilizer an, weil mein nervöses Theater sie ganz kirre mache und weil der Tranquilizer neu auf dem Markt sei und sie Versuchsobjekte bräuchte. Ja, so war meine Chefin.

Ich hatte eine Sitzung mit einer Patientin, nennen wir sie Frau Blume, die seit fünfundzwanzig Jahren erfolgreich Lithium gegen ihre manisch-depressive Störung eingenommen hatte. Dann jedoch hatte sie das Gefühl oder den Wunsch, es ohne Lithium zu schaffen. Wenn es einem gut geht, sieht man nicht ein, warum man ein Medikament noch nehmen sollte. Diese Überlegung ist plausibel, aber bei einem chronisch kranken Menschen fatal – es geht ihm ja gerade *wegen* des Medikaments gut! Frau Blume besprach ihren Wunsch nicht mit einem Psychiater, sondern mit ihrer Hausärztin, die von Psychopharmaka offenbar noch weniger Ahnung hatte als ich von Mathematik. Mit gutgemeinter Unterstützung dieser Ärztin setzte Frau Blume das Lithium ab. Und wieder einmal bestätigte sich die Regel, die wir während der Aufräumaktion bei Tante Klärli gelernt hatten: *Manchmal bewirkt das Gute* (in diesem Fall die Absicht der Hausärztin) *eine Katastrophe*.

Frau Blume sackte nämlich in eine noch nie da gewesene Krise. Nun suchten wir seit Monaten nach einem Medikament, das sie wieder herausholen würde – aber keines tat es, auch Lithium nicht mehr. Frau Geddon war langsam mit ihrem Latein am Ende, und es brauchte verdammt viel, bis sie so weit kam! Frau Blume schmorte in der Hölle und das wegen einer Hausärztin, die ihre Grenzen nicht kannte.

Wenn man mit Hirnstoffwechsel-Erkrankten arbeitet und selbst nicht im Lot ist, wie das dieser Tage bei mir der Fall war, muss man aufpassen, dass man sich am Ende des Tages nicht auch krank fühlt. Am Abend paffte ich mich in meiner Verzweiflung bei Ziza durch den Abend. Ziza fragte mich, ob sie mich filmen dürfe, ich sei so intensiv, das gäbe eine krasse Installation. Ich boxte sie in die Seite.

Als ich schon am Rande eines Nervenzusammenbruchs war, erhielt ich von Amber einen Brief. Einen richtigen Brief aus Papier, mit Adresse und Briefmarke. Sie schrieb:

Du entfachst in mir den sehnlichsten Wunsch,
ein kinderloser Single zu sein.
Aber ich bin es nicht.
Wir müssen aufhören, bevor wir etwas ins Rollen bringen, das wir nicht aufhalten könnten …
Love, Amber – unglücklich bis in die Zehenspitzen

Ich gaffte auf das Papier. Setzte mich. Las die Zeilen einmal, zweimal, hundertmal. Ich überlegte mir, was jetzt angesagt war – ein Heulkrampf, Teller herumwerfen, einen Betablocker einwerfen, mit meiner Honda durch die Gegend rasen, am besten gleich nach Bern, um diese Frau, die mir das Herz bricht, zur Rede zu stellen. Ich entschied, mir einen Joint zu drehen. Es war lange her, dass ich gekifft hatte, jetzt aber war der richtige Zeitpunkt, es wieder mal zu tun. Irgendwo hatte ich noch etwas Gras. Das sah wie Heu aus und roch nach nichts, aber Cannabis war bestimmt unzerstörbar.

Das Gras sah nicht nur wie Heu aus, er schmeckte auch so. Tapfer zog ich den Rauch in meine Lungen und ließ ihn so lange dort, bis ich schier platzte. Das Gras sah und roch und schmeckte nicht nur nach Heu, sondern wirkte auch so.

»Muhh« war die einzige Erkenntnis, die ich auf diesem High (das eher ein Loch war) hatte. Mittlerweile war es zehn Uhr abends, Amber war bestimmt noch wach. Ich stellte ihre Handynummer ein.

Ohne sich zu melden sagte sie: »Du hast also den Brief erhalten.«

»Ein Am-Boden-Zerstörer-Brief«, brummte ich.

»Du musst zwischen den Zeilen lesen.«

»Ich habe weiß Gott zwischen, über, unter den Zeilen gelesen, sie analysiert, paralysiert, katalysiert, aber egal was dort steht, der letzte Satz macht alles zunichte.«

Amber schwieg lange. »Was machen wir nur mit uns?«, fragte sie schließlich mit mutloser Stimme. »Wir sind zwei normale Frauen, das zwischen uns ist … was weiß ich? Wir haben zu lange auf unsere Freundschaft verzichten müssen. Es ist nichts.«

»Abgesehen davon, dass ich schier in Ohnmacht falle, wenn du mich beim Begrüßen küsst, ist bestimmt nichts.«

»Wir sollten uns nicht mehr sehen. Ich meine, bis wir hundertprozentig wieder normale Frauen sind.«

»Ich soll wieder zwanzig Jahre warten, bis ich dich das nächste Mal sehe – spinnst du?!«

»Das halte ich für möglich.« Sie seufzte. »Mal angenommen, alles wäre ganz anders«, begann sie wieder.

»Wie anders?«

»Angenommen, du wärst ein Mann oder ich. Wäre dann nicht alles anders?«

»Ja. Wir wären schwul«, erwiderte ich. »Das würde auch nicht weiterhelfen.«

»Nora! Ich meine entweder oder. Wenn wir Mann und Frau wären! Was wäre aus uns geworden?«

»Ich hätte dich vom Fleck weg geheiratet.«

»Nora, ich meine es ernst!«

»Ich auch. Wir wären das beste Paar diesseits und jenseits der Alpen geworden.«

Amber seufzte leise. »Und ich würde nicht mehr ohne

dich sein wollen – weder diesseits noch jenseits der Alpen. – Eine von uns könnte eine Geschlechtsumwandlung machen.«

»Vielleicht würden wir uns dann nicht mehr wollen. Vielleicht gefällst du mir, nicht obwohl du eine Frau bist, sondern weil du eine bist.«

»Sag das nicht!«

»Wenn es so wäre, was dann?«

»Ich weiß nicht, wie das so geht, mit einer Frau.«

»Irgendwas würde einem bestimmt einfallen.«

»Aber die Anatomie ... Und was wäre mit Phoebe und Marc?« Sie begann zu weinen. »Warum nur mussten wir uns wiedertreffen?«

»Ich preise den Tag, an dem das geschah.«

»*Stop it, please!*«, schniefte sie.

»Ich habe einen solchen Hunger nach dir, ich möchte dich mit Haut und Haaren, mit Stumpf und Stiel auffressen«, murmelte ich.

»Das hilft uns gewaltig weiter«, sagte Amber lakonisch, »abgesehen davon: Ich habe keinen Stiel.« Sie seufzte. »Nora, wir sollten uns nicht sehen, eine Zeit lang.«

»Ich sehe dich ja gar nicht!«

»Du weißt, was ich meine. Du und ich ... das geht nicht. Und wenn wir es versuchen würden, hätten wir vielleicht nach zwei Monaten ein Fiasko.«

»Oder wir lebten glücklich bis ans Ende unserer Tage.«

»Oder eine will wieder einen Mann.«

»Oder eine will eine andere Frau. Das wäre irgendwie schlimmer.«

»Ich wäre dir so gern nahe gewesen, nicht unbedingt in eine alte Decke gehüllt und mit einer schnarchenden Dolores daneben. Einmal nur dir nahe sein – morgens neben dir erwachen. Ach was, wir wissen, dass das nicht geht.«

»Nein, eigentlich weiß ich das nicht.«

»Ich will unsere Freundschaft nicht zerstören, ich bin verheiratet, ich habe ein Kind.«

»Man kann sich scheiden lassen.«

»Machen wir es uns nicht noch schwerer, Nora! Ich hänge jetzt auf.«

Ich nickte langsam. »Nur noch dieses eine: Ich vermute, es wird lange gehen, bis ich nicht mehr an dich denken und mich nach dir sehnen werde, dir nahe sein will.«

»Wir müssen unseren Kontakt vorderhand abbrechen«, Ambers Stimme zitterte bedenklich, »es ist besser so.«

Und sie hängte auf. Und bei mir hängte es aus. Ich packte die Lederklamotten und schwang mich auf meine Honda. Raste in der Gegend herum, ich wusste, das war so ungefähr das Dümmste, was man tun kann, aber es tat gut. Gegen ein Uhr parkte ich vor Zizas Wohnung. Wie erwartet war bei ihr noch Licht. Ich hetzte die Treppen hoch, und als Ziza öffnete, sagte ich mit zusammengepressten Zähnen: »Ich bin am Ende – und wehe, du willst das filmen!«

29. Dolores

Die Hollywood-Stardiät: *Tropenfrüchte ohne Ende, kombiniert mit strengen Regeln, wann welche Lebensmittel in welcher Kombination gegessen werden dürfen. Milch- und Milchprodukte sind absolut verboten.*

Also gut. Okay. Soll es so sein. Ich gebe mich geschlagen. Wenn's ums Verrecken sein muss, packe ich den Stier bei den Hörnern, würge meinen Stolz runter und rufe Colette an. Aber nur dieses eine Mal! Madame Colette muss nicht meinen, dass ich meinen Arsch in die Brennnesseln setze, um mich mit ihr in Verbindung zu setzen.

Nachdem ich mein Wohnzimmer so viele Male durchschritten hatte, dass Frau Käppeli wie eine Irre mit dem Besenstiel an die Decke hämmerte, ging ich auf den Balkon, im Begriff, Colettes Nummer zu wählen. Da sah ich, dass der Nachbar drüben auf dem Balkon saß. Zusammen mit einer Frau. Schwule sind eine verkorkste Spezies, ums Verplatzen wollen sie nichts in eine Frau stecken, aber sich mit deren Anwesenheit schmücken, das allemal. Wenn ich aufs eigene Geschlecht stünde – Gott bewahre mich vor diesem Fluch! –, würde ich als Lesbe bestimmt nicht mit Männern rumziehen, ich würde Frauen verführen! Glücklicherweise werde ich das nie müssen, mir wird es schon ganz anders bei der Vorstellung all dieser Brüste und Mösen. Schreck lass nach!

Offensichtlich amüsierten sich die beiden blendend, sie betatschten sich die ganze Zeit, was doch seltsam und ziemlich daneben war. Glücklicherweise musste ich mir das nicht mit ansehen, ich kehrte in die Wohnung zurück und stellte Colettes Handynummer ein. Eine nette Frauenstimme erklärte mir, dass der Teilnehmer zurzeit nicht erreichbar sei. Eine SMS würde ich nicht schreiben, dieses läppische Tastendrücken war was für Hohlköpfe – entweder ein richtiger Kugelschreiber oder eine anständige Tastatur, sonst: vergiss es!

In den folgenden Tagen rief ich Colette wiederholt an, doch es meldete sich immer nur die nette Stimme, die ihren Spruch runterleierte. Erst machte mich das nur sauer, dann ranzig und schließlich begann ich mir Sorgen zu machen. Niemand hat das Handy dauernd abgestellt, nicht mal die verdrehte Colette! Ich versuchte es bei ihr zu Hause, doch dort meldete sich auch nur der Anrufbeantworter in Form einer weiblichen Stimme mit schwerem spanischen Akzent, die etwas von nicht da sein und eine Nachricht hinterlassen sagte.

Währenddessen war beim Nachbarn allerhand los: Die Frau wohnte bei ihm! Sie war ein richtiges Flittchen, sah nicht schlecht aus und so, ich hätte nie gedacht, dass er mit so was befreundet wäre.

Am Sonntag machte ich mich mit meinem neuen VW-Kasten auf in Richtung Land, ich wollte endlich Colette sprechen! Es war ein warmer Aprilmorgen, das einzig Farbige in der Natur waren die leuchtend gelben Forsythiensträucher, die wie alle Jahre daran erinnerten, dass die Zeit der kahlen Bäume und Sträucher bald zu Ende sein würde. Ich brauchte nicht lange, um Colettes Haus zu finden. Es thronte oben auf dem Hügel und schrie: Seht her, ich bin die Erfüllung des amerikanischen Traums. Eine Faust ins Auge. Ich drückte auf die Klingel, worauf ein Bonanza-Jingle ertönte. Eine kleine, rundliche Frau öffnete, das musste Concetta sein. Ich stellte mich vor und fragte höflich nach Colette. Daraufhin begann die Gute Dinge zu stammeln, die ich beim besten Willen nicht verstehen konnte. Hinter ihr erschien ein Lackaffe mit einem Kilo Gel in den Haaren, sauteuren Knackjeans, einem affenteuren T-Shirt, mit goldenem Kettchen und den coolsten Cowboy-Stiefeln diesseits des Atlantiks. Das musste Frank sein, der Göttergatte. Ich hätte bei seinem Anblick ohne Probleme in die Kübelpflanze neben dem Eingang reihern können. Stattdessen grüßte ich cool und stellte mich vor, worauf Concetta nickend jammerte: »Dolores, si, Dolores!« Anscheinend hatte Colette von mir gesprochen.

Der Lackaffe fragte mich, was ich wolle, und als ich sagte, dass ich Colette suche, begann Concetta zu heulen und Franks Gesicht verdunkelte sich. »Sie kommen besser herein«, sagte er, obschon er mich lieber weggejagt hätte, ich sah es in seinem Blick. Ich trat in das geräumige Entree, in dem man sich gar nicht bewegen wollte, so schweinekostbar sah alles aus – ich kam mir vor wie auf *Tora* aus dem Film *Vom Winde verweht*. Ein Bürschchen kam die geschwungene Treppe runter, doch als er mich sah, machte er rechtsumkehrt und verschwand wieder nach oben. Das musste Sohn Philip gewesen sein, schwarzhaarig wie der Vater, aber die Augen hatte er von Colette.

»Nun, was ist los, wo steckt Colette?«, fragte ich ungeduldig, worauf Concetta noch lauter heulte und Frank mich ins Wohnzimmer bat. »Wir wissen es nicht«, sagte er und setzte sich.

Ich setzte mich ebenfalls. »Was heißt, Sie wissen es nicht? Man weiß doch ungefähr, wo die eigene Frau ist!«

Frank ging auf meine Provokation nicht ein. »Sie ist seit einem Monat verschwunden, spurlos. Das Handy hat sie dagelassen, die Kreditkarten auch; sie hatte kurz vor dem Verschwinden einen höheren Betrag abgehoben.«

»Ja, aber wohin ist sie denn gegangen?«

»Das wissen wir auch nicht, sonst wäre sie ja wieder da.« Er schaute mich in einer Mischung aus Verachtung und Ungeduld an.

»Es muss doch gewisse Hinweise geben. Was hat sie hiergelassen, was mitgenommen? Oder meinen Sie, dass sie sich ... etwas angetan hat?« Beklommen schaute ich Concetta an, die sich die Nase putzte.

»Wie gesagt, wir wissen nichts«, sagte Frank gereizt. »Die Polizei und Interpol sind drauf angesetzt, sie werden sie bestimmt bald finden.«

»Ich sehe, Sie sind tief betroffen«, sagte ich sarkastisch.

Frank atmete tief ein. »Sehen Sie es so, wie Sie wollen, ich habe Ihnen gesagt, was ich weiß. Wenn Sie mich nun entschuldigen möchten, ich habe einen Termin. Concetta wird Sie hinausführen.« Er schüttelte nachlässig meine Hand, seine Nägel waren perfekt manikürt.

Als Frank mit dem Auto davongefahren war, fragte mich Concetta, ob ich etwas zu trinken wollte, bevor ich mich wieder aufmachen würde.

»Ich würde lieber Colettes Zimmer sehen, wenn das geht.«

Concetta nickte. Sie führte mich in ein großes luftiges Zimmer im ersten Stock mit kahlen Wänden und auch sonst wenig Persönlichem. »Haben Sie Colettes Sachen weggeräumt?«, fragte ich verwundert.

Concetta schüttelte den Kopf. »Sie immer so wohnen, alles muss aufgeräumt und weggeräumt sein. Colette ist eine Pflanze, die steht in falscher Erde, falsche Kübel, kann nicht gut kommen so.«

Ich ging durchs Zimmer, öffnete den begehbaren Kleiderschrank, wo die Kleider adretter lagen und hingen als in einer teuren Boutique. Am Fußende des enorm breiten Bettes befand sich ein riesiger schwarzer Fernseher auf Rädern. Auf dem Nachttisch lagen Fernbedienungen und ein Foto. Ich trat näher, um es mir anzuschauen, und traute meinen Augen nicht: Es war ein Foto von uns vier zur Zeit des Geheimbundes! Wir machen Faxen, nur Amber lächelt schüchtern in die Kamera. Ich erinnerte mich genau: Wir hatten uns mit Plastiktüten ausgerüstet in ein Nobelrestaurant geschlichen, um die armen Forellen und Hummer aus dem Aquarium zu retten. Das ging in die Hose – nicht in erster Linie, weil wir vom Personal aufgegriffen und hinausgeworfen wurden, sondern weil vorab Nora keinen einzigen Fisch in die Hände bekam und als Krönung zur Hälfte ins Aquarium fiel. Zu Hause musste Noras Bruder Alex von uns ein Foto machen, »in Erinnerung an unsere große Tat«, wie Nora großmäulig sagte.

Die erste Schublade war mit Tabletten gefüllt, ich schloss sie gleich wieder. Die zweite, größere Schublade war gestoßen voll mit zerblätterten Heften: *GEO*, *Animan* und Reisemagazinen.

»Meinen Sie, dass ich diese Magazine mitnehmen kann? Vielleicht finde ich in ihnen einen wichtigen Hinweis.«

Concetta nickte. »Nehmen Sie, sonst ist niemand interessiert in diese Haus.«

Ich nahm den Stapel aus der Schublade und staunte nicht schlecht, als ich darunter eine kleine Fernbedienung entdeckte. Die Tastatur hatte zwei Knöpfe, der linke trug ein Symbol, das wohl *Öffnen* bedeutete und der andere *Schließen*. Verwundert blickte ich zu Frau Concetta, aber sie zuckte nur mit den Schultern.

Ich drehte und wendete die Bedienung mehrere Male. »Was zum Henker …?« Schließlich drückte ich probehalber auf die Taste *Öffnen*. Es würde wohl nicht gleich eine Atombombe gezündet werden – obwohl man bei Colette nie so recht wusste. Es passierte tatsächlich nichts, aber vielleicht wurde die Bombe ja in den USA gezündet, weil sie den Amiwahn ihres Mannes hasste. Ich zielte mit dem Kästchen in eine andere Richtung, drückte – nichts. Ich zielte auf jedes mögliche und unmögliche Objekt, nichts – nichts – nichts. Als ich schon nur noch beiläufig auf die linke Seite des Bettes zielte, begann es leise zu surren. Concetta und ich schrieen überrascht auf.

Drüben glitt eine Schublade aus dem Bettgestell. Den großen Augen Concettas entnahm ich, dass auch sie dieses Geheimfach nicht gekannt hatte. Wir machten lange Hälse und äugten hinein, ich war unschlüssig, ob wir das überhaupt durften. Natürlich durften wir das nicht, aber Colette musste gefunden werden, wir brauchten jede Information.

In der Schublade befanden sich eine Menge Plüschtiere, ein Zeitungsartikel und ein Notizbuch. Ich blickte zu Concetta. Sie nahm das Buch vorsichtig aus der Schublade und reichte es mir. »Vielleicht Sie finden Antworten.«

Mir sackte die Lebenspumpe in die Füße, als ich einen kurzen Blick hinein warf. Es war mit Colettes luftiger Schrift beschrieben. Ich ließ es in meine Tasche gleiten. Unschlüssig kniete ich vor dem Bett.

Als nächstes nahm ich den Zeitungsartikel heraus. Er stammte aus dem Jahr 1978. In ihm wurde über eine Frau berichtet, die von der Münsterplattform gesprungen war. Sie sei zweiunddreißig Jahre alt gewesen und im dritten Monat schwanger. Im Artikel wurde außerdem die Frage aufgeworfen, ob die Stadt nicht endlich ein Sicherheitsnetz bei der Plattformbrüstung installieren müsse. Der Heimatschutz war immer noch dagegen – ein solches Netz würde den Münsterplattformbereich verschandeln. Mir schossen Tränen in die Augen: Ach, Colettchen! Und diese Plüschtiere! Sie stammten aus ihrer Kindheit, da war ich mir sicher. Einmal hatte sie mir ihr *Rette-Rette*-Spiel vorgeführt. Ich hatte sie nie zuvor und danach so emotional erlebt. Mir liefen die Tränen runter. Concetta weinte nun auch wieder; so blieben wir einige Zeit im Zimmer.

Schließlich stand ich auf. »Sind die Kinder da, kann ich mit ihnen sprechen?«

Concetta trocknete ihre Augen, nickte und führte mich durch den Korridor. Vor einer Tür mit einem Plakat, auf dem skurrile Monster-Maschinen zu sehen waren, blieb sie stehen und klopfte. Billige Technomusik war zu hören. Es dauerte eine Ewigkeit, bis sich der Sohnemann dazu bequemte, die Tür zu öffnen. »Das ist Frau Franzen, eine Freundin von deine Mutter, sie möchte dir ein paar Fragen stellen.«

»Ma hat keine Freunde«, sagte er und wollte sich abwenden.

Ich blockierte mit meinem Schuh die Tür. »Jungchen, ich bin Colettes Freundin, und wenn ich dir das sage, ist es auch so. Ich möchte sie finden und brauche deine Hilfe dazu. War dir in letzter Zeit an ihr was aufgefallen?«

»Sie meinen, dass sie sich noch weniger sehen ließ und Tabletten wie Bonbons aß? Sie kann von mir aus bleiben, wo sie ist.«

»Jungelchen, geh mir mal nicht auf den Sack. Du sprichst von deiner Mutter, und auch wenn sie eine Tablettenschluckerin und der Ablöscher des Jahres ist, so ist es immer noch deine Mutter, die dir das Leben geschenkt hat. Kapiert?!«

»Sie mag uns nicht, warum sollte ich sie dann mögen?«

»Weil du nur diese Mutter hast. Mein Vater war auch echt Kacke.« Concetta schaute mich rügend an. »Bei dem war Hopfen und Malz verloren. Dachte ich. Dann änderte er sich, kurz vor seinem Tod. Man soll nicht aufhören, an einen Menschen zu glauben.« Ich hätte Predigerin werden sollen, dachte ich mir.

Der Junge biss sich auf die Unterlippe, diesmal ließ ich ihn die Tür zuschlagen.

An der übernächsten Tür klebten Lillifees und Glitzersterne. Concetta klopfte. Von innen sagte eine Mädchenstimme, dass Concetta nur reinkommen solle. »Ich habe mitgebracht jemand«, erklärte die diskrete Concetta (ich wäre schon längst ins Zimmer geplatzt!). Cécilia öffnete die Tür und schaute durch den Spalt. Ich kriegte fast einen Schlag – Cécilia sah exakt so aus wie Colette als Mädchen! Die gleichen blonden Haare, die gleichen grünen Augen, dieselbe gerade Nase, doch im Unterschied zu Colette sah ihre Tochter fröhlicher drein.

»Du lasse uns herein?«

»Ach Concetta, dich doch immer!«, erwiderte Cécilia und öffnete die Tür ganz. Wie kann diese dumme Kuh von Colette abhauen, wenn sie diese zwei Kinder hat? Sie verdient eins hinter die Löffel!

Concetta stellte uns vor. Als Cécilia meinen Namen hörte, sagte sie: »Oh, Mama hat von Ihnen gesprochen, manchmal nicht so nett und manchmal sehr nett.«

Das Zimmer war eine Kopie von Colettes Mädchenzimmer: hellrosa Wände, rosa Bettbezug, himbeerfarbener Teppich und darauf ein Heer von Barbies – blonde, braune, schwarze, rote, weiße, langhaarige, kurzhaarige. Dazwischen Ken, der seine Hormonkur überdenken sollte, ein weißes und ein schwarzes Pferd, eine Kutsche. Colette hatte die Erziehung ihrer Kinder definitiv nicht unter Kontrolle! Wie sollte aus Cécilia bei all diesen Barbies eine brauchbare junge Frau werden?

Concetta erklärte der Kleinen unser Anliegen, fragte, ob ihr in der letzten Zeit an ihrer Mutter etwas aufgefallen sei.

»Mama war sehr seltsam, also ich meine, mehr als sonst. Sie kam noch seltener aus dem Zimmer. Wenn sie mich sehen wollte, rief sie mich zu sich. Sie rief mich nur, wenn ihr Kopf sauber war, ich meine innen drin. Dann sagte sie, dass es ihr leidtu, dass sie eine schlechte Mutter sei, oder wir guckten durch das Fernrohr in den Himmel. Sie kennt viele Sterne.«

»Hat sie dir gesagt, dass sie fortgehen wollte?«

Cécilia schüttelte den Kopf. »Sie sagte nur, wenn sie mal nicht da wäre, dass sie innerlich trotzdem bei mir wäre und dass ich mich an Concetta halten soll.« Sie begann zu weinen. Concetta sagte etwas Spanisches und nahm die Kleine in den Arm, sie antwortete schluchzend, in perfektem Spanisch, wie mir schien. Concetta war wohl schon lange in der Familie! Als sich Cécilia beruhigt hatte, fügte sie etwas an, was mich nicht sonderlich beruhigte: »Kurz bevor sie verschwunden ist, sagte sie, wie schön es sein muss, immer weiter zum Horizont zu gehen, bis kein Schritt mehr übrig bleibt.«

Diese Kuh will sich wandernderweise umbringen, dabei

kriegt sie schon nach einer Stunde Blasen an den Füßen! Wenn ich die in die Finger kriegte ...!

Auf der Rückfahrt nach Bern waren mir diese blöden gelben Forsythienbüsche so etwas von egal! Ich weinte und fluchte, warf unruhige Seitenblicke auf die Magazine und das Notizbuch neben mir.

Zu Hause legte ich sie vor mich auf den Teppich. Beim Durchblättern des Notizbuches zeigte sich, dass es mit Überlegungen, Einsichten, Ansichten, Philosophischem gefüllt war und nur selten einen echten Tagebucheintrag enthielt. Ich durchforstete das Geschriebene nach Ortschaften, Ländern, Gebieten, in die Colette gegangen sein konnte, fand aber nichts. Auf der ersten Seite stand folgender Satz: *In einer weiten Ebene sein, die am Horizont nicht endet.*

Ich wandte mich den Reisemagazinen zu. Diejenigen, die ungelesen aussahen, legte ich zur Seite. In den Zerlesenen suchte ich nach Stellen, die darauf hindeuteten, dass sie dort länger verweilt hatte: Gab es Kaffeeflecken, Brosamen, Unterstrichenes? Ich breitete die Artikel vor mir aus. Als ich fertig aussortiert hatte, wurde die Gemeinsamkeit der Artikel, die Colette intensiver gelesen hatte, offensichtlich: Es waren Berichte über Steppen, Graslandschaften und Wüsten – die Prärie, die Puszta, die Sahara, der Outback in Australien, die Mongolei, die Steppen Afrikas. *In eine weite Ebene gehen, die am Horizont nicht endet* – diesen Wunsch hatte Colette damals in die Gral-Salatschüssel gelegt! War das der Schlüssel? Ich griff nach dem Telefon und rief Concetta an, fragte sie, welche Kleider bei Colette fehlten.

»Ich nicht alles wissen, aber Jeans weg, T-Shirts, Pullover, Wanderschuhe, Regenjacke, alles in allem nicht viel, die Klimbim sind noch hier.«

Ich hatte also recht gehabt. Colette wollte auf eine Wanderung – dieses zarte Geschöpf, das den eigenen Kopf kaum auf den Schultern tragen kann! Mein Gottchen, aber in welche Gegend konnte sie gegangen sein? Bei dieser Auswahl hätte ich jeden Kontinent abklappern müssen!

Seufzend legte ich mich auf die Artikel. Dann war ich wohl etwas eingeschlafen, jedenfalls bescherte mir die Türklingel einen kleinen Herzinfarkt. Mit verdorbener Laune ging ich zum Eingang. Der Nachbar stand im Rahmen. »Ich habe zwei herrliche Stücke Schwarzwäldertorte, wollen wir sie gemeinsam verspachteln?«, fragte er.

»Sehe ich aus, als müsste man mich mästen?«

»Ich habe dir eine Freude machen wollen und war dumm genug zu meinen, dass du dich auch freuen würdest. Da hätte ich mich ebenso gut in Brennnessel setzen können – ich sitze nicht gern in Brennnesseln!«

Das war das erste Mal, dass ich ihn verärgert, ja, gar verletzt sah. Auch das noch! Ich sagte mit etwas freundlicherer Stimme: »Das ist natürlich – äh – nett von dir. Komm doch rein, vielleicht kannst du mir ja helfen.«

In meinem kleinen Korridor fiel mir einmal mehr auf, wie wuchtig er doch war. So jemanden im Rücken zu wissen, müsste wunderbar sein. Heute war er sogar einmal rasiert. Er sei auf der Taufe seiner Nichte gewesen, erklärte er mir, von da habe er die Kuchenstücke. Ich führte ihn in die Küche und stellte die Kaffeemaschine an. »Es geht um Colette«, erklärte ich ihm und erzählte, was geschehen war. Wieder schossen mir Tränen in die Augen. Der Nachbar zauberte ein riesiges, sauberes Taschentuch hervor und reichte es mir. Erst bedeckte ich damit mein ganzes Gesicht, damit ich unentdeckt ein bisschen schluchzen konnte, dann trocknete ich mir die Augen und schnäuzte ins Tuch. Beim Kaffeekochen erzählte ich, welche Anhaltspunkte ich hätte und dass ich nicht weiter wüsste. Er sagte, nachdem er mich mit einem liebevollen Blick aus seinen oberblauen Augen angeschaut hatte: »Gehen wir doch mal die Informationen durch, die du zur Verfügung hast.« Dankbar nickend führte ich ihn ins Wohnzimmer, wo die Hefte verstreut herumlagen, daneben das aufgeschlagene Notizbuch. Ich zeigte ihm die Artikel, die Colette vermutlich mehr als einmal gelesen hatte – und erklärte, dass alle Artikel von Ebenen handelten und dass ich vermutete, dass Colette eine solche angepeilt habe.

Der Nachbar nickte bedächtig. »Was denkst du denn, wohin sie gegangen ist?«

»Weiß nicht. Ich kenne sie nicht mehr, nur von früher.«

»Menschen ändern sich selten grundlegend.«

Ich dachte nach. »Nach Afrika ginge sie wohl nicht, sie hatte panische Angst vor Löwen, jedenfalls früher.«

Der Nachbar legte die Artikel über die Savanne und die Sahara zur Seite.

»Australien könnte auch wegfallen, sie hasst Fliegen.«

Die Outback-Artikel wurden auf die Savanne gelegt.

»Die Puszta in Ungarn ist ihr vielleicht zu nahe.«

»Bleiben die Prärie und die Mongolei«, sagte der Nachbar.

»Die Prärie würde ihr bestimmt gefallen, die Mongolei – keine Ahnung.«

»Man kann in die Mongolei reisen, ohne ins Flugzeug steigen zu müssen.« Der Nachbar kratzte sich am Kinn, aber weil da keine Bartstoppeln waren, hörte er irritiert auf und kratzte sich stattdessen im Haar. Dabei sagte er: »Gleichgültig ob sie in die Prärie oder in die Mongolei gegangen ist – wie sollte man sie dort finden? Die Gebiete sind riesig.«

Er hatte natürlich recht – entmutigt ließ ich den Kopf hängen, bis mein Blick wieder auf Colettes Handschrift fiel. »Das Notizbuch! Vielleicht finden wir dort einen Anhaltspunkt, bis jetzt habe ich es nur überflogen.« Wir beugten uns neugierig über die Seiten.

Immer sind es die heftigen und schwungvollen Bewegungen, die einen die Kontrolle verlieren lassen, stand da zum Beispiel. Keine Ahnung, was sie damit meinte. Der Nachbar roch nicht übel, ein bisschen nach Nikotin, verschwommen nach einem Aftershave und nach seinem Körper – eine seltsame Mischung zwischen etwas Süßlich-Lieblichem und etwas Herb-Dunklem.

Alles nur eine Frage des Sehens, des bewusstvollen Wahrnehmens. Man sollte so genau wie möglich hinsehen können.

Als der Nachbar mit seinem Finger auf eine Textstelle deutete, schien es, als könnte er mit seiner Pranke gleich das ganze Buch zudecken.

Mich verantwortlich fühlen. Mich der Verantwortung entziehen. Auf alles pfeifen. Oder inszenieren. Genug Geld, um die Sterne zu bezahlen.

Wir gingen dazu über, dass ich eine Stelle vorlas, dann er, in der Hoffnung, dass vier Ohren eher auf Colettes Destination stoßen würden.

Auf dem Strahl hinunter zur Erde und durch die Erde hinauf zu mir. Lernen, die Sonne in mich hinein- und wieder hinausscheinen zu lassen.

Colettes Texte bewegten und irritierten mich gleichermaßen. Dieses gutaussehende Ding trug Abgründe in sich, rabenschwarz und grottentief. Ihre Texte waren manchmal philosophisch, manchmal zum Kotzen negativ, manchmal sarkastisch, oft zynisch und gelegentlich witzig. Die Zeit rückte voran, ich hatte die Kissen vom Sofa geholt, so saßen und lagen wir auf dem Teppich, lasen und hörten zu, hörten zu und lasen.

Der Nachbar las eben den letzten Satz einer Passage – *Verzicht wegen einer Verletzung, der Verzicht verletzt tiefer* –, da fragte ich: »Seit wann bist du eigentlich schwul?«

Er reichte mir seelenruhig das Notizbuch und sagte ebenso seelenruhig oder gar beiläufig: »Ich bin nicht schwul.«

»A-aber du hast die ganze Zeit behauptet, es zu sein!«

»*Du* hast es behauptet, und ich habe dir nicht widersprochen.«

»A-aber Toni.«

»Nun ja, nachdem du entschieden hast, dass ich vom anderen Ufer sei, dachte ich, ich könnte es ja mal ausprobieren!«

»Du hast mich verarscht!«

»Nein, du hast mich ungefragt zu etwas gemacht, was ich nicht bin.«

Ich starrte peinlich berührt auf den Teppich. Jetzt hatte ich den Salat: Ich hatte einen Schwulen hereingelassen und saß nun neben einem Hetero!

Ich las die nächste Passage vor, als wäre nichts gewesen, da beruhigte ich mich ein bisschen.

Ein immer sich drehender Körper. Ein immer sich drehender Geist. Ein Kreis – eine Spirale. Sag Wahrheit oder Lüge, einerlei. – Projektionen, Niederfall. Goldene Jahre in der Ewigkeit. Lebend umherirren oder im Tod verdammt umherirren?

Auch wenn ich es nicht richtig verstand, tönte es schrecklich. Der Nachbar ging aufs Klo und danach auf den Balkon eine rauchen, ich ließ eine weitere Ladung Kaffee durchlaufen. Von draußen fragte er mich brüllend, wohin mit dem Zigarettenstummel, und ich antwortete, er solle den einfach über das Geländer werfen. Er hob fragend die Augenbrauen und sagte, unten sei das Gärtchen des Herrn Moser. Dann solle er halt weit genug pfeffern, damit die Kippe auf der Straße zu liegen käme. Er kam mit dem Stummel in der Hand herein, hielt ihn in der Küche unter den Wasserhahn und warf ihn in den Müll. So große Pranken und so viel Umsicht!

Ich rief zu ihm in die Küche: »Hör mal diesen Satz, das ist typisch Colette: *Alles geht, ich muss nur wollen. Aber ich will nicht. Pasta Basta, Basta Pasta*!«

Er kam ins Wohnzimmer zurück. »Eine interessante Person, diese Colette, trotzig, unendlich unglücklich und blitzgescheit. Leider kennt sie das Glück nicht. Schade.«

»Es wird immer düsterer, hör dir mal das an: *Wer weiß schon wirklich, was nach dem Sterben ist? Eine nichtruhende Seele unter Lebenden? Das wäre ja dasselbe wie ich schon jetzt bin. Ha ha ha.*«

Wir schlürften Kaffee, aßen den Kuchen (obschon ich im Moment auf Trennkost war – heute jedoch war Sonntag, da ruhte nicht nur Gott, sondern auch die Diät). Und so nebenbei bemerkte ich: »Ist deine Freundin wieder abgereist?«

Er grinste nur andeutungsweise, aber ich hatte es gesehen. »Spionierst du mir nach?«

»Ich?! Dir nachspionieren?! Warum sollte ich?!«

Er zuckte mit den Schultern, aber das gemeine Grinsen hockte immer noch in seinem Gesicht.

»Ich sehe von mir aus genau auf deinen Balkon. Aber lass uns fortfahren!«

Er nickte nur, jetzt saß das Grinsen noch in seinen Augen. Schließlich sagte er: »Ja, meine Schwester ist abgereist, nach der Taufe.«

»Die ist aber kein Schrank.«

»Nein, glücklicherweise nicht.«

Wir ließen das Thema sofort wieder fallen.

Es war schon dämmerig, als der Nachbar die letzten Sätze aus dem Notizbuch vorlas: *Ich schaue lieber durch die Spalte der Jalousien als durchs offene Fenster, das ist idiotisch, aber sogar Idiotie hat ein Ende. Alles hat ein Ende, nur der sich selbst gemordete hat keins, oder doch nicht? Das wüsste ich gern.*

Er runzelte während des Lesens die Stirn, dabei sah er konzentriert und ernst aus, den Rücken leicht gekrümmt, die Beine angewinkelt.

Dann geschah etwas, das in keinem Drehbuch dieser Welt geschrieben stand, jedenfalls nicht in meinem, in meinem ganz bestimmt nicht, ich schwöre es bei den vermoderten Gebeinen meines Alten. Es war überraschend, vor allem für mich selber. Eigentlich ist es etwas Schönes, wenn man sich selber überraschen kann – trotzdem. Es geschah Folgendes: Ich sah mir zu, wie ich dem Nachbarn das Buch aus der Hand nahm und stürmisch in seine Arme fiel, so dass er rückwärts auf den Teppich rollte. Ich dachte, was machst du da, hast du den Verstand verloren? Nur hatte mein Nachbar offensichtlich auch den Verstand verloren, denn er schlang seine starken Arme um mich und zog mich an seinen Mund.

Wir küssten uns, als wären wir am Ertrinken, und das war mit der Zeit ja auch fast so, denn ich kam kaum mehr zum Atmen. Er versuchte seine gekreuzten Beine auseinander zu bringen, ließ mich aber nicht von seinem Mund, und ich hätte ihn auch nicht gelassen, denn sein Mund war süß, weich, aber doch mit einer gewissen Festigkeit, und dieser Mann konnte küssen, er konnte küssen, das war zum Weglaufen, nein umgekehrt, da musste man unbedingt hier bleiben. Fast sofort antwortete mein Körper, er öffnete sich, und bald war um mich herum nur noch Sumpf. Leidenschaft erfasste mich mit ihrer ganzen Wildheit, dass mir im Kopf schwindlig wurde. Ich tastete nach seinem Gürtel, um ihn zu öffnen und dann die Hose.

Er fragte: »Was soll denn das werden? Wir haben doch gerade erst angefangen. Wo waren wir stehen geblieben?« Er küsste mich vorsichtig auf den Mund. »Ach, ja, hier war es, fahren wir da ein bisschen fort, alles weitere ergibt sich von allein.« Und bevor ich irgendwas hätte entgegnen können, schloss er mit seinen Lippen meinen Mund, und wieder war ich am Ertrinken. Er begann mit seinen großen Händen meinen Körper zu berühren, und es war so, wie ich es mir gedacht hatte: umwerfend! Er berührte mich im Gesicht, am Nacken, am Rücken, an den Pobacken, oh ja, an den Pobacken, dann rutschte er wieder herauf und legte eine Hand auf meinen Busen, und muss ich es erwähnen: Es passte perfekt. Er seufzte, ich auch, und da konnte ich nicht umhin und ihm das Hemd aufreißen. Hoffentlich konnte er Knöpfe annähen ... Sein Oberkörper war muskulös, auf eine fleischige Weise, da war etwas dran. Den Brusthaarflaum fand ich geradezu entzückend. Er küsste meinen Hals, so dass mir ein Schauer über den Rücken lief, er zog meinen Pullover aus, mein Unterhemd und ganz vorsichtig und langsam den Büstenhalter. Er hielt kurz inne und betrachtete meinen Körper in diesem dämmerigen Licht, und unter seinem Blick fühlte ich mich irgendwie schön. Ich hätte ihm gern die Hose ausgezogen, die Härte zwischen seinen Beinen schrie ja geradezu danach, aber jetzt wagte ich mich nicht mehr.

Das war aber schließlich einerlei, weil wir wieder küssten und er meinen Busen knetete, als wäre er Bäckermeister bei *Sprüngli*. Alles in allem wusste ich nicht mehr, wo mir der Kopf stand. Vielleicht würde ich ohnmächtig, vielleicht würde ich ihn auffressen, mit Haut und Haaren, vielleicht aber ließ ich es zu, dass er meine Hose auszog und schließlich den Slip. Ich lag nackt neben ihm und ließ mich von ihm betrachten. Er lächelte: »Ich dachte mir, dass du so aussehen würdest. Ich wurde nicht enttäuscht.« Mit seinen Händen bedeckte er schier meinen ganzen Körper, die Füße, die Oberschenkel, glitt zwischen die Beine (nur kurz, es machte mich fertig), den Bauch entlang und immer wieder über die Brüste. Als ich schon fast nicht mehr bei Sinnen war, flüsterte ich heiser: »Zieh deine Hose aus, zieh endlich diese verdammte Hose aus.« Er öffnete sie, ich zerrte daran, seine Unterhose war gebeult wie nur was, und ich fühlte ein Ziehen bei mir, wie ich das so noch nie gefühlt hatte. Ich wollte ihn, wollte ihn in mir, jetzt, sofort, in diesem Augenblick. Ich riss seine Unterhose runter, drückte ihn auf den Rücken, sein Glied der schiefe Turm von Pisa, aber was für ein Turm! Doch obschon er so gierig auf mich war wie ich auf ihn, sagte er »Stopp!« und »Pariser!«

»Scheibenkleister, warte!« Ich raste ins Badezimmer, stellte den Schrank auf den Kopf, aber fand keine – das hatte man davon, wenn man seit längerem keusch gelebt hatte! Kaum erreichte ich mit der Hiobsbotschaft das Wohnzimmer, sprang er auf und verduftete in seine Wohnung. Bald kam er zurück (immer noch mit Pisa) und erklärte, dass seine auch ausgegangen seien.

Unisono sagten wir: »Shit, shit, shit!«

Er küsste mich. »Das hier muss fortgeführt werden, keine Frage.«

Ich blickte bloß zu seinem Turm und sagte: »Ja!«

»Die einzige im Haus, die sexuell aktiv sein könnte, ist Marion Schläpfer vom oberen Stock.«

»Die und Sex, so brav wie die aussieht?«

»Würdest du sie fragen gehen? Als Mann kann ich das nicht. Bit-te«, und er küsste mich wieder so unmäßig gut.

Murrend stand ich auf, wickelte mich in den Morgenmantel und ging nach oben. Marion staunte nicht schlecht, als sie mich sah. Ich erklärte mich, da wurde sie rot und bat mich in die Wohnung. Im Schlafzimmer wurde sie noch röter, ich sah über ihre Schulter, als sie die Schublade ihres Nachttisches öffnete: Darin lagen schön geordnet Pariser in verschiedenen Größen, Geschmacksrichtungen und mit Noppenaufsätzen.

So konnte man sich täuschen.

Sie griff in die Schublade, gab mir eine Handvoll Pariser und wünschte mir viel Vergnügen. Jetzt wurde ich auch rot. Zwei Tomaten verabschiedeten sich rasch voneinander.

Mein Nachbar hatte in der Zwischenzeit Kerzen aufgestellt. Wie süß von ihm! Ich riss mir den Morgenmantel vom Leib und warf mich auf ihn, wo wir sofort mit allem weiterfuhren. Meine Grotte war eine Tropfsteinhöhle, ich riss einen der Pariser auf und rollte ihn über seinen Pisa. Ich hatte meinen Nachbarn wieder zu Boden gedrückt, dann setzte ich, angeführt von meiner Tropfsteingrotte, uns auf ihn.

Begierig ritt ich ihn, bis er mich packte und auf den Teppich drehte. Wie er stieß! Heftig, wieder sanft, tief, dann nur ein bisschen. Ich wusste nicht mehr, wo oben und unten war, wie mir geschah, wie es uns widerfuhr. Empfindungen hatte ich, die ich nicht gekannt hatte, die weiterstrebten, die mich weiterschoben, bis ich schrie und auf Wellen ritt, die durch meinen Körper klatschten, und auch er stöhnte, alles fast miteinander, alles so anders, als ich es bisher gekannt hatte.

Er sank neben mich auf den Teppich, und eine Zeit lang sagten wir gar nichts, hielten uns einfach. Als der Aufruhr in meinem Körper sich etwas gelegt hatte, stützte ich mich auf, betrachtete ihn eingehend und fragte dann: »Wie heißt du eigentlich?«

»Erwin.«
»Erwin?«
»Genau.«

So ist das in meinem Leben: Da finde ich endlich einen Mann, mit dem ich herrlichen Sex habe, und der besitzt den läppischsten Vornamen überhaupt!

30. Amber

Ich hatte keine Ahnung, was zum Teufel mit mir los war. Ich kam in die Konzerthalle und konnte weder meinen Cellokasten fühlen noch das Cello aus dem Kasten herausbekommen. Der Gang auf das Podium war wie der Gang zum Schafott – ich war unfähig, Kraft in meinen Armen und Fingern aufzubringen. Ich wusste nicht, wo sie waren und was sie machten.

Jacqueline du Pré
über ihr letztes Konzert

Manchmal überlasse ich meine drei autistischen Pensionäre sich selbst. Ich verriegele die untere Hälfte der zweigeteilten Wohnzimmertür, den oberen Teil lasse ich geöffnet, um sie im Auge behalten zu können.

Im Wohnzimmer bietet sich dann immer das in etwa gleiche Bild: Fridolin taumelt auf Zehenspitzen herum, Konrad stößt urzeitliche Töne aus und rast von Wand zu Wand, Adrian reibt sich mit der Hand ununterbrochen über den Mundbereich, auch er tänzelt auf Zehenspitzen, manchmal schreit er. Sie schwanken, schlingern und schwirren herum, ohne sich gegenseitig zu beachten (höchstens wenn sie körperlich kollidieren): Es ist eine skurrile Welt, fremd und weit entfernt von dem, was wir gemeinhin als menschliches Zusammenleben bezeichnen würden.

Ich verglich die geistige Behinderung unserer Pensionäre mit Noras psychisch erkrankten Patienten. Der Ursprung des Problems liegt bei beiden im Kopf. Meine Jungs haben – salopp ausgedrückt – einen irreparablen Defekt im Gehirn, bei Noras Patienten hingegen ist »nur« der Stoffwechsel im Kopf gestört: Bei ihnen funktioniert die Weiterleitung von Nervenzelle zu Nervenzelle nicht mehr richtig, was Denken, Fühlen und Empfinden erheblich beeinträchtigt. Man könnte es so sagen: Geistig Behinderte haben Probleme mit der Hardware, psychisch Kranke mit der Software. Eine defekte Hardware ist kaum zu flicken, eine Software hingegen kann wiederhergestellt werden.

Vier Wochen, nachdem ich mit Nora das beendet hatte, was wir gar nicht begonnen hatten, stand ich in der Küche des Heims. Meine drei Pensionäre zogen im Wohnzimmer ihre Bahnen, und ich wünschte, ich wäre einer von ihnen. Sich zu wünschen, geistig mehrfach behindert zu sein, ist blasphemisch, ich weiß. Aber an diesem Morgen, während ich kochte, wäre ich gern mit ihnen im Wohnzimmer herumgeirrt. Ohne Ehepartner, ohne Kind, ohne unbekannte Gefühle einer Freundin gegenüber. Ich hätte schreien dürfen, an einem Stecken knabbern, sinnlose Worte brabbeln oder den Speichel aus dem Mund hängen lassen.

Wenn ich in einer Krise stecke, denke ich an die Menschen, denen es dreckig geht, ich denke an die Tetraplegiker, die unheilbar Erkrankten, die Heimkinder, Hungernden und Gefolterten. Das relativiert normalerweise meine Not. Diesmal nicht. Nicht mal die Sorge um Colettes Verschwinden, über das mich Dolores vor kurzem informiert hatte, konnte es. So ist es eben: In unserem kleinen Universum herrscht der eigene Schmerz unangefochten, auch wenn er verglichen mit dem Elend anderer eine Bagatelle ist.

Was tat mehr weh – dass Marc und ich in einer nie da gewesenen Krise steckten? Dass ich sah, wie Phoebe unter dieser Situation litt? Dass ich Nora vergessen musste, obschon ich mich nach ihr sehnte?

Nichts war schlimmer, es war jedes auf seine Art eine Qual. Mein Leben fühlte sich an, als hätte man die Bässe rausgenommen, die hohen Töne, die Ober- und Zwischentöne. Alles fühlte sich scheppernd, hohl und öd an.

Ich wäre wohl immer mehr ins Elend abgesumpft, wenn nicht etwas in mein Leben geplatzt wäre, was mich aus der engen Welt meiner Probleme hinauskatapultiert hätte. Dieses Etwas war der Anruf von Dolores.

Sie hielt sich nicht lange mit Floskeln auf: »Amber, ich brauche deine Englischkenntnisse, jetzt sofort. Ein Mann hat angerufen, er hat etwas von Colette gesagt, aber ich weiß nicht was. Bitte ruf ihn zurück, sprich mit ihm, finde heraus, wo sie steckt, ob sie noch lebt! Bitte!« Sie gab mir die Telefonnummer und hängte auf, bevor ich auch nur hätte »Hä?!« sagen können.

Ich war so überrumpelt, dass ich ohne zu überlegen ihrer Bitte nachging und die Nummer wählte. Am anderen Ende der Welt – so tönte es jedenfalls – meldete sich eine Männerstimme. Ich erklärte ihm auf Englisch, warum ich anrief. Da packte er sein Englisch aus, das gar nicht so schlecht war, wenn man es hätte verstehen können. Das Knistern unserer Verbindung machte die Sache nicht einfacher. Nach vielen »*What?*«, »*How?*«, »*Pardon!*« konnte ich mir die Geschichte einigermaßen zusammenreimen. Wir sprachen lange. Unterdessen klingelte es an der Türe, Phoebe führte Dolores herein. Die Gute sah aus, als würde sie gleich durchdrehen. Ich sagte dem Mann, dass ich zurückrufen würde, ich müsse mich besprechen.

Dolores schnappte nach Luft. »Was, wie – Colette – wann – ich dreh durch – sag's mir endlich, du tyrannische Schleimtüte.«

»Der Mann hat aus Ulan-Bator in der Mongolei angerufen.«

»Also doch die Mongolei«, murmelte Dolores.

»Nomaden haben sie in der Steppe gefunden, sie war völlig entkräftet und halb verdurstet. In ihren Sachen fanden sie einen Zettel, auf dem dein Name und deine Telefonnummer standen. Der Mann sagte, Colette habe sich vom

Gröbsten erholt. Die Nomaden würden sie so lange behalten, wie es nötig ist.«

»Wir müssen sofort in die Mongolei, sie holen!«, rief Dolores.

»Du hast nicht *wir* sagen wollen, oder?«, fragte ich leicht alarmiert. »Ihr Mann kann gehen oder ein Verwandter.«

»Spinnst du, doch nicht der gelackte Frank! Ich gehe, und dazu brauche ich euch.«

»*Uns?*«

»Dich und Nora.«

Mir wurde leicht schwindlig. »Ausgeschlossen! Meine Arbeit …, Phoebe … und sowieso, nein!«

»Wenn Mike Horn auf einem Bein hüpfend den Nordpol erreichen konnte, dann kann Fräulein Amber mit mir ein Menschenleben retten!«

»Dolores! Colette kann allein zurückfliegen, und warum braucht es gleich Nora und mich? Geh doch einfach mit Nora.«

»Colette darf nicht allein fliegen! Niemand weiß, auf welche Schnapsidee sie kommt, wenn sie nicht mehr in der Obhut der Nomaden ist. Wir haben ein zweites Mal die Chance ein Menschenleben zu retten, unser Geheimbund muss diese Chance wahrnehmen!«

»Der Geheimbund ist seit über zwanzig Jahren aufgelöst!«

»So was kann man nie mehr auflösen«, sagte Dolores. »Lass uns Nora anrufen und das Ganze mit ihr besprechen.«

Ich betete, dass Nora nicht erreichbar wäre. Doch bekanntlich werden Gebete selten erhört: Nora nahm den Hörer ab. Dolores hieß mich an das zweite Telefon zu gehen, so eines vorhanden war. In groben Zügen und mit vielen Seufzern und Ausrufen erzählte Dolores die Sache mit Colette, und dass wir in die Mongolei mussten.

Stille in der Leitung. Nora, bitte, sag nein!

»He, Nora, bist du noch dran?!«, fragte Dolores ungeduldig.

»Unsere gute Colette … Ich überlege nur, ob ich die nächsten zwei Wochen frei nehmen könnte. Ich glaube, das sollte möglich sein.«

Innerlich schrie ich auf – Nora, war das wirklich nötig?! Wenn sie ging, musste ich wohl oder übel auch mitgehen. Ich versuchte nochmals, mein Unglück abzuwenden: »Es gibt da ein klitzekleines Problem: Ich habe extreme Flugangst«, warf ich ein.

»Nora hat da sicher irgendwelche Tabletten für dich, oder?«

»Na ja, man könnte sie sedieren«, meinte Nora.

»Ich werde mich nie und nimmer sedieren lassen und in irgendeiner verrosteten Konservendose in die Mongolei fliegen, ausgeschlossen!«

Nora räusperte sich – es war ihr Ich-habe-eine-glänzende-Idee-Räuspern, davor musste man sich in Acht nehmen. »Okay, ich schlage Folgendes vor: Wir fliegen mit einem Linienflugzeug nach Moskau, das wirst du überleben. Und von dort aus nehmen wir die Transsibirische Eisenbahn, das wollte ich schon immer mal.« Ich konnte ihre Entdeckerlust förmlich riechen.

Es stank gewaltig.

Dann war – bevor ich überhaupt richtig nachdenken konnte – die Sache ausgemacht: Wir würden Ferien (Ferien, ha, ha!) einlegen und so rasch als möglich alles Nötige in die Wege leiten. Ich informierte den Mann in der Mongolei, dass wir ihn informieren würden, sobald wir informative Informationen hätten. Oder so ähnlich.

Als ich Marc von unserem Vorhaben erzählte, zuckte er nur mit den Schultern und sagte in bitterem Ton, dass damit die gemeinsamen Ferien ins Wasser fielen, aber das würde ja zu unserer Misere passen.

Wider Erwarten (und Hoffen) konnte ich meine Ferien problemlos verschieben! Mom erklärte sich bereit, Phoebe zu sich zu nehmen. Dolores rekrutierte und instruierte ihre Mitarbeiter, und auch Nora kriegte von ihrer Arbeitsstelle grünes Licht.

Sonst ließ sich nie etwas leicht organisieren, nur jetzt, da es nicht hätte sein sollen, war alles möglich!

Dolores buchte drei Flüge nach Moskau und informierte sich über Abfahrtszeiten der Transsibirischen Züge. Ich erklärte dem Mann in Ulan-Bator, dass wir dann und dann eintreffen würden und dass die Nomaden Colette bitte so lange bei sich behalten sollten.

Drei Tage des Organisierens vergingen wie im Fluge, am vierten starteten wir. Es kam mir alles wie ein Traum vor. Ich hatte mir vorgestellt, dass Phoebe herzzerreißend weinen würde und mich nicht gehen lassen wollte; stattdessen war sie beleidigt, weil sie nicht mit durfte, und rauschte in ihr Zimmer, ohne mir Lebewohl zu sagen. Marc und ich verabschiedeten uns höflich. In seinen Augen lag eine Mischung aus Fragen, Ängsten, Vorwürfen und einer Prise Hoffnung. Was in meinen Augen zu sehen war, wollte ich gar nicht wissen.

Auf der Zugfahrt nach Zürich-Kloten war Dolores wegen meines Gepäcks stinksauer, aber auch sonst hatte sie schlechte Laune. So was Blödes sei nicht menschenmöglich, wetterte sie, sie wolle ja sehen, was Nora dazu sagen werde. Ich ließ Dolores' Gekeife über mich ergehen, ich hörte sie nur von weit her, weil ein Cocktail besonderer Art meine Magengegend ruinierte: Es war eine Mischung aus meiner mir bestens bekannten Flugangst und der nervösen Verwirrung, Nora wiederzusehen. Wie sollte ich mich verhalten? Ich hätte mich ebenso gut fragen können, wie viele Regenwürmer in unserem Vorgarten leben oder wie viele Engel auf einem Nadelkopf Platz haben.

Nora wartete vor dem Eincheck-Schalter. Als sie uns sah, brach sie in Gelächter aus.

»Siehst du«, meckerte Dolores, »Nora findet es auch beknackt.«

»Nora lacht, das ist alles«, erwiderte ich trotzig.

»Ich sage es dir ein letztes Mal: Du kannst dein dummes Cello nicht mit auf die Reise nehmen!«

»Und warum nicht?«

»Weil – es ist doch klar, warum!«

Nora trat grinsend zu uns und betrachtete mich, das Cello auf dem Rücken und meinen Koffer. Mit zuckenden Mundwinkeln sagte sie zu Dolores: »Sieh es so – wir können im Kasten Drogen schmuggeln, und Amber wird uns vor dem Schlafen ein Gutenachtständchen halten.«

Nora, es war wahrhaftig Nora, die da schmunzelnd vor mir stand! Völlig ungefragt war ich glücklich, ja, ich war durch und durch glücklich sie zu sehen – und zu wissen, dass ich tagelang mit ihr zusammen sein konnte.

Nora fuhr fort: »Wenn ich mir vorstelle, Amber wäre mit einem Klavier gekommen, das wäre wirklich was gewesen – aber dieses kleine Cello! Dolores, am besten du kriegst dich wieder ein.«

Dolores war mit Noras Ausführungen alles andere als zufrieden. »Bitt' mich nur ja nie darum, dieses verdammte Ding zu tragen!«, schnauzte sie mich an.

Wir checkten ein und mit dem Ticket kriegte ich die ganze Dosis Flugangst zugeschoben. Der Magen zog sich wie eine Ziehharmonika zusammen, mir wurde übel, Hände und Füße starben ab, und ich starrte Löcher in die Luft. Wir passierten den Zoll und ließen uns bei unserem Gate nieder.

Als es Zeit war an Bord zu gehen, schaltete ich klammheimlich den Rückwärtsgang ein, aber schon packten mich Dolores und Nora links und rechts und schoben beziehungsweise zogen mich Richtung Eingang. Meine Knie beugte ich beim Gehen nicht mehr, wozu auch? Ich spannte die Muskeln an und hörte wieder alles durch Watte. Nora redete mir gut zu – was ich wegen der Watte nicht verstand –, Dolores hingegen behandelte mich wie eine Invalide, sie war ungefähr so nett wie die Oberschwester aus *Einer flog übers Kuckucksnest*.

Während des Einsteigens hatte der Motor des Todesluftschiffes schon gewaltig gelärmt, aber jetzt drehte er richtig auf. Eine Stewardess stellte sich wie ein Hampelmann in den Korridor und kasperte mit angeklebtem Lächeln vor, wie man die Schwimmwesten anzog und Masken überstülpte. Ich konnte nicht mal mehr meinen kleinen Finger bewegen, wie sollte ich da eine ganze Weste aufblasen und mich anschnallen?! Nora stellte eine ihrer üblichen Überlegungen an: »Warum hat es im Flugzeug eigentlich Schwimmwesten«, fragte sie, »aber keine Fallschirme? Wir sind doch kein Schiff!«

Das Flugzeug rollte auf dem Areal herum, der Motor jaulte überdreht, er würde sicher bald explodieren, so was hatte ich im Gefühl. Ich neigte mich zu Nora. »Richte Phoebe aus, dass sie das tollste Mädchen ist, das sich eine Mutter wünschen kann, und dass ich stolz bin, eine solch wunderbare Tochter gehabt zu haben.«

Nora musterte mich. »Nun, wenn du abstürzt, stürze ich wohl oder übel auch ab, ich werde es ihr also kaum sagen können.«

»Jetzt hast du mich enorm beruhigt, *thanks!*«

»Ach, weißt du«, erwiderte Nora, »will man den Menschen mit Nahtoderlebnissen Glauben schenken, ist das Sterben eine richtig tolle Angelegenheit.«

Falls ich je gemeint hatte, eine Schwäche für Nora zu haben, war das der größte Irrtum meines Lebens.

Das Flugzeug begab sich endlich in Startposition, und ab ging's. In den Sessel gedrückt, krallte ich mich in Noras und Dolores' Arme. Dank meinem wattierten Kopf hörte ich ihre Aufschreie nur von Ferne. Ich glotzte den Riegel an, der das am Hinterteil des vorderen Sitzes angebrachte Tablett davor bewahrte, auf mich herunterzuklappen. Die anderen beugten sich bald über eine Mahlzeit, die so aussah, dass ich ein baldiges Flugunglück bevorzugte.

»Habt ihr das gehört, schon wieder eine Fehlzündung!«, flüsterte ich heiser und verkrallte mich erneut in Noras

Arm, was sie stoisch über sich ergehen ließ. Nein, sie hätten nicht gehört, dass der Motor aus dem letzten Loch röchele, logen meine sogenannten Freundinnen.

Wir flogen ewig, auch wenn Nora behauptete, dass es nur dreieinhalb Stunden dauerte. Natürlich, berücksichtigt man Abfahrts- und Ankunftszeit plus Zeitverschiebung, mögen es dreieinhalb Stunden gewesen sein. In Tat und Wahrheit waren es viel mehr Stunden, ich wusste es. Da wird fürchterlich herummanipuliert, keine Ahnung wie.

Bei der Kofferausgabe mussten wir bis zum Schluss warten. Aus Sorgfalt hatten sie das Cello als letztes auf die Rollbahn gelegt, was ich nett fand. Dolores schäumte. Ich, die als erstes den nach Benzin stinkenden Boden im Moskauer Flughafen geküsst und den Löchern in der Luft Adieu gesagt hatte, lächelte böse. »Kommt davon, wenn man Leute gegen ihren Willen in ein Abenteuer hineinzieht.« Die nächste Stunde schwiegen Dolores und ich uns an, Nora hatte bald auch keine Lust mehr zu reden.

Die Transsibirische war schon da, als wir nach mannigfaltigen Schwierigkeiten, die auszuführen sich nicht lohnte und die uns schier in den Wahnsinn trieben, am Bahnhof eintrafen. Wir stiegen in den Zug und suchten uns ein Abteil. Als ich meinen Koffer verstaut hatte, packte ich das Cello aus und begann auf verstimmten Saiten so etwas wie Free Classic zu spielen. Die anderen beiden schauten mich an, als hätte ich den Verstand endgültig verloren, aber als sie merkten, dass die Passagiere schleunigst an unserem Abteil vorbeigingen, dämmerte ihnen, was ich bezweckte. Dolores war in der Folge geradezu begeistert von meinem Trick. Ich musste ihn bei jedem Halt wieder anwenden.

Wir waren am späteren Nachmittag in Moskau angekommen, inzwischen hatte es eingedunkelt. Jetzt fuhren wir durch eine schwarze Landschaft. Wir gingen zum Abendessen ins Bordrestaurant, es gab Borschtsch – Rote-Beete-Suppe – und Speisen, die ich nicht definieren konnte. Beim Essen fing ich einen Blick von Nora auf, was meinen Magen zum Flattern brachte. Nora ... sie war da, und ich war da, und leider Gott sei Dank auch Dolores, deren Laune sich in der Zwischenzeit nicht wesentlich gehoben hatte. Etwas betrübte sie. Wir tranken Wodka, da wurde Dolores' Laune noch trüber. Um elf kehrten wir in unser Abteil zurück und machten uns für die Nacht bereit. Nora lag links, Dolores in der Mitte, ich rechts und das Cello beim Korridor. Dolores wollte diese Bettordnung, was mir sehr entgegenkam. Ich seufzte.

»Dolores, geht es dir gut?«, fragte Nora eine Weile, nachdem wir das Licht ausgeschaltet hatten.

»Warum sollte es mir nicht gut gehen?«, brummte Dolores.

»Du wirkst betrübt. Ist es wegen Colette?«

»Natürlich ist es wegen Colette, weshalb denn sonst? Und jetzt lass mich schlafen.«

Ich hörte dem Rattern des Zuges zu, hörte, dass Dolores unterdrückt seufzte. In dieser Nacht fand ich nur wenig Schlaf, das ständige Geratter war gewöhnungsbedürftig und außerdem Nora – so nah – *oh, this is really no picnic ...*

Beim Frühstückstisch sagten wir wenig, wir waren mit dem Beobachten der Landschaft und der Mitreisenden beschäftigt. Später schlugen wir die Zeit tot, indem wir lasen, zum Fenster hinausschauten, Karten spielten oder miteinander sprachen. Ich spürte, dass Nora mich oft betrachtete, es war, als hätten ihre Blicke Finger und würden mich berühren. Wenn Dolores aufs Klo ging, wusste ich nicht, worüber ich mit Nora hätte reden können, und Nora wusste es offenbar auch nicht. Wir gaben höchstens Kommentare zur Landschaft ab, schauten uns flüchtig oder auch weniger flüchtig in die Augen. Kam Dolores dann wieder zurück, war es erstaunlich, dass sie bei dieser aufgeladenen Atmosphäre keinen elektrischen Schlag abkriegte. Das zwischen Nora und mir war ein unhaltbarer Zustand! Je mehr mich Nora durcheinander brachte, desto mehr erzählte ich von Marc, und umso zynischer wurde Nora daraufhin. Es war zum Verzweifeln.

Beim Zubettgehen erklärte Dolores, dass jede einmal in der Mitte schlafen müsse, schließlich sei das die unangenehmste Position.

Auch das noch!

Also lag ich in der Mitte. Dolores löschte das Licht. Ich begann mich zu wälzen. Nora drehte sich hin und her, Dolores atmete bald tief. Ich wälzte mich so lange, bis die Nerven blank gescheuert waren. Es war unerträglich. So leise als möglich schlüpfte ich aus dem Bett und ging in den Korridor hinaus, der in seiner spärlichen Beleuchtung einsam und verlassen wirkte. Ich schaute zum Fenster hinaus, erblickte aber in der Scheibe nur mich selber, das Haar wirr, der Gesichtsausdruck unglücklich.

Eine Weile stand ich so da und überlegte mir, ob ich hier die Nacht verbringen sollte, als das leise Klacken der Tür zu vernehmen war. Ich beobachtete im Fenster, dass Nora neben mich trat. Nora sah nicht besser aus als ich, ihre Augen dunkel wie die Welt hinter der Scheibe, das Gesicht blass. Während mehrerer hundert Meter Bahnfahrt schauten wir uns wortlos an, dann drehte sie sich zu mir, legte die Wange an meine Wange und flüsterte: »Hast du gewusst, dass ein fahrender Zug zu den Territorien gehört, in denen alles erlaubt ist? Es ist Niemandsland. Was immer wir tun, wird nie geschehen sein.«

Ihre Lippen kitzelten mein Ohr, ich erschauerte, schwieg. Dann entgegnete ich flüsternd: »Wenn wir gar nichts tun, ist ebenfalls nichts geschehen.«

Mit meinen Lippen an ihrem Ohr verharrte ich und sog ihren Körperduft ein. Der ratternde Zug bewegte uns sacht und manchmal ruppig. Nora drehte den Kopf und blickte mich an, ich hielt meine Augen jedoch gesenkt. Ihr Atem lag als warmes Nichts auf meiner Wange.

Ich straffte meinen Rücken. »Wir gehen besser ins Bett.« Es tönte nicht sehr überzeugend.

Nora nickte.

»Noch ist nichts geschehen«, setzte ich nach.

»In mir ist es längst geschehen.«

»Ich gehe jetzt«, sagte ich, ohne mich einen Millimeter zu bewegen.

»Küss mich«, bat Nora.

Ich hob zögernd den Blick und betrachtete sie, als würde ich sie das erste Mal sehen. In ihren Augen sah ich dieselbe Not und Sehnsucht, die in mir brannten. Ja, ich brannte. Wie ein Reisigfeuer, lichterloh. Ich überlegte mir, ob ich mit meinen weichen Knien den Weg zum Abteil schaffen könnte. Ich hätte auch fragen können: Schaffst du den Weg zu Fuß von Marseille nach Tunesien? Kannst du so gut spielen wie Jacqueline Du Pré?

Ich konnte nicht. Und da gab ich auf. Ein letzter gespannter, regloser Augenblick, dann beugte ich mich zu Nora und ließ es geschehen, dass mich endlich dieser schöne Mund küsste.

Dieser Mund!

In meinem Kopf erklang die Filmmusik aus Doktor Schiwago, danach Tschaikowsky und Rachmaninoff, alle leidenschaftlichen Passagen. Ich küsste Nora mit einer Leidenschaft, die ich an mir nicht gekannt hatte, und Nora küsste mich nicht weniger stürmisch zurück. Es war eine Sinfonie, es war ein Kammerstück der feinsten Art, Jacquelines Bogen donnerte über die Saiten, und Glückseligkeit trug mich auf Händen. Hätten wir uns auffressen können, wir hätten es auf der Stelle getan.

Das also war Leidenschaft.

Es hätte für immer so weitergehen können, wenn nicht das Bild von Marc und Phoebe in mir aufgeflackert wäre. Ich stieß Nora erschrocken von mir weg. Heftig atmend und verzweifelt bis in die Fußzehen blickte ich sie an, während ich den Kopf schüttelte.

Nora hob die Augenbrauen und strich sich dann traurig über den Mund, als wollte sie sich versichern, dass dieser Kuss stattgefunden hatte. Ich schüttelte nochmals den Kopf, kehrte mit hängenden Schultern ins Abteil zurück.

Nora folgte kurze Zeit später und legte sich fast geräuschlos hin.

Ich drehte mich zu ihr und begann: »Ich –« Aber Nora legte zwei Finger auf meinen Mund. »Ich weiß. Versuch zu schlafen, meine Lady Bernstein.«

Oh nein, Nora wusste nicht, wie es als Mutter und Ehefrau ist, wie das ist, sich eine Suppe mit Verpflichtungen eingebrockt zu haben, die man nicht einfach so schnell, schnell auslöffeln kann!

Am dritten Tag erwartete uns der grandiose Anblick endloser Birkenwälder. Während des Mittagessens bekräftigte Nora, wie schön doch die silbrigen Stämme und das helle Laub dieser endlosen Birkenwälder seien. Beim Vier-Uhr-Tee gafften wir abwechselnd in unsere Tassen und in den nicht enden wollenden Birkenwald. Beim Abendessen verkündete Dolores (mit starrem Blick auf den Birkenwald), dass sie eine Motorsäge wolle, jetzt sofort!

Nora hatte Schatten unter den Augen und starrte gebannt in die Birken, ich tigerte unruhig im Korridor auf und ab. Kaum hielt der Zug an einem Bahnhof, sprang ich hinaus und liebäugelte mit der Vorstellung, im Birkenwald zu verschwinden, um dort mein Leben als Birkenhuhn zu verbringen.

Beim Nachtessen saß ich neben Nora, die in der Zwischenzeit in ihrem Frage- und Forscherwahn Trost und Unterstützung suchte. Ich konzentrierte mich auf mein Bein, das Noras berührte – oder ging der Impuls von Nora aus? Ich versuchte an Marc und Phoebe zu denken, doch Noras Bein spielte die beiden an die Wand. Den Abend verbrachte ich damit, immer und immer wieder die gleichen vier, fünf Sätze in meinem Buch zu lesen und zu Nora zu schielen. Sie schielte auch, wir schielten einander an, mir wurde schwindlig.

Als wir schließlich das Licht löschten – diesmal lag Nora in der Mitte, ich am Fenster und Dolores neben dem Cello –, wurde die Stimmung nicht eben ruhiger, als Nora fragte:

»Dolores, wie geht's eigentlich deinem Nachbarn? Du hast schon lange nichts mehr von ihm erzählt.«

Im Englischen sagt man zu dem, was Nora eben veranstaltet hatte: *to open up a veritable hornets' nest*. Nora hat sich tatsächlich in ein Wespennest gesetzt! Dolores richtete sich kerzengerade auf und überschüttete Nora mit Ausdrücken, die besser ungeschrieben bleiben. Sie maulte, was Nora einfalle, das ginge sie gar nichts an, der sei doch schwul, nach all den Birken jetzt noch eine solche Frage, das sei zuviel des Guten, und so weiter.

Nora, die es scheinbar gewohnt war, mit Ausbrüchen ihrer Mitmenschen klarzukommen, sagte gelassen: »Wenn der schwul ist, fress ich ein Cello – nein Amber, natürlich nicht deins! Der ist doch total in dich verschossen!«

Da begann Dolores zu schluchzen. »Eben ist er nicht schwul! Er heißt Erwin, schrecklicher Name, nicht, wie kann man nur so heißen, was sind das für Eltern? – Und warum ist er nicht schwul, dann wären wir nicht miteinander ins Bett gegangen, es war nämlich der Hammer! Ich sage euch, mit ihm zusammen war's wie Fliegen und Tauchen, wie Weihnachten und Geburtstag zusammen.«

»Und deshalb bist du so unglücklich?«

»Was stellst du für Fragen, natürlich nicht! Drei Wochen waren wir zusammen, es war die schönste Zeit meines Lebens, wirklich! Das pure Glück. Aber dann«, sie schniefte laut, »dann hatte ich keine Gefühle mehr. Pumps, weg waren sie, ich empfand nichts mehr für ihn, und da habe ich gesagt, dass es fertig mit uns sei, weil ich keine Gefühle mehr für ihn habe.« Dolores begann zu schluchzen. »Ich verstehe es doch auch nicht!«

Nora räusperte sich. »Dolores. Es ist nicht so, dass du keine Gefühle mehr hast. Die Angst schnürt sie dir bloß ab.«

»Hast du wieder eines deiner berühmten Hirnvakuums – wovor sollte ich wohl Angst haben!?«

»Vor Nähe vielleicht. Dass du dein Herz verlierst und deine Unabhängigkeit. Dass er dich verletzen, dich verlassen könnte.«

»Nora, die Idiotendoktorin – verschone mich mit deinen Weisheiten!«

»Man muss nicht Psychiaterin sein, um darauf zu kommen.«

Ich hätte Nora abküssen mögen, so gerührt war ich ob ihrer Worte. Nun gut, ich hätte sie auch wegen anderer Gründe küssen mögen.

»Man sollte nie mit einem Seelenklempner eine Reise tun«, maulte Dolores. »Ich will schlafen, können wir jetzt endlich schlafen?!«

Schweigen breitete sich aus, nur der Zug ratterte munter weiter.

Es wurde ruhig in unserem Abteil, bis ein oder zwei Stunden später – ich war immer noch wach – Dolores rief: »Das ist so was von Kacke!« Sie schluchzte auf. »Nora, du hast recht, natürlich hast du recht, ja, recht hast du, ach ich Trottel, oh jetzt habe ich so starke Gefühle für Erwin – findet ihr diesen Namen nicht auch furchtbar? Ich will mit ihm zusammen sein und ich habe ihm den Schuh gegeben! Was tu ich bloß, wenn er sich eine andere genommen hat?«

Denkpause, dann: »Ich mache Mus aus der!«

»Der Mann hat so lange um dich geworben, der wird dich kaum schon aufgegeben haben«, murmelte Nora schlaftrunken.

Dolores schniefte, so wie das Kinder tun: ganz aus der Tiefe der Seele heraus. »Meinst du wirklich?«

»Ja, Dolores.«

Rumms. Dolores drehte sich um, seufzte etwas von »Ach Erwinchen« und atmete bald tief und ruhig. Ihren Schlaf wollte ich haben! Ich blieb weiterhin wach, auf jedes Geräusch von Nora horchend, und als ich genug durch den Wolf gedreht war, machte sich meine Hand selbständig. Sie griff ins Dunkle – *stop it!* –, die untreue Hand griff in Noras Haar – zurückziehen, zurückziehen! Doch da zog Nora schon meine Hand schweigend an ihren Mund und küsste die Innenfläche. Mir brach der Schweiß aus. Ich war nirgends mehr sonst als in diesem Abteil, der Rest der Welt hörte auf zu sein, die vielen inneren Stimmen verstummten, nur Jacqueline Du Prés Celloklänge schwebten im Äther. Es könnte ja sein, so erklärte ich mir, dass wir in einer halben Stunde in einem Eisenbahnunfall sterben würden und angesichts dieser Aussicht war es mehr als sinnvoll, die letzten Minuten mit der schönen Tätigkeit des Küssens verbracht zu haben. Solcherart psychisch gestärkt, folgten meine Lippen meiner Hand und gelangten an Noras Mund. Wir küssten weit über das imaginierte Eisenbahnunglück hinaus, und das so leise als möglich, was viel verlangt war.

Am nächsten Morgen hatte sich Dolores' Stimmung gewaltig verbessert, sie summte vor sich hin und lobte die Landschaft, vor allem auch, weil die Birkenwälder hinter uns zu liegen schienen. Dann verkündete sie, dass sie einen wichtigen Anruf tätigen müsse. Dafür ginge sie in den Korridor, das sei nichts für unsere Ohren.

Dolores gehörte zu der Sorte Menschen, die der Leistungsfähigkeit eines Handys misstraut und sicherheitshalber schreit, damit sie auch bestimmt verstanden wurde. Nora und ich gaben uns redlich Mühe wegzuhören, aber Dolores' Lautstärke erlaubte das nicht.

»Bist es du? Ja ich bin es! Störe ich dich, ich, ehm, muss dir was sagen – sag mal, hast du einen zweiten Vornamen? – was, *Ottofried*?!! – du heißt Erwin Ottofried Hebeisen? Nein, natürlich habe ich nichts gegen den Namen, er ist bloß etwas lang. Aber vielleicht hast du einen schönen Pfadfindernamen – *Keks*? Sie haben dich *Keks* getauft! Das macht das Ganze natürlich nicht einfacher. – Was? Warum ich dich anrufe? Och, bloß so. – Was für Schuhe? Ich habe dir den Schuh gegeben? Nein, das hast du dir bloß eingebildet! – Ich könnte dir einen neuen Namen geben – ich darf das, sagst du, aber nur wenn was? – Nein, was sagst du da? Aber ich habe das mit uns nicht beendet, das war – wie soll ich sagen – ich musste einfach! Ach, ich erkläre dir das, wenn ich auch weiß, was ich sagen soll. Ja, ich würde dich gern sehen und du weißt schon – was? Du stehst schon vor meiner Türe? Ach Süßer, ich bin nicht zu Hause! – Ich bin auf dem Weg in die Mongolei, Colette retten. – Nein, ich scherze nicht.«

Sie rief zu uns: »Norambers, kommt und sagt ihm, dass ich nicht lüge! Was? Du glaubst mir auch so? Gut! Was sagst du, oh ja! Und weißt du«, Räuspern, »ich vermisse den Pisa, weißt du, ich ... Der schiefe Turm von Pisa! Du weißt nicht, was ich damit meine? Also, ich erkläre dir das gerne ...«

Nora verzog das Gesicht: »Gehen wir, bevor wir Dinge erfahren, die wir gewiss nie erfahren wollten.«

Ich stand auf und folgte ihr aus dem Abteil, durch den Korridor zum Restaurant. Sie hätte weiter und weiter gehen können, ich wäre ihr gefolgt, wenn ich ihr hätte folgen können, was ich eben nicht konnte. Die Spannung zwischen uns steigerte sich langsam ins Unerträgliche. Zum Glück erreichten wir jetzt den schönsten Teil der Fahrt. Wir fuhren dem Baikalsee entlang. Nora erklärte uns, dass im See ein Fünftel allen Süßwassers der Welt gespeichert sind, sechshundert Kilometer lang und achtzig Kilometer breit. Er ist kristallklar, so dass man bis zu vierzig Meter in die Tiefe sehen kann.

Wir saßen in unserem Abteil und schauten entzückt auf die spiegelnde Wasserfläche. »Eine Legende besagt, dass im Baikalsee alle Tränen, die Menschen jemals vergossen haben – aus Glück oder Unglück –, gesammelt sind«, erklärte Nora.

»Das kann ich mir nicht vorstellen, mit meinen Tränen allein könnte ich schon den Genfersee füllen und zusammen mit den Freudentränen wegen Erwinchen«, ihre Augen begannen bei diesen Worten zu schwimmen, »sogar den Bodensee.«

In der folgenden, der letzten Nacht auf Rädern schlief

Dolores wieder in der Mitte. Das war gut. Andererseits - das wäre weiß Gott nicht nötig gewesen!

Aber mal abgesehen von den Gefühlswogen, die dauernd über uns hinwegrollten, war das hier eine Reise, auf der es viel zu sehen und zu bestaunen gab. Bei jedem Halt warteten die Händler mit Kinderwagen, die ihre Waren vor sich herschoben und zum Verkauf anboten. Bei der letzten russischen Station Ulan-Ude erwartete uns ein riesiger Kleiderbazar. Dolores stürzte sich sofort ins Gewühl. Sie kaufte mehrere Röcke und ein paar kuriose Ketten. Auf dem Weg zur russisch-mongolischen Grenze entstand im Zug ein hektisches Hin und Her. Die Kellnerin des Restaurants erklärte uns in gebrochenem Englisch, dass man jetzt die Schmuggelware verstecken würde. An der Grenze mussten wir stundenlang warten, bis die Schmuggler mit den Zöllnern endlich fertig um die Schmuggelware gefeilscht hatten.

Wir schlugen uns mehr recht als schlecht die Zeit tot. Die Nervosität wuchs – in welchem Zustand würden wir Colette antreffen? Wie würde sie auf uns reagieren? Würde sie mit uns kommen? War sie überhaupt noch dort? Nora rauchte tagsüber eine Zigarette, was bei ihr unüblich war, Dolores trug in jedem Satz mindestens einmal Erwinchen und in jedem zweiten Colette im Mund. Ich packte mein Cello aus und brachte den Menschen ein Ständchen, was auf Begeisterung stieß. Eine Frau schenkte mir zwei Eier, ein Mann einen Kohl und Baumnüsse. Die Eier und den Kohl schenkte ich der Küche.

Endlich ging es weiter, jetzt mit Diesellok. Bald wurde die grüne Weite der mongolischen Steppe sichtbar. In Ulan-Bator, der Hauptstadt der Mongolei, stiegen wir zögernd aus der Eisenbahn, die uns fünf Tage Heimat gewährt hatte. Wir kämpften uns durch die Menschenmassen, bis Dolores aufschrie und nach links deutete: Dort stand ein Mann mit einem DIN A4-großen Blatt, auf dem DOLORES stand. Dolores pflügte sich durch die Menschen und schrie: »*Yes Dolores, we are Dolores, hello, hello!*« Sie überrannte den armen Mann fast. Er war einen Kopf kleiner als sie, ein schüchterner Mensch mittleren Alters mit gleichmäßigen asiatischen Zügen und im Moment mit einem leicht verängstigten Gesichtsausdruck. Nora befahl Dolores, sich dezenter zu verhalten, und begrüßte den Mann mit freundlichem Lächeln. Ich übernahm die Kommunikation. Es war derjenige, mit dem ich telefoniert hatte, er hieß Rifat. Nachdem wir einander begrüßt hatten, führte er uns zu seinem Geländeauto und bedeutete uns, das Gepäck zu verstauen. Verwundert schaute Rifat mein Cello an. Wir würden etwa fünf Stunden fahren müssen, erklärte er. Dolores machte mir Vorwürfe, weil wir nicht hierher hatten fliegen können, aber Nora sagte, dass es so sei, wie es sei und damit basta.

Warum Ulan-Bator nicht zu den beliebten Städteausflugszielen gehört, wurde schnell klar. Das Auto holperte über tiefe Löcher durch einen lebensgefährlichen Verkehr. Es war lärmig, staubig, Gerbereien stanken buchstäblich zum Himmel, im Hintergrund sah man Kohlenkraftwerke, die für den Smog über der Stadt verantwortlich waren. Ulan-Bator wucherte in Form hässlicher Plattenbauten und Wohnsilos. Wir sahen Menschen in traditionellen Kleidern, aber auch Mädchen mit Stöckelschuhen, bauchfreien Tops, Miniröcken und Hotpants.

Ich war froh, als wir die Stadt verließen, und ließ mich bald von der Weite, Größe und Schönheit der Landschaft gefangen nehmen. Es gab kaum mehr Bäume, dafür Grassteppe, wohin das Auge reichte. Schafherden grasten nahe der Straße, manchmal sahen wir von weitem ein weißes Nomadenzelt oder selten eine kleine Ansammlung Häuser. Nach Stunden sagte Rifat »*Here we are*« und deutete auf einen weißen Punkt in der Ferne. Der Punkt entpuppte sich als ein wunderschönes traditionelles Zelt, eine Jurte, neben der Ziegen, Schafe und ein paar Pferde grasten. Wir wollten aus dem Auto steigen, doch Rifat hielt uns zurück. »*The dog!*«, warnte er. Wir erfuhren, dass sich hierzulande die Besucher mit den Worten: Haltet den Hund! anmelden.

Man steige erst vom Pferd oder aus dem Auto, wenn der Besitzer seinen Hund am Halsband halte. Mongolische Hunde seien sehr scharf.

Eine Frau kam aus der Jurte und packte nun den Hund. Ein kleines Mädchen und ein Junge steckten den Kopf heraus, dann riefen sie etwas ins Zeltinnere. Inzwischen stiegen wir aus dem Auto. Die Kinder kamen aus der Jurte und gingen zu ihrer Mutter.

Und dann erschien im Zelteingang ein blonder Schopf mit mongolischer Kleidung.

»Colette!«, schrie Dolores und rannte auf sie zu. Colette war braungebrannt und wirkte irgendwie knackig. Verblüfft glotzte sie uns an. Dolores breitete ihre Arme aus. Als sie jedoch vor unserer alten Freundin zu stehen kam, packte sie sie an den Schultern. »Du Luder, wie konntest du uns das antun?!«, schrie sie und schüttelte Colette. »Zu Tode haben wir uns geängstigt!«, noch mehr Schütteln. »So etwas wie du gehört ungespitzt in den Boden, jawohl!« Schütteln, Schütteln, Schütteln.

Ich würde unseren Gastgebern erklären müssen, dass dieses Schütteln nicht zu unseren traditionellen Begrüßungszeremonien gehört.

31. Colette

Willkommen Nacht!
Willkommen Stern!
Mich dürstet nach Schlaf,
ich kann nimmer wachen,
ich kann nimmer denken,
nimmer weinen und lachen,
nur schlafen möcht ich gern,
schlafen hundert, tausend Jahr,
und über mir gehen die Sterne
hin.

Hermann Hesse

Ich bitte Concetta, in Dolores' Laden Sandwichs und Zitronentörtchen zu kaufen. Ich packe die Leckereien in Alufolie und stopfe sie in meinen Rucksack. Als Concetta Staub saugt, verlasse ich das Haus. Concetta denkt, dass ich zum Tennis gehe, und das ist gut so.

Beim Einsteigen in den Zug blicke ich nochmals zurück in dem Wissen, dass ich hier das letzte Mal gewesen sein werde. Ich sage Adieu zum Bollwerk, zum Münster, zum Bundeshaus, zur Aare, zur Kornhausbrücke, zum Lorrainebad, zu den Bergen – eben zu allem, was ich vom Zug aus sehen kann. Meine Kinder sind in der Landschulwoche, ich habe sie seit zwei Tagen nicht mehr gesehen. Das macht mir das Abreisen einfacher.

Ich bin die schlechteste Mutter der Welt, aber irgendwie ist mir auch das egal geworden.

Dolores' Moralpredigt am ersten Januar hatte mich in einen Schockzustand versetzt. Was sie gesagt hat, ist unzweifelhaft wahr, und das gab mir den Rest. Mehr denn je fühlte ich mich, als gäbe es in dieser Welt keinen Platz, wo ich sein könnte oder wollte. Nichts lockte mich, ich hatte nicht den Hauch einer Vision, die mich antreiben könnte. Der Schmerz hockte mir breit und fett im Magen. Hinter jeder Farbe sah ich Schwärze, hinter jedem Ton hörte ich Totenstille. Ich wollte diesen Schmerz nicht mehr – diesen unsichtbaren Schmerz, den es doch gar nicht gab und der mir trotzdem die Seele zerfraß.

Ich werde so lange leben, wie der Vorrat und das Wasser reichen. Ich weiß nicht, ob ich verhungern oder verdursten werde – es kommt darauf an, ob ich Wasser in der mongolischen Steppe finde. Oder nicht. Vielleicht werde ich von Wölfen gerissen, was ich einen aufregenden Tod fände, irgendwie dynamisch – so, wie ich gerne gewesen wäre.

In Ulan-Bator kaufe ich ein paar Vorräte, damit ich tief in die Steppe komme, bevor ich sterbe. Ich nehme den erstbesten Bus, der mich aus der Stadt und hinein ins Land bringt. In einem kleinen Ort steige ich aus. Keine Ahnung, wie der heißt, ich kann die kyrillische Schrift nicht lesen.

Ich marschiere los, immer südwärts. Ich habe einen Kompass mitgenommen, ich will nicht im Kreis gehen, es reicht, dass ich ein Leben lang im Kreis gegangen bin. Ich treffe in den sieben Tagen meiner Wanderung niemanden an, was bemerkenswert ist, denn etwa alle achtzig Kilometer steht ein Zelt, außerdem sind die Nomaden gut darüber unterrichtet, was in der Steppe geschieht. Wie durch ein Wunder habe ich einen Weg an ihnen vorbei gefunden.

Tagsüber ist es brütend heiß, nachts eisig kalt. An meinen Füßen reiht sich eine Blase an die andere, nur die Schmerzen fühle ich nicht. Ich liege in meinem Hightech-Schlafsack und betrachte die Sterne, diesen unendlichen Himmel, der mich bedeutungslos macht. Es ist schön, bedeutungslos zu sein. Die Angst vor den Wölfen hingegen, die ich in der Ferne heulen höre, ist weniger unbedeutend. Jeden Tag stehe ich frühmorgens auf und gehe los, immer weiter. Von Tag zu

Tag wird mein Kopf leerer und der Rucksack leichter. Schließlich kommt der Tag, an dem ich das letzte Viertel des letzten, harten Zitronentörtchens esse. Mein Henkersdessert. Da ich regelmäßig Wasser finde, werde ich also verhungern (oder – wie ich trotz oder wegen meiner Angst immer noch hoffe – von den Wölfen verzehrt).

Die Hitze trocknet nicht nur die Kehle aus, sondern auch mein Hirn. Die Tage und Nächte fließen ineinander über. Manchmal sehe ich jetzt unscharf und stolpere. Der harte Boden ist mit stachligem Gras und duftenden Kräutern bedeckt. Immer weiter, dem Horizont entgegen. Der Hunger verschwindet am zweiten Tag meines Fastens, am vierten interessiert mich Essen nicht mehr. In meinem Kopf drehen sich Lieder aus der Kindheit: *Auf der Mauer auf der Lauer sitzt 'ne kleine Wanze*. Ich variiere den Text auf hundert verschiedene Weisen. *Froh zu sein bedarf es wenig, und wer froh ist, ist ein König*. Ich singe das Lied innerlich (richtig singen kann ich nicht mehr, meine Lippen sind aufgesprungen) und gleich mehrstimmig. Ich habe nicht gewusst, dass man allein mehrstimmig singen kann.

Auf einmal stehe ich auf der Münsterplattform. Ich schleiche hinter Nora, Dolores und Amber über den Rasen, über die Buchsumrandung, an den Kastanienbäumen vorbei zur Mauer, wo die Frau sitzt. Ich presche hervor und reiße die Frau rückwärts auf die Plattform zurück. Ich presche hervor und schubse sie hinunter. Ich presche hervor und renne nach Hause. Ich presche hervor und springe über die Mauer. Fliegen. Endlich fliegen. Ich presche hervor, reiße die Szene wie ein Plakat herunter und mache Schnipsel daraus.

Wenn man das Konzept der Hölle nicht kennt und deshalb nicht weiß, dass man nach dem Selbstmord dorthin kommt, wohin kommt man? Ich stehe wieder auf dem Laufsteg, aufgetakelt, ein kleines Mädchen. Mutters Gesicht größer als die anderen, die Augen voller Ehrgeiz. Ich schaue an mir runter, ich trage Kleider von Dolores. Mutter heult auf. Zum ersten Mal gewinne ich den ersten Preis. Die Sterne am Himmel scheinen größer zu werden und zu tanzen, mein Vater tanzt mit mir an meinem Geburtstag. Mein Vater und ich tanzen in den Sternen. Das fühlt sich gut an.

Manchmal gehe ich nun auf Knien, auf vier Füßen. Das Gras fühlt sich wunderbar an, wie ein Daunenbett, das mich einlädt zu verweilen. Meine Wasserreserven sind aufgebraucht, ich finde kein neues Wasser mehr. Also Tod durch Verdursten, wenn nicht bald die Wölfe kommen. Oder bin ich schon tot?

Ich stehe mühsam wieder auf und torkele weiter. Mein Rucksack ist mein zweiter Rücken, treuer Rucksack. Damals im Geißenstall, am Morgen, bin ich einen Moment lang froh gewesen, so wie ich froh gewesen bin mit Vater beim Tanzen. Was ist Glücklichsein? Es ist das, was ich nicht bin. Glück ist ein einfaches Gefühl, das Gefühl des Friedens, wenn man abends nach getaner Arbeit auf der Veranda sitzt. Die Luft von rötlichem Glanz durchtränkt.

Ich sehe mittlerweile alles in rötlichem Glanz getaucht, sogar das Gras und die Kräuter auf dem harten Boden. Eine Herde Pferde galoppiert an mir vorbei, rote Pferde auf rotem Boden vor rotem Himmel. Die Pferde sind klein und stark, sie sind zäh und freundlich, geduldig und eigensinnig. Mir ist es, als sähe ich in ihre Seelen hinein. Ein Pferd bleibt vor mir stehen und sieht mich an, ich erwidere den Blick. Es kommt vorsichtig näher, ich strecke die Hand aus, und alles wird schwarz.

Ich weiß nicht, wie lange ich so liege. Zeit, Bewusstsein und jegliches Dimensionale sind in sich zusammengefallen. Vielleicht ist das der Tod. Und der Tod hebt mich hoch und murmelt mehrstimmig in einer Sprache, die ich nicht verstehe. Er legt mich auf eine Unterlage, er schleift mich hinter sich her, er bellt, schnaubt und wiehert, er hört sich besorgt an. Wieder fällt alles in sich zusammen.

Es ist überaus seltsam, tot zu sein.

Der Tod legt mich auf ein weiches Totenbett und wäscht mein Gesicht, er wäscht meine Arme, den ganzen Körper, er spricht mit Frauenstimmen zu mir. Er kleidet mich, er deckt mich zu. Wieder wird es dunkel. *Froh zu sein bedarf es wenig*, das Lied hüpft in mir, tanzt mit mir, oder ist es Vater? Der Weisheit letzter Schluss: *Und wer froh ist, ist ein König.*

Wie wahr!

Nach langer Dunkelheit dringt etwas in meine Schwärze. Stört mich. Eine Anwesenheit.

Sei gegrüßt, sagt die Anwesenheit.

Ich sage: Lass mich in Ruhe.

Es ist nicht Zeit zu sterben.

Woher willst du das wissen?

Ich sehe es.

Hast wohl Röntgenaugen oder was?

Gewissermaßen. Es ist höchste Zeit.

So, so.

Du musst deinen Weg gehen.

Leeres Gewäsch.

Wie willst du das wissen? Du hast es nicht einmal versucht.

Meinen Weg gehen – was soll das schon heißen?

Deinem Herz folgen, das heißt es.

Mein Herz ist kein Herz, sondern ein Steinklumpen.

Dann folge deinem Steinklumpen.

Ich lachte verblüfft auf. Seit wann kann ein Stein wandern?

Er wandert nicht, er rollt.

Das ist Blödsinn.

Genau.

Was?

Das Leben ist Blödsinn. Unsinn. Ein Witz. Widersinnig, sinnwidrig, verrückt, närrisch.

Eben, deshalb bevorzuge ich den Tod.

Woher weißt du, dass der nicht auch aberwitzig und irr ist?

Diese Frage trifft mich wie ein Schlag, ich lenke ab: Woher kommst du?

Aus der Mongolei, dort wo auch dein Körper liegt.

Tot, nehme ich an.

Noch am Leben, und du hast es in der Hand. Doch vorher will dich ein Freund begrüßen.

Ich habe keinen Freund.

Die Anwesenheit grinst. Sie schnippt mit den Fingern, und aus der Dunkelheit erscheint ein Pferd. Das gleiche, dem ich begegnet bin, bevor ich zusammenbrach. Es trottet auf mich zu. Es ist nicht mehr rot, sondern weiß mit braunen Flecken. Es bleibt vor mir stehen und schubst mich mit dem Kopf. Ich wäre als Kind so gern geritten, aber Mutter hat es nicht erlaubt. Sie riss mich von den Pferden weg mit der Begründung, dass mich die Viecher ins Gesicht beißen könnten und ich dann nicht mehr schönheitswettbewerbtauglich wäre.

Ich streichle die Stute, halte ihr die flache Hand hin. Sie schnuppert daran und kitzelt mich mit ihren Lippen. Ich flüstere ihr Liebkosungen zu. Sie wackelt mit den Ohren. Vollkommenes Wesen.

Siehst du, es ist noch nicht Zeit zu sterben, sagt die Anwesenheit. Und verschwindet.

Ich tauche wieder in Dunkelheit.

Als ich die Augen öffne, sehe ich vor mir das neugierige Gesicht eines kleinen Mädchens mit wunderschönen Schlitzaugen und in farbenfrohen Kleidern. Kaum gewahrt es meinen Blick, springt es auf und rast aus meinem Gesichtsfeld. Überrascht schaue ich auf. Nur langsam realisiere ich, dass ich mich in einer Jurte befinde. Ich sehe bunt bemalte Truhen, Schränkchen und Regale, Teppiche auf dem Boden und an der Wand, alles aufgeräumt und geordnet. Die Mutter des Mädchens kommt nach mir sehen, sie lächelt schüchtern und weiß nicht so recht, wohin sie schauen soll.

Bald taucht die ganze Sippschaft auf, es ist ein Kommen und Gehen, denn es haben nicht alle gleichzeitig in der Jurte Platz. Man steht und sitzt um mein Bett, schnattert und plappert, betastet mich, bietet mir fremde Speisen und frisches Wasser an. Betäubt lasse ich es über mich ergehen. Ein kleines, hageres Männchen mit einem Gesicht wie eine Dörrzwetschge beobachtet mich aufmerksamer als alle anderen. Als sich unsere Blicke kreuzen, ist es mir, als sei dieser Mann die Anwesenheit, die mit mir im Traum gesprochen hat. Er streckt mir auffordernd eine Schale entgegen. Ein Getränk ist darin, das bitter, seifig und säuerlich schmeckt – abscheulich! Das Männchen bedeutet mir auszutrinken und ignoriert mein heftiges Kopfschütteln. Das Getränk feuert und wärmt mich von innen her, bald rinnt mir der Schweiß. Das Männchen schickt die anderen weg. Er flüstert Unverständliches, berührt mich hier und dort und legt seine Hand über meine Augen. Sofort falle ich wieder in einen tiefen Schlaf.

Tagelang muss ich das Bett hüten. Nachdem sie ihre Schüchternheit abgelegt haben, besuchen mich Toja, das kleine Mädchen und sein Bruder Timur, wann immer sie niemand davon hat abhalten können. Sie spielen mit mir, lachen und umarmen mich von Zeit zu Zeit. In solchen Momenten überfällt mich die Sehnsucht nach meinen Kindern und ich muss weinen. Ach, ich Rabenmutter, ich schäbige Versagerin!

Wenn die Pferdeherde an der Jurte vorbeigaloppiert, vibriert der Boden, das ist ein schönes Gefühl.

Solange ich ans Bett gebunden bin, bleibt mir viel Zeit, um über meine Situation nachzudenken. Ich bereue meinen »Todesmarsch« nicht, keine einzige Sekunde; ich habe in dieser Woche mehr erlebt als in meinem ganzen Leben davor. Und dann, wohin es mich geführt hat: In ein anderes Leben, ganz bestimmt! Mein altes Leben scheint unendlich weit weg zu sein – jetzt wäre der ideale Zeitpunkt, mich für tot erklären zu lassen und eine neue Identität anzunehmen. *Colyta*, wie sie mich hier nennen.

Colyta Horizon. Wenn da nur nicht meine Kinder wären …

Komme ich mit dem Grübeln nicht mehr weiter, wende

ich mich meiner fremden Umgebung zu. Ich entdecke mit Verwunderung, dass die Jurte ganz ohne Nägel gemacht ist. Der Stoff, mit dem das Zelt bedeckt ist, besteht aus Filz. An besonders heißen Tagen klappt Vater Erkan mit Timor zusammen die Filzwände unten einen halben Metter hoch. Gleichgültig, ob der Wind weht, ob es regnet oder die Sonne scheint, der Filz schützt uns. Und obschon die Jurte in sechs großen Schritten durchmessen werden kann, habe ich mich noch nie in einem Raum so wohl gefühlt wie hier.

Die ersten Tage schlafe ich viel. Bin ich wach, sehe ich dem Treiben in der Jurte zu: Den Kindern, die viel Unsinn im Kopf haben; Mutter Nara, die allmorgendlich die Milch lange, lange stampft, bis sie gärt. Das Getränk, das in diesem Gärprozess entsteht, ist weiß und sieht wie Joghurt aus – dass es Alkohol enthält, merkt man erst, wenn man nach vielen gekippten Gläsern aufsteht. Ich lerne den *tzee* kennen, einen gesalzenen Milchtee, der ziemlich gewöhnungsbedürftig ist. Nara reicht mir die Tasse, indem sie mit der linken Hand den Ellenbogen des darreichenden Arms stützt. Eine elegante Geste. Nara gibt mir zu verstehen, dass ich den *tzee* in gleicher Weise entgegennehmen soll.

Abends, vor dem Schlafen, schaue ich in den Sternenhimmel, den ich durch die obere Öffnung der Jurte sehen kann, und lausche den Atemzügen und dem Schnarchen meiner Gastfamilie. Und ich, die ich mich seit Jahren in meinem Zimmer abgeschottet habe, darauf bedacht, durch nichts gestört zu werden, fühle mich geborgen mit diesen fremden Menschen, auf diesem engen Raum. Es ist mir unerklärlich.

Langsam wächst mein Appetit – nicht nur aufs Leben, sondern auch aufs Essen. Ich habe vorzugsweise von teurem Slow Food der besten Qualität nur häppchenweise genascht, jetzt aber greife ich herzhaft zu, obschon das Essen eintönig und fettreich ist. Salat gibt es nie, höchstens rohe Blätter, dafür viel Hammel, Hammelsuppe, Ziegen- und Schafskäse, mit Fleisch und Innereien gefüllte Teigtaschen, zum Dessert manchmal die dicke Sahneschicht, die man beim Käsemachen gewinnt. Noch vor kurzem hätte ich mich vor diesem Essen geekelt, ich hätte es nicht mal mit meinem kleinen, manikürten Finger berühren wollen.

Gegen Ende der zweiten Woche komme ich zu Kräften. Als ich meinen Gastgebern zu verstehen gebe, dass ich gerne aufstehen würde, kleiden sie mich in traditionelle Gewänder. Colette in farbigen Kleidern! Sie wirbeln mich zur Begutachtung herum. Sie kichern. Die Kinder ziehen mich zum Ausgang und zeigen mir, wie man richtig durch diese Tür geht: erst mit dem Kopf, dann mit den Füßen, wobei diese die Schwelle nicht berühren dürfen. Draußen bin ich überwältigt von der Weite und Größe des Himmels. Die Sonne scheint, was mich seltsamerweise nicht stört, und Wolken formen sich zu wundersamen Figuren. Mir ist es, als würde ich mit jeder Zelle meines Körpers diese Schönheit in mich aufnehmen. Ich habe nicht gewusst, wie viele aufnahmefähige Zellen ich in mir habe! Ein Lachen löst sich aus meinem Inneren, ich kann nichts dagegen tun, wie an Silvester, als das Kichern mich überschwemmte. Beide Male brach es ohne mein Dazutun aus mir hervor, doch während das Kichern an Silvester nur Irritationen auslöste, breitet sich dieses Lachen aus wie fröhliche Wellen, die über die Weite rollen und sich glitzernd am Horizont verlieren.

Eine Weile stehe ich einfach da. Nara lässt ein Fohlen bei seiner Mutter trinken und melkt danach einen Liter Milch für sich, der Hund trottet zu mir und schnuppert an meinen Schuhen. Die Kinder zerren mich zu Erkan, der ein Pferd am Halfter hält und mich auffordernd anschaut. Es gilt die Regel: Wenn möglich geht der Mongole nie zu Fuß. Kaum stehen die Kinder auf beiden Beinchen, werden sie spielerisch aufs Pferd gesetzt. Schon im Alter von fünf Jahren können sie perfekt reiten. Ich bleibe ängstlich und in sicherem Abstand zu Erkan und dem Pferd stehen. Mutter hat mich oft genug davor gewarnt, dass Pferde ins Gesicht beißen und es dann mit der Schönheit vorbei wäre. Dazu noch dieser Tiergeruch! Toja nimmt mich an der Hand und zieht mich langsam zum Pferd. Als ich vor dem Tier stehe, bin ich vor Angst schweißgebadet. Das Pferd schaut mich – wie es mir scheint – gelassen an, und Erkan spricht beruhigend auf mich ein.

So steige ich mit sechsunddreißig Jahren das erste Mal auf ein Pferd – ich, die ich mich bis dahin keinem Tier freiwillig auf mehr als fünfzig Meter genähert habe (außer es handelte sich um ein gegrilltes Hühnchen oder einen Braten)! Ich überlege mir, ob ich vielleicht doch tot bin, denn in meinem Leben wäre das nicht möglich: ich auf einem Pferd!

Meine Gastfamilie kichert hinter vorgehaltener Hand über mein ungelenkes Verhalten, während Erkan, auch schmunzelnd, das Tier still hält.

Auf dem Pferd zu sitzen ist seltsam, angsteinflößend, und es ist überwältigend! Ich fühle mich wie eine Schiffspassagierin auf hoher See, und schon falle ich vom Sattel, worüber sich die andern wieder köstlich amüsieren, was mich jedoch nicht davon abhalten kann, erneut aufzusteigen. Jeden Tag reite ich etwas länger, immer in Begleitung von Timor, der mir plappernd Vorträge hält, von denen ich kein Wort verstehe. Manchmal setzt er sich hinter mich in den Sattel und nimmt die Zügel in die Hand. Wir preschen los, ich kreische und schreie, Timor lacht vergnügt.

Eine Woche später erhalte ich zu meiner Verwunderung ein neues Pferd. Eikan und Timor treiben das alte trotz meiner Einwände zur Herde und fangen mir ein neues. Dieses gebärdet sich wild, doch kaum ist es eingefangen, wird es erstaunlich fügsam. Nicht nur mein Pferd, auch die der anderen werden ausgewechselt. Ich beginne zu verstehen, dass die Mongolen offensichtlich der Ansicht sind, dass kein Pferd für immer einen Menschen tragen soll.

Erkan ist sichtlich zufrieden damit, wie ich mit den Pferden umgehe. Steige ich aus dem Sattel, tätschelt er mir wohlwollend die Schulter und erklärt mir auf Mongolisch eine ganze Menge.

Mit der Zeit kommt es mir vor, als hätte ich nie etwas anderes getan als zu reiten. Ich habe außerdem das seltsame Empfinden, als könne ich in die Tiere hineinsehen, als würde ich ihre Wesensart erfassen. Bei mir sind die Pferde außergewöhnlich fügsam. Aber vermutlich bilde ich mir das nur ein.

Das erste Mal in meinem Leben habe ich das Gefühl, am richtigen Ort zu sein. Die Welt will mich, und ich will die Welt. So einfach ist das. Es ist das Schönste, was einem Menschen passieren kann.

Ob ich hier bleiben darf? Vielleicht für immer?

Eine verlockende Vorstellung. Ich darf nur nicht an zu Hause denken!

Eines Tages – ich bin in der Jurte und helfe Nara mit dem Zubereiten der Mahlzeit – ist Autolärm zu hören. Nara geht hinaus, um den Hund zu halten, die Kinder rasen ihr hinterher, kommen aber gleich wieder zurück. Sie plappern aufgeregt auf mich ein und ziehen mich zum Ausgang. Verwirrt folge ich ihnen.

Ich meine, mich trifft der Schlag: Dolores, Nora und Amber stehen neben dem Jeep und blicken mich erwartungsvoll an. Kaum entdeckt mich Dolores, rennt sie mit offenen Armen auf mich zu. Doch dann packt sie mich an den Schultern und schüttelt mich, während sie mich mit Vorwürfen überschüttet. Ich weiß nicht, wie mir geschieht. Als ich mich nach einigen Schreckensmomenten daran erinnere, dass ich kein Schüttelbecher bin, stoße ich Dolores mit aller Kraft von mir. Offenbar bin ich in der Mongolei stärker geworden – Dolores taumelt rückwärts und wäre beinahe umgefallen.

»Könnt ihr mir mal sagen, was das soll?«, ich schaue die drei wütend an.

»Ja, was wohl? Dich retten!«, schnauzt Dolores.

»Habe ich euch einen Brief geschickt mit der Bitte, mich zu retten? Rettet euch doch selber, wenn ihr so aufs Retten erpicht seid!«

Ich merke, wie mich Nara befremdet anschaut. In der

Mongolei ist Gastfreundschaft heilig, ich darf mich nicht so gebärden. Nara lächelt uns vier freundlich an und lädt uns ein, in die Jurte zu kommen. Nachdem mich Nora und Amber herzlich umarmt haben, folgen wir ihr. Amber streicht über meinen Rücken und sagt: »Schön, dich wohlbehalten zu sehen.« Sie lächelt mich an.

»Passt auf, wenn ihr durch die Tür geht«, erwidere ich. »Zuerst den Kopf, dann die Beine. Und nicht auf die Schwelle treten, dort leben die Geister.«

Wir lassen uns auf dem Teppich nieder. Nara bereitet einen *tzee* vor. »Sie wird die Tasse mit einer komplizierten Geste anbieten, ihr müsst sie auf dieselbe Weise entgegennehmen«, erkläre ich. Während Amber und Nora das mit einiger Anmut bewerkstelligen, scheppert Dolores' Tasse auf dem Tellerchen. Ich beobachte die drei, als sie einen Schluck nehmen. Wie erwartet verziehen Amber und Nora unmerklich ihr Gesicht, Dolores hingegen strahlt: »*Very good, indeed. Delicous!*« Nara lächelt erfreut.

Unser Fahrer Rifut gesellt sich zu uns. Es entwickelt sich ein Gespräch, das er aus dem Mongolischen und Amber aus dem Englischen übersetzt. Erkan erzählt, wie er mich gefunden hat, unweit von diesem Platz, und wie mich der Schamane Badrach aus dem Reich der unlebenden Toten zurückgeholt hat. Dann sagt er etwas, das mir mehr bedeutet als alles andere: Er erklärt, dass ich dem Pferdeclan angehöre; ich hätte eine besondere Begabung mit Pferden, das hätten nur wenige.

Meine drei Freundinnen schauen mich verwundert und bewundernd an. Dolores sagt »Hört, hört« und grinst anerkennend.

Nara sagt, sie sei froh, dass die Frauen gekommen seien, jetzt könne sie mich beruhigt ziehen lassen, auch wenn es sie traurig stimme. Meine Augen füllen sich mit Tränen. Ja, ich muss gehen, obschon ich ewig hätte bleiben wollen. Rifur fährt noch am selben Tag zurück. Wir machen ab, dass er uns in einer Woche abholt.

Die Woche vergeht wie im Fluge. Dolores macht sich überall nützlich, sie ist ein Trampeltier, aber Nara ist von ihr entzückt. Sie spricht mit ihr mongolisch, Dolores antwortet auf berndeutsch, und irgendwie verstehen sie sich blendend. Amber packt ihr Cello aus, was die Gastgeber verwundert und neugierig mitverfolgen. Sie setzt sich vor der Jurte auf eine Holzkiste und legt los. Ihr rötliches Haar, das die Kinder immer wieder fasziniert anfassen, trägt sie offen. Dieses Bild der hingegebenen Amber, über ihr Cello gebeugt und hinter ihr der weite Himmel, wird mir unvergessen bleiben. Die Gastfamilie ist vom Spiel hellbegeistert, jeden Abend wartet sie ungeduldig auf ein Konzert, und jeden Abend sind es ein paar Mongolen mehr, die warten. Sänger und Musiker kommen, gemeinsam halten sie eine Jamsession ab.

Wenn Amber spielt, ist Nora nicht ansprechbar, gebannt starrt sie Amber an, sie frisst sie förmlich mit den Augen auf. Etwas ist los mit den beiden. Offensichtlich haben sie einander die Sache mit dem Geburtstag verziehen, und trotzdem herrscht eine Spannung zwischen ihnen, dass es nur so knistert. Ihr Umgang ist nicht unbeschwert und intensiv wie früher, sondern unbeholfen, und das nicht minder intensiv. Einmal erwache ich in der Nacht und bemerke, dass die beiden nach draußen gegangen sind. Ich kann schwach ihre Stimmen hören. Sie führen ein Gespräch, ihre Stimmen tönen verzweifelt, Stille folgt und Seufzen. Ich drehe mich um. Nur zu gern hätte ich gewusst, was sie bereden, aber eine Tochter des Pferdeclans lauscht nicht.

Am fünften Tag stehen wir vor der Jurte und schauen zu, wie Timor die Pferdeherde zusammentreibt.

»Ich muss euch etwas Wichtiges mitteilen«, sage ich.

Die drei schauen mich gespannt an.

»Ich habe den Gral gefunden.«

Nun blicken sie verständnislos.

»Was erzählst du da? – Es gibt keinen Gral, das ist Kindergewäsch!«, sagt Diplomatin Dolores.

»Lass sie doch ausreden«, meint Nora und blickt mich erwartungsvoll an. »Erzähl, Colette.«

»Kommt mit, dann versteht ihr.« Ich deute in nordwestliche Richtung, wo sich zwei sanfte Hügel erheben. In den letzten Wochen hatte ich mich oft dorthin zurückgezogen, meist zu Fuß – zum Entsetzen meiner Mongolenfamilie.

Amber und Nora folgen interessiert meiner Aufforderung, Dolores ziert sich erst, kommt dann aber auch, wobei sie tut, als würde ihr Mitkommen ein Riesenopfer bedeuten. Ich führe sie zu den Busenköniginnen, wie ich die zwei sanften Erhebungen getauft habe. Zu Fuß brauchen wir etwa eine Stunde. Ich führe sie zum linken Busen und dort hinauf. »Hier ist es!«, sage ich schließlich und deute auf die Quelle, die glucksend Wasser ausspuckt. Ich gehe davor in die Knie.

Dolores stemmt die Arme in die Hüfte. »Hier ist *was*?! Für diese Pfütze bin ich so weit gegangen? Hast du den Verstand verloren?!«

Amber und Nora gucken ebenfalls irritiert, sagen jedoch nichts. Sie knien sich nieder.

»Hier ist der Ursprung. Wenn ihr in die Quelle schaut, wenn ihr seinem Glucksen zuhört, erkennt ihr, was im Leben wesentlich ist.«

Dolores stöhnt auf. »Bist du ein Esoterikhuhn geworden, oder was?! Das ist eine oberbanale Quelle, wie es sie überall auf der Welt gibt. Colette, das muss gesagt sein, du hast definitiv einen Sprung in der Schüssel.«

Nora legt Dolores, die sich trotzdem fluchend niedergekniet hat, beschwichtigend die Hand auf den Oberarm. »Man kann von etwas erst dann mit Sicherheit sagen, ob es so ist oder nicht, wenn man es getestet hat. Nehmen wir mal an, dass hier der Gral liegt, der uns zeigt, was essenziell in unserem Leben ist.« Sie starrt konzentriert in die Quelle und bedeutet uns, es ihr nachzumachen, was wir auch tun, schließlich ist Nora immer unsere Anführerin gewesen. Dolores zieht eine Grimasse.

»Man muss nur lange genug in die Quelle schauen, dann weiß man, was Sache ist«, erkläre ich aufgeregt. »Ich bin oft hier gesessen. Wenn ich hineinschaue, wird mir klar, dass ich mein Leben total umkrempeln muss.«

»Das hätte ich dir auch ohne diese Pfütze sagen können«, murrt Dolores.

»Ich will mich von Frank scheiden lassen«, fahre ich fort, »will eine Beziehung zu meinen Kindern aufbauen, will …«, ich halte verlegen inne. »Ich möchte leben, Freude haben – ach, das tönt alles so pathetisch.« Dolores nickt beipflichtend. Eine Weile schweigen wir. »Und ich will mit Pferden arbeiten, im Jura oder so.«

Nora nickt erfreut. »Colette, das ist eine wunderbare Idee, meine Unterstützung hast du!« Amber lächelt mich ebenfalls freudig an, sogar Dolores nickt.

»Gut«, sage ich strahlend. »Und jetzt ihr, was sagt euch der Gral?«

Stille. Warten.

Dolores stöhnt. »Also, da wohl jede hier durch muss, bringe ich es schnell hinter mich: Ich will mit Erwin zusammen sein. Obwohl er einen solch beknackten Namen hat, findet ihr nicht auch?«

Wir drei unisono: »Dolores!«

»Gna, gna, zugegeben, er hat schöne blaue Augen, und sein Pisa, zwar schief, aber oh, là là!«

»Dolores!!«

»Ja, ja, ich weiß auch, dass ich Dolores heiße! Mit dem Erwin und mir könnte was werden. Und mit meinen Läden auch, ich glaube, ich mache das ganz gut.« Sie starrte wieder in die Quelle. »Ja, und ich geb mir Mühe und rede ein bisschen schöner, aber nur ein bisschen. Und ich zieh endlich eine Diät durch.«

»Warum?«, fragt Nora stirnrunzelnd.

»Du stellst Fragen! Damit mich Erwin schön findet!«

»Erwin findet dich schön, so wie du bist, er hat sich ja in dich verliebt.«

»Ein paar Kilos weniger schaden nie.«

»Okay, da wir zur Stunde der Wahrheit gekommen sind, dann verrat uns doch mal deine Kleidergröße«, sagte Amber.

»Das gilt nicht!«

»Sei kein Feigling.«

»Also, aber nur, weil ihr es seid«, Dolores schaut um sich, ob auch wirklich niemand Fremdes zuhört, dann sagt sie hinter vorgehaltener Hand: »42.«

Nora, Amber und ich gaffen uns erst perplex an, dann kichern, gackern und kreischen wir los. Nora kommt als Erste zu Atem. »42, und das bei deiner Größe! Dolores, wenn du noch einmal eine Diät beginnst, boykottiere ich mein Leben lang deine Sandwichs. Du spinnst, du bist doch wohlgeformt, da muss kein einziges dusseliges Pfund weg. Wann kriegst du das endlich in deinen Schädel?!«

Dolores geht nicht darauf ein, aber ihre Wangen haben sich freudig gerötet. Sie fährt fort: »Und – ich möchte euch als Freundinnen behalten – weil, ihr seid zwar jede auf ihre Art unmöglich, aber ich bin es ja auch, deshalb passen wir so gut zusammen und kann ich endlich aufhören, ich muss sonst noch heulen.« Sie muss nicht nur, sie tut es schon.

Die Quelle blubbert. Ein sanfter Wind bringt die Gräser zum Nicken. Es ist schön, dass die drei Frauen hier mit mir sind. Vielleicht sind wir wirklich Freundinnen.

Ich habe erwartet, dass Nora als nächste das Wort ergreifen würde, aber sie schaut bloß versonnen in die Quelle. Amber blickt mich an, ich nicke ihr aufmunternd zu. Sie räuspert sich. »Ich – ich glaube, ich muss auch einiges ändern.« Sie schaute kurz zu Nora, dann wieder in die Quelle. »Mich scheiden lassen zum Beispiel.«

»Na, das war ja auch höchste Zeit!«, posaunt Dolores.

»Dolores!!!«

Als Amber das mit der Scheidung sagt, schaut Nora überrascht hoch, kalkweiß im Gesicht. Amber fängt Noras Blick trotzig auf und fährt fort. »Marc und ich sind schon lange nur noch gute Freunde. Freunde müssen nicht verheiratet sein … Es wird schwierig für Phoebe, aber das allein reicht nicht, um eine Ehe aufrecht zu erhalten.«

Nora sieht aus, als hätte sie gleichzeitig im Lotto gewonnen und erfahren, dass sie an einem unheilbaren Krebs erkrankt ist.

»Das mit meinem Job ist okay, mit meinem Freundeskreis sowieso, aber ich will viel mehr Musik machen.« Sie stockt erneut, schluckt leer. »Und wenn ich in das Wasser sehe, wie es so unmittelbar aus dem Boden kommt, dann wirkt es auf mich so, so unschuldig, so frisch, so voller Kraft! Alle Möglichkeiten scheinen offen, es gibt kein richtig oder falsch, sondern einzig die Frage: Ist es Liebe, und wenn das der –«

»Amber komm zu einem Schluss«, sagt Dolores, »ich will dann auch mal wieder zurückgehen.«

Konsterniert blickt Amber Dolores an, dann schweift ihr Blick zu Nora und verweilt dort. Bevor ich einen klaren Gedanken fassen kann, steht sie auf und schreitet über die Quelle. In ein, zwei Schritten ist sie bei Nora, die auch aufgestanden ist, und nimmt ihr Gesicht in die Hände.

Noch während Dolores »Au Backe« murmelt, hat Amber schon »Dich will ich, dich habe ich schon immer gewollt« gesagt und küsst Nora mitten auf den Mund.

Dolores murmelt nochmals, diesmal lauter: »Au, au Backe!« Nora schlingt die Arme um Amber, und sie versinken in einen innigen Kuss.

Es ist wunderschön.

Bevor Dolores etwas Unangebrachtes hätte sagen können, ziehe ich sie von der Quelle weg und den Hang hinunter. Ich schaut zurück: Amber und Nora brennen lichterloh, und ich denke: Jetzt ist es richtig, natürlich, genau so ist es richtig!

Dolores ist anderer Ansicht. »Also ehrlich, die hätten mich einweihen können, wir waren doch fünf Tage zusammen unterwegs! Und – ach du vergammeltes Lieschen! – vielleicht haben sie es miteinander gemacht! N*eben* mir, *während* ich schlief! Nennt man das ein freundschaftliches Verhalten?!«

»Na, Dolores, nun sei keine beleidigte Leberwurst. Die steckten wohl so tief in ihrem Gefühlschaos, dass sie nicht auch noch an dich denken konnten. Abgesehen davon hättest du dann sowieso nur einen deiner sinnigen Kommentare abgegeben. Ich kenne dein Taktgefühl zur Genüge.«

»Phh, trotzdem!«

Ich blicke zurück: Nora streicht Amber liebevoll eine Strähne aus dem Gesicht. Ich wünschte, mich würde eines Tages auch jemand so anschauen, voller Leidenschaft und dieser endlos weiten Liebe, für die es keinen Horizont gibt.

Dolores geht brummend weiter. Ich schaue ihr nach, wie sie dahinstapft. Man muss sie einfach lieben, dieses vorlaute Flegelweib mit seinem riesengroßen Herzen! Mit einem Mal nehme ich Anlauf. Mit drei, vier Sprüngen hole ich sie ein und springe ihr auf den Rücken.

»Erzähl mir doch ein bisschen von Erwin – wie ist er denn so?«

Und Dolores beginnt zu plappern und schwärmen. Von Zeit zu Zeit schaue ich zurück: Amber und Nora folgen uns Hand in Hand, sie machen regelmäßig Halt für einen leidenschaftlichen Kuss. Ambers Haar leuchtet rot in der Sonne, Noras schwarz.

Da empfinde ich etwas, das sich unbekannt anfühlt und das vielleicht so etwas wie Glück ist.

Ja, ich bin glücklich.

Wenn nur Dolores nicht unter meinem Gewicht zusammen bricht.

32. Die Heimfahrt

Es sind die Freunde, die du nachts um vier Uhr anrufen kannst, die wirklich zählen.
Marlene Dietrich

In diesen Junitagen über der Transsibirischen Eisenbahn zu fliegen macht Spaß. Man kann hinter den Fenstern die vier Frauen sehen und ein Cello, das bei jeder Haltestelle wieder hervorgenommen wird. Wenn Nora Amber küsst oder umgekehrt, schließt Dolores demonstrativ die Augen, manchmal hält sie sich theatralisch die Ohren zu. Sie hat den beiden Verrückten ein Zweierschlafabteil organisiert – auf ihre Kosten –, weil sie sonst nicht ruhig schlafen könne, nicht neben diesen liebestollen Weibern, wie sie erklärt. Sie zwinkert. Der Abschied von der Nomadenfamilie ist herzlich gewesen, aber auch traurig. Nara, die Kinder und Colette weinten, was schließlich auch Dolores ansteckte. Nara vollzog die Abschiedszeremonie: Sie entzündete Weihrauch in einem Rauchgefäß, fuhr dreimal um die Körpermitte, nahm jede in den Arm und küsste sie. Der Schamane stand daneben. Er packte Colette an der Hand und bedeutete dem Fahrer Rifat zu übersetzen. Immer noch sei ihre Gesundheit schwankend, sagte er, noch sei der Stein nicht ganz zum Herzen zurückverwandelt. Eine schwere Zeit stehe ihr bevor, sie solle immer daran denken, dass sie zum Pferdeclan gehöre, und sie solle sich an ihre Freundinnen halten.

Er winkte Nora zu sich. Colette müsse auf Nora hören, erklärte er, weil Nora Wissen habe, das ihr helfen kann, Nora kenne sich mit Grenzwanderern aus. Er tätschelte

Colettes Wange liebevoll, drückte ihr ein Geschenk in die Hand und verschwand in die Jurte, wo bestimmt ein *tzee* auf ihn wartete.

»Es kommt also so weit, dass du wieder meine Anführerin bist«, sagte Colette zu Nora und ging auf den Jeep zu. Als sie losfuhren, schaute sie so lange zurück, bis sich die Jurte als kleiner Punkt in der Weite auflöste.

Im Restaurant der Transsibirischen Eisenbahn gibt es wieder dasselbe Essen. Dolores findet, dass dies die wirkungsvollste Diät sei, die sie jemals ausprobiert hätte. Die Köchin schreibt ihr ein paar Rezepte auf, aber da sie es in kyrillischer Schrift tut, bleibt Dolores ratlos mit den Notizen der Frau zurück.

Colette verbringt viel Zeit damit, aus dem Fenster zu schauen, über ihren misslungenen Selbstmord und über die wunderbare Zeit bei den Nomaden nachzudenken. Sie hat Angst vor dem, was sie in der Schweiz erwartet. Immer wenn die Angst überhandnehmen will, nimmt sie das Geschenk hervor, das ihr der Schamane gegeben hat: ein aus Pferdeknochen geschnitztes Pferd. Und sie strafft ihren Rücken.

Als es Schlafenszeit ist, schiebt Dolores Amber und Nora aus dem Abteil. »Gut, dass ihr weit weg von uns untergebracht seid«, sagt sie, »nun tut, was ihr nicht lassen könnt, und morgen bitte keinen Rapport!« Sie tätschelt ihnen schmunzelnd die Schultern.

Amber verdreht die Augen. Sie folgt Nora, vorbei an den Abteilen, die zum Teil verdunkelt, zum Teil hell erleuchtet sind, wo Familien beim Nachtessen, Familien beim Streiten, Familien beim Spielen zugange sind. Sie lächelt leicht, als sie daran vorbeigeht, und spürt, wie die Spannung mit jedem Schritt steigt. Sie erreichen den nostalgischen Wagen mit seinem eleganten Korridor und den Eingängen aus glänzendem Holz – Dolores hat sich nicht lumpen lassen! Nora bleibt vor der Tür mit der Nummer 166 stehen. Sie wirft

Amber einen kurzen Blick zu, öffnet und bedeutet ihr mit einer galanten Geste einzutreten. Als sie drin sind, schließt Nora die Tür und lehnt sich schwer dagegen. Sie hat solch weiche Knie! Für einmal weiß die Anführerin nicht wie weiter.

Amber schaut sich um – das Schlafabteil sieht umwerfend aus, gibt Zeugnis vom Glanz einer längst vergangenen Zeit, mit goldbestickten Vorhängen, zwei Kristallgläsern und einer Kristallkaraffe, mit einem blauen, golddurchwobenen Teppich, der bestimmt uralt, aber erstaunlich gut erhalten ist, mit einer anmutig geformten Deckenlampe und dazu passenden Nachttischlämpchen.

Ihr Blick bleibt auf Nora ruhen. Der Anblick der Feundin, die, an die Tür gelehnt, sie mit unergründlichen Augen anblickt, setzt bei Amber frei, was sich in den letzten Monaten aufgestaut hat – die Dämme brechen, sie wird schier überflutet von dem lange zurückgehaltenen, innigen Wunsch, Nora nah zu sein. In einem Schritt ist sie bei ihr, packt sie, presst Noras Hände rechts und links von den Ohren an die Tür und küsst Nora, küsst Nora hungrig, drängend, gierig, durstig. Wenn sie jemals irgendwo hatte sein wollen, dann in diesem Augenblick genau hier und nirgends sonst – mitten im Leben, an seinem mächtigen Puls. Sie drängt an Noras Körper und nimmt verwundert das Zittern wahr, das sie erfasst hat.

So stehen sie küssend, bis sich Nora aus Ambers Griff windet, sie umarmt und wie von selbst mit den Händen unter ihre Bluse gleitet, um entzückt über Ambers warme, glatte Haut zu fahren. *Meiner Freundin gehöre ich, und nach mir steht ihr Verlangen.*

Nun streicht Amber ihr über den Po und das nicht besonders schüchtern. Ist das die zurückhaltende Amber, die sie kennt, fragt sie sich mit einem inneren Lächeln. (Der Mund hat anderes zu tun.) Und als hätte Amber es gehört, hält sie inne und gleitet mit ihrem Mund zu Noras Ohr. Liebevoll legt sie die Hand auf Noras Wange, als sie flüstert:

»Du machst mich verrückt.« Sie sagt es hilflos, sie sagt es erstaunt und erfreut zugleich.

Nora lächelt.

Amber hingegen macht ein verzweifeltes Gesicht: »Ich will dich so sehr, dass ich demnächst in Ohnmacht falle. Immer warst du es, und du bist es wieder, ja, du bist es! Nora, ich liebe dich mehr als alles andere! Phoebe ausgenommen, natürlich, aber das kann man nicht vergleichen.«

Nora hätte sie gern noch fester umarmt, was jedoch nicht geht, außer sie wollte Amber die Rippen brechen. »*Du bist wunderbar schön, meine Freundin*«, sagt sie: »*Du hast mir das Herz genommen, du hast mir das Herz genommen mit einem einzigen Blick deiner Augen.*«

Amber schaut sie verdutzt an.

»Das stammt aus der Bibel, aus dem *Hohelied Salomon*«, erklärte Nora. »Phänomenal, nicht?« Ihr ist es, als wäre das Lied nur für Amber und sie gedichtet worden, als hätte es, um zur Entfaltung zu kommen, Tausende von Jahren auf sie beide gewartet. Im Zustand der Verliebtheit neigt man bekanntlich ein wenig zur Übertreibung.

Amber nickt langsam, während sie mit den Fingerkuppen über Noras Lippen fährt. »Ich will mehr von dir, bitte!«, sagt sie.

»*Deine Lippen sind wie Lilien«,* flüstert Nora und küsst Amber heftig. Warum haben wilde Küsse sie in der Vergangenheit kühl gelassen und warum rauben ihr diese hier den Verstand? Nora kommt mit Überlegen nicht weit, denn ihr Verstand ist ja soeben geraubt worden. Sie taumelt und fällt mit Amber aufs Bett, dessen Laken vom vielen Waschen grau geworden sind (was die beiden weiß Gott nicht kümmert) und auf dem sie sich auf über hundert Eisenbahnmetern küssen, auf über zweihundert, auf über einem Kilometer. Nach vielen, vielen Kilometern zieht Nora ihren Mund, der ihr fast nicht mehr gehört, von Ambers Lippen weg und schaut ihr in die Augen. Bisweilen, wenn man sich in die Augen schaut, ist das auch wie küssen. Die zwei Nachttischlampen über dem Bett werfen goldenes Licht auf ihre Gesichter, lassen die eine Hälfte erstrahlen und belassen die andere im Schatten.

Noras Stimme ist kaum hörbar, als sie sagt: »*Lass deine Brüste sein wie Trauben am Weinstock.*« Sie lässt ihren Blick an Ambers Hals entlang zu ihrem Ausschnitt sinken, dann aber verliert er sich bald in einer Falte des Bettbezuges.

Amber rückt von ihr ab. Das Holpern des Zuges, wo immer er auch hinführt, rüttelt an ihrem Bett. Wortlos beginnt sie ihre Bluse aufzuknöpfen, streift sie über die Schultern und lässt sie über den Bettrand fallen.

Nora hebt den Blick, um Amber zu betrachten, den dunkelroten BH, aus dem sich die Brüste weiß hervorwölben, den kräftigen weißen Bauch. Sie berührt vorsichtig den roten Stoff, entdeckt, dass sich der Verschluss zwischen den Hügeln befindet. Ihre Finger zittern ein wenig, als sie den Haken öffnet und die Brüste vom Stoff befreit.

Amber zieht die Luft scharf ein, nimmt mit einem Seufzer Noras Hand und führt sie zu ihrer Brust, wo sich unter Noras Berührung die Knospe einer hellrosa Blume erhebt, als Einladung sie zu pflücken. Oder auch mehr. Hastig reißt Nora sich die Bluse auf (ein Hoch auf Druckknöpfe!), zerrt am BH (ein Hoch auf schwache Träger!). Sie dreht Amber sanft auf den Rücken, schiebt sich über sie, legt sich auf sie. Welche Fieberglut sich zwischen ihnen ausbreitet! Mit welcher Weichheit ihre Brüste aufeinanderliegen! Zu welchem Odem sich der Duft ihrer Körper verbindet!

Amber windet sich aus der Umarmung, dreht Nora auf den Rücken und nimmt eine dunkelrote Brustspitze in den Mund, fährt mit der Zunge wieder und wieder darüber und bringt mit ihrem Zungenspiel alles in ihren beiden Körpern zum Fließen. Hungrig drängt sie ihr Bein zwischen die von Nora.

Langsam entzieht Nora ihre Brüste Ambers süßem Mund. Sie befühlt ihre nassen Brusthügel mit den Fingerspitzen und macht sich mit großem Hunger über Ambers milchweißen

Busen her. Die Nässe der Brüste vermischt sich mit dem Schweiß, der ihren Körper überzogen hat. Wie auf Kommando versuchen sie sich gegenseitig die Gürtel zu öffnen. Sie zerren und reißen –, Hosen sind definitiv nicht für das Liebesspiel geeignet! Eine landet auf der winzigen Waschbeckenecke, die andere auf dem staubigen Sessel, in dem wohl schon Zar Nikolaus II. gesessen hat oder zumindest ein Nachfahre von ihm.

Für Nora und Amber gibt es kein Halten mehr. Sie vergessen, dass sie bis in die Haarspitzen unerfahren sind und nicht wissen, was zu tun ist. Ihre Körper legen eine helle Fährte, der sie vertrauensvoll folgen. Sie nehmen sich, wonach sie begehren, und geben alles, was sie haben. So einfach ist das.

Mittendrin beginnt Amber zu lachen. »Hast du Pariser bei dir?« Sie legen eine Gelächterpause ein. Dann folgen sie wieder ihrer Fährte, stellen mit Verwunderung und Entzücken fest, wie wenig vorgegeben ist. Köstliche Freiheit. Eindringen, sich hingeben, erobern, eingenommen werden, den Ton angeben, sich dem Ton hingeben. Es gibt keinen Grund, einen Orgasmus vorzutäuschen, sie kommen ungefragt und einmal so heftig, dass sich Amber den Kopf an der Wand anschlägt. Das wird eine Beule geben, eine Liebesbeule.

Als sie in den frühen Morgenstunden entspannt, ermattet und glücklich aufs graue Laken sinken und die Decke über sich ziehen, Amber selig in Noras seligen Armen, hat der Zug viele unbekannte Landstriche durchquert. Sie schlafen sofort ein.

Die Zukunft liegt vor den vier Frauen, und wie das die Zukunft an sich hat, verrät sie nicht, was sie bringt. Dolores hat von Erwin und Pisa geträumt, Colette angsterfüllt wach gelegen, neugierig auf ihr taufrisches Leben, das nun möglich scheint. Vielleicht. Amber graut es in der Dämmerung vor der Begegnung mit Marc und Phoebe, aber wenn sie zu

Nora blickt, weiß sie, dass sie da durchwill. Nora fragt sich, ob Amber durchhalten wird und wie sie Colette medikamentös begleiten könnte, so wie es der Schamane verlangt hat.

Als sie im Restaurantwagen frühstücken, zwinkert Colette den beiden Verliebten zu, Dolores jedoch ignoriert das Leuchten und Strahlen auf Noras und Ambers Gesicht. Bis sie plötzlich aufsteht und die beiden an sich drückt, soweit dies mit einem Tisch dazwischen möglich ist.

Es ist ein außergewöhnlicher, ein verheißungsvoller Moment in ihrer aller Leben. Wie ein großes Versprechen, und mittendrin steht ihre Freundschaft.

Nora sagt: »Hier sind wir also, immer noch oder immer wieder. *Wir vier. W4.*«

»*Exactly.*« Amber schreibt etwas auf ihre Serviette und hält sie hoch. Darauf steht: *Wir 4ever.* »*Wir forever* – habe ich nicht recht?«

Sie lachen. Das jedoch kann Colette nicht davon abhalten, Dolores etwas später einen Seitenhieb zu verpassen und zu sagen: »Dolores, Pfoten weg! Das ist *meine* Konfitüre!«

Danke

Erstens den üblichen geliebten Verdächtigen.

Zweitens allen andern, die mich zu einem dritten Buch drängten.

Drittens Micheline dafür, dass ich sie seit über zwanzig Jahren nicht mehr gesehen habe, es aber immer noch so gern täte.

Viertens Ulrike Helmer, die erstens einen unschlagbaren Humor hat, zweitens eine kommunikative Lektorin ist, mich drittens in den gesamten Buchprozess miteinbezogen hat und viertens mit einem fabelhaften Charakter gesegnet ist.

Über die Autorin

Daniela Schenk

Geboren im Jahr des Goldenen Drachens. Begeisterte Linienschiff-Passagierin. Findet Schnittblumen deprimierend. Lebt glücklich nach Churchills Devise: *No sports*. Missbilligt die Realität, aber da sie der einzige Ort ist, wo man ein Latte Macchiato herkriegt, gibt sie sich geschlagen. Vehement ungläubig, dennoch eine Schwäche für Heiligenbilder und -figuren. Hegt den unerfüllbaren Wunsch, Jacqueline Du Pré live zu erleben. Hält Faulenzen für das Wichtigste überhaupt direkt nach: der Stille.

ZUM WEITERLESEN …

Daniela Schenk
O wüsste sie, dass sie es ist!
Roman. ISBN 978-3-89741-210-1

»Romeo und Julia« und ein Philosoph namens Schropenbauer? Diese Zara hat schon seltsame Interessen! Emilia verzieht ihren hübschen Mund und lässt die schwarzen Locken tanzen. Sie selbst werkelt lieber in ihrem Elektroladen oder erfindet Nutzlosapparate. Aber wenn die blinde Zara Hilfe für ein höchst ungewöhnliches Theaterprojekt braucht, lässt Emilia sich nicht lange bitten …

Die folgenden Monate bringen nicht nur fliegende Dolche, Herzattacken und halsbrecherische Mutproben mit sich, sondern auch allerlei überraschende Liebeswirren. Doch glücklicherweise sind da drei Väter, zwei Hunde und ein illustrer Freundeskreis, die Emilia und Zara tatkräftig unterstützen – was immer das auch heißen mag. So denn: Vorhang auf!

Zwei ungleiche, liebenswert skurrile Frauen, eine verbotene Nacht und ein augenzwinkernder Blick auf Leben und Lieben: unverkennbar Daniela Schenk!

Daniela Schenk
Julia & Satine
Roman. ISBN 978-3-89741-153-1

Inselferien. Sonnenstrand. Hier entspannt Julia, die sich vom Rechtsstreit mit ihrem Exgatten erholt, soweit das ihre Töchter und die stürmische Herzensfreundin Berthe zulassen. Und dort ruht Satine, deren Geliebte soeben einen Mann geheiratet hat ...

Julias Orientierungssinn ist ein Witz, ihre Leidenschaft für Kinderkunst groß und ihr Interesse an Sex auf dem Nullpunkt. Satines Politisieren in romantischen Momenten ist legendär und ihre Schwäche für Heteras fatal, besonders wenn ihr eine rotblonde Julia über die Füße fällt. Eine Fischvergiftung, eine Fotositzung und einen Reifenwechsel später sind sich die Frauen näher gekommen, wofür nicht zuletzt das gewitzte Töchtergespann und Berthe gesorgt haben. Dann tut Julia etwas, was sie gewiss nicht vorhatte und was eine Menge delikater Fragen aufwirbelt ...

Ein herzerfrischender und lebensprall lakonischer Roman über zwei Frauen, die das Glück haben, das zu bekommen, was sie nie gewollt haben.